悬疑世界文库

命运有无限种可能

永城◎作品

头等舱的贼

作家出版社

目录 Contents

自 序

这个故事的灵感源自一位好友的真实经历。多年前，此兄大学毕业不久，是个整天东奔西跑的小职员，薪水微薄，日子过得捉襟见肘，不过小哥青春年少，颇重视仪表，为置装投资不菲，穿的虽只是淘宝货，看上去也常常靓丽时髦。一日，他搭飞机去某市出差，一时走运，被升至头等舱，邻座恰逢一位衣冠楚楚的"成功人士"，主动对他大献殷勤，一路嘘寒问暖，畅谈人生，临下机还硬是留了手机号码，当晚便打电话盛邀公哥次日赴晚宴，小哥以为对方在拨云撩雨，掷果盈车，倍感惶恐，誓死不从，以致对方颇为难堪，这才言明本意，自我介绍是某某公司高管，背景如山，资源似海，早对公子及令尊仰慕多时云云，小哥这才明白，对方是认错人了。

事隔多年，朋友们畅饮时，偶尔还会提起此事，小哥总是笑说当初不如假戏真做，顺水推舟，说不定能混一点"资源"，虽是玩笑，却有几分凄凉，比小哥在职场苦拼多年，当初也曾胸怀大志，摩拳擦掌，各种名人传记励志攻略读过不下几十本，然而多年之后，人近中年，结了婚，生了子，发了福，早不在乎衣服是不是漂亮时髦，日日仍为一点微薄工资忙碌，当初的创业梦想越来越渺茫。

这不禁令我遐想，如果当初他果真假戏真做，又能走多远？

话说真的假不了，假的也真不了，靠着作假不能长久，也不会有好结果。可是那位头等舱里坐在小哥身边的"成功人士"呢？设法在飞机上跟某某"偶遇"搭讪的人又能有多少真才实学，又能走得了多远？反正至少我所认识的"成功人士"们没人愿意承认，自己会处心积虑地去结识和巴结一个对自己有用的人，当然也许他们只是嘴上不肯说（看看朋友圈里被频频"暴晒"的各种与名人的合影吧）。也许你会说，这是我的酸葡萄心理，是嫉妒人家结识了那么多名流呢。也许吧，这方面我的确自愧不如。也许跟人结识，特别是结识"有用"的人，本身就是一种"本事"，而且是当下备受追捧的本事呢。不是常听人说，情商（人际关系）比智商（真才实学）有用得多吗？

硅谷盛传这样一个故事，说某世界名校辍学的天才女士，创立高科技公司，并且拉拢了一批商界政界泰斗为自己投资、站台，迅速成长为硅谷独角兽，只不过她在暗中造假，把根本不成熟的技术当作成功技术，骗取商业合作和更多的融资，让自己的商业帝国滚雪球似的壮大，这何尝不是一种"假戏真做"？正如硅谷流传的一句话："Fake it until you make it.（假装成功直至真正成功。）"有多少"成功者"是靠着"编故事"赢得投资，又靠着假戏真做把"故事"继续维持下去的呢？

然而"假戏"毕竟不能永远"真做"，那位天才女士的公司最终在调查记者的曝光下土崩瓦解，故事有了一个好莱坞式的正义结尾：真理终将战胜谎言，罪魁祸首的女骗子终将受到惩罚。

可是对于这个故事，我总有一些不解——那些为"女骗子"投资的商政各界大佬们，那些老谋深算的沙场老将们，他们真的能被一个年轻的女骗子一路骗到南墙，直到调查初现端倪之后还不肯深究，一味地信任和包庇女骗子，他们真有那么天真？

我不知道真相，但我可以动用我作为小说作者的想象力，加之这么些年在头等舱、商务舱、各种高级酒会、宴会、报告会里见识过的那许多"假戏真做"。于是我贸然盗用那位小哥的经历，把自己（当然要换个身世背景、再化化妆）放在那头等舱里的那位大献殷勤的"成功人士"身边，然后大模大样地"假戏真做"，以一个身份卑微的小屌丝，冒充某某"令尊"的大公子，周旋于各种金融巨贾、外企高管、成功企业家和国际金融大骗子之间，带着我的读者们，痛痛快快冒一次险。

还好，读书本身并没有危险，毕竟一本书不会跳起来咬人，至多揭开几片珠箔银屏，搅乱几场黄粱梦罢了。

楔子

小小贼

一个儿时的梦想

桔子小时候有个梦想，就是坐最大的飞机，飞过最宽的大海。桔子听凤妈说过，飞机上的座位也分三六九等，就跟戏院里的一样。桔子要坐最贵的座儿，让最漂亮的空姐伺候自己。

这个梦想大概诞生在桔子六岁那年，也许是五岁，谁也说不准，就连桔子自己也说不准，反正就是桔子卖花遇上空姐的那一年。

在凤妈所有的孩子里，桔子是最小的。按说不到六岁用不着卖花，只需坐在凤妈身边当个陪哭的道具，衬托凤妈的哭诉："房子让人拆了！地让人占了！男人得了癌，躺在地道里等死呢……"

不过桔子胆子大，而且不怕羞，只陪哭就大材小用了。桔子用不着凤妈发话，见着什么人都敢上，像是大风刮起的柳絮子，硬往别人身上粘，一笑二哭三抱腿。人家还是不肯买，桔子就骂，边哭边骂，朝人家吐口水，就仗着人小。有时也被人搡一把，或者踹一脚，未必多使劲儿，桔子就顺势往地上狠狠一摔，然后往死里哭，凤妈再从不知哪儿冲出来，拽住别人"讲道理"，也是一笔不错的买卖。

所以六岁或者更小的桔子，站在巨大的立交桥下，站在早春的寒风里，穿着旧花袄和破棉裤，扎着两根小辫儿，拖着两串长鼻涕，手里捏着几枝蔫巴巴的玫瑰花，像烦人的柳絮子一样，飞到一对男女眼前。

桔子实在太小，看不出那女的穿着有点儿特别——呢子大衣很合身，料子算得上高档，帽子又很小巧，并不是大盖帽，不过是有帽徽的。比桔子大三岁的耗子发现了帽徽，大八岁的红霞也发现了，所以耗子和红霞都没敢上。耗子拽了桔子一把，没拽住，想去追，自己却被红霞拽住了。红霞小声说："别去！穿警服的！"

桔子用不足一米的身高，挡在一米八的男人面前，使劲儿仰起头，满脸堆着笑："姐姐这么美，给姐姐买一朵吧！"

男人皱了皱眉，女人面无表情，紧紧挽住男人的胳膊。桔子左蹦右跳地挡着路，像是一只亢奋的哈巴狗，手中垂死的花儿也像回光返照，拼命点头哈腰。

"叔叔就买一朵吧！"桔子本想叫"哥哥"，可那男的实在太老，其实叫爷爷更合适。

"不买！"女的厌恶地瞪了桔子一眼。桔子噘起嘴说："叔叔舍不得给姐姐买花儿，姐姐都生气啦！"

男的有点儿尴尬，为难地瞥了女的一眼。桔子赶忙踮起脚尖儿，把花高高地送上去："叔叔对姐姐最好了！"

僵持了一秒，桔子伸出舌头舔舔嘴唇上的清鼻涕。

女人突然放开男人的胳膊，猛弯下腰，一把抓住桔子的手腕："信不信，我把这些破花儿都给你扔了？"

桔子立刻闭眼大哭，顺势把身子往下出溜儿，心里早有打算：只要那女的一松手，就使劲儿往地上一坐……

"我看谁敢欺负我妹妹！"耗子挣脱了红霞，跑过来拉住桔子。上年纪的男人也打圆场："算了，走吧！"

女的松了手，可惜桔子被耗子死劲儿扯着，没法儿往地上坐。耗子凑到桔子耳边小声说："快走，别惹他们！"

桔子一愣。那男的已经把女的拽走了。女的仍不甘心，边走边说："小骗子！说不定是让人贩子拐卖的！"

桔子瘦小的身体猛地一震，挺起小胸脯，冲着被制服大衣包裹着的婀娜背影高喊："这么凶，一辈子嫁不出去！"

那女的脚下一个急刹，猛转身，脸已气得发白。两个"小骗子"却已经跑远了，是耗子硬把桔子拽跑的。桔子非常不情愿，本打算跟那女的拼命的，无奈力气太小，拗不过耗子。

耗子知道桔子是因为"拐卖"这两个字。耗子心里明白，桔子多半儿就是被拐来的。耗子是凤妈的侄子，红霞是凤妈的外甥女儿，被凤妈带出来的孩子们多多少少都跟凤妈有点儿关系，唯独桔子没有。桔子甚至都不是宋庄的——并不是北京大名鼎鼎的宋庄，而是山东和河南交界的一个小村子。桔子不仅不是宋庄的，也不是同一个县的，甚至不是山东的，兴许连河南的都不是。没人知道桔子是从哪儿来的。

所以桔子要是让警察逮住了，说不定要出大事，说不定就再也见不着了。耗子越想越觉得是这么回事！不然凤妈为啥一直不露头？说不定已经跑路了！

其实凤妈不露头，只是因为火候还没到。

事后凤妈把几个孩子一通臭骂，却暗暗对桔子刮目相看。那句"一辈子嫁不出去"真是又准又狠，像凤妈的嘴。但凤妈并没教过桔子，五六岁的孩子，就算教也教不会呢！

耗子不服："以为是警察呢！"凤妈照他屁股狠踹了一脚："警察个屁！是空姐，飞机上伺候人的！"

桔子有关坐飞机的梦想，就诞生在那一刻。

2019 年 8 月底的一天，当我坐在即将横跨太平洋的美国联合航空公司的波音 787 客机的头等舱里，透过巨大的 Gucci（古驰）太阳镜，看着年轻貌美的亚裔空姐双手捧着摆满饮料的托盘走向我，我突然想起 20 年前立交桥下的事。

"先生，您想喝点什么？"空姐的英语带有浓重的中式口音。她身材细长，黑发在头顶盘成乌云，脸上脂粉过多，口红涂得太重，眼睛里充满了怯懦。她虽然为美国航空公司工作，却显然是个地道的中国人，而且似乎加入美联航不久，还不清楚洋人对东方女人的审美是怎么一回事。

我灵机一动，想给她制造一点儿小麻烦。尽管她的托盘上既有橙汁又有香槟酒，我却用英语问："有 mimosa（一种香槟加橙汁的饮料）吗？"

她果然没听懂，窘迫地道歉，请我再说一遍。我当然不会再说一遍。我失望地耸耸肩，自顾自地从托盘里拿起一只杯子，既不是香槟，也不是橙汁，就只是一杯水。我的动作夸张而做作。我当然是故意的，好让我那飘逸的亚麻衬衫的袖子落下去，露出手腕上的劳力士白金手表。正是这只白皙的手腕，曾经在 20 年前，被另一个像她这样的空姐狠狠攥过。

对了，我就是桔子。

那空姐再次道歉，既忐忑又卑微。对于一个好不容易被美国航空公司录用的中国雇员来说，被头等舱的 VIP 乘客投诉，大概不亚于天打雷劈——我可是被乘务长满脸堆笑地亲自请进头等舱的。

　　可我并不同情那窘迫的空姐，要是回到 20 年前，她在北京的大街上遇上我，也肯定不会同情我的。

　　我自然不会投诉她，我没兴致，可我也没给她好脸子，甚至都没再正眼看她。我摆了摆手，手腕上的劳力士很配合地射出一道寒光。

　　我知道"bitch[①]"这个词很适合我，可惜我是男的。

---

① 母狗。

第一章

小贼之家

纽约到北京的飞机
上难道没有头等舱

1

在我最初的人生里，一直以为自己是女的。凤妈给我梳辫子，穿裙子，我跟着凤妈和红霞上女厕所，她们蹲着，我也蹲着。我并不知道自己跟她们有什么不同，也没人告诉过我男人跟女人到底有什么不同。我以为大人喜欢谁，就让谁留长了头发做女孩子，讨厌谁，就让谁剃了头做男孩子。凤妈就显然更讨厌男孩子，常常掌掴脚端，可对女孩子就只骂，轻易不动手。

直到七岁那年，也许是八岁，反正有一天，凤妈突然剪了我的辫子，不只剪了辫子，干脆给我剃了个光头。凤妈命令比我大八岁的红霞死死按住我，我只能杀猪似的又哭又号。剃完了头，凤妈又把我硬拖进男公厕，我已经哭不出声儿，脑子反倒清醒了一些，可是无论如何想不出我到底干了什么，让凤妈突然间这么讨厌我。

男厕所里有两个老头儿，一个站着，一个蹲着，两人都冲我们嬉皮笑脸，没来得及开口呢，凤妈已经先发制人："看什么看？看你娘的！看好你自己的贼屎根子！"

凤妈的女高音一向具有杀伤力，在狭窄的公共厕所里更是威力无穷，墙壁都被震得嗡嗡作响。两个老头儿仿佛立刻受了内伤，同时低头去看自己的裤裆。凤妈命令我小便，我正要找个坑蹲上去，却被凤妈一把揪回来，她指指站着的老头儿说："像他那样儿！"

我学会了站着撒尿的第二天，凤妈把我送进小学。红霞领着我出门时，凤妈郑重地警告我："你给我记住了，你是男生！我要是听说你跟女生瞎掺和，看我不用剪子剪了你的屎根子！"我拼命点头。

凤妈告诉过我"尿根子"除了撒尿之外的作用，我虽然没大听懂，但猜到那对于男人应该是很重要的。

很多年以后，某次陪凤妈喝酒，我曾借着酒劲儿问她，当初为什么要把我当女孩子养。她已喝得半醉，一点儿也没拐弯抹角："嗨！你们小时候干的那个营生，丫头子少挨揍，也更容易要到钱！"

所以我幼年的性别错乱，其实是具有经济效益的，就像给一瓶糖水贴上抗癌灵药的标签。

然而学会了站着撒尿，并没能彻底解决我的问题。凤妈早年给我的"人设"似乎被部分植入了我的基因，使我长成一个身材瘦削、皮肤白皙、眉清目秀的男人。尤其是我的双手，非常柔软细嫩，手指比女人的还细，指纹淡到没多少指纹识别器能够识别。

初中三年，同学们都叫我"假妞儿"，一半是挖苦，一半是嫉妒，因为我比大部分女生还清秀。我起先并不觉得难堪，甚至洋洋自得。但初三那年，我暗恋上了新转学来的女生，这才觉得"假妞儿"实在不能忍。于是我开始重塑自己，试图清除所有的女性化举止。那场暗恋并没持续多久，初中毕业就无疾而终，然而我的自我重塑工程却得以继续，直到 10 年之后，当我坐在即将从纽约飞往北京的越洋航班上，也似乎还没彻底完工。

当我从空姐的托盘里拿起水杯，我的小手指在不经意间跷了起来。

经过多年的自我训练，我能站着身体不打弯儿，坐着不跷二郎腿，走路大步流星，开口音色低沉，如果需要，我随时都能骂骂咧咧，痞里痞气，张牙舞爪，可我就是没法儿完全控制我的小手指。只要稍不留神，它就会尽量远离其他手指，就像在躲避一群令人讨厌的穷亲戚。

不过我当时并没发现，是 Eva 后来告诉我的，她就坐在我斜后方，看我从空姐的托盘里拿起一杯水，微微跷着兰花指。不过她并没联想到性别倒错，反而觉得我的举止很"优雅"，颇具贵族气质，因为她把我当成了某位"重要人物"。

其实也不只 Eva 这么想，坐在我隔壁的西装革履的精英帅哥大概也这么想。他颇费周折地探过身，送来一阵古龙水的清香。在头等舱宽阔的座椅之间和隔壁乘客勾肩搭背其实很不容易，精英帅哥不得不挺直了上身，这才把一只手抚在我肩头，另一只手朝着空姐招了招，用地道的中文说："请给我一杯香槟，再给我一杯橙汁，谢谢！"

我隐隐有些不悦，忍着不动声色。我当然知道 mimosa 就是橙汁加香槟，只是不想再跟空姐多费口舌。我已经品尝了虐待她的快感，我喜欢制造惨案，但并不想留下后遗症，有人管这叫：既想当婊子又想立牌坊。我倒是觉得：立牌坊，是为了更好地当婊子。

我隔壁这位爱多管闲事的精英帅哥叫 Steve，至少他是这么介绍自己的。这个名字跟他实在不符，"Steve"源自希腊文中的"Stephanos"——王冠，欧洲许多君王甚至教皇都使用过这个名字，所以我总觉得叫 Steve 的人应该更威严更硬朗，可他看上去太单薄也太阴柔，留着日本式的长长的鬃发，一张瘦脸就显得更加苍白。我不喜欢特征跟我类似的人，他们让我感觉不安全。

那空姐却好像很喜欢他，两颊立刻生出红晕，就像罪犯得到了特赦，忙不迭地从托盘里往外拿杯子，身子弯成几道弯，仿佛丫鬟在伺候主子。这让我更加不痛快——原来她是可以更卑贱的，但让她更卑贱的并不是我，而是这位 Steve 先生。可他并没朝空姐甩脸子，看上去那么温文尔雅，嘴角还带着笑意，"精英"们总是笑着让别人鞠躬作揖。

我感觉输了一局，可我并没打算跟谁比赛，是 Steve 先生硬把我拉进赛场的。不过，头等舱本来就是赛场，就像红毯是赛场，鸡尾酒会也是赛场，各种饭局和派对都是赛场，人人都在你死我活地比赛，跟小巷子里争相拉客的按摩小姐也差不多，这些都是 Steve 后来带给我的心得。

Steve 把橙汁倒一些到香槟酒杯里，轻轻晃了晃，再把掺了橙汁的香槟酒倒一些回橙汁杯子里，这样来回两三次，动作干净利索，让我不得不佩服。我本打算看他的笑话：一杯香槟，一杯橙汁，并没有第三只杯子，可他居然就从容地调出两杯比例差不多的 mimosa，既没把手弄脏，也没洒到桌子上。

他把其中一杯递到我手里，我强作笑脸和他碰杯。他把那半杯 mimosa 一饮而尽，动作很潇洒。他手腕上有什么一闪，是爱马仕的 Casino 袖扣，低调的蓝黑条纹设计，一副就要 5000 块，他手指上还套着一枚卡地亚的白金戒指，这个得上万。我又倍感挫败：他不需要做出任何夸张的动作，不动声色就能彰显奢华，可我呢？平时连深色西服都不敢穿，怕自己像个房产中介。

我知道我跟他不是一种人，跟"他们"——这些坐在头等舱里的人——都不是一种人。虽然凤妈曾经梦想着让我也成为"他们"，但梦想还是在我被大学开除的那天彻底破灭了。事实证明，我可以用

"他们"用的东西，穿"他们"穿的衣服，但是永远也成不了"他们"。

我突然冒出一个念头——从这位 Steve 先生那里拿点什么用用？

可我立刻打消了这个念头，倒不是担心多制造一个仇人，我都不知自己有多少仇人，如今又多了飞行员亚瑟，不过这会儿他还不恨我，他正在布鲁克林的小公寓里呼呼大睡，他昨晚喝了溶进两片抗过敏药的威士忌，怎么也得睡到下午，不过当他醒过来，发现我已经消失，就要开始恨我了，说不定想要杀了我。

可我毕竟不是红霞或者耗子。红霞绝对不会放过主动送上门儿的有钱男人，她会脱掉外套，披开长发，到厕所里补点口红和香水，然后假装自己喝多了——头等舱有的是免费的酒水，反正到最后真正喝多的一定不是她。她会趁着 Steve 不省人事，用她从不离身的"刷卡器"把 Steve 钱包里的信用卡统统"刷"一遍。她当然不会在下了飞机之后立刻做什么。她会等上三五个星期，然后再用那些信用卡给自己网购一堆奢侈品，有时也买一两件送给凤妈。东西自然也不会直接寄到北京，而是寄到阿珠那里。阿珠是温州人，以前给凤妈打过工，后来去了意大利，有不少吉卜赛朋友，弄个安全的收货地址根本不算什么。不过 Steve 实在是帅，所以说不定红霞就动了真情，把他黏久一点儿，然后收个分手费或者打胎费什么的，她就是这费那费收得太顺手，三十好几还舍不得结婚。

耗子倒是不会弄这些，想弄也弄不成，除非邻座的精英帅哥也有跟耗子相同的特殊趣味。不过耗子也会喝酒，多半儿比人家喝得还多，醉醺醺掏出自己的名片，试图推销某种保健品或者开光的佛牌，却最终听了人家的建议，买了某只来路不明的基金或者股票，然后赔个底儿掉。

我可没说我是正人君子，我也喜欢歪门邪道，跟红霞和耗子一样，不然我们也不会是一家人，可是我比他们上档次。我管红霞叫"大姐"，管耗子叫"二哥"，可他们并不管我叫"三弟"，而是叫我"博士"。其实我大三就辍学了，可在他们眼里，我的确算得上是博士。

所以我决定像真正的博士那样，好好享受这难得的头等舱。我并没喝掉那杯 mimosa，就只稍稍抿了一口，微微皱了皱眉，朝 Steve 先生抱歉地微笑。我自然喝不出香槟酒的好坏，何况还兑了橙汁，可我听亚瑟——就是正在纽约布鲁克林的旧公寓里呼呼大睡的美联航驾驶员——说过，他们公司的航班上是绝对没有好酒的。

Steve 也笑了笑，多少有点儿尴尬，我感觉赢回了一局，料定他不会再来烦我。可是我错了。他并没偃旗息鼓，再度探过身子，比上次更卖力，脸几乎要贴着我的脸，使我不仅闻到古龙水味儿，还闻到了发胶味儿。我颇有些不舒服，心想难道他果然也有"特殊趣味"？我倒是常常碰上这种人，偶尔也会顺水推舟，只不过刚刚了结了一段，我可不想立刻再来一段，虽说这位 Steve 先生比亚瑟帅得多，是一位翩翩君子，而且看上去很有钱，肯定能让红霞和耗子垂涎欲滴，可惜坐在这儿的偏偏是我，我对这道貌岸然的家伙除了妒忌，没有别的感受，并不是妒忌他帅，因为我也是帅哥。

我没躲闪，就只屏住呼吸，不让古龙水和发胶的味儿钻进我鼻子里，反正落荒而逃的不该是我。Steve 压低声音，鬼鬼祟祟地说："当然不会是什么上等香槟。喝多了，容易惹麻烦，对吧？"

他含笑盯着我，好像话里有话，可我听不明白，当然也不想问。我不置可否地耸了耸肩，我当然也会像老外那样耸肩，动作相当地道。上中学那会儿，为了模仿外国电影里的男主角，我在家对着镜子练习，被凤妈撞见，误以为我在学女人发骚，差点儿把痰盂儿扣我头上。

"开飞机的，也都很会打架吧？" Steve 又补了一句，神神秘秘地冲我挤挤眼，还握拳比画了一下。我心里一惊——难道他知道我跟亚瑟的事？他是怎么知道的？

亚瑟的确人高马大，把飞行员制服塞得满满当当，看上去有点儿像美国队长，打我一个实在绰绰有余。可是等他脱光了衣服躺到床上，就会坍塌成一团巨大粉白的肉圆子，密布着细细的黄毛，散发出一种好像变质牛奶的气味儿。我并不想故意丑化他，他是个好人，单纯而浪漫，对东方人情有独钟，只是不幸遇上了我——一个好看的东方骗子。

一个多月前，亚瑟执飞从纽约到北京的航班，在北京只停留了两天一夜，偏偏就通过某款交友 APP 和我勾搭上，并且利用在北京唯一的一晚跟我在酒吧里约会，我们从酒吧一直喝到酒店房间里，他喝得烂醉，在我耳边呢喃："来纽约找我，来美国生活，OK？"

我果真去了纽约。申请签证对我并不是什么难事，无非是伪造一些工作证明、银行流水、房产证之类，反正骗的是美帝，也不是祖国。我的护照上也有一些类似新马泰之类的签证，都是以前陪凤妈出去旅游时签的，虽说对于一个单身男青年，美签就是撞大运，但我就是这么幸运地撞上了，而且还是 10 年多次往返，大概因为我穿着我最华丽的衣服，让签证官以为我是患有重度购物癖的富二代。

为了省钱，我没买直达航班，而是买了从休斯敦转机的，亚瑟可没说给我买机票，不过他请了假，专门到休斯敦来接我。从休斯敦到纽约这一段，我们坐的头等舱，因为机长是亚瑟的哥们儿。那是一架执飞美国国内航线的小飞机，头等舱其实没什么可坐，就只是座椅宽敞些，提供免费的酒水快餐而已，很有些鸡肋的感觉，就好像亚瑟的飞行员职业，虽然偶尔能够免费坐一坐头等舱，可根本算不上是个有钱人，尤其是在纽约——他的公寓并不在曼哈顿，而是在布鲁克林，隔着一座曼哈顿大桥，简直就是天壤之别。亚瑟的公寓还不如凤妈在望京的公寓宽敞明亮，家具电器就更不如，而且蟑螂成灾，窗户似乎也关不太严，楼下车水马龙，警笛长鸣，吵得我整夜睡不着。我突然明白过来，做美国人并没什么好的，除非是做有钱的美国人。

我在到达亚瑟家的第三天晚上，在他的威士忌里加了两片苯那君①，让他好好睡一觉。他为了跟我结婚然后再度蜜月，请了两周的年假，不用担心他晕头涨脑地去开飞机。我等他睡着了以后，用他的信用卡买了一早飞往北京的机票。我一上飞机就跟乘务长聊起亚瑟，乘务长碰巧又是亚瑟的好闺蜜，看到过亚瑟在脸书上发布的"订婚照"，非常热情地把我安排在头等舱。我知道亚瑟的闺蜜们以后都会成为我的死对头，所以趁着他还没醒，我打算尽情享受这头等舱，反正以后再也不敢坐美联航的飞机了。

可我万没想到，竟然遇上这么一位 Steve 先生，阴阳怪气儿提什么飞行员，让我头等舱也坐不踏实！也真是点儿背，机舱这么大，一半儿都没坐满，他偏偏坐我边上。

我正犹豫着怎么接话，空姐过来收杯子，顺便提醒 Steve 飞机就要起飞了请系好安全带，表情有点儿哀怨，也许是因为 Steve 美丽的鼻子眼看就要贴在我脸上。

还好 Steve 接受了空姐的建议，起身离开了我，不过并没离远，身体在半空中僵住，脸上突然充满讶异，转瞬又化成笑容，朝着我斜后方的什么人笑道："黎小姐！你也在这趟航班上？"

我不禁也扭头往后看，看见一位清爽的女士——对，这就是我对这女子的第一印象，虽然她也算得上漂亮，但我首先想到的就是清

---

① Benadryl，一种抗过敏药，具有较强的镇定、安眠作用。

爽，就像太阳下晒干的用好闻的香皂洗净的床单，或者夏夜穿过丁香树林的晚风。

她正坐在我斜后方，冲着 Steve 微笑着说："Steve，好巧啊！"她的表情却并不意外，似乎她早发现了 Steve。Steve 讪讪笑着说："我以为你明天才飞北京！"

"明天的 meeting cancel（会议取消）了，也就没必要多待一天了。"黎女士耸了耸肩，又微笑着做了个鬼脸，好像说了得罪人的话，又连忙道个歉。

Steve 顿时满脸歉意，朝黎女士作揖说："I'm terribly sorry（我太抱歉了）！实在是有些特殊情况，请黎总海涵！"一套陈词滥调，却被他处理得飘然出尘，像是他能在不同时空里自由穿梭。

"理解，你的助理在电话里跟我解释过的。"黎女士含笑点头，目光在我脸上轻轻一点，赶忙转向窗外。有什么可看的？飞机还没起飞呢！我心里一动，忍不住多看她两眼——算得上漂亮，但不算太年轻，总有三十开外，打扮得相当随意，像个干练的大学生，短发齐耳，穿一件无袖白羊毛衫，两条细长的胳膊莹洁光滑。她把身体缩在座椅里，胸部只有小小的起伏，就像她的着装一样毫不招摇，既没名牌也没首饰，手指甲和脚指甲也都没染，大概正因如此，在头等舱里反而显得有些不凡。

她就是 Eva Lee，黎雅雯，BesLife Biotech（碧徕生物技术公司）的创始人、CEO（首席执行官）。这是 Steve 在飞机起飞后告诉我的。我就知道她是离我最远的一类人，比穷人远——我就是在穷人堆儿里长大的，也比"土豪"远，比做生意的远，比当官的远，比医生、警察、公司白领都远，甚至比正宗的洋人还远——起码像亚瑟这样的洋人，我知道该怎么应付，但是像她这样的"香蕉人"，你永远也猜不透，她何时是中国人，何时又是洋人。

Steve 本来已经坐回座位里，可并没系上安全带，空姐已经开始安全演示，Steve 稍事迟疑，又起身凑过来，朝着我耳朵吹热气："Shoot[①]，被她盯上了。女强人，可真麻烦。"

空姐再次哀怨地看过来，他忙坐回自己的座位，系好安全带，整套动作干净利落。空姐看上去安心了，可我却越来越不踏实：女强人跟我有什么关系？就连这位 Steve 也跟我无关，下了飞机大家各奔

---

① shoot 同 shit，直接说 sh*t 显得太粗俗，因此改说 shoot。

东西，以后都别再遇上。

我当然又错了。

2

Eva——也就是 Steve 口中的"女强人"——并不是故意要和 Steve 在这架飞机上"偶遇"的，她并不知道 Steve 要搭乘这趟航班，这真的只是一个巧合。

这当然是她后来告诉我的，起先我并不相信，我从来不信任一心想要创业的人，就像从来不信任一心想要升官发财的人一样，再说哪个创业者不想跟大名鼎鼎的融资顾问"偶遇"呢？但是通过后来对 Eva 的了解，以及发现了某些令人震惊的真相之后，我倒是宁可相信 Eva。

为了把故事讲明白，我不得不偶尔从 Eva 的角度进行叙述，一部分是 Eva 告诉我的，另一部分是我根据对 Eva 和整件事的了解而脑补的，未必完全真实准确，但一个人一辈子所经历过的每件事，其实总会有自己脑补的部分，所以每个故事都不可能是绝对真实准确的。

Eva 是在三天前的一场鸡尾酒会上初次见到 Steve 的。Steve 风度翩翩，知识渊博，见解独到，他的名片也相当特别——既没公司也没头衔，就只有他的大名"Steve X"、手机号码、电子邮箱。这个"大名"未免不够光明正大——世界上哪有只姓一个字母的？但这股子神秘劲儿反而使 Eva 肃然起敬：她曾不止一次听说过"Steve"的传奇经历——曾经的顶尖商业调查师，摇身变成投资界的 broker（经纪人）——并不是那种帮客户交易证券的 broker，而是神秘的高级 FA（融资顾问）——来无影去无踪，能在"圈子里"呼风唤雨，并不是因为他掌握着资本，也不是因为他运营着优秀的企业，他根本不需要那些。他有的是关系和信誉——为投资人和创业者牵线搭桥，可又不是随便乱牵，这就是"高级"所在。他不但认识许多重量级的投资人，而且颇具慧眼，知道谁能投谁的所好。所以只要他愿意牵线，投资就已成功六七成。这个圈子里的人都太忙，最怕在不靠谱的人身上浪费时间。

Eva 的时间就非常宝贵，作为冉冉升起的高科技创业新星——BesLife 的创始人和 CEO，Eva 要求助理以每 15 分钟为单位规划她的时间。出席华尔街高科技产业大会的两天里，Eva 接受了五家媒体的专访，参加了三场酒会和两场晚宴，拜访了三家投行和两家私募基金，还抽空参加了五通电话会议。本来没有第三天的，但因为在一场酒会上邂逅了 Steve，Eva 这才决定无论如何要在纽约多停留一天。其实当 Steve 在酒会上承诺要帮她联系 Krishna Yeshwant[①]，她只当是逢场作戏，可没想到 Steve 当晚就打电话通知她，会面的时间和地点都定好了。谷歌风投的合伙人 Yeshwant 先生虽然为人低调，在生物医学产业绝对炙手可热，被他看中的好几家医药公司，市值都已经超过 10 亿美元，他可不是哪个 Start-up（初创公司）都见的。Eva 更加对 Steve 刮目相看，兴奋得彻夜难眠。她虽然表面风光，最近其实正遇上危机，如果真能得到优质投资，也就一时转危为安了。

按照公司官网上的介绍，BesLife 是一家致力于研发基因检测技术的高科技公司，一年前在美国加州红杉城[②]注册成立，有两位创始人：拥有基因工程和生物化学双博士学位的科学家 Shirley Fang 和她在哥伦比亚大学的同学 Eva Lee。

其实早在哥伦比亚大学读博时，Shirley 就曾鼓动 Eva 一起创业，但那时的 Eva 并没雄心壮志。可去年，当 Eva 在两家大学各做了三年 post doctor（博士后）之后，终于下定决心和 Shirley 创业。一个女人到了 35 岁才找到人生目标，也不知是福是祸。

为了新的人生目标，Eva 这辈子还从没这么辛苦过——自从 16 岁跟着父母移民到美国，为了适应美国的高中生活没这么辛苦过，为了考取哥伦比亚大学没这么辛苦过，为了博士毕业也没这么辛苦过，可为了创业该吃的苦都吃了。美国每年都有上万家公司成立，也有上万家公司倒闭，BesLife 却异军突起，吸引到媒体的关注，那都是靠拼命换来的。

然而即便出了些小风头，BesLife 还是遭遇了大部分小创业公司都要遭遇的巨大危机——天使投资马上就要烧光，新的投资仍没着落。拥有不少媒体报道是一回事，拥有投资是另一回事，前者就像名噪一时的网红，过不了几天就什么都没有了。但 Eva 不打算就这么认输。她以前并不是不撞南墙不回头的那种人，然而自从创业，自从有了 BesLife，她是了。

特别是每当 Bob——她脾气不大好的丈夫——瞪起一双老鹰眼冲她咆哮，她就用 BesLife 安慰自己。只要 BesLife 存在，她就能忽视歇

---

① 克里希纳·叶什瓦特，谷歌风投领导医疗投资的普通合伙人。
② Redwood City，在旧金山和硅谷之间的一座小城。

斯底里的怒吼。可 Bob 最近变本加厉,不仅表情凶恶,用词也越发恶毒。就在昨晚,当她决定要提前一天飞往北京时,Bob 恶狠狠地说:"你为什么不去死?"她当时真想冲到那 78 层公寓的阳台上……可她忍住了。她想,如果 Bob 再说一次,她就跳下去。

她知道 Bob 迟早还会说的。所以 BesLife 必须成功,让她有力量阻止自己跳下去。Steve 就像一根救命稻草,带给她和著名投资人见面的机会。

然而见面还是被临时取消了。Steve 的助手在电话里道歉个不停,她向 Eva 解释,并不是 Yeshwant 爽约,而是 Steve 突然有了更重要的事情——他需要立即启程,陪同一位非常重要的人物去国外出席一个重要会议,因此下面几天在纽约的一切计划都取消了。Steve 的助理当然不会透露更多细节,因此 Eva 并不知道那位"非常重要的人物"是谁,也不清楚 Steve 将要陪那人去哪儿。可她很清楚在 Steve 的名单里,自己根本算不上重要,甚至就连大名鼎鼎的 Yeshwant 也不是最重要的。Eva 在沮丧之余,更觉 Steve 深不可测。

Eva 更改了航班,提前一天飞往北京。既然会议取消了,她就没必要在纽约多停留一天。尽管 Bob 因此怒气冲天,可她还是坚持这么做了——北京是她唯一的希望。

果然就像中了头彩——她竟然在飞机上邂逅了万能的 Steve,还有 Steve 陪同的"重要人物"——一位打扮时髦、风度翩翩、微微跷着兰花指的年轻男子。

3

在机舱里那会儿,我当然不知道 Steve 到底有何神通。我只当他是哪家大公司的高管,或者是位律师,是个有钱人没错,但并不像超级富豪或者暴发户,他打扮得过于精致,似乎花了不少心机,无论衣着还是举止都不只是为了炫耀,而是具有某些更实际的功效。

飞机起飞后我放平了座椅。头等舱的座椅能够变成一张沉入式的小床,被四周的桌台掩护,像是躺在战壕里,再戴上降噪耳机,好像躲进世外桃源。不过好景不长,空姐过来送餐,酒水、坚果、头盘、主菜、甜点,一道又一道送个不停,躺着吃很不舒服,不吃又实在不甘心,我只好再竖起椅子,又想起 Steve 刚说过的"开飞机的也都很会打架",心里惴惴的,不禁偷看了他一眼,不禁吃了一惊:他正向我举起红酒杯,就像是一直在监视我。

　　我敷衍着举了举杯，他却一口喝掉了半杯红酒，然后冲我挤了挤眼，带着一股阴柔的邪气。我突然意识到，这家伙也许真有"特殊趣味"，因此和亚瑟彼此认识，那个圈子里的人相互结识，有时并不看重背景和阶层，亚瑟在他的脸书里发过我们的"订婚照"，也许这位 Steve 先生认出了我？可惜飞机正在一万米高空，我没法儿上脸书去检查亚瑟的好友列表。

　　我正琢磨着，突然闻到一阵香风，是"女强人"去洗手间，从我身边经过，穿得那么随便，倒是还要涂高级香水，这也是洋人的特点。我突然很想冲着那婀娜的背影吹口哨，不过忍住了，我虽不是正经人，但是不想让她这么认为，我正光鲜靓丽地坐在头等舱里，跟她的熟人交头接耳。我猛然意识到，我跟 Steve 这一路眉来眼去，大概都被她尽收眼底了。我突然有一股冲动，很想找她澄清一下，我并不认识 Steve，对 Steve 也没兴趣，我对男人没兴趣，这冲动让我有些纳闷儿：她又不是美若天仙，而且也比我老，我对老女人向来不感兴趣，更何况她还认识 Steve，而 Steve 又很可能认识亚瑟，这些人以后都是不能见的。又一转念，我就是一个偶然混进头等舱里的小骗子，人家以后为什么要见我？即便是对我表示着兴趣的 Steve，大概也只是想在漫漫旅途中找点儿乐子，下了飞机也绝不会再搭理我的。

　　我不禁自嘲地笑了笑，显然又被 Steve 发现了，他索性又凑过来，朝着刚刚关闭的洗手间努了努嘴："她巴不得想要认识你呢！"

　　"谁？"我脱口问道，心里微微一动。我知道 Steve 说的是"女强人"，可我不明白"女强人"为什么想要认识我。

　　Steve 又瞥了一眼洗手间，低声说道："Eva 黎，BesLife——碧徕生物——的 founder（创始人），硅谷的创业新星，她正在找融资。"

　　"碧徕生物"这个词有点儿耳熟，不记得在哪儿听到过，可见小有名气。我"哦"了一声，并没往下问，尽管我完全不明白，她找融资跟我有什么关系，但我保持沉默，Steve 肯定还有话说。果然，他冲我狡黠一笑说："星朱集团会不会感兴趣？碧徕生物也算是独角兽了。"

　　这下儿我更纳闷了，哪个星朱集团？我只听说过香港星朱集团，不只我听说过，小学生也都听说过——据说现在连小学生都开始读励志书，把成功企业家当成偶像，像星朱集团那样的巨无霸与我何干？莫非，是这位 Steve 先生认错人了？我恍然大悟，他大概是把我当成星朱集团的什么重要人物了，怪不得一路都在献殷勤。我越想越好奇，很想证实我的猜测，于是顺着他的话头往下说："你觉得呢？"

"我觉得应该会。"Steve 颇为自信地说，"令尊前几天接受《联合早报》采访时不是还提到过，星朱计划进入 biotechnology（生物技术）领域？"

我确信他是认错人了，这也没什么不好的，我装模作样地挑了挑眉，故意一言不发。我向来并不关心星朱集团或者任何别的什么集团，因此不能完全确定他说的"令尊"就是大名鼎鼎的星朱集团总裁朱润达，但我不介意临时扮演一下那位"令尊"的公子，尽情享用公子应有的待遇，反正这位 Steve 先生并不认识亚瑟，我还担心什么？

我顿时轻飘飘的，这才发现越洋航班的头等舱是如此舒服——全新的波音 787 客机，舒适私密的空间，专属于我的视听系统，还有一位精英帅哥对我大献殷勤，只可惜晚餐已接近尾声，真想让空姐再上一遍，让我慢条斯理地享用每一道菜肴，虽比不上高级西餐厅，总比经济舱的伙食强太多了。也不知还会不会有更美妙的事情发生，Steve 不是说黎女士很想认识我？

"对不起，我……是不是认错人了？"Steve 突然离远了一些，紧张兮兮地看着我。我暗暗吃惊，心中十分纳闷，我什么都没说，难道就被识破了？我玩儿心正重，实在舍不得这么快就结束游戏，连忙耸了耸肩，模棱两可地回答："你以前见过我？"

"No！我没见过您！"Steve 仿佛松了一口气，笑道，"不过早听说您年轻有为，一表人才，所以……"Steve 沉吟了片刻，压低了声音，满怀歉意地说："航空公司的一位朋友告诉了我您的座位号。我实在太冒昧了！"

我立刻明白了：这位 Steve 先生是靠着航空公司的内线和"VIP"们在飞机上邂逅的，只不过，这座位的主顾并没登机，座位被乘务长临时送了人情给我。我忍不住笑道："哈！你不是间谍吧？"

Steve 脸上瞬间没了表情，只在嘴角残留着一丝冷笑，让我后背一凉，后悔自己一时忘形，其实我并没有贬义，他确实让我想起 James Bond（詹姆斯·邦德）。我讪讪道："开个玩笑。"

Steve 立刻换了一副表情，谦恭地说："朱先生，明晚有一场宴会，如果您没别的安排，不知能不能请您赏光？"

朱先生——星朱集团的总裁就姓朱，看来他果然是把我当成星朱集团的少东家了。我低头含笑，既不说可以，也不说不可以，尽管我已打定主意拒绝他——我可不打算玩儿得那么过火儿，在飞机上过过瘾就得了。

　　Steve 见我不答，又补了一句："只是小范围的聚会，黎小姐也会参加。"他把目光再次投向洗手间，洗手间的门偏在此时开了，就像是他念了咒语，让黎小姐偏偏在此刻从洗手间里出来，再次经过我身边，又是一阵香风，让我心中一荡。

　　我微笑着摇摇头，不做任何解释。除非迫不得已，我不会轻易让谎话直接从我嘴里说出来。我可没说我诚实，正相反，我算得上是撒谎专家，正因如此，我知道撒谎是个技术活儿——朱公子不会对一个在飞机上主动搭讪的陌生人多加解释吧？

　　Steve 遗憾地耸耸肩，立刻退回座位里。这反倒让我有点儿失望，怎么那么轻易就放弃了？为了跟朱公子邂逅，他可费了不少心思呢！

　　晚餐结束，头等舱的灯都熄了，变成一座黝黑的山洞，寥寥几位乘客也都躲进"战壕"里，像是准备冬眠的动物，Steve 却没睡，仍坐着用手提电脑，我歪在半平的椅子里看电影，心思却不在电影上，想着 Steve 说的宴会，心里有点儿痒痒，可是技术难度太高——谁知会不会碰上认识朱公子的？即便碰不上，在餐厅里聊天总不能像在头等舱里这样爱搭不理的，如果当真有人聊起星朱集团，分分钟就要露馅儿。所以宴会肯定不能去，只能在飞机上再看两眼。我想回头，又怕被 Steve 发现，所以干脆起身去厕所，黎小姐果然也没睡，也正凝视着手提电脑，像是上自习的女大学生，我上过大学，可是没毕业，因此对大学女生总有些莫名的恋恋不舍。

　　等我再回到座位，Steve 已经关了电脑，放平座椅，沉入黑暗的"战壕"里。我无事可做，也只好睡觉，再醒来时机舱里灯火通明，航空小姐在忙着上早餐，Steve 当然也醒了，不过没再跟我搭讪，甚至都没再看我一眼，好像换了个人，一直到飞机降落。这让我颇为失望，而且百思不解，不知自己在哪里穿了帮。

　　黎小姐是第一个下飞机的。飞机刚一停稳，她就大步流星走到机门前，雄赳赳站着等，争分夺秒似的。她背着一只极普通的双肩背包，拉着一只更普通的登机箱，头发拢得整整齐齐。我排在她身后，又闻见一阵清香，但是跟刚才略有不同，我心中诧异：她也喷发胶了？我突然明白过来，扭头看身后，Steve 果然正紧跟着我。他的行李更少，只提着一只公文包，头发一丝不苟，西服严丝合缝，完全不像刚刚坐了十几个小时的飞机。他站得离我那么近，让我有种预感，他还有话要跟我说。

身材高大的金发乘务长终于完成了和地勤的交接，侧身请乘客下机，顺便笑盈盈对我说："替我向亚瑟问好！"我连忙点头微笑，快步逃出机舱，心想当她下次跟亚瑟聊起我，大概要气得吐血。黎小姐的背影在前方七八米处，走得铿锵有力，完全是个创业女强人的背影。我正要加快步伐，突然有人拽住我的胳膊，在我耳边低声说："咱们的车到了。"

拽住我的人当然是Steve。我顺着他的目光往廊桥下看，停机坪上果然停着一辆灰色的面包车。我听亚瑟说过，这是专门接送贵客或者犯人的专车，我们从休斯敦飞纽约时，头等舱里就有一位是被这样的专车直接从停机坪上接走的。我正要跟Steve说这可不是接我的，他却抢先说："这是接我的，如果朱先生不介意，可以跟我一起。"看我有些犹豫，他又补充说："进海关快些，也有人替咱们取行李。"

我其实不介意多享受一会儿"朱公子"的待遇，可又有点儿舍不得黎小姐，不过她走得太急，我怕也追不上，所以还是跟着Steve坐专用电梯下到停机坪，穿制服的司机为我们打开车门，让我再次感到了满足。

就像Steve所说，海关过得很快，特殊通道就只有我们俩。我坚持请他先过关，为了不让他看见我拿的其实是中国护照。过关之后，我们被送进一间豪华的休息厅里喝咖啡，休息厅里铺着厚地毯，摆了几台巨大的皮沙发，很有些接见外宾的架势，里面只有两三个客人，都像是颇有身份的，不过没有黎小姐，看来她还是不够尊贵。

过不多时，托运行李送来了，Steve叫的专车也来了，他并没有要送我的意思，临走塞给我一张名片："我叫Steve，是融资顾问。"我接过名片看了一眼，那上面除了电子邮箱和手机号码，什么信息都没有，甚至连姓都不完整，只有一个"X"。这世界上哪有姓"X"的？我故意微笑着说："艾克斯先生，幸会！"他朝我挤挤眼，从衣兜里掏出一只小巧的信封递给我，神秘兮兮地说："明晚为您准备了一份薄礼，期待您能赏光！"

我的手机是在Steve走出贵宾厅后才响的，响得很是时候，没让我在Steve面前穿帮——耗子的南腔北调迫不及待地从手机里冒出来："博士！出来没有？我刚查的，都降落半天啦！怎么不回个微信？我在收费站等着呢！你麻利儿的啊！咱妈等着给你接风呢！"

我怕Steve还没上车，没敢立刻往外走，一边举着手机应付耗子，一边从信封里把卡片抻出一个角儿，瞥见半行字："钓鱼台国宾馆……"原来是一张请柬，地点还真讲究，而且还有薄礼？Steve可真是煞费心思，给富豪公子的见面礼得有多少？几千肯定拿不出手，至少得上万吧？我顿时怦然心动，不过还是决定忍痛放弃。我可不傻，不会给自己惹麻烦的。我随手把请柬塞进裤兜，有点儿舍不得立刻扔掉。

我莫名地又想起黎小姐急匆匆的背影，也不知她急着去哪儿？会不会有人正捧着玫瑰，在海关出口望眼欲穿地等着？

4

按照我后来的了解，那天的确有人在机场等她，不过没有玫瑰。等她的是某网约接机服务的司机，准备把她直接送往国贸。她的目的地是位于国贸A座38层的费肯投资（北京）有限公司，也就是巨无霸跨国公司费肯集团在中国区新成立的投资子公司。为了节省时间，她连托运行李都没带，就只背了一只背包，Bob还为此唠叨了半天，说她实在不像个女人。

Eva被前台秘书带进一间小会议室，已经有一男一女在等她。两人都没自我介绍，这让她很不自在。男人穿高级西装，搭配粉红色领带，颇有些高级经理人风范，大概就是和她一直交换电子邮件的投资部总监Eric Wang。那位女士的身份则不得而知，她身穿职业套装，身材娇小，年轻貌美，不像是高管，倒像是高管的助理。Eva猜测，像Eric Wang这种风光一时的职业经理人，难免有个非常亲密的小助理。

会议室里散发着淡淡的甲醛气息，验证了小道消息的准确性：费肯集团为了新设立的投资部门，在费肯在中国的核心业务——费肯会计师事务所所在的楼层新租了一片办公区，面积不大，门脸儿也远不如费肯会计师事务所那么醒目，不过据说这里以前是一家著名的香港投行，是赚钱无数的风水宝地。

Eva打开手提电脑，想要展示她展示过数百次、又特意为这次会议在飞机上一路修改的PPT，她的开场白也是重复过上百次的：

"这并不是通常意义的荧光染色，那正是第二代基因检测最大的困难之一，因为需要天量扩增DNA样本，严重增加了时间和成本，却仍然不能有效减少误差。而我们的方法，不需要扩增DNA，也不采用荧光染色。我们是通过量子光学原理，在……"

"黎博士，我们看过您的PPT。"Eric Wang不耐烦地打断Eva，"而且，我们的专家团队已经研究过您的论文了，但那并不是我们最关注的。"Eric Wang 故意顿了顿，以强调他将要提出的问题："我知道贵公司在美国有很多媒体曝光，是基因测序行业的一枝独秀，您能舍近求远跑到太平洋这边来跟我们谈，我感到非常荣幸。不过，就像大部分投资者一样，我们很关注你们已经做到了什么。"

"我们的技术获得了美国专利局的……"

"我们都知道在美国注册了专利，并不等于做出了产品，我们关心的是，现在进展如何。"

而这正是 Eva 的软肋。BesLife 虽然申请了专利，但是尚未完成商用测序机的研发。当然她在论文里描述的——利用某种量子光学技术替代荧光染色，以大幅度降低基因检测的成本——也并不只是个大概构想，不然那篇论文也不可能在颇具声望的学术期刊上发表，并帮助她融到 800 万美金，在位于硅谷边缘的红杉城租下一间 4000 平方英尺的办公室，聘请 14 名员工，其中八位是名校毕业并具有多年研发经验的软硬件技术的专家，由他们组成核心研发团队，负责把 Eva 在论文里的设想变成一架成本低廉、操作简便的设备。研发团队的领导人是 BesLife 的联合创始人 Shirley——哥伦比亚大学基因工程和生物化学双料博士，并且曾在硅谷的另一家基因技术公司里担任过两年研发科学家。这个研发团队曾经是被华尔街的分析师们颇为看好的。

然而一年过去了，BesLife 并没交出理想的答卷——之前承诺的低成本高通量高精度样机还只是一堆摊在实验台上的零件，完整的检测只能在实验室里完成，成本并不低廉，测试结果的准确率也并不理想。Shirley 每天都向 Eva 重复同一句话：就差一点点了！

Eva 一直都相信 Shirley，也相信"就差一点点"，因为她相信自己的理论。她在斯坦福大学做博士后期间，亲自参与了一个通过量子光学方法进行核酸检测的项目，她的导师是全世界最德高望重的科学家，也是导致她下定决心创业的重要原因——斯坦福大学的教授们都喜欢鼓励自己的学生创业。Eva 对 BesLife 保持着信心。

所以她对 Eric Wang 和不明身份的年轻女子说："实验室里的结果正在逐步改进，检测机的研发正处于关键时刻，我们需要的只是时间！再给我们……"

"我们开会研究过了，"Eric Wang 再次打断 Eva，不留余地地说，"我们可以给 BesLife 投 200 万美金，不过条件是，我们需要 51% 的股份。"

Eva 大吃一惊，BesLife 原本估值 4000 万美元，就算遇上了难关，也不能贬值到十分之一啊！再说她还从没听说过哪家风投或者私募要拿走这么高比例的，这不是在投资，而是在收购，BesLife 将不再是她的，费肯可以不经她同意就把 BesLife 变成软件公司或者咖啡店的。

Eva 合上电脑，站起身，很有礼貌地说："我得跟我的 team（团队）讨论一下。"这一年来的挫折早已让她学乖，尽管她心中暗骂：去你妈的。

她的掩饰似乎并不成功，她看见那个身份不明的女子脸上瞬间划过的表情：You are a loser（你是个失败者）。那不该是一个总监秘书该有的表情，不过也说不定，她 16 岁就跟随父母移民美国，根本不了解这个国家的"秘书"们，她甚至不再了解中国人，除了她父母那样的移民美国的中国人，那群被漠视和边缘化的少数人，只愿沉浸在自己的小圈子里自娱自乐，靠着彼此施舍的一点点尊重而生存。当然也有例外，她丈夫 Bob 的家人就从来不屑于只跟中国人打交道，更不在乎别人都在说什么，那个 40 年前从广东小镇漂洋过海的移民家庭坚信，在资本主义社会里，唯有钱是最重要的。

Eva 走出国贸大厦，天竟然还没黑透，起伏的摩天大楼折射着晚霞的余晖。一场让她满怀期待飞行一万公里来参加的会议，竟然就只持续了不到 20 分钟，让她倍感迷茫。

这时她的手机响了。为了和美国时刻保持联络，她并没给手机更换本地电话卡，就让它漫游着，反正就算节省一点国际漫游费，也拯救不了 BesLife。Eva 又是一阵绝望，百无聊赖地掏出手机，心想着该怎么应付 Bob。

可屏幕上显示的是"Steve X"，并不是"Bob"。

她精神一振，连忙接通手机，听见 Steve 沉稳而优雅的男中音："黎博士，很抱歉啊！在飞机上没跟您多聊几句。"

"不不！没关系……我知道您在陪同……我是说，我知道您不方便……"Eva 有点儿语无伦次，心中莫名地又升起了希望。

Steve 话锋一转："让我猜猜，您到北京，也是来参加费肯的创投峰会吧？"

5

耗子开着车在机场兜兜转转，半天才找到贵宾厅专用的小停车场，见我走出大门，忙上前从我手里夺箱子，夺了箱子还要抢挎包，像是在打劫一个没有反抗能力的老太太。我全都给他，不想在贵宾室门前拉拉扯扯，服务员们看得见呢。我拉长了脸，跟他保持着距离。耗子被泼了冷水，用白眼儿翻我，我猜他在心里暗骂：瞧你丫那操行，你丫有文化，就把别人当孙子？

耗子确实没文化，初中都没毕业，所以总爱把自己打扮成特"有文化"的样子——深色西服、白衬衫、黑皮鞋，以为这就是精英范儿。他今天更是一丝不苟，穿一套黑色三件套，配黑色领结，领结下挂着一枚耀眼的小金佛，完全是大户管家和黑社会小弟的混搭。他一手扶着我的箱子，一手为我拉开车门，真可惜 Steve 走得太早，没看见这一幕。

我等耗子把车开出停车场，这才原形毕露，抬手胡噜他脖根的短发："哥，今儿帅死啦！"耗子并没躲闪，只是梗起脖子，从耳根红上两腮，咧嘴笑骂道："瞎鸡巴摸什么？痒！"

"你这是往哪儿开？"我顺着他的后脖颈子摸上脑瓜顶，好像摸着一只刺猬，也不知喷了多少发胶。

"往望京开啊！妈等着你开席呢！"

"不想去妈那儿。"我收回了手，悻悻地说，"想回我自己那儿，累了！"

然而"我自己那儿"也是凤妈的房，南二环外旧筒子楼里的一个开间，跟邻居共用厨房厕所。以前凤妈带我们仨住在那儿，中间扯一张帘子，两边各摆一张上下铺，现如今租给我住，每月租金 1500 元。

"那哪儿成？远道而来，哪能不给你接风？"耗子把一双小细眼儿瞪成两颗围棋子儿。我百无聊赖地说："一共就走了三四天，有什么可接风的？"

"不能这么说啊！怎么也是去了趟美国！"耗子故意粗声大气，脸上的表情不太自然，"可怎么这么快就回来了？不是说要去两个礼拜？"

我之前的确说过，我要去美国两个礼拜，因为听上去很合理。我当时也不知道我会去多久，也许几天，也许几十年。我只说有个大学同学结婚，请我去参加婚礼，之后再顺道儿玩玩，绝不能让凤妈知道亚瑟，不然她能扒了我的皮。

所以耗子的问题让我心虚，四天的确太短，凤妈大概也要起疑。我从挎包里掏出一瓶男士香水，朝着耗子一喷，车里立刻香得呛人。"阿玛尼的！"我边说边从后座上把耗子的 LV 小挎包拿过来，把香水硬塞进去。耗子身高一米八，偏偏喜欢小款挎包，斜背在腰间，活像个汽车售票员。

耗子用手当扇子使劲儿扇了扇，咧嘴一笑："你丫甭想收买我！"

我愁眉苦脸道："哥，能不能说我病了？肠胃炎？发高烧？让海关扣了？"

耗子一脸为难："我都已经给妈发微信了！不把你接回去，她能饶了我？"

这话让我心里更没底，像是要赴鸿门宴。

凤妈在望京的公寓是一套大三居，2008 年金融危机之后入手的，入手时每平方米 9000，现在起码 9 万，人人都说，凤妈是只金凤凰。

凤妈名字里确实有个"凤"字，气场又很强大，所以即便是在年轻时，别人也都叫她凤妈，实比凤婶、凤嫂听上去更有地位。也有些地痞混混之类叫她凤姐儿，不怀好意地把"儿"音拖得老长，她就一手叉腰，另一只手指点着对方的脑门子说："凤辣子可有本事！老娘要是真有她一半儿，还能容你们这帮贱肉儿在这儿作践人？快滚回家作践你老婆去！小心背着你偷汉子！"

凤妈原本是山东人，在江湖上混久了，口音也是南腔北调，虽然没上过几天学，但看过好多遍电视剧《红楼梦》，又听过许多古典小说改编的评书，所以骂粗话也骂得古色古香，在布置房子方面就更不输给别的太太们：除了主卧是欧洲皇室风格，其他房间一色的红木家私，古玩字画一应俱全，一间次卧做书房，放一张仿古实木大桌，一把太师椅，一张雕花罗汉榻，桌上笔墨纸砚俱全，榻上摆一只炕桌，桌上摆一条翡翠如意、一支古董烟枪，让人很想爬上去嗑几口。另一间小次卧索性就做佛堂，供一尊观世音菩萨，佛台跪垫，香炉瓜果，一样不少，只是从不见她烧香祭拜。那房间以前是我的卧室，我是三年前搬出去住的，就是被大学勒令退学的第三天。对于我要搬走这件事，凤妈既不赞成也不反对，就只冷笑着说："房间我给你留三个月，想回来可以，过了三个月，这儿就再没你的地方了。"

凤妈向来说一不二，三个月一过，立刻把那房间里的家具统统卖掉，改作了佛堂。凤妈说，送走了一尊，又请来一尊。我答：那您得再请两尊。红霞在一边搭茬儿：我们算什么？咱家就你这一尊！

凤妈确实对我偏心，红霞和耗子都是被她撵出去的，只有我是主动搬出去的。在这之前，这家里没人敢在任何事情上自作主张，凤妈是绝对的独裁者，掌握着一切生杀大权，当然也掌握着银行卡和房产证。红霞和耗子虽然都搬出去住，却仍开着凤妈的车，捧着凤妈给的饭碗，因此对她俯首帖耳。他们常说，只有我敢在凤妈头上动土，其实不然，我也怕凤妈，毕竟是她把我养活大的，而且又不是亲妈。

我自打有记忆就跟着凤妈，完全不记得自己的亲爹亲妈，也不记得是怎么到的凤妈家，我偷偷问过耗子，可他不知道，他说他到凤妈家时我已经在了，只不过很小很小。我也偷偷问过红霞，红霞非常神秘但是信誓旦旦地告诉我，是被二叔——凤妈的老公——带回家的，可我并不记得二叔，据说他在我很小的时候就进了局子，因为杀人被判了无期。

据说凤妈也进过局子，不过我无法确定。就在我上小学前的春天，凤妈一连几天没回家，回家就把一窝孩子都送走了，只留下三个——红霞、耗子和我。她带着我们搬进筒子楼，在胡同口盘下一家小药铺，稀里糊涂把我们抚养大。是我稀里糊涂，我猜凤妈可不糊涂，她供我从小学读到大学，一心想让我找个正经工作，所以既没让我像红霞那样帮她打理药店，也没让我像耗子那样四处倒腾药，所以我并不真的清楚，凤妈到底如何发了财，买了两辆车，还有这望京的大三居。

我跟着耗子一进门，不禁有些纳闷儿，也就几天没来，客厅里似乎发生了变化，变得狭窄了，中间支起一张大圆桌，可那是每次全家聚餐都要支的，以前并不觉得这么局促。我又细看了一遍，原来是把供着观音菩萨的佛柜移到了客厅里，正对沙发摆着，小次卧屋门紧闭，也不知里面变成了什么。大圆桌上空空荡荡，一样小菜都没有，这也有点儿反常，让我心里不踏实。

耗子看见乔迁的菩萨似乎并不惊讶，走过去拜了拜，仍不尽兴，见香炉里插着几根整香，忙从裤兜里掏出打火机点燃，又毕恭毕敬地再拜一拜，这家里就他最尊重菩萨。

"哎哎哎！耗子你要死了？谁让你在屋里抽烟的？"红霞的细嗓子抢在身体之前进了客厅，即便是骂人也很甜美。

"谁抽烟了？"耗子蒙了冤，又向菩萨拜了拜，嘴里小声嘟囔着，"人早改名儿了，还耗子耗子的瞎鸡巴叫！不认字儿啊！"

耗子的本名本来也不是"耗子"，而是宋好才，后来他正式宣布改名叫宋豪才，可我们都还是叫他耗子。

红霞的身体终于进了客厅，好像一株爬山虎，顺着厨房的门框蜿蜒而入，她那高大丰腴的身子里似乎没长骨头，但凡有东西可倚靠，她就一定要靠着。她见耗子在拜菩萨，也草草地拜了拜，肩仍抵着墙，压低了声音跟耗子嘀咕："点香也不成啊！你老实着点儿！"说罢朝厨房努努嘴儿，提醒耗子厨房里的凤妈心情不佳。红霞穿一件绿色碎花连衣裤，中间紧箍着一条细腰带，让人看着喘不上气，也让她的胸部大得出奇，仿佛衣服下面塞着两只气球。我从小就不喜欢女人胸大，只喜欢小巧柔软的，大概就是因为红霞，因为小时候曾有一个阶段，我和她面对面站着，眼睛正好跟她的胸齐平，那会儿已经大得像是塞着两只寿桃，还常常一颤一颤的，尤其当她背着凤妈欺负我的时候，总是颤得非常厉害，并且散发出一股子变质牛奶的异味儿——那会儿她还买不起香水儿，后来买得起，也就更难闻了。

红霞并没朝我看，好像客厅的沙发上根本就没人。我心里又开始发毛——她以前假装看不见我，往往是因为我闯了祸，她要在凤妈面前跟我"划清界限"。我硬叫了一声"姐"，她立刻朝我飞了一个笑，不过并没打招呼，好像担心话说多了会惹麻烦，凤妈还没露面，气氛已经相当紧张了。

"上不了台面的下作玩意儿！"

凤妈终于从厨房里大步走出来，脸拉得老长，边走边骂，谁也不看，也不知骂的是嘀嘀咕咕的红霞，假装专心烧香的耗子，还是坐在沙发里发呆的我。凤妈身穿紫色连衣长裙，胸口和袖口都开得很大，完美展示着金项链和翡翠手镯，肩披一条暗红镂空毛线大披肩，像是舞台上德高望重的女歌唱家，谁能想到20年前，她曾破衣烂衫地坐在国贸立交桥下乞讨？都说这20年中国的变化翻天覆地，凤妈就是写照。

凤妈双手端着个大盘子，上面倒扣一只银罩子，大概是我的最爱——清蒸鲈鱼，竟然启用了我从香港给她买回来的西餐餐具，可见她兴致还好。我暗暗宽慰自己，想叫"妈"却还是不敢，生怕提醒了她，"下作玩意儿"正坐在沙发里。

红霞见凤妈骂骂咧咧走出来，连忙吊起眉梢，高声声讨耗子："败家子儿！香不要钱啊？"

"摆了就得正经供着，不然菩萨要生气的！"耗子不服，小声嘟囔着，"我又没因为看男人追尾，也不知是谁败家！"

这事儿我倒是知道。上个礼拜，红霞开着凤妈的奥迪车经过十字路口，交警长得帅，她多瞅了两眼，追了尾，当时我和耗子都在车上。她说要瞒着凤妈偷偷把车修了，我就知道瞒不住，因为她不肯自己掏钱，必定要走保险，但行驶证常年锁在凤妈的保险柜里，和车本儿、房本儿、银行卡都锁在一起，谁也甭想打歪主意。

凤妈把盘子"咚"地墩在大圆桌正中间，耗子赶紧住了口。红霞见势头不妙，连忙从沙发角里拿起皮包，掏出两个小药瓶，满脸堆笑地凑到凤妈跟前说："妈！上次我跟您说的那个'美必来'！从衰老的皮肤到不良基因，让你从内到外焕然一新！您看我才吃了两个礼拜，皮肤亮多了！皱纹儿也浅了！我特意给您留了两瓶儿，你吃吃看？特管用！保准年轻 10 岁！"

我猛然想起在飞机上听 Steve 提到的"碧徕生物"，原来以前听到过的并不是这家公司，而是红霞口中的"美必来"，不禁微微有些失望。

凤妈推开红霞的药瓶子，骂道："年轻干吗？也像你这小淫妇一样，整天冲着男人发骚？贱到骨头里了！干吗不把你干过的不要脸的事挑几件告诉那条子，让他把你铐进局子里，你好天天守着他！"

红霞碰了一鼻子灰，也拉长了脸，一屁股跌进沙发里。她平时嘴不饶人，这会儿却不敢出声儿。我微微松了一口气，心想凤妈大概是因为奥迪车生气呢，那可与我无关。我立刻恢复了活力，打算主动发挥特长——两个大的惹凤妈生气，向来都是靠我解围的。我甜腻腻叫了一声"妈"，起身去揭那银罩子，一边说："您做啥好吃的了？我可先下手了，饿死了都！"

凤妈却雕塑似的站着，不像以往那样打我的手，也不揪我的耳朵，就只死盯着我一语不发，像是警察盯着嫌犯。我心里发慌，不知如何是好，只能硬着头皮揭开罩子，却不由得大吃一惊！盘子上果然是条鲈鱼，却是条生鱼，肚子上血淋淋几道刀口，腥得让人作呕。我赶快把盖子又盖回去，心存侥幸地讨好着说："哎哟！妈，忘了蒸了？我帮您蒸吧？"说罢端起盘子，正打算往厨房里溜，凤妈却一把掀翻了盘子，怒不可遏地骂道："蒸个屁！怎不在美国给你那洋爷们儿蒸？没人伦的东西！"

我心中一沉，自知预感是对的，凤妈都知道了。可她是怎么知道的？我不禁瞥一眼红霞，她慌忙把目光移开，肯定就是她！可她又是怎么知道的？我百口莫辩道："妈！您又听谁瞎逼逼了？哪来的洋爷们儿？这是谁缺了祖宗八辈儿的德，在背后造我的谣呢？"

"红霞，把你刚刚在厨房里跟我说的，都再说一遍！"凤妈大手一挥，像是命令红霞冲锋。红霞立刻涨红了脸，讪讪道："妈，您怎么念完经就打和尚啊？那什么，桔子，我有个在欧洲的姐们儿，在脸书上看见你照片儿了。那谁，叫啥来着，对了，亚瑟。你知道他发了你俩的合影吗？"

我顿时两眼发黑。我当然知道，那条脸书是亚瑟当着我面儿发的，在机场跟我搂在一起的自拍，非说是"订婚照"，还特意配了一行英文："We are getting married！（我们要结婚啦！）"我本来不想照的，两个大男人要结婚，还要广播给全世界？我倒没有歧视谁的意思，但恋爱结婚这种事难道不算是隐私？可亚瑟说正因为是两个男人要结婚，才必须让全世界都知道，不然就是缺乏自信。美国人是不是都有点儿神经病？

我决定誓死顽抗。我可不想让凤妈挥舞着拖鞋满楼道追我，更不想无家可归——我还低价租着凤妈的旧公寓呢！我朗声笑道："哈哈！我当什么呢！我是在同学婚礼上遇见那哥们儿的！他是新娘的朋友，大伙儿都喝多了，胡扯呢！"

"哦？是吗。"红霞扬起眉，嘴角儿微微一颤。如果多看几篇亚瑟发的脸书，就知道亚瑟一直在盼着我去美国，绝不是我刚说的这样。可我总不能束手待毙。我坚定而有力地点头："是啊！当然！"

我借着点头的力道，狠狠瞄了红霞一眼，就像猫瞄着猎物。对这个花红柳绿的小贼人绝不能忍气吞声！她虽然喜欢虐人，其实更喜欢被人虐，正如凤妈所说"贱到骨头里的"，就像一切自以为翻了身却永远翻不了身的屌丝一样，当然我也是其中之一。我又偷看了一眼凤妈，她正半信半疑看着我，我连忙赌咒发誓："向妈保证！我绝对不喜欢男人！我要是喜欢男人，让我便秘憋死！"

凤妈脸上微微一抽，也不知是因为愤怒还是鄙夷，或者是想笑却憋着。红霞倒是尽情笑起来，紧跟着来了一句："说反了吧？那还能便秘？哎呀，我可没别的意思，好歹是一家人，也不能连喜酒都不让喝啊！"

红霞目光流转，笑盈盈地飞了耗子一眼，也是故意的。就算她跟耗子更亲，也舍不得不趁机恶心他一下儿。耗子正面色发青，低着头冒冷汗，其实最怕提起这个话题的应该是他，尽管他看上去比电线杆子还直。我其实挺心疼他，可又实在不能让红霞得逞，所以笑着说："姐的经验可真丰富！"

"丰富个狗屁！怎么养了你们这一群没廉耻的东西？"凤妈一声咆哮，屋里顿时鸦雀无声。凤妈审犯人似的问我："不是说要去两个礼拜？怎么这么快就回来了？让洋人甩了？"

"妈！哪能啊！您儿子这么帅，哪能被别人甩了？"我嬉皮笑脸地去拽凤妈的喇叭袖口儿，她立刻甩开我的手，像是甩掉一只苍蝇或者毛毛虫："别拿脏爪子碰我！还不知整天攥着什么恶心玩意儿！"

我就知道这一关不好过，后背直冒冷汗，只怪自己没事先想好借口，只好嘟囔着说："有事儿呗，有工作！"

凤妈冷笑道："工作？就那（nèi）一礼拜也没一个客人的破酒馆，也值当大老远从美国往回跑？急着回来喂野猫？还是让野猫野狗的喂你？别让我啐你！"

我最近的确是在鼓楼附近的一家酒吧里看店，并不是长久之计，只是帮老板——其实已经是前老板——飞哥一个忙。飞哥把飞皇影业关了，举家移民澳大利亚，酒吧却舍不得关，毕竟是公司真正的办公地点，而且还有一群野猫一直喂着。其实除了这家飞飞酒吧，我都不知道飞哥到底还有什么业务，PPT上倒是总有七八个投资项目，有电影也有剧，有国内的也有好莱坞的，可我在飞皇的两年里，从没见哪个项目真的发生过，我从"总监"一直干到"副总"（其实只不过是飞哥的助理），我知道的"投资"就只有给这间不到200平方米的飞飞酒吧交房租。飞哥整天泡在酒吧里给人牵线搭桥，给一群三四五线明星和制片人引荐各路"大师"，顺便推销保健品和美容院，当然也推荐按摩技师，分不清荤素的那种。飞哥之所以聘用我，也正因为我在医药行业的"销售经验"。其实那些并不是我个人的经验，只不过是从凤妈和耗子嘴里听来的。凤妈并没让我参加她的医药事业，她本指望着我能当个教授或者工程师，并不是为了光宗耀祖，我跟凤妈又不同祖同宗，她只求我有个体面工作，能让她老有所靠。可我毕竟没读完大学，体面也就跟我无关，只能凭着一张小白脸和很不错的英语，在酒店、商场、夜店之类胡混，直到遇上飞哥，终于成了"白领"，然而好景不长，影视界出了点儿麻烦，一夜之间公司倒了一半，并无实际业务的飞皇影业也顺便倒了，我的工作就剩下当酒保，其实也没什么可当的，酒吧在曲里拐弯的胡同深处，自从飞哥移了民，一天也就三五个客人，那群野猫倒是每天光顾。

"当然不是酒吧了！那有什么可往回赶的？哈哈哈！"我咧着嘴干笑了几声，并没想出更好的借口，只能含糊其词，"我……有别的事儿！别的生意！正事儿！"

凤妈扬了扬左边的眉毛，右边的却压得很低，这可不是什么好兆头。她伸出右手往我眼前一摊："发财了是吧？房租！"

这又出乎我的意料：凤妈如此大动干戈，难道就只是为了要房租？房租的确是每月 15 号交，也就是昨天，可凤妈以前并不追着要，我也的确能拖就拖，因为最近实在缺钱——即便是飞皇影业关门之前，我的月薪也只有 6000，如今只是看店，又减了一半。我朋友多，不甘寂寞，本来也没什么存款，买完去美国的机票就倾家荡产了。不过这点房租我还付得起，不就南二环外旧筒子楼里的一个开间吗？我说："早准备好啦！这就转给您！"

我边说边掏出手机，点开微信转账，不过手指不太麻利，指望着凤妈像以往一样不屑地摆摆手说："得了吧！别跟我整这个！赶明儿给现金！"她只是嘴上不吃亏，心里又怕我缺钱。

凤妈果然摆了摆手："等等，你转多少？"

"1500 啊，不是每月 1500 吗？"我心里有点儿不踏实。凤妈果然两眼一瞪："1500？做梦呢？打这个月起，月租 15000！"

我愣了愣，还以为听错了，凤妈大概也意识到了，所以又重复了一遍："涨房租了！从这个月开始，15000！"

这回我听清楚了，却不敢相信。15000？能在三里屯租一套两居了！这不是敲竹杠吗？可我不敢这么说，只能可怜巴巴地说："妈，您这是逼着您儿子睡大街呢？"

然而话没说完，我就突然明白了——因为我又瞥见乔迁的菩萨。

"用不着啊，住这儿不要钱！"凤妈抬手指指次卧紧闭的门，"不过有几个条件……"凤妈顿了顿，高扬起下巴，连珠炮似的说："第一，今晚就搬回来；第二，不许在外面过夜；第三，晚上 9 点以前必须回家；第四，立刻离开那个什么破酒吧，明儿起跟着你姐到店里上班！"

这不就等于让我坐牢吗？我都快三十的人了！我肯定要反抗的，不过得有策略。我满脸堆着笑问："妈，您不是不让我到店里帮忙吗？"

"可你有正经事儿干吗？下流坏子！平日里惯着你，还上天了！都贱到美国去了！"

"可妈，我去美国真的只是……"

"少废话！"凤妈粗暴地打断我，直眉瞪眼地说，"我就要你一句话！搬回来还是不搬？要是不搬，永远都别再进这个家门！"

凤妈一向说一不二，看来今天是真的下了狠心，这可怎么办？

我无助地往周围扫了一眼，红霞当然是在幸灾乐祸，耗子……耗子竟然把目光躲开了！从小就他对我最好，可以两肋插刀，现在也要袖手旁观了！今晚果然是鸿门宴，是凤妈早就安排好的。

凤妈并不是亲妈，却不能说不要就不要，毕竟是她把我养大的——其实这也不是根本原因。说到底，我就是个混子，既没本事也没财产，美国人又没做成，找男人已经证明是不可能的，找个有钱女人？我莫名地想起头等舱里的美女，继而想到那位 Steve 先生，心中更加绝望。如果再离了凤妈，后半辈子指望谁？

可那也不能失去自由啊！我急得要挠墙，浑身乱摸一阵，突然摸到裤兜里的卡片，就像摸到了救命稻草，眼前出现一道曙光。我连忙掏出卡片，在凤妈眼前晃了晃："您可别把人看扁啦！我怎么没正经事儿？就为了这个，我才提前赶回来的！"

红霞从沙发里一跃而起，一阵风似的旋到我眼前，我假装躲闪不及，让她把请帖抢走，大声读出来："兹定于 2019 年 8 月 29 日（星期四）19 点在钓鱼台国宾馆芳菲苑举行首届环球高科创投峰会开幕晚宴，诚邀您莅临！费肯投资（北京）股份有限公司！"红霞挑起眉梢，不怀好意地说："请你去投资？"

"姐别逗了，我哪有钱投资啊？"我朝红霞耸了耸肩，向她表示遗憾——这次又看不到我的笑话了。我转身朝着凤妈，一本正经道："在美国遇见这家公司的高层，顺便面试了一下儿，他们决定聘用我。正好有这么个答谢会，可以认识重要客户，所以公司就给我买了机票，让我立刻赶回北京来参加。"

看得出凤妈非常意外，一脸狐疑地瞪着我。

"费肯集团，您让我姐上网查查！总部在纽约，是美国最大的商务公司，世界五百强呢！"我顿了顿，轻描淡写地说，"搬回来可以，不过没法儿保证 9 点以前回家，肯定天天加班，而且，还得经常出差呢！"

6

钓鱼台国宾馆果然气派，门口有全副武装的武警站岗，然而对我这种人来说，这可不是什么加分项——只要有戴大檐帽的人出现，我总要头皮发紧，后背隐隐冒冷汗。

宴会厅里金碧辉煌，头顶巨大的金色吊灯仿佛倒置的金字塔，奢华里暗藏杀机。大厅里至少摆了二三十桌，有一两百来客，看上去非领导即精英。这种场面我倒是见过，不过以前只是充当翻译或者主持，并不是"贵宾"，难免有点儿紧张。

为了出席这次宴会，我在菩萨让给我的小次卧里连夜上网，确认星朱集团总裁朱润达确实有个叫 James 的公子——James Chu（詹姆斯朱）。朱润达是超级大亨，自然枝繁叶茂，子孙成群。James Chu 大概是他最低调的一位公子，是私房而出，从小在英国长大，接受英国贵族式教育，并没在大中华地区出任何风头，没约过女明星也没出席过某太的派对，就只上过一次香港小报，是因为在飞机上喝酒闹事，被机长一拳打晕，还为此支付了 1 万美金的罚款。该报道没有配照片，在网上根本搜不到朱公子的任何照片，怪不得 Steve 会把我错认成他，还说什么"开飞机的，也都很会打架吧"，原来他根本就不知道亚瑟，他只不过是在暗示朱公子被机长打晕的佚事，也真是奇葩，竟然用揭短来套近乎。据网上说，这位朱公子在亚洲虽然无声无息，但在欧美混得不错，从英国贵族学校一路混进美国常春藤，跟不少商界精英关系密切，据说超级大亨朱润达年事已高，正在从几个儿子中挑选继承人，James 虽然年轻，而且并非出自正房，但很让朱润达刮目相看。看来扮演朱公子并不简单，道具这一关就不好过，名流们大多穿燕尾服出席宴会，但那对我肯定行不通：第一，燕尾服是需要真金白银的，淘宝货绝对蒙混不过去；第二，我跟凤妈说是去参加公司筹划的宴会，穿燕尾服也太过隆重。想来想去，我还是采用最简单的套路：米色西服加深 V 领 T 恤，光脚跐一双豆豆（Tod's）鞋，搭配项链戒指金表之类做点缀，基本就是假日游艇风，也是我的"百战不殆"系列。虽说都是 A 货，也能以假乱真。凤妈对我这份"新工作"充满怀疑，可又实在舍不得一票否决，毕竟这是她一直期望的。而我就是骑虎难下，做一天和尚撞一天钟，再说为了 Steve 的"薄礼"，怎么也得到国宾馆走一趟。

我向宴会厅门口穿黑西服的帅哥出示了请柬，用港味普通话告诉他我姓朱，这也是我的特长之一——可以模仿台湾人、香港人、上海人、东北人说的国语，以及美国人、英国人、日本人说的英语。黑西服帅哥问我邀请人是谁，我说是 Steve，故意显得有点儿不耐烦，生怕他追问是哪个 Steve，我总不能说是姓"X"的那个 Steve，还好他并没多问，只是让我等在门口，进去好一会儿，直接把 Steve 带了出来。

Steve 的着装并不隆重，只一套简洁的黑西装，没打领带，其实看不出和门卫的黑西装有多大区别，但是穿在他身上立刻高出几个阶层。他热烈地和我握手说："就猜到你会来！"然后把我带到一桌，已经坐了七八位，空着一个位置，大概只是碰巧空着。

我不信他料到我会来，在机场只是逢场作戏，因为他并不坐在这一桌，也没向这桌的客人介绍我。这样当然也好，别人不知道我是谁，我也就不需要扮演谁，更谈不上露馅。我只是担心 Steve 不记得"薄礼"的事儿，未来不知如何应付凤妈，另外还有一个小遗憾：飞机上那位黎女士并不在座，整个餐厅都看不见，似乎根本就没来。

同桌的陌生人顾不上注意我这个不速之客，一个肥胖的中年男人正在滔滔不绝地演讲，不给别人插话的机会，我正好安静地享用国宾馆的红酒和美食——看上去挺美，吃起来一般，也许是因为胖子的演讲，让我更加没有胃口。

胖子貌似某图书公司的老总，公司即将上市，因此金光拂面，口吐莲花，仿佛一尊显灵的菩萨。我倒有点儿好奇，现在哪还有人看书，也不知图书公司怎么还能上市？胖子侃侃地说：书的重要之处在于能使人分出高低贵贱，所以他要向大家推荐公司的核心产品——一款手机 APP，收录了全世界 10 万部巨著，并不是全文收录，而是"拆书"——使用人工智能算法，自动提取书的"精髓"，让用户最多只用 10 分钟就能"熟读"一本经典名著。

我虽然大学都没毕业，闲书倒是读过不少，我想不出如何能用 10 分钟得到《战争与和平》或者《红楼梦》的精髓，就连篇幅很短的《局外人》或者《阿 Q 正传》也完全不可能。也许是我傻，或者人工智能太精，又或者是这胖子既不爱读书，也没真正读过多少书。我突然来了兴致，想逗他玩玩。我用港味儿国语插话说："这个拆书 APP 很不错哦！但是如果能再多走一步，那就更 perfect（完美）喽！"

那胖子被我打断有点儿不爽，用"你是哪根葱"的目光瞥了我一眼，同桌的其他人倒是都满怀期待地看着我，也许是对胖子的演讲越来越缺乏兴趣，我继续说："让这世界每个角落的用户都能参与'拆书'，把自己对名著的看法都上传到'云端'。"

我故意顿了顿，让胖子有机会发言，因为他正跃跃欲试。

"你说的，不就是收集书评吗？"胖子一脸鄙夷，"我们不需要收集普通读者的书评，我们的算法只对大评论家进行深度分析，这样才能提炼出精华！"

"可是，最终掏钱的人是谁？"我反问。胖子一时没懂，我解释说："书最终是卖给谁的？评论家还是普通读者？"

"我们主要靠电子书下载……"胖子的反驳已很苍白，我不需要再理会他，把脸转向同桌的观众："最终决定一本书到底好不好看的并不是评论家，而是读者。所以，如果能够收集每个读者对于名著的解读和感受，然后根据人工智能算法，创造新的故事，那会不会成为新的名著呢？"

满桌人都一脸迷茫，胖子也一样，这是好兆头，已经忽悠成了一半，这么一本正经地胡说八道可真有意思。我又问那胖子："您没听说过使用人工智能撰写小说？"胖子被挫掉了一半锐气，不敢再贸然反驳，小心翼翼道："听说过，不是都说那是垃圾？"

"当然是垃圾（音同'乐瑟'）。不过，那是因为没有结合您的'拆书'算法啊！"我不失时机地小捧了一下胖子，他立刻两眼发亮，也彻底变成了我的听众。我趁热打铁："问题并不是过程，而是原材料。那些被人诟病的智能撰写小说的算法，采用的都是网络小说，garbage in，garbage out（输入垃圾，输出垃圾）！"我故意转了一句英语，果然很管用，就连胖子都在点头，我继续说："可如果是用经典名著作为原材料，加上无数普通读者的解读，还有您的人工智能算法，那将会获得什么？"

我故意用问句作为结尾。不记得在哪儿读到过，优秀的演讲通常用问句作为结尾。胖子兴奋地接茬："新的名著？"

我点点头，很低调地微笑："直接烹制传世大餐，比传播用别人的菜谱改造的快速面，也许更有意思一些。"

全桌人都纷纷点头。胖子已完全变了副模样，竖起大拇指说："厉害！请问，您也是做文化行业的？"

"那倒不是，只是最近投了几家区块链公司，"我风轻云淡地说，"跟文化行业没什么关系，只不过受了些启发。"

胖子不等我说完，举着红酒杯绕到我跟前："敬您一杯！我姓林，是北京 ×× 文化的 CEO！能请教您的尊姓大名吗？"

"我姓朱。"我也举了举酒杯，但是没跟他碰，这样更显得高雅而上档次。他仍不甘心，从裤兜里摸出手机，满脸堆笑着说："能不能加您的微信？"

胖子话音未落，全桌人都把手机拿起来了。

"可以啊！不过得等一下。"我耸耸肩，"我的手机忘在车上，等一下助理会送过来。"

胖子讪讪地退回自己的座位，显然还不死心，时刻准备再度出击。我虽然有酒壮胆，但还算清醒，知道再多玩一会儿就要惹麻烦。幸亏这时有个熟悉的声音在我背后说："朱先生，能不能请您过来一下？"

我的直觉总是很准，我就知道 Steve 又要出现了。

7

Steve 就像能掐会算，在我玩得尽兴却不知如何收场之时及时出现，把我带进一间看上去挺私密的包间。

包间里就只有一位贵宾，穿着深蓝色晚礼长裙，胸口的深"V"里露出细腻如丝的肌肤，胸部的起伏比昨天在飞机上大了些，但肯定算不上"傲人"，很合我的胃口。在包间那朦胧的橘色灯光里，她就像一位降临凡间的天使。也许我真的有点儿喝多了，醺然跌进梦境，在梦里见到我寻找了一晚上的女子，Eva Lee。

她大方地迎上来跟我握手，微笑着说："朱先生，咱们见过了，不过这次算是正式认识吧！"

我怔了怔，终于从"美梦"里醒过来，暗暗提醒自己：你现在是朱公子，James Chu，而且对朱家几乎一无所知，所以请保持清醒！Steve 显然有所企图，让我有种不祥的预感，但是对"薄礼"的期待死灰复燃，我打算见机行事。

我和黎小姐都落了座，Steve 却没坐，非常优雅地向我介绍黎小姐："James，这位是 Dr. Eva 黎，BesLife——碧徕生物科技公司的创始人。"

为了配合 Steve 的优雅，我故意跷起二郎腿，让自己嘴角微微上扬，似笑非笑。黎小姐似乎有点儿尴尬，让我于心不忍，可实在没办法，我的首要任务是不能穿帮。

"James，你知道，我是融资顾问，主要是向 Dr. 黎这样的优秀创业者提供专业的顾问服务，比如，帮助她寻找最适合 BesLife 的投资人。"Steve 微笑看着我，一脸不言而喻的表情。

我扬了扬眉，假装不知那和我有什么关系，其实心中已经有数——莫非 Steve 是想找星朱集团给 BesLife 投资？真可惜我并不是朱公子，没法儿利用这个机会接近黎小姐。我顺水推舟说："怪不得你们来参加这创投峰会！费肯集团应该是很理想的投资人吧！"

"可他们的条件太苛刻了。"黎小姐讪讪地插了一句，满怀渴望地看着我。她可真是直接，一点儿圈子也不绕，这也是"香蕉人"的特色。

不过朱公子也是"香蕉人"，也可以直接一点儿。我装腔作势地说："Sorry，我一直在海外，对中国的商业不太懂的。"我故意也像黎小姐那样讪讪一笑，转向 Steve 说："就连星朱集团的事，我也全部不懂的。"

"James，黎小姐没打算找你投资呢。"Steve 狡黠一笑，"为了这次创投峰会，黎小姐准备了一个 presentation（报告），这还是她第一次用中文做 presentation，所以想让我帮她'彩排'一下，我突然想到了你。"

"我？"我耸耸肩，假装不解地问，"我有什么用呢？"

"当然有用了。"Steve 朝我挤挤眼，就像要透露什么机密，"是不是了解国内的商务并不重要，BesLife 又不是一家国内的公司，它是一家美国初创公司，你对海外市场很熟悉，但是不太了解全基因测序，对吧？"

我只能点头——作为朱公子，我总不能否认我熟悉海外市场，而且我也真的不了解全基因测序。

"那就对了！你看，你就跟即将听到黎博士讲座的投资人一样，对海外市场感兴趣，但不够了解全基因检测，让我们听听黎博士的介绍？"Steve 立刻示意黎小姐发言，黎小姐赶忙站起身，拿出登台的架势说："朱先生，您一定听说过基因吧？ gene？"

我只好又点点头，黎小姐神采奕奕，我也不忍心扫她的兴。她于是开始长篇大论："人类基因，确切地说应该是人类基因组，由 23 对染色体组成，大约包含两三万个基因，也就是带有遗传讯息的 DNA 分子片段，而 DNA 分子呢，就是……"黎小姐发现 Steve 给她使了个眼色，脸微微一红："总之，这些基因决定了我们每个人的一切生物特征，比如性别、身高、肤色、发色、容貌，甚至未来的健康状况，有多少可能得某种病，或者因为某种病而去世，都是由基因决定的。"

黎小姐顿了顿，查看我们的脸色，小心地说下去："所以，科学家们一直在致力于找到这些基因在染色体上的具体位置，并且破译每个基因的所有功能，这样就能找出某些重病——比如癌症——的病根，并且设法根除，更重要的，是能够通过全基因测序——也就是把你身体里的基因序列全部检测出来，准确地预测出你在未来有可能会得什么病，比如有多少概率会得高血压、糖尿病、中风，或者乳腺癌。"

黎小姐抱歉地笑了笑，大概是意识到她的两位听众罹患乳腺癌的概率都微乎其微。我试图集中注意力，可还是左耳进右耳出，只能盯着她发呆，她突然微微一笑，倒是让我的大脑动了动，心想她长得这么美，又是女博士，基因一定好极了。

"全基因测序听上去很简单，实际上却非常复杂，"黎博士——这个称呼在此时再准确不过——越讲越有激情，"因为在大多数情况下，我们的某种生物特征或者某种疾病，并不是某一条染色体上的某一段基因决定的，而是许多不同的基因共同发挥作用的结果，比如某种恶性肿瘤的发生，很可能是上千种基因变异所导致的结果，想想吧，人类的 23 对染色体上有几万个基因，每个基因又都由成百上千个碱基对组成，要想搞清楚这许多碱基对的各种排列组合所对应的人体特征和疾病，这该是多么复杂而巨大的工程，可以说，现在人类已经发现的，只不过是冰山一角。"

"等等，"Steve 突然打断了黎小姐，"你说人类只做了一点点，听上去就好像是在说，基因测序并没什么大用，无法医治或者预测大部分疾病了？"

"准确说是这样的，但是总要有个积累的过程，只有大量收集各种人的全基因序列，再把序列数据跟那些人的生物特征和健康状况进行对比分析，才能找到更多基因和人体之间的关联，这就是为什么要降低全基因测序技术的成本，提高测序效率，以便在全球大力普及。"

黎博士从容地微笑，似乎对自己的解答十分满意，Steve 却皱着眉说："可是黎博士，未来的事只有科学家才关心，普通老百姓没那么关心。"

黎小姐怔了怔，勉强点点头，Steve 仍不尽兴，又说："而且，投资人关心的，并不是人类做了多少，而是 BesLife 做了多少，对吧？"

黎小姐又点点头，不好意思地看了我一眼，好像我就是 BesLife 的投资人，这让我感到一阵失落，我可没钱投资，我也不关心 BesLife，我就只关心 Steve 的"薄礼"，我就是 Steve 所说的"普通老百姓"，甚至还不如。

黎博士到底是博士，立刻想出了对策："正因如此，BesLife 才要致力于提高效率、降低成本。1990 年，科学家首次对人类基因组进行全基因测序，历时 12 年，耗资数十亿美元，被称为第一代测序技术。2011 年，苹果总裁乔布斯罹患胰腺癌，他花费了大约 10 万美元完成了全基因测序，用的是二代测序技术，经过这些年的发展和完善，目前二代技术的成本降到大约一两千美元一次，虽然跟早期技术相比，成本大大降低了，但是对于社会大众还是很昂贵，虽然目前已经出现三代技术，但在成本和精确度上并没有超越二代技术……"

"抱歉，我有一个愚蠢的问题。"Steve 举手示意，再次打断黎博士，"在基因检测方面我是一无所知，不过我听说，现在市面上有很多公司都可以提供基因检测，用手机就能下单，一次只需三四百元人民币，一两周就能得到结果，告诉你你的祖源是哪儿，你是不是更容易得高血压、心脏病，还有你提到的乳腺癌，那些测试可比你说的一两千美元便宜多了！"

"那可不是全基因测序，"黎博士笑着摇头，"那些低成本的检测，通常就只在几万个基因里挑选几个特定点位进行检测，获得的结果非常片面，只能提供一种非常模糊的可能性，只是一个概率，必须由精通医学和遗传学的专业人士来解读，如果把这种粗糙的结果直接发给普通用户，其实毫无意义，甚至还会产生误导，就比如……比如乳腺癌吧！"黎小姐脸又一红，好像一时找不出别的例子："他们通常只检查 BRAC1 和 BRAC2 基因突变，如果发现了突变，就会通知你，你很有可能会得乳腺癌，可事实上，如果你并没有乳腺癌的家族史，其实根本就不用担心的。这种廉价基因检测并没比街上算卦的强多少，是非常不负责任也不道德的。"

这段有点儿太长，我基本没听明白，我倒是听说过那种几百块的基因测试，耗子就曾大力推荐过一款，说什么花 300 块就能测试，比几千块的豪华体检套餐都更管用，一听就是骗人的玩意儿。所以我基本相信黎小姐的结论，她其实更像科学家，不像企业家，我也宁可她是科学家，因为在我的印象里，"企业家"并不是一个褒义词。

Steve 点头表示满意，像个自动提词器似的说出下一个问题："所以，关键在于这个'全'字了？那么，BesLife 的技术跟其他最先进的全基因测序相比，又有什么不同之处？"

"嗯，是这样的！"黎小姐用力点了点头，目光炯炯地说，"目前最先进的测序技术存在两大问题，一个是需要分子扩增，另一个是使用光学检测。先说分子扩增……"

"黎博士，这些太专业了，我可不是专家，不明白也不在乎细节，我想，James 大概也和我一样。"Steve 第三次打断黎小姐。其实是不是细节我都不在乎，我已经快睡着了。

"抱歉，那我尽量简洁一点。由于第二代测序技术采用了光学检测方法，必须要把 DNA 剪切成很短的片段，"黎博士努力用双手比画，仿佛这样就能让非专家听众也产生兴趣，"因此需要剪出上千万个片段，再对这些片段进行复制、染色、检测，可以想象这是多么复杂和浩大的工程，而 BesLife 采用量子光学的方法，不需要把 DNA 剪得太短，只需剪出几万个片段就够了，也就是说，把效率提高了一百倍，所以大大节省了时间，降低了成本。"

"还是有点儿太复杂。"Steve 委婉地表达不满，"总而言之，BesLife 的技术能把时间和成本降到多少？"

"大约 10 个小时，每次 300 美金，如果测试量够大的话，可以降到 250 美金，是当前二代技术最低价的四分之一到八分之一。"

"完美！"Steve 边说边用力拍了两下巴掌。

"不过，目前还在试验阶段……"

"这句就不要了！谁有兴趣，自然会来问你进度的，而且，"Steve 狡黠地眨眨眼睛，"有些话私下里比较好说，当众说出来，就显得有点儿……不够酷。但是 BesLife 的技术真的是很酷，是不是？"

Steve 转身兴致勃勃地看着我，像是迫不及待地要听我的评语。我刚要张嘴，却忍不住打了一个长长的哈欠，眼中瞬间溢满了泪水。我一阵尴尬，还好 Steve 替我打了圆场："James，记不记得我跟你说过的，一份薄礼……"

我顿时一点困意都没了，只要跟钱有关，我能在任何时间地点立刻打起精神，也不知这是哪些 DNA 起的作用。我强忍着激动心情，装出听不懂的表情。

"真是贵人多忘事！"Steve 笑着清了清嗓子，神秘兮兮地说，"我昨天说过要送你一份薄礼。当然，我想，再昂贵的礼物你也一定看不上的。"

Steve 总喜欢卖关子，偏在此时又顿住，我恨不得立刻说："看得上看得上！越贵我就越看得上！如果嫌麻烦，给现金就最好了！"可我强忍着保持沉默，就只扬了扬眉。

"所以，我决定给您准备一份非常特殊的礼物！"Steve 突然把双臂伸向黎小姐，就好像他要把黎小姐送给我，黎小姐脸色并无异样，保持着淡淡笑意。Steve 终于继续往下说："那就是，用黎博士发明的第四代技术，为您提供一次全基因检测！"

Steve 充满激情，我的心却一凉到底。那有什么可稀罕的？黎小姐刚刚不是说了，BesLife 的测试成本就只要 300 美金？即便是其他先进的二代技术，不也就一两千美金？又不是乔布斯那会儿，检测一遍要 10 万美金——我也真佩服我自己，就算再不用心，有关钱的部分总能听得一字不漏——再说即便真的值个十万八万，只要不能变现，对我也没用。我可不关心未来是死于癌症还是心脏病，要是过不了凤妈这一关，我就得死于抑郁症了。

"您将是全世界最早使用量子技术进行全基因检测的幸运者之一！怎么样，够酷吧？"Steve 见我无动于衷，又强调了一遍，比刚才更有激情，让我气不打一处来，恨不得弄几瓶洋酒灌醉眼前这两位，把他们身上值钱的东西洗劫一空。当然我立刻恢复了理智——这可是钓鱼台国宾馆，房间里说不定有摄像头，门口的武警大概很久没机会施展擒拿术了。我只能强迫自己摆正心态，就当是来蹭了一顿大餐。我强作笑颜说："张荣幸啊！不过，不是说还没研发成功？"

"快速检测仪还没研发成功，不过实验室里可以进行检测的。"黎小姐开口了，我竟然一时忽略了她。她似乎有点儿尴尬，见我终于露出笑容，这才松了一口气："只不过步骤很繁琐，成本也还太高。我们一直在努力简化步骤，降低成本，把实验室整合到一台体积不大、适合大众检测的设备里。"

我想说，既然那么麻烦就算了吧！不过为了不使黎小姐扫兴，我努力多挤出些笑容来，说道："那太荣幸了！所以，我需要怎么做？抽血？"

我作势要撸袖子，盼着早点混过这一关，早点离开这鬼地方，抓紧时间去找朋友想想应付凤妈的法子。

"不需要那么麻烦！"黎小姐连忙摆手道，"其实只需要用棉签在口腔里擦一擦就可以的。"

"那太好了！"我这次是由衷的，这听上去用不了几秒钟就能完成。然而黎小姐并没有要动手的意思，她郑重地对我说："不过，我希望能邀请您到 BesLife 在美国硅谷的实验室来做这项测试，并且顺便参观我们的公司！"

我一时不敢相信自己的耳朵：邀请我去美国？这倒是更有利于向凤妈证明我是真的进入国际大公司了，可是我去不起啊！

"BesLife 会负责您旅行期间的一切开销，"Steve 及时开口，他总能挑选最佳时机，"包括五星酒店的总统套间，和头等舱的往返机票。"

我心中一阵狂喜，鬼使神差地说了一句："我不坐美联航的飞机！"

"哦？"Steve 诧异地扬了扬眉，也难怪他纳闷儿，我昨天才坐过美联航。不过他并没多问，就只微笑着说："当然！ United①的飞机也没有头等舱。"

现在轮到我纳闷了。那么我从纽约飞回北京到底坐的是什么舱？难道我打小儿立下的要坐头等舱的梦想并没真的实现？照这么说，我无论如何得再去趟美国。我故意假装为难地问："When？我最近有些忙的。"

---

① 美国联合航空公司。

第二章

小贼变身

北京到旧金山的飞机
上终于实现了梦想

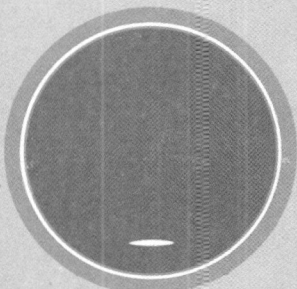

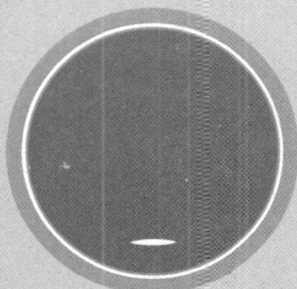

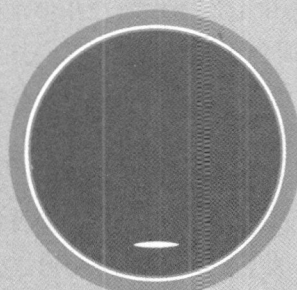

1

　　Steve 还真没说错，美联航越洋航班上最豪华的那几排座位的确不是头等舱，顶多算是高级商务舱，服务比头等舱差远了，还特意起了个混淆视听的名字：Polaris Class（北极星舱），怪不得让我错把它当成了头等舱。那么大的飞机居然没有头等舱，可真是骗子！

　　这都是我在国贸"上班"期间上网查到的。启程前往硅谷的前几天，我每天都穿着西装去国贸"上班"。凤妈命令红霞或者耗子开车送我，必须亲眼看着我走进国贸 A 座，这当然只是个形式，实质上未必就能限制我，但凤妈经历过那个年代，很懂得形式对人心的震慑。我假装急匆匆走进办公楼，乘电梯到地下一层的购物中心，胡乱转上几圈，确定红霞并没跟踪我（耗子肯定不会的）。这种事红霞绝对做得出来，还好最近她忙着推销营养药，忙得焦头烂额，我跟耗子都怀疑她加入了传销组织。总之我先在购物中心里转一阵子，随便吃点快餐，然后再找个咖啡厅坐着，一直熬到红霞或者耗子开车来接我下班，再装模作样从国贸 A 座的大门走出去。

　　我有时约朋友到咖啡厅来聊天，但大部分时间只能用手提电脑上网，搜搜美联航，搜搜星朱集团，搜搜有关华尔街的新闻，再搜搜硅谷附近的富人区、豪华餐厅、高尔夫球场什么的——朱公子不可能对硅谷一无所知。总之我就是这么假装上班的，所以当你下回再在咖啡馆里看见穿着西服专心用电脑的家伙，说不定也跟我一样是个骗子。

　　飞往旧金山的航班是一周后的，不是美联航，而是中国国际航空公司。Steve 和 Eva——为了省事起见，我自作主张地把"黎博士"称作 Eva，反正后来她也要求我这么叫她——也搭乘这一趟航班。我本不想跟他们坐同一架飞机，可又不好意思拒绝，我只提了一个要求：我的机票和酒店都必须通过我的"私人旅行顾问"预订。我的"私人旅行顾问"是阿昆，一个旅行社的哥们儿。我必须让阿昆帮我订座位，然后再找 Steve 付款，只有这样才能隐藏我的真实姓名和证件——我只有中国护照，护照上的名字也不是 James Chu，而是宋桔。还好 Steve 似乎并没产生怀疑，爽快地答应了。

北京往返旧金山的头等舱机票可真贵！竟然要 9 万元人民币！再加上三晚的酒店和吃喝，BesLife 估计要为我花十几万。这么说来，这份"薄礼"还真的不薄，要是能变现就好了，起码能让我在北京撑大半年，可到了美国就只够造三天的。

凤妈对我又要去美国充满了戒心，生怕我又要跟谁结婚，亲自打电话到国航，证实了我的目的地是旧金山，并不是上回去的纽约，而且我的座位是极贵的头等舱，一般人也买不起，这才多少放了心，可没过多会儿，她又开始嘀咕，公司为什么要给一个新员工买头等舱？我解释说，我此行是要陪 VIP 客户，客户坐头等舱，我只能陪坐。凤妈警惕地问客户是谁，我说是美国硅谷一家高科技公司的创始人。我把我从网上搜到的所有有关黎雅雯博士和 BesLife 的介绍都打印出来给凤妈看，还特意把 Eva Lee 说成是著名的美籍华人科学家兼企业家。凤妈见我要陪的是位美女，总算没再追问什么。

凤妈当然不知道——就连我自己也没想到——在飞往旧金山的国航头等舱里，就只有我一位乘客，另外七个座位都空着。而我声称要陪的"VIP女科学家"黎雅雯博士，却跟 Steve 和另外几位受邀参观 BesLife 实验室的投资人一起坐在商务舱里。这倒是让我颇有面子，而且倍感轻松——我可不想让 Steve 发现，我坐头等舱就像刘姥姥进大观园。

头等舱的座椅可真宽大，并排坐两个我都绰绰有余，而且前后的位置就更宽敞，放平了就是个标准的单人床，电视屏幕也出奇地大，还有个单独的衣柜，我把我的超 A 货西服外套挂在里面。据说旧金山全年吹着寒冷的海风，不论冬夏街上都有人穿羽绒服。朱公子当然不能穿羽绒服，穿一件厚实的西服外套，再绑一条花哨的长围巾，既保暖又不跌份儿。

我登机的时候就穿着这一身，当然还戴着我的 Gucci 墨镜。Steve

陪我登机，一路护送我到我的座位，就像家奴在护送主子，仿佛完全换了个人，不但谦卑，还呆头木脑的，带路时错过了通往头等舱的连廊，直冲向经济舱入口，所以我们不得不穿过整个商务舱。Eva 从商务舱的某个座位里站起身，微笑着跟我们打招呼，附近的几位中年男乘客忍不住张望，表情又好奇又不屑，想必就是受邀参观 BesLife 的投资人。Steve 完全不像平时那么优雅洒脱，紧贴着我低声催促"Go ahead，please！（请继续往前走！）"，仿佛担心有人要暗杀我。

有一位空姐负责头等舱，也就等于专门伺候我，服务非常周到，动不动就"下跪"，不跪不开口，殷勤得几乎是在自虐，以至于让我找不出任何机会虐待她。

飞机还没起飞，空姐已经把我椅边的台子摆满了：香槟酒、橙汁、坚果拼盘，还有一只插着鲜花的花瓶。起飞以后是正餐，这下子就更复杂：小点、色拉、炖汤，一道一道上个没完，虽然都不好吃，但都挺好看的，主菜竟然是全聚德烤鸭，味道当然比不上店里现烤的，但足以让我拍照发朋友圈炫耀炫耀，当然是在微信里发，不能在脸书里发——Steve 没要求加微信，但是要求加脸书，我以在中国上不去为借口，没有立刻给他。不过为了保险起见，还是得给自己弄个脸书账户，而且不是新注册的。这件事按说有难度，幸亏有阿珠帮忙。阿珠是温州人，给凤妈打过几年的工，跟我们情同手足，后来犯了点儿事，跑去意大利打黑工，住贫民窟，吉卜赛邻居总惦记着偷她点儿什么，她跟邻居斗智斗勇，一来二去反倒成了朋友。阿珠的吉卜赛小伙伴们什么办法都有，弄个能用的脸书账户绝对是件小事。

好不容易吃完了晚餐，空姐立刻又来"铺床"，她的确用了"铺床"这个词，听上去真夸张。可她并没让我起身，也没打扰我看电视，只把我隔壁的座椅放平了，铺上一层薄褥子，再把被子也铺好，等于让我占了两个位子，一个用来半卧着看电视，另一个用来躺平了睡觉，反正头等舱就我一个乘客，随我怎么造都成。头等舱的床铺睡着真舒服，让我一觉到底，等再醒过来，飞机竟然就要降落了，只可惜没能多体验空姐的服务，让她一直闲着。

飞机刚一停稳，Steve 立刻走进头等舱。出乎我的预料，他并没催我下飞机，却在我旁边的座位坐下来。他说接机的专车要晚点到，不慌不忙地跟我闲聊，问我国航的头等舱还行吗？我点头说挺好，脸上却故意做出些"还凑合"的表情。

我和 Steve 是最后下的飞机，没看见 Eva 和其他人，也没看见接机的专车。Steve 不耐烦地说："怎么还不来？干脆不等了！"我们于是混在一堆普通乘客里过了海关。走普通通道也好，人多，柜台也多，很容易跟他错开，但不会发现我拿着中国护照。不过等会儿到了酒店还有一关，虽说酒店也是先由阿昆的旅行社订好，然后找 Steve 付款，但入住是个难关，希望 Steve 别紧跟着我，让我有机会偷偷把护照递给酒店前台。

Steve 没叫计程车，租了一辆丰田佳美自己开。这在美国倒也正常，只不过丰田佳美实在不够档次，也不怕朱公子看不上眼。Steve 的确让我有点儿摸不透。自从下了飞机，他的卑微劲儿没了，既没帮我放箱子，也没帮我拉车门，不禁令我怀疑，莫非 Steve 看出我是冒牌货了？ Steve 把车开出机场，我试探着问他："Steve，这三天是怎么安排的？"

"你有别的安排吗？"他反问我。

"可以有，也可以没有。"我故意假惺惺地说，"既然是 BesLife 请我来的，一切都以 BesLife 优先。But，如果能事先告诉我你们的计划，我就比较容易安排一些。"

Steve 点头说："我们就只为你安排了两件事。第一件事，下午有个鸡尾酒会，我们现在就直接过去，顶多占用你一个小时。另一件就是参观 BesLife 公司，不过具体时间还没确定。"

我略微放心了些。如果我真露馅了，他就不会带我去参加酒会了。我无所谓地耸耸肩，其实我并没有任何重要计划，无非是想逛逛金门桥、渔人码头，顺便发几个朋友圈。

"如果你有什么计划，我可能没办法开车接送你，实在抱歉。"Steve 就像是在通知我，听不出多少歉意。

"这没问题，旧金山我很熟！"我立刻回答，朱公子是混欧美金融圈的，哪能对旧金山不熟呢？而且他不接送，我还自由一些。

"对了，你应该也有美国的手机号码吧？"Steve 突然冲我挤挤眼，让我心里不踏实，"我是说，如果我联系你的话，打你的中国手机？"

"不用，我给你我美国的号码。"我早在淘宝上买了美国本地的电话卡，飞机一降落就换上了。我想了想，索性更大方些，也许能打消 Steve 的疑心："你可以加我的 Facebook 了，如果不是很紧急的事，可以用 Facebook 的 message（短信）联系。"

飞机一降落，我就用阿珠事先发给我的账户和密码登录了脸书，那是个 2011 年注册的账户，注册地在伦敦，一共只发了 30 条，平均每年发三条，都是在高级度假酒店里的风景照，夏威夷、坎昆、希腊的某小岛，这正是我需要的。现如今吉卜赛人不仅会玩塔罗牌，IT也很在行。我把脸书账户的姓名改成了"James Chu"，上传了一张又帅又洋气的头像，再把"谁能看到你的好友名单"设置成"仅限自己"。

我把美国号码和脸书 ID 都写在一张便笺上。我可不想让 Steve 有机会看到我的手机屏幕，不能让他发现我用的都是中国人才用的 APP。

"谢谢。很荣幸！"Steve 恭谨地点了点头，颇有绅士风度。

我靠回座椅里，长嘘了一口气，这才发现车窗外阳光明媚。不只是明媚，简直火烧火燎，让我大汗淋漓，我很想立刻把缠在脖子上的围巾解掉，又怕让 Steve 起疑。是谁说旧金山需要穿羽绒服的？简直太缺德了！

2

BesLife 的鸡尾酒会安排在旧金山市中心的 W 酒店里，酒店大厅的装修既气派又时髦，有点儿像太空舱，又有点儿像夜店。酒店的位置也很便利，我用手机地图搜过，这里到渔人码头和中国城都是步行距离。我会不会就住这家酒店？酒店是阿昆按照 Steve 的建议预订的，他曾把订单发给我，可我只顾着看房价，并没注意酒店的名称和具体地址。

我还没来得及找出酒店订单，就已经确定了我不住这里，因为 Steve 并没让我办理入住，也没让我带箱子，停好了车就领着我直奔酒会，奴才劲儿又回来了，卑微里还透着亲密，在电梯里甚至替我整了整围巾，还暧昧地说："戴上墨镜就完美了。"

其实我也这么想，只不过有点儿担心在屋里戴墨镜太做作，既然他都这么说了，我就索性把墨镜戴上，对着电梯的镜子照了照：米色西服、花围巾、紧身牛仔裤、Tod's 鞋，外加一副宽大的海滩墨镜，就像个意大利风流阔少。

我跟随 Steve 走进一间貌似酒吧的大房间，又是宛如太空舱的幽蓝色调，也许是我的墨镜加重了太空的感觉，一屋子蓝幽幽的人，黑人、白人、黄种人，都像是外星人。Steve 搀扶着我，好像是怕我看不清路，两个男人如此亲密，连我都不好意思，那些"外星人"正在用国、粤、英语聊着天，貌似都很投入，其实有不少人在偷看我们。

我突然若有所悟：Steve 总是在人前对我特别谦卑和亲密，大概是想让朱公子给他撑门面——星朱集团大老板的公子，从不轻易露面的商界名流，跟我 Steve 亲密无间！可我并不是朱公子，这架势反倒让我有点儿慌，生怕一不小心露了馅。还好 Steve 并不让我跟谁搭讪，直接把我搀进一面白色珠帘，这是房间的一小块凸出的部分，大约两三平方米，被珠帘遮掩着，像个不够私密的小包间。

Steve 终于放开我的胳膊，却仍紧贴着我站着，而且还充满激情地看着我，看得我直起鸡皮疙瘩。我生怕他要让我当众发言，可又明知少不了，所以暗中打定主意，一共只说两句："谢谢黎博士和 Steve 的盛情邀请""很荣幸在这里见到大家"。Steve 却突然贴近我，极亲密地耳语说："你就在这里待着，谁也不用理。"

这让我松了一口气，不过还是好奇地问："为什么？"

"你是 VIP，用不着理他们。"他冲我挤挤眼。我似懂非懂，不能确定 Steve 葫芦里卖的什么药。

"对不起，您就是 Steve？大名鼎鼎的 Steve？"一个英俊的中年男人突然闯进帘子里，捏着一杯香槟，跷着兰花指，我立刻断定他跟耗子和亚瑟是一路人。他用港味儿国语对 Steve 说着，顺便瞥了我一眼："我可是听说您很多年了！今天终于见到本尊，实在太荣幸了！"

Steve 转身去应付那人，不冷不热地说了一句"幸会"，那人却并不甘心，举了举香槟杯，自我介绍说："我是香港王冠集团的董事长，Max Wang，我曾在纽约见过你们 GRE 公司的总裁 Jason Brown。"

"当然！Jason 大概不会为我说好话的。"Steve 略带讥讽地笑了笑。

"正相反，他说你是全世界最好的商业调查师！"香港人竖起大拇哥。

"谢谢，不过我早就不做了。"Steve 风轻云淡地说。

"哦？那太遗憾了，还以为能得到你的帮助呢！"香港人耸耸肩，又偷看了我一眼。Steve 见他没有要走的意思，突然热情起来，挽住那人的胳膊把他拉出珠帘去，边走边说："说不定我现在也能帮到你。我现在在做 FA（融资顾问），BesLife 是一家非常优秀的公司，让我给你介绍今晚的主角，BesLife 的创始人……"

我循着 Steve 的声音望过去，一眼看见珠帘外的 Eva，正向着珠帘这边走过来。她已经换上了职业套装，化了淡妆，齐耳短发一丝不苟，俨然是个干练的女企业家，她一边走一边左顾右盼，像是在寻找谁。我突然有点儿紧张。如果她再走近一些，也许就会发现我了。

可她被 Steve 和香港人拦住了。

　　我隔着珠帘看她跟他们握手、谈话、热切地笑，仿佛他们正是她要找的人。她没像别人那样偷窥珠帘后的我，这让我有点儿失落，随即感觉非常荒谬——一个男人躲在一片珠帘之后，等着一位女科学家、女老板、女强人看我一眼，凤妈要是知道，一定会骂死我。

　　可就在此时，Steve 把香港人拉向另一群人，重获自由的 Eva 立刻微笑着朝我走来，原来她已经发现我了，我一阵欣喜，却突然发现她身边又出现一个人，一个瘦小的亚裔男人，留着极短的发，戴着黑框眼镜，穿着黑色西装，好像酒店保安。大概是他身材太矮小，刚才被 Steve 和香港人完全挡住了。Eva 和他并肩走着，两人贴得很近，非常亲密似的。我立刻不紧张了，不禁开始好奇，这个小男人是谁？难道是她的老公？她怎会看上一个比自己还矮小的男人？

　　他们掀开珠帘走进来，我这才发现，那似乎并不是一个小男人，而是穿着男装的女人。我赶紧摘掉墨镜，确实是个女人。

　　Eva 微笑着说："James，这是我的合伙人 Shirley。"

　　我倒是知道这位 Shirley，在搜索 BesLife 的新闻时搜到过她——BesLife 的 CTO（首席技术官），哥伦比亚大学的双博士，在硅谷一家基因技术公司里担任过重要职位，BesLife 的研发团队就是由她领导的。

　　我优雅地和 Shirley 握手，但并不热情。她的手又小又硬，既不像男人的，也不像女人的。我对她没有好感，我想她对我也一样，从她那双满怀戒备的眼睛里就能看得出。

　　"Shirley 很好奇，传说中的 James Chu，到底是什么样子的！" Eva 没话找话。

　　"就是普通人的样子。" 我耸耸肩，自嘲地笑了笑。

　　"I did not expect more, anyway.（我反正也没预期更多。）" Shirley 的声音低沉而冰冷，带着浓重的中国口音，她显然比 Eva 更晚到美国，多半是大学毕业之后才来留学的，越是这种人就越爱装蒜。她不耐烦地转向 Eva："I got to go, you know my job, sorry!（我得走了，你晓得我的工作，抱歉！）"

　　Eva 无奈地点点头，又冲我抱歉地耸耸肩。

　　"我从小就不太讨人喜欢。" 我自以为很幽默。

　　"她对谁都这样，她脑子里只有工作。不过她今晚的确还有不少工作，要赶一份数据报告，给未来的投资人看。" Eva 瞥了一眼珠帘外的那些人，怕我不信似的，又俏皮地一笑说，"是 Steve 突然下的命令。"

"Steve 的话很有分量啊！"我也故作俏皮，她却认真起来，充满敬佩地说："他是世界上最厉害的商业调查师！可惜后来因为某些原因不做了。但利用他强大的人脉，做 FA 也很不错啊！"Eva 压低了声音，神秘地补充："他帮很多大公司解决过 big trouble（大麻烦），圈子里很多'老大'都欠他人情的，他做 FA，再合适不过了！"

"他以前是 GRE 的吧？"我现学现卖——香港人刚刚提到过的，要不是因为和美国研究生入学考试的缩写一样，我也记不住。说起来也够搞笑，我也曾做过出国留学的梦，所以研究过 GRE 考试，只不过，对于一个连亲爹妈是谁都没整明白的人，这当然就是做梦。

"是的！你也听说过吧？"Eva 越发兴奋了，我莫名地有点儿不舒服，随口说道："有了他，你就不用担心了！"我其实并不了解 BesLife 的内情。但是猜也能猜出，上赶着跑到中国找投资，大概境况不会太好。

"不不！"Eva 连声否认，讪讪地笑着说，"我们最需要感谢的，其实是你！多亏了你，才有这么多人关注 BesLife！"她低垂了目光，苦笑着说："我们的确非常需要投资，如果一个月内还融不到，就 game over（游戏结束）了。"

"我很愿意帮忙的。"我忍不住回答，立刻感觉到了罪恶。我又不是朱公子，拿什么帮呢？

我背后一阵响动，有人掀开珠帘，我的直觉立刻告诉我是谁来了——果然是 Steve。他可真神，总是在我就要演不下去的时候出现。他看上去一身轻松，看来终于摆脱了香港人的纠缠。他微微倾了倾身子，非常客气地对我说："James，坐了一天飞机，累坏了吧？要不要早点回去休息？"

看来我的任务已经完成了，尽管我根本还没弄清楚，我的任务到底是什么，难道就是像穿堂风一样到这酒会上走几步？其实如果能继续跟 Eva 聊天的话，我很想再多待一会儿，可我不想让 Steve 感觉到这一点，而且 Eva 已经很识相地跟我告别："James，明天下午见。"

"黎博士，明天见！"我也只好优雅地跟她告别。

"叫我 Eva。"她朝我调皮地眨眨眼睛，好像一个天真的小女孩。

3

在去酒店的路上，我一直等着 Steve 通知我明天下午的具体安排。

Eva 都已经说了"明天下午见"，显然就是去 BesLife 公司里见。

可奇怪的是，Steve 始终没有开口，就只沉默着开车，把车开上了高速公路，驶出高楼密集的 CBD，又驶过布满矮层住宅的居民区，似乎已经驶出城区了。我查了查谷歌地图，眼看快要到机场了。我心中诧异，用手机把阿昆发给我的酒店订单找出来一看，我今晚入住的竟然就是 W 酒店！可他怎么越开越远？

"我们这是去哪儿？"我问。

"酒店。"Steve 竟然理直气壮地反问我，"你想去别的地方？"

"我今晚不住 W 酒店？"

Steve 并没回答我的问题，似乎是在集中精力找路。他在机场前一个出口下了高速，把车开上一条偏僻的街道，四周零星立着几座矮楼。Steve 把车开进一家酒店的停车场。当然不是 W 酒店，而是一座不起眼的四层小楼，说是酒店都有点儿牵强，顶多是个汽车旅馆。

"不是 W？"我再次提问，语气强硬了一些，因为我想起我是朱公子，是 BesLife 的 VIP 嘉宾，怎能随随便便就把我从高级酒店换到这么个小旅馆里？

"是同一个酒店集团的。"Steve 爱搭不理的。这也能糊弄我？保时捷和桑塔纳还是同一个集团的呢！我不太客气地问："为什么要换酒店？"

"因为离机场很近，还有免费接驳车。"Steve 回答得很不耐烦，下车打开后备厢，倒是主动从后备厢里取出我的拉杆箱，也不在地上拉，一只手拎着，飞速走进酒店里。

我只好跟着他走进酒店，暗暗下定决心，我要拒绝向酒店前台出示我的护照，以此表示我的抗议，当然也为了不让 Steve 发现我的中国护照。

然而根本就没人管我要护照。Steve 跟前台的人飞速说了句什么，人家就把房卡给他了。我这才突然明白过来，房间早就开好了。

Steve 把我领进三楼一间又小又破的客房，把箱子往地上一撂，把门卡丢在桌子上说："你的航班是 CA986，明天下午两点五十分起飞。酒店到机场有免费接驳班车，每半小时一趟。"

我立刻惊愕得有点儿发蒙：我今天才到，明天就让我飞回北京去？难道我真的露馅了？我试探着问："可明天不是还要去 BesLife？"

"不用去了。"

"为什么？"

"因为 BesLife 就快完蛋了，他们的技术不成熟，根本就不值得投资。"Steve 一脸鄙夷，看上去一点儿也不优雅。自从我们离开 W 酒店，他就再没一丝优雅了，只剩傲慢无礼，而且还痞里痞气的。

"那你为什么要请我到美国来？为什么要请那么多人参加酒会？"

"为了证明我有本事把你——James Chu——请来。"他轻浮地挑了挑眉，表情轻蔑而傲慢。我似乎有点儿开窍：Steve 为了证明他的"人脉"，用 BesLife 的钱兴师动众地把 James Chu 请到美国来，就为了展示给酒会上的那些人看的。那里有他从中国带来的投资商，也有硅谷当地的投资商，说不定还有从其他地方慕名而来的投资商，比如那个钻进珠帘来跟 Steve 搭讪的香港王冠集团的董事长，他们都是来看我的。但是 Steve 并没有同他们介绍我，也没让任何人跟我接触，也许这样才能使得他的嘉宾更尊贵、更神秘。

可 Eva 呢？就这么白白被 Steve 利用了？我顿时感觉愤愤不平，不知从哪儿来的勇气，尽管我怀疑我的"表演"已经出了问题，可还是硬着头皮说："可我觉得 BesLife 是一家不错的公司，黎博士和她的团队也很 promising（前景可嘉），所以，我明天下午很想去参观一下BesLife 的实验室。"我故意夹了个很地道的英文单词，以强调朱公子身份的真实性。

Steve 却冷笑了一声，充满嘲讽地说："你觉得 promising？那你准备投多少钱？1000 块？哈哈！"他忍不住大笑了两声，突然又紧绷起脸，咬牙切齿地说："你真入戏了？真当自己是 James Chu 了？宋先生，清醒点儿吧！"

我彻底清醒了，也彻底泄气了。其实我早有预感，只不过一直心存侥幸，现在彻底没希望了，反而一身轻松。凤妈常常这么评价我：死猪不怕开水烫。这会儿我就是一头死猪，没钱、没工作、没情人，就连自由也就要失去的死猪，我一屁股坐在床上，赖唧唧地说："我可从来没说过我是 James Chu，是你非要这么以为。"

"随便吧。"Steve 满不在乎地耸耸肩，看上去跟我一样地赖，这倒让我更轻松，甚至有点儿小得意。我饶有兴致地说："你是什么时候发现的？"

"有必要告诉你吗？"Steve 不屑地斜了我一眼，可我感觉他有点儿想说，毕竟能证明他很厉害，我像美国电影里那样仰起头大声说："Come on! 你用也用了，总得让我也长点儿经验吧？"

"在飞机上。"Steve 得意地甩出一句。

"哪趟飞机上？"我追问。他没回答，就只冷笑了一声。其实他不说我也能猜到，应该不会是在从纽约到北京的飞机上，不然他为什么还要邀请我去国宾馆？为什么还要邀请我到美国来？所以多半是在北京到旧金山的飞机上，他突然发现我并不是朱公子，然而消息已经散了出去，他只能硬着头皮让我到酒会上露个脸，怪不得不向大家介绍我，也不让别的客人跟我说话，那是怕我露馅呢！

那么问题来了：Eva 看没看出我是个骗子？我心头一沉，仔细回忆酒会上和 Eva 的交谈，没找到任何迹象证明她也看穿了我，而且刚才跟我告别时，她是那么满怀希望。我莫名地感觉到内疚，不禁又问："所以，明天没人会去参观 BesLife？"

"No，当然有人会去。明天除了你，别人都会去的。"Steve 若无其事地耸耸肩说，"可是没人会给 BesLife 投资的。"

"为什么？"

"因为你啊！"Steve 露出狡黠的微笑，"Oh！ Sorry！ 不是你，是你扮演的朱公子，所有那些投资人都是冲着朱公子去的，他们相信朱公子的眼光。可是朱公子突然改主意了，你说他们会怎么做？"

"可这不是事实！"我急道。其实我并不关心那些人怎么想，可我关心 Eva 怎么想。Eva 并没指望着朱公子投资给 BesLife，至少她没这么说。她只盼着我能到实验室去露个脸，至少能让别的投资人觉得，我对 BesLife 满怀兴趣。可我却不辞而别，而且还是坐着她花钱买的头等舱不辞而别，她一定会把我当成不守信用的小人！可我难道不是吗？我不只是个小人，而且是个骗子，我又不可能永远骗下去。

可我还是不甘心，装作若无其事地问："你不是专业融资顾问吗？给 BesLife 找到投资应该不难吧？"

"正因为我专业，所以不能让投资人给一家没有希望的公司投资。"Steve 愈加傲慢地说，"BesLife 已经烧光了 800 万美元天使投资，什么也没做出来，在美国根本找不到投资，所以才舍近求远跑到中国去找。"

"可既然如此，你为什么又要……"

"那跟你没关系！"Steve 不耐烦地打断我，从衣兜里掏出一个信封扔到床上，"这是 1 万块人民币，你的报酬。拿了这笔钱，就从此闭嘴，别再假装好人了。"Steve 嘴角轻蔑地一挑。

这倒是一笔意外的小财，不过并没让我感觉开心，因为我知道Steve 明天要做什么，他一定会让所有人认为，我到旧金山来，是因为要给他面子，而我不辞而别，是因为不想为 BesLife 多浪费时间。他既能收获他需要的，又不会让 BesLife 得到一分钱好处。这让我非常沮丧，说不清是厌恶、是嫉妒，还是自卑。我一直觉得自己很聪明，只占便宜不吃亏，可跟 Steve 比起来，我好像差远了。

Steve 转身往外走，却又突然停住脚步，回头对我说："你明天要是误了飞机，就得自己买飞机票了。"

"你怕我不走？"我冷笑着说，终于抓到一个反击的机会，"你怕我明天跑去搅局？"

我话没说完，他已经走出房间，"砰"地关上门。我的手机紧跟着叫了一声，好像是被关门声吓到了。手机上是阿昆发来的微信："我刚发现，你的酒店订单被取消了？机票也改期了？"

我扔掉手机低声咒骂："你大爷的！我早发现了！"

4

阿昆发现我的酒店被取消、机票被改期，可他并没发现头等舱被改成了经济舱，连"超经"都不是，就是最最普通、最最廉价的经济舱！

这可真让我不爽！

被 Steve 识破身份、换了酒店、提前把我撵回北京，这些我都能忍，可是为什么把我的头等舱改成了经济舱？机票又不是他出钱买的！好端端一趟头等舱往返，就只坐了一半儿，儿时的梦想就只完成了一半！

总有一天我要报这个仇，如果我还能再见到他的话。

可我还能再见到 Steve 吗？估计悬。我上网搜了搜他——我住的旅馆实在太偏僻，哪儿也去不了，不上网也无事可做——起先用"Steve X"搜，什么也没搜到，用"Steve、GRE、商业调查师"这三个关键词再搜，不搜不知道，一搜吓一跳！

GRE，"Global Risk Experts"的缩写——全球风险管理专家公司，是全世界最顶级的商业调查公司，在全球各地有上百家子公司，拥有近万名员工。这家被誉为"商界福尔摩斯"的公司自建立以来，曾经出现过许多非常出色的调查专家，而其中最出色也最具争议的，正是一位叫 Steve Zhou 的中国调查师。他用 10 年时间，从北京办公室里的一个无名小卒，一直做到 GRE 中国区老大，他领导的团队神出鬼没，曾经让许多商界大佬在一夜之间倾家荡产甚至沦为阶下囚。然而就是这样一位传奇的"商界福尔摩斯",却在事业的巅峰时期,突然从公司高管的名单里消失了。

以上这些是我从相对可靠的媒体所得到的信息。其他不够可靠的小道消息五花八门,有的说他和公司内部的其他高管勾结,曾经推翻了 GRE 公司的创始人和前 CEO(正是酒会上那个香港人提到的 Jason Brown,难怪 Steve 说 Jason 不会说他的好话)——并以此爬上高位,但后来又被前 CEO 复辟成功,并且被人抓住了把柄,因此不得不从 GRE 乃至整个商业调查行业消失。也有人说他以往得罪的人太多,手里掌握的秘密也太多,因此被人暗中追杀,不得不隐姓埋名。

不过我遇到的这位 Steve X 先生好像不够低调,不像是被人追杀的样子,小道消息多半不可靠,至少 Eva 和那个香港人都确认他就是大调查师 Steve,只是不知 Zhou(周?)怎么就变成了 X,也许是为了增加神秘感,其实已经够神秘了,网上传得神乎其神,却搜不到任何照片。如此神通广大的人,我大概也不会再遇上第二次了。

我饥肠辘辘地上了飞机,坐进属于我的座位——倒数第三排靠窗,这位置占的地盘儿顶多只有头等舱的十分之一,我感觉就像被塞进汽车后备厢,更糟糕的是,我身边坐着一对肥胖的印度夫妇,胖先生的肥肉和狐臭都毫不客气地侵占着我的地盘,也好,我立刻就不饿了。真不明白,飞往北京的航班上怎么会有半飞机印度人。

我趁着飞机排队等待起飞,又用手机打开脸书,等到了北京就不容易上了。Steve 果然并没加我,这我早料到了,他加我这么个屌丝小骗子干什么?我也不是为了这个才上脸书的,我是想看看 Eva 有没有回复我。

昨晚我搜到了她的脸书账户,一点儿也不难,她的 ID 就叫 Eva Lee,排在所有"Eva Lee"的第三个,头像就是她本人的特写照。我犹豫了很久,最终还是没有提出好友申请,可毕竟鼓足勇气给她发了一条私信:

> Steve 只是想利用你,你要小心他。

发出私信之后,我又有点儿后悔。其实即便我不发,她迟早也会意识到这一点,说不定再过一两个小时就意识到了,只不过,她最讨厌的人不会是 Steve,而是我。

她果然没有回复,留言区里一片空白。我盯着我的脸书 ID 发呆——"ATru Friendy"。

我不好意思还叫自己 James Chu，本想改成"A True Friend（一个真正的朋友）"，但是脸书的规则不容许，试了好几种组合，只有这一种通过了，现在看起来，反而更像是骗子，我有点儿懊悔，转而又觉得自己很可笑，我本来就是骗子，用什么 ID 都还是骗子，我本来就只配坐在最便宜的经济舱里，让富有弹性的印度胖子强行赐给我温暖和狐臭。

我突然有点儿想哭。

5

我从来没问过 Eva，为什么没有回复我的脸书私信。不过按照后来的情形推断，她在我离开旧金山的那个下午，根本就没时间也没心思看脸书。她在忙着接待参观 BesLife 公司的客人们，带着他们参观公司，为他们讲解她的量子光学全基因测序技术，然而不管她多努力，那些来自东亚的投资人们早已丧失了兴趣，因为他们最期待的神秘投资人——James Chu——根本就没出现。

所以他们很快都以各种理由告辞了，没人给 Eva 留下一点点希望。

Eva 把自己关进办公室，坐在她的皮椅子里发呆，直到她的合伙人 Shirley 破门而入，气急败坏地说："别想了！那个姓朱的根本就不靠谱，一看就知道，so vain and so fake（又自负又虚伪）！"

"没希望了。"Eva 双肘撑着桌子，把脸埋进手掌里。

Shirley 站在门边看着她，沉默了好几分钟，狠狠地说："I'm sorry！（对不起！）"

Shirley 领导的研发团队一直没能把样机做出来。但 Eva 知道，也许那并不是 Shirley 的错，也许问题出在 Eva 的论文上。尽管她曾经在斯坦福大学深入参与过运用量子光学技术对基因染色的实验项目，但那只是基因染色，并不是基因检测，中间差着一系列非常复杂的步骤，都是她不够懂的。她毕竟是物理学博士，并不是生物学博士，她的特长是量子物理，并不是分子生物学。

"No, its not your fault.（不，那不是你的错。）"Eva 摇了摇头，勉强笑了笑，把目光茫然地转向窗外的黑夜，"I think I need a vacation.（我想我需要一个假期。）"

Shirley 点点头，深深叹了口气，心灰意冷地走出办公室。Eva

仍然怔怔地看着窗外，喃喃道："A really long vacation.（一个很长的假期。）"

　　Eva 第二天一早启程，从旧金山直飞纽约。Bob 是个急脾气，一天都不想耽搁，他在电话里跟她说："你明天就飞回纽约，我们后天就飞夏威夷！在火奴鲁鲁玩几天，再搭游轮把几个岛都玩个遍！"Bob 的话里透着兴奋，好像终于美梦成真了。

　　Bob 开着他的宾利跑车到纽瓦克机场迎接 Eva，他事先为 Eva 插好了手机充电电源，买好了低咖啡因拿铁，还在副驾驶座上放了一条披肩。除了丈夫，他还是司机、管家、用人和家长。结婚的五年里，Eva 没买过菜、没洗过衣服、没交过水电煤气电话费、没给车做过保养，也没给亲戚买过任何一件生日或圣诞礼物。其实自从成为 Bob 的女朋友，她就再没做过这些事情，就连她自己的信用卡账单都没付过，一切都由 Bob 包办。

　　Bob 去年就宣布退休，40 岁就退休的人是闲不住的，他就像管理公司一样管理着家务。Bob 曾经是一家成衣厂的老板，雇佣了 100 多名女工，每年的流水有几千万，却舍不得雇个勤杂工，公司的杂事都是他亲力亲为，包括吸尘、打扫厕所、给女工们做午饭。

　　Bob 看上去心情很好，边开车边吹着口哨。宾利跑车驶上 95 号高速公路，和许多下班的车子挤在一起，不得不走走停停，但这并没破坏 Bob 的好心情，他握住 Eva 的手，兴致勃勃地说："你能回家真好！" Eva 强作笑容，却没能说点什么。Bob 似乎有些失望，不甘心地说："我们可以周游世界了！这就是我一直期待的生活。"

　　Eva 又笑了笑，可她并没意识到，这个笑容比上一个还苦涩。昨夜她几乎整夜没睡，再加上六个小时的飞行，使她原本沉重的心情雪上加霜。她把目光转向车窗外，看暮色渐渐降临在一大片水面上。Bob 丢开她的手，默默地开车，一路没再说一个字。

　　他们到家时天已经黑透了。其实才 7 点多，还在实行夏令时的纽约通常要到 8 点才天黑的，也许是因为阴天，乌云滚滚的，暴风雨就要来了。

　　客厅里放着两只旅行箱，Bob 已经把行李收拾得差不多，只有 Eva 的那只还敞开着。Bob 一进门就发号施令："内衣和运动衣我都帮你准备了，我拿了五套，脏了我可以洗，外面穿的衣服你得自己挑。你快点！我不能等你一个晚上！"

Eva 刚刚把自己赖进沙发里，只好又挣扎着起身，勉强走进更衣室，她随便拣了几件 T 恤和牛仔裤，反正是休假，反正是夏威夷，反正以后休假的机会很多很多。

Bob 又在客厅里喊："要带两套正式的！"

Eva 拉开另一扇柜门，看见满满一柜子琳琅满目的晚礼服，可她一件也不想碰，就只抱着 T 恤和牛仔裤走回客厅，把它们扔在箱子上，指指自己从旧金山带回来的小行李箱说："里面有件深蓝色的裙子，就带那件吧！"

"那件你不是穿过了？还没干洗呢！"

"就只穿了一次。"Eva 又瘫进沙发里，浑身的每个细胞都很累。

"那怎么可以？那种面料很容易起皱的！穿一次就得干洗！"Bob 皱眉道，服装本来是他的本行，他对此从不含糊，对 Eva 就更不含糊，"我的人，不能像个叫花子！在游轮上有一晚要穿正式的！"

Eva 讪讪地申辩："不去晚餐厅就是了，反正自助餐厅每天都开着。"

"我妈七十六寿，你让她去自助餐厅庆祝吗？"Bob 一边说，一边把 Eva 扔在箱子上的一摞衣服摆进箱子里，"不要只想着自己！"

Eva 吃了一惊，没想到婆婆也要去夏威夷坐游轮，既然婆婆要去，小姑子一家肯定也要去，因为婆婆不能忍受只跟他们两口子旅行，说不定小叔子一家也要去，这不是两个人的旅行，这是婆家全体出动。她竭力控制住自己，用听上去还算平和的口气问："你妈不是上周过的生日？"

婆婆的生日是上周二，Eva 本来没打算参加寿宴，因为周三下午要到北京跟费肯投资开会，周四晚上还要参加费肯投资在钓鱼台国宾馆的晚宴，这都是找投资的好机会，所以周二一早就得上飞机。但 Steve 突然为她安排了周三和 Yeshwant 的见面，这是更难得的机会，她临时改了机票，要在纽约多停留一天，寿宴自然不能缺席。然而 Steve 又取消了见面，所以她又把机票改回周二，周二一早就起飞，按原计划参加北京的活动。就因为这个，Bob 和她大吵了一架。Bob 本来也没指望她能参加母亲的寿宴，却受不了这种反反复复，他冲着她咆哮："不想参加就别参加，不必假惺惺地找借口！"

Eva 和婆家的确合不来，自从她 10 年前成为 Bob 的女朋友，那家人就从没真正看得上她。那个 40 年前靠着亲戚移民美国的广东家庭，为了生存吃尽苦头，因此非常团结，坚不可摧，甚至比很多从没离开中国的家庭更加传统，歧视不会煲汤的女性，歧视不会伺候老公的女性，歧视不愿生孩子的女性，歧视只会读书却不会赚钱的女性，这些 Eva 都占全了。

Bob 听到 Eva 的提问，丢下手中的牛仔裤，对 Eva 怒目而视："这么多年，你这个儿媳妇给她过过几个生日？"

Eva 的确没给婆婆庆祝过几次生日。尤其是博士毕业之后，就一次也没有了。六年的博士后，再加一年的创业，她每年在纽约家里住不了几天。可她并不觉得内疚，反而有些委屈，小声嘟囔道："没有我，她会更开心的。"

"Bullshit!（狗屁！）" Bob 终于开始咆哮，他的中文并不差，可他更习惯用英语骂人，"You know its all fucking bullshit!（你知道那都是狗屁！）"

Bob 的咆哮让 Eva 心头火起，她强忍着说："我心情不好，不想跟你吵架。"

"Fuck!" Bob 又骂了一句，狠狠踹了一脚箱子，转身进卧室去了。

大约 10 分钟之后，Eva 消了些气，渐渐有点儿内疚，并不是因为没给婆婆过过几次生日，而是因为破坏了 Bob 的好心情。又不是 Bob 让 BesLife 拿不到投资的，尽管他每天都在祈祷，让她的公司早点倒闭，他们可以好好享受退休生活。

Bob 是冯家的第二个儿子，也是家族的骄傲——纽约州立大学石溪分校[①]的硕士。据族谱上记载，冯家两百年前曾经出过一个进士，家业也因此壮大，但渐渐又破败了。Bob 是之后两百年里最会读书的冯家人。但 21 世纪的美国并不是两百年前的中国，一个化学系硕士算不上什么。Bob 在读硕的第一年和一个台湾富商的女儿结了婚。对于 Bob 的家人和亲戚来说，这比成为美国名校的硕士更值得骄傲。然而富商的女儿在结婚半年后就跟另一个美国画家展开恋情，所以 Bob 在硕士毕业那年又离了婚，因此不再是家族的荣耀。他们离婚后卖掉了刚买不久的长岛豪宅，Bob 因此分到 200 万美金，用这笔钱在中国城盘下一间衣厂，就这样当了衣厂老板，从此每天只睡三个小时，没白没黑地赚钱，因此再度成为冯家的荣耀。他就是这时认识 Eva 的，那时她还是哥伦比亚大学的留学生，纯洁得宛如一股清泉。她在中国领事馆举办的晚会上遇到 Bob——一位成功的年轻企业家。她并不知

---

① The State University of New York at Stony Brook.

道 Bob 也有硕士学位，也不在乎他是不是会赚钱的老板，就只觉得这个比她大五岁的清瘦的男人颧骨很高，眼窝很深，好像她上中学时喜欢过的香港影星。Bob 第一次跟 Eva 约会，在曼哈顿河上的游艇里借着月色告诉她，他的理想是 40 岁以前退休，和他的爱人周游世界。

Bob 并没有食言，他在 39 岁那年退休了。可 Eva 却在同一年开始创业，他们南辕北辙。

Eva 从衣柜里挑了两件最漂亮的晚礼服，捧到卧室里，对仰在床上玩手机的 Bob 说："我带这两件吧。"

Bob 毫不理会，假装她不存在，这是 Eva 最难以忍受的：歇斯底里由他，进入冷战也由他，他是这家里的老板，一切都是他说了算。Eva 心中又冒起无名火，忍气吞声地说："别生气了，我不是那个意思。"

Bob 鄙夷地瞥了 Eva 一眼，又转头去看自己的手机，从牙缝里挤出一句："去死吧！"

Eva 只觉热血沸腾，浑身堆积的绝望和疲惫在瞬间爆发，她捏紧拳头尖叫："好啊！"

Eva 拉开阳台门的瞬间，一道闪电正划破夜空，紧接着是惊天动地的霹雳。她赤脚站在 78 层的阳台上，俯视着曼哈顿璀璨的灯火，狂风夹杂着雨点，向她席卷而来。

Eva 毕竟还是没有勇气跳下去。她是从公寓大门跑出去的，乘电梯到一层，在安保员好奇的目光中赤足奔进暴雨里。她沿着街道往前疾走了很多步，这才感觉自己浑身湿透，精疲力竭，脚底火辣辣地疼。她坐到人行道上，脑子里冒出不知从哪儿读到的句子：有些人才二十几岁，但他们已经死了。她已经 35 岁了，这么说倒是赚了。

Bob 不知何时追上 Eva 的，举着一把大伞。他把一双丝绒拖鞋扔在人行道上，又把一件风衣披在 Eva 身上，显然都是随手乱抓的。他用伞罩住 Eva，拉着她往回走。Eva 并没反抗，行尸走肉般地跟着 Bob，丝绒拖鞋本来是在室内穿的，既温暖又柔软，可这会儿却像一团烂泥似的裹在脚上，让她走得磕磕绊绊，但 Bob 的手很有力气，让她既不会跌倒，也没法儿停下。

Bob 把 Eva 拉进公寓电梯，怒冲冲按下 78 层。前 60 层他们都沉默着，在经过 61 层时，Bob 突然开口："你真的那么想要做公司？"

Eva 怔着不言语，低头盯着脚下越聚越大的一摊水。

"Shit！" Bob 竭尽全力地骂了一句，咬牙切齿道，"那好！给我一个月，我让你的公司起死回生！"Bob 顿了顿，斩钉截铁地说："不过，从现在开始，一切听我的！"

Eva 惊诧地抬起头，见 Bob 面目狰狞，嘴角残留着白沫子，大概是刚才的那句"shit"骂得太用力，带出来不少唾液。Bob 的眼神就更是骇人，有被现实愚弄的恼怒，有放弃某种理想的绝望，也有蔑视一切的信心。然而除了所有这些，分明还有一丝柔软的东西，让 Eva 的心在瞬间碎了。

第三章

小贼入职

从飞飞酒吧到
国贸 38 层

1

我就知道，回到北京的日子不会好过的。

有两条路摆在我面前：第一条，跟凤妈坦白，老老实实去药店里给红霞打下手，下班就回家，两点一线，就等于坐牢，而且是无期。第二条，继续假装在费肯投资上班，每天由红霞或者耗子车接车送。但那需要成本——一个月后，我总要领工资的。我告诉过凤妈，这份非常体面的新工作月薪2万，年底还有分红。凤妈本来就疑心重重，到了月底肯定要检查我的工资单。我当然可以伪造一份工资单，可我伪造不出假钞，好不容易到一家国际大公司上班，不可能不好好孝敬凤妈的，如果打肿脸充胖子，就连快餐都要吃不上了。

还好还有飞哥的酒吧。我去美国投奔亚瑟之前给自己留了后路，跟飞哥约定停薪留职，所以回到北京的第二天，我就恢复了酒吧的工作。

我趁着在国贸"上班"的工夫，偷偷坐地铁到鼓楼，在酒吧里待到晚上七八点，然后再坐地铁回国贸，等着红霞或者耗子来接我下班，有时候再晚点儿也没事儿，在国际大公司上班哪有不加班的，反正红霞和耗子也都忙，红霞最近热衷于推销"美必来"营养药，我猜她是干上传销了，耗子就更忙，每天求仙拜佛，前两天还跟人去五台山拜师，我死活拦不住。耗子说："你最近不顺，我替你也求求。"我说："千万别！佛祖本来就看我不顺眼。"耗子立刻瞪眼说："别瞎说！要受报应的！"我嬉皮笑脸道："你不跟佛祖提我，他老人家也想不起来报应我。"

有些话真的不能乱说，还不到一个礼拜，我的报应就来了。

那天——也就是我从旧金山回到北京的第七天，早上照旧是红霞送我上班，我也照旧在国贸 A 座的大门口下车，跟她甜甜腻腻地说："谢谢世界第一美丽的姐！"她却并没像以往那样甜甜腻腻地回答："亲弟，这算啥？"她冲我笑了笑，当然是假笑，问道："你今天几点下班？"我假装愁眉苦脸道："还得加班！怎么也得八九点吧！"她点点头说："好好加吧！"

就是那句"好好加吧！"让我心里不踏实，总觉着红霞又在打什么歪主意，这个小贼人似乎根本不相信我能到国贸的外企里上班。我本想今天不去酒吧，就在国贸老实待一天，可是下午飞哥的几个朋友要到酒吧谈生意，提前约好了，我偏偏今天不开张，有点儿说不过去。

我在国贸地下一层的购物中心里转了好几圈，百分之两百地确认没被跟踪，这才坐地铁去鼓楼，一路小心翼翼，就像在做地下工作。

我安全抵达酒吧，把门从里面一锁，门外既不挂"OPEN"的牌子，也不挂"CLOSE"。如果是飞哥的朋友来了，自然会按门铃，如果是生客来了，发现门锁着自然也就走了，如果有生客按门铃，我就掀开门边的窗帘，隔着玻璃喊一声："没开张！"每次飞哥的朋友来谈事都是这样操作的，以此避免陌生人的打扰，弄得好像特务接头，其实这酒吧难得有生客，而且飞哥的朋友们谈的生意通常也没多"秘密"，无非就是倒点儿发票车票演出票，给某总引荐一位大师，或者介绍一两位很可爱的小姐姐或者小弟弟。

我并没急着准备酒水，反正飞哥的朋友要两三个小时以后才来。我脱了西服外套，坐进我最喜欢的沙发里，随手拿出手机，本想打两盘《王者荣耀》，可鬼使神差的，我把曾经用来钓亚瑟的那款交友APP打开了。

我早把亚瑟的微信删了——他为了我下了微信，因为我拒绝给他手机号码，又没法儿使用他常用的社交软件。他的微信里就只有我这么一个联络人，现在一个都没有了。除了这款交友 APP，他根本就没法儿再联系到我。这几天虽然忙着冒充朱公子，可时不时地还是有点儿担心，不知亚瑟到底睡了多久，睡醒之后到底有多恨我。所以最近这几天，我每天都会把这交友 APP 点开一两次，还好并没有来自亚瑟的留言，也没在方圆几十公里内发现他（这款 APP 能够显示附近所有正在登录的 ID），作为有资格驾驶波音 787 的机长，亚瑟总有机会再到北京的。

我关了那 APP，又打开百度，再次搜索苯那君的副作用：只有婴幼儿服用过量才有可能死亡，成年人顶多只是头晕，要到抽搐、昏迷需要服用很多，而我只不过给他吃了两片，根本不到一个成年人一天的安全用量，亚瑟人高马大，起码有 200 斤，应该没事的。

我正胡思乱想，门铃突然响了。我抬头看看墙上的石英钟，才 11 点过 5 分，飞哥的朋友说好了下午两点才来，怎么提前了这么多？莫非果然来了生客？自从我恢复开店，一周也没来一个生客。我心里有点儿发毛，可总不能不去看看，万一是飞哥的朋友提前了呢！我暗暗劝慰自己，在国贸很小心，在地铁上也很小心，不可能那么倒霉的。

然而，倒霉就倒霉在那窗帘上——窗帘让外面的人看不见里面，也让里面的人看不见外面。我把窗帘掀开一个角儿，一眼就看见玻璃上正贴着一张富态的大白脸：不是凤妈是谁？

我差点突发心脏病，不过反应还算快，最多只耽搁了四分之一秒，立刻就把窗帘放下，暗暗向各路神佛祈祷，但愿凤妈并没看清我的脸，毕竟外面亮，屋里暗，而且凤妈老眼昏花的。

门铃竟然不响了，让我心中升起一线希望，然而瞬间就破灭了——我听见比门铃更粗暴、更恐怖的声音——用拳头砸门的咚咚声，还有凤妈尖厉的女高音："宋桔！你个死不要脸的贼贱肉儿！没天良的畜生！快给老娘滚出来！看我不剪了你那贼屎根子！"

我顿时慌了神，只觉天旋地转，手忙脚乱地在酒吧里跑了一圈儿，既没找到躲藏的地方，也没找到能用来自卫的工具。我倒是可以从后门逃跑，可凤妈确实看见我了，逃得过初一逃不过十五。凤妈的叫骂和拍门声更加疯狂，死人都能让她骂醒了。我无助地从沙发上胡乱抓起西服外套，瞬间有了个主意，绝对不是个好主意，可我实在想不出别的。

我赶紧穿好外套，对着镜子整理一下头发和领带。为了让大家相信我是去费肯投资上班，我穿了一套靛蓝色正装，这是我最不花哨的西服。我使劲儿做了两次深呼吸，这才假装平静地开了门。凤妈夺门而入，几乎把我撞个跟头，我赶快躲闪，可又不敢躲得太远，一把搀住凤妈，尽量装作惊讶而无辜地说："妈，您怎么来了？"

凤妈并没急着回答我，她先站稳了脚跟，然后狠狠甩开我的手，虎视眈眈地反问："你说我怎么来了？"

其实我已经知道凤妈怎么来了，因为我看见凤妈身后的红霞了，我不得不佩服我的直觉，可这一点儿也不让我感到高兴，只感觉更慌：红霞怎么知道我在飞飞酒吧？

"妈非逼着我打听，我才找人……稍微打听了一下。"这个比猴儿还精的贱人早猜到了我在想什么，立刻做出一副难为情的可怜相，委委屈屈地解释说，"人家怎么说，费肯投资里没你这么个人？"

这更让我吃惊了！红霞居然能找到费肯投资里的人？我立刻质问她："你跟谁打听的？"

"哎哟！博士弟弟，这有什么重要的？要是我打听得不准……"红霞翻了翻白眼，她是在看酒吧门上挂的招牌，像是在强调铁证如山，可嘴上却说，"要是不准，那就更好啦！姐这不是担心你吗？怕你真出什么事儿了！再说，我哪儿敢瞒着妈……"

"狗屁！"凤妈粗声抢过话头，"你们这帮贼贱货！都当我是聋子瞎子，想蒙就蒙，想骗就骗！"

"妈，我可不敢骗您！"我冤深似海地说，"我约了客户在这儿见面，所以才到这儿来！"

"你放屁！"凤妈咬牙切齿地把唾沫星子喷到我脸上。我没敢躲，也没敢用手擦，自顾自地说下去："妈，您看我这一身儿！哪有穿成这样儿在酒吧伺候人的……"

"你是想蒙我！想让我以为你在那什么……废品投资！对，在废品投资里上班！其实是跑这儿犯贱！"凤妈怒目圆睁，恶狠狠地打断我。我哭笑不得，连忙指天发誓说："妈！我是真的约了客户到这儿见面！非常重要的客户，不方便到公司里见的！"

凤妈仍怒气冲冲，不过并没打断我，这就有了一点儿希望，我凑近凤妈，压低了声音说：

"您也知道，公司里同事都是敌人！想着法儿抢客户呢！再说要好好谈事儿，也得找个既安静又私密的地方，外面的咖啡厅都太乱！我就求飞哥把这儿借我用用，我绝对不敢骗您！"

凤妈还没来得及言语呢，红霞抢着开口了："妈！我弟在这儿等重要客户呢！重要客户马上就要来了！咱别妨碍人家工作了！赶紧走吧？"

这个阴险的女人！我恨得牙根发痒，却只能强忍着。凤妈果然立刻领会了红霞的意思，朝四下里看了看，找了一只沙发，舒舒服服一坐："哎！就这儿了！这儿不是酒吧吗？酒吧有客人很正常吧？也不多我一个！我倒要看看，你的重要客户长啥样儿！"

这下子我可真急了。哪儿有什么"重要客户"？就连普通客人也没有啊！除非再等上两三个钟头，飞哥的朋友倒是能来，可是哪有比客户提前两三个小时就到达约会地点的？再说飞哥的那帮朋友，估计穿着大裤衩子就来了，露着胳膊小腿上的文身，要是让凤妈看见他们，我可就更完蛋了！

"妈！人还有事儿呢！"红霞故意拖长了声音，老大不乐意似的，动作倒是挺凌厉，进屋，关门，在凤妈身边坐定，一点儿不像"还有事儿"，至少没别的事儿——她今天的"事儿"就是带着凤妈"捉贼"呢！

"有事儿你先走！我可没求着你来！"凤妈偏了偏身子，斜了红霞一眼。

我早知是红霞把凤妈拉来的。可关键问题是，就算红霞打听出费肯根本没我这个人，她又是如何得知我在这儿的？就算她和凤妈都知道我曾经在这家酒吧工作，她也没法儿断定，我就一定会到这里来吧？除非非常确定我在这儿，否则她绝不敢大动干戈地把凤妈拉来。我又想起她早上说的那句"好好加吧"，就像对一切都早有预料。莫非她真的在跟踪我？在我包里放了跟踪器？

我很想立刻检查一下，可我不敢当着凤妈这么做。我也坐进沙发里，因为双腿直打战。我跷起二郎腿，逼着自己装出一副泰然自若的样子，还时不时往门口看看，就像真的在等谁。其实门已经关了，窗帘也放下了，根本也看不着什么。

凤妈也跷起二郎腿，双手交叉放在膝盖上，耷拉着眼皮，就像是在打坐，又像是在打瞌睡，我偷偷摸出手机，打算给哪个朋友发微信求助，凤妈连眼皮都没抬，就像脑门儿上开了天眼，用鼻子哼哼一声说："贼小贱肉儿，打算找人来给你解围呢？"

"瞧您说的！有什么围可解的？我瞅瞅客户有没有给我发信息！"我装模作样地看了一眼手机，赶快把它扔一边儿，心里默默祈祷着它自己能响，最好是个骚扰电话，这样我就可以举着电话演戏："王总好！什么？今天来不了了？"

可是我的手机出奇地安静，平时骚扰电话那么多，偏偏今天一个也没有！我听着石英钟嘀嘀嗒嗒走个不停，浑身冒着汗，这身西服可真热！我不由得站起身，凤妈立刻睁眼瞪着我，好像泥菩萨突然显了灵，我连忙满脸堆笑地说："妈！您看我都忘了！给您弄点儿喝的？"

"哼！用不着了吧？"凤妈从鼻子里冷笑了一声，抬头看看石英钟，"你客户到底啥时候来啊？"

"真是！怎么还没来呢？"我也皱着眉去看那石英钟，却听凤妈大吼一声："贼小贱肉！还没演够呢？戏台边儿的扫帚也把自己当个角儿？鼻子里插两根蒜薹你就成大象了？别让人笑掉大牙了！给自己留点儿脸吧！也给你娘留点儿脸吧！还不赶紧跟着你娘回圈？你娘也是猪！泥里粪里拱了大半辈子，喂出你这么个连猪都不如的死贼尿！"

凤妈连珠炮似的开骂，越骂越气，越骂越悲壮。我最受不了凤妈悲壮，立刻就动摇了，心想反正也过不了这一关，要不就跟着凤妈回家，反正就是无期徒刑呗！我垂头丧气，正要向凤妈投降，门铃却突然响了。

居然真的有人来了？

2

Steve 来得可真是时候！

我千猜万猜也绝对猜不到，Steve 会在此刻出现。或者应该说，我绝对猜不到，他会在现在到未来的任何时刻，再次在我面前出现。

是我开的门，背对着凤妈和红霞，所以没让她们看见我惊愕的表情。Steve 照例穿着正装，手提棕色公文包，从头到脚一丝不苟，只是西服的颜色不再深暗，而是明亮的咖啡色，裁剪也比之前更时髦，而且还是繁琐的"三件套"，左胸衣兜里还插着紫色丝巾，而且香水味儿也特别地浓，不太像外企精英，倒有点儿像欧洲贵族——贵族里的花花公子。他的表情也像花花公子，一侧的嘴角微微上扬，似笑非笑地看着我。我立刻就断定，这绝对不是个巧合。

Steve 发现了酒吧里还有两个女人，微微扬了扬眉，仿佛有些意外，不过立刻恢复了常态。他对我说："Mr. Song, how are you?（宋先生，最近可好？）"

这倒是提醒了我，凤妈和红霞可听不懂几句英语。我赶紧兴冲冲地说："Hi Steve! I am so happy to see you!（Steve，真高兴见到你！）"边说边主动跟 Steve 握手，就像跟客户见面那样。我是真的很高兴见到他，仿佛见到了下凡的天使，也顾不上考虑天使为什么要突然下凡，只求渡过凤妈这一劫。

凤妈正虎视眈眈盯着 Steve，Steve 不禁微微蹙了蹙眉，继续用英语问我："她们是你朋友？"

我纠结了片刻，决定告诉 Steve 实情。在目前这种情况下，我可没办法两头都瞒着。而且 Steve 显然早知道我是谁，也知道我是干什么的，不然也不会找到这儿来——他不是什么调查师吗？如果他有办法到社保局或者信用卡公司查一查记录，就会发现我登记的工作单位是飞皇影业，工作地址就是这家飞飞酒吧的地址。

我用英语告诉 Steve，这两位"lady（女士）"一位是我妈，另一位是我姐，她们要逼我去家里的药店上班，所以我骗她们说我在费肯投资上班，我借用了国宾馆晚宴的邀请函，那上面印着费肯投资。

Steve 点点头，饶有兴致地问："她们为什么会在这里？"

我用英语回答："这就是麻烦所在！你看，她们以为我在国贸上班，可我必须得挣钱，所以我瞒着她们回这里工作。但不知为什么，她们突然来了！我只好告诉她们，我约了一位重要客户在这里见面，实际上当然谁也没约。她们非要等我的客户来，我正着急呢，幸好你来了！"

Steve 点点头，说了句"I see!（我明白了！）"就大大方方地走向凤妈，非常绅士地向她微微躬身，伸出手说："宋夫人，您好！很荣幸认识您！"

凤妈显然很意外，不过并没乱了阵脚，不慌不忙地站起身，很有气势地跟 Steve 握了握手。我这才注意到凤妈穿着一套非常庄重的黑色丝绒套装，围一条绚烂的粉红色大围巾。今天她不是女歌唱家，而是成功的女企业家。凤妈保持着高度警惕，皮笑肉不笑地应了一句："你好！"

Steve 又转身向红霞伸出手："宋女士，很荣幸！"

红霞早就跳下沙发，两眼烁烁放着光——那是她看见帅男人时的眼神，她立刻握住 Steve 的手，声音腻得让人起鸡皮疙瘩——那是她遇上有钱男人时的声音："我才荣幸呢！我叫 Rainbow①！怎么称呼您呢？"

我脸上一阵发烧，恨不得立刻跟 Steve 解释一下，这位并不是我的亲姐。她怎么突然改叫 Rainbow 了？以前不是叫 Candy 吗？当然那

————————
① 彩虹。

个名字也很贱，不过至少是我给她起的，我觉得很适合她。

"Steve。"Steve 礼貌地跟红霞握了握手，立刻转向凤妈说，"我是来跟宋先生谈生意的。"

"哦？你跟他……谈生意？"凤妈满腹狐疑地重复了一遍，毫不客气地又把 Steve 上下打量一番。我立刻明白了，凤妈是看 Steve 打扮得太精致，油头粉面的，因此怀疑他并不是我的客户，而是来跟我约会的！我暗暗叫苦，总不能把到美国跟亚瑟结婚的事儿也告诉 Steve 吧？

还好 Steve 并没向我求助，略带讥讽地说："是的宋夫人，费肯公司的老板太忙，没时间见我，所以我得先拜见老板的助理，也就是宋桔先生。"

红霞扑哧一声笑了，我知道她为什么笑，因为 Steve 把"桔"字读成了"橘"，其实应该读成"节"，一个大男人怎么可能叫"宋橘"？这也是我倒霉——凤妈知道桔梗能治病，桔梗花又美，可她当初不知道桔梗的"桔"也能读"橘"。

Steve 不知所措地看看我，看来他是真的不清楚我的名字该怎么读。这再正常不过，根本没几个人能读对的。凤妈倒好像微微松了一口气，大概她认为，既然此人连我的名字都不会读，也就不太可能有什么亲密关系了。

"他是总裁助理？是那什么公司……废品投资的总裁让你来找他的？"凤妈毕竟还是有点儿不放心，不过已不像之前那么满怀敌意。她总是把"费肯"说成"废品"，我都懒得纠正了，可现在是当着 Steve，真让我无地自容，我恨不得跟 Steve 解释：她也不是我亲妈！

Steve 微微一笑，并没流露出任何鄙夷或是嘲讽的神态。他说："是的。费肯投资的郝总，这是她给我的名片。"

Steve 从衣兜里摸出一张名片递给凤妈。凤妈接过名片正要细看，红霞已经贴到凤妈身上，身体软成了面条儿，唯有一副大胸脯硬邦邦挺在 Steve 眼前。她立刻娇滴滴地把名片读出来："费肯投资（北京）股份有限公司总裁，郝依依。是个女的？"

凤妈一把推开红霞，恶狠狠瞪了她一眼说："别犯贱了！回家！"

红霞这才反应过来，立刻垂头丧气。她只顾着犯花痴，忘了形势早已逆转，她的诡计又不能得逞了。

凤妈倒是瞬间有了笑脸，客客气气对 Steve 躬身说："实在是太不好意思了！打扰您的工作了！"凤妈指指我："这小子，太年轻！以后还要请您……还有郝总，对他多多管教！"

Steve微笑着目送凤妈大步走出门去，红霞千不肯万不愿地跟上凤妈。我赶紧关了门，转身再看Steve，他已收了笑容，一本正经地对我说："宋桔（节）先生，现在可以谈正事了？"

我吃了一惊，原来他知道我的名字该怎么读！刚才是故意读错的？他知道凤妈怀疑我跟男人约会？他究竟还知道什么？我并没急着提问，也没按照他的提问回答，我自以为很聪明地说："我还以为，再也见不到你了。"

"我可没这么以为。"Steve微微一笑，"我一直都认为，我们一定会再见面的。"

Steve的微笑让我后背直起鸡皮疙瘩，讪讪地说："我这种人，还能有什么用？"

"哦？你是哪种人？"Steve饶有兴趣地问。

这不是明摆着吗？我穷得叮当响，大学都没毕业，是个没有正经工作的小混混，我耸耸肩说："这还用说吗。"

"当然。"Steve反倒认真起来，"这跟我将要跟你谈的事情有很大的关系，我们必须达成某些共识，才有可能合作。"

我皱了皱眉，不知他葫芦里卖的什么药。合作？他和我？跨国商业调查公司的前高管和美国投资圈子里呼风唤雨的大顾问和一个小混混？

Steve兴致勃勃地看着我，好像在研究外星生物："让我来形容一下你是哪种人。我不想使用'骗子'这样的词，我其实不同意任何人使用'骗子'这个词攻击别人，因为在这个世界上，每个人都是骗子。人类自从建立了所谓的文明，就一直在互相骗来骗去。比如国家这个概念：地球上有山川、河流、海洋，可是哪有国界这种东西？国界两边的动物和植物有什么区别呢？可是自从你出生，别人就告诉你，要无条件地属于这么个'祖国'。再举个例子，比如……财富，哈！"

Steve把双手举到空中，我还是头一次见他如此激情澎湃。

"财富是人类最无耻也是最成功的骗局！地球可没规定金子就比石头值钱，更没规定钞票就比手纸值钱！可那些人就是要让你相信，钞票并不只是几张普普通通的纸，而是这个世界上最神奇的东西！就像……阿拉丁神灯！只要你拥有了足够多的钞票，就能拥有地位、拥有尊重、拥有幸福！这不是最大的骗局吗？"

Steve顿了顿，像是要查看演讲的效果。我没点头也没摇头，就只耸了耸肩。我并不关心他说的这两种骗局，那是全人类的事儿，又不是我一个人的事儿，就算天塌下来，也还有那么多有钱人陪着我死呢。

Steve好像对我的反应挺满意，这人可真怪，似乎不喜欢绝对的赞同或者反对，就喜欢摸棱两可。

"所以，我更愿意这样来形容你，"Steve用刚才立在空中的食指指着我，"你，是一个擅长讲故事的人，请注意关键词——讲故事。把故事讲好，让别人相信。"

我不得不承认，这几句让我挺受用，尽管话里话外的，他还是在说我是个骗子。

"而我恰恰觉得，你的这种能力，有可能会对我有帮助。"Steve调转了手指指着自己，这倒让我倍感好奇，"就像我告诉过你的，我为Start-up寻找合适的投资人——可不是普通的Start-up，而是那些有潜力成为独角兽的公司。我寻找的投资人也绝不是想要洗钱的罪犯或者钱没处花的暴发户，而是正规的投行、基金，还有业内知名的企业投资人们，他们给Start-up带来的不只是钱，而是人脉资源，是媒体关注，是更多的投资。为了达到这个目的，有时我也得讲故事。"

Steve故意拖长了"讲故事"三个字，像是在提示我注意，他就要说到重点了。

"我讲的那些故事，有些我信，有些我不信。不过，我信不信并不重要，重要的是，听的人——那些投资人或者创业者们——他们信不信。"Steve向我露出深奥的微笑，令我越发迷惑：传奇的前调查师、大名鼎鼎的融资顾问，也要给人"讲故事"？

"同意吗？"Steve冷不丁问我，我一时摸不着头脑："同意什么？"

"有时我们并不需要完全相信我们讲给别人的故事。"Steve嘴角保持着笑意。我耸耸肩，以表示同意。我还能说什么？能说不同意吗？我给那么多人讲过那么多我自己根本就不相信的"故事"，最近的两周内就讲了三个！我给Eva讲过一个朱公子的故事，我给凤妈讲过一个我在费肯投资上班的故事，我还给亚瑟讲过一个爱情故事。我问Steve："所以，你到底需要我做什么？"

"我打算正式聘用你。"

"聘用我？"我非常意外，不过转念又想，他大概是又要利用我，就像上回带我去旧金山W酒店的鸡尾酒会"走台"一样。他只不过故意把这种利用说得好听一点儿。

"是的，聘用你。"Steve 的语气很坚定，"我打算跟你签订雇佣合同，月薪两万元人民币，如果你表现出色，还会有额外的奖励。"

这倒真的让我大吃一惊！我根本没想到他要长期雇佣我，而且付给我相当不错的酬劳。可他为什么要雇佣我呢？除了会说几句英语，模仿几句港台腔，我根本一无是处。我有点儿不踏实，警惕地问："我需要做些什么？"

"你放心，没人会让你杀人放火的。"Steve 若无其事地说，"记得吗？我只是个 FA。所以你也是 FA，你只需协助我完成我的项目——帮助那些 Start-up 找到优质的投资。"

"你说的协助，就是跟你一起……讲故事？"我隐隐有点儿开窍，可还是感觉难以置信。

"是的。"Steve 点点头，又觉得这还不够，继续解释说，"不过你必须要明白，我们讲故事的根本目的并不是欺骗，而是让投资人和创业者达成合作。这种合作应该是良性的，拥有美好的未来——Win-win situation（双赢的局面）。你听过硅谷的创业名言吗？ Fake it until you make it."

Steve 微笑着顿住，像是在等我回答。我翻译道："假装成功，直到你真正成功？"

"我倒是喜欢把它翻译成：只有先假装成功，才能真正成功。"他朝我挤挤眼，神秘兮兮地说，"这是很多成功创业者都知道但是决不肯透露的秘密，不过你放心，我是很有鉴别能力的，我不会用那些根本不具备成功潜力的故事去忽悠投资人的！"

Steve 的表情和语气都很诚恳，说辞也算可信：一个被精英创业者们趋之若鹜的融资顾问，总不可能劣迹斑斑吧？就像一个口碑很好的媒婆，总归促成过几桩美满姻缘吧？

可我知道他并没说实话，因为他刚刚利用了一家根本不具备成功潜力的公司——BesLife，无情地欺诈了一个他毫不感兴趣的人——Eva。用 BesLife 的钱给他自己作秀，再把 BesLife 一脚踢开，是完全看不出"双赢"的迹象的。

可那不正是许多人都会做的吗——对别人加以利用，以实现自己的目标，只不过不会明说罢了。Steve 这样的精英也不例外吧？他又没邀请我一起去做慈善，而且，两万的月薪是多么难以抗拒啊！最起码，凤妈那一关算是彻底过了。我问："如果我接受你的 offer，我算是哪家公司的员工？"

"哪家都不算，你只为我工作。我名下没有公司，我也没有给任何公司打工，所以，我们只是私人之间的雇佣关系。"Steve 又朝我挤挤眼，"你可以让飞皇影业继续给你买社保，我不会占用你很多时间的。"

我就知道是社保让他找到飞飞酒吧的。可我还有好多疑问："我能不能请教一下，你是什么时候开始认为，我可以为你效劳的？"

"在国宾馆的晚宴上，当你大谈用人工智能和区块链技术写名著的时候。"

我倍感意外，今天真是意外连连："所以，那时候你已经知道我不姓朱了？"

"当然。"Steve 微微一笑，"我告诉过你，是在飞机上识破的。"

"是纽约到北京的飞机？"我有点儿沮丧，本以为是从北京去旧金山的飞机呢。原来他一早就看破了，可我竟然还是在他的指挥棒下，乖乖地演足了朱公子的戏份，让他做我的老板，估计日子不会太好过。

可是月薪两万呢！

"能不能给我点儿时间？我得考虑考虑。"我还是有点儿犹豫。

"可我担心，黎博士等不了。"Steve 冲我狡黠一笑，"你不是很想帮助她吗？"

3

为了让我对自己的"业务能力"多加了解，Steve 向我多透露了一些细节：他的确是为了"邂逅"朱公子才登上从纽约飞往北京的航班，而且他的确也不清楚朱公子到底长什么样。但是自从我跟空姐点 mimosa，他就对我产生了怀疑，因为我的英语发音是美音，而朱公子应该是在英国长大的，而且——他故意顿了顿，颇有些嘲讽地说："一个受过良好教育的超级富二代，通常不会故意为难空姐。"

这话还真让我难为情，不过我为难空姐那会儿，并没想着要冒充什么超级富二代，我本来就是个混混，只不过在享受我的"头等舱"。我问 Steve 既然发现不对劲儿，为何还要主动跟我搭讪？他说他虽然怀疑，但并不确定，鉴于朱公子有过在飞机上醉酒闹事的传闻，也难说有没有难为空姐的怪癖。

这话可真损！看在他就要成为老板的分上，我忍了。他接着说，为了试探我，他提起在飞机上被机长打晕的事，按理不该揭人家的短，可朱公子实在太低调，也没别的传闻，而他又急需验明正身。果不其然，我的反应完全不对劲儿——通常像朱公子这种人，一旦被人认出来，一般会有两种反应：要么很得意，要么很反感。可我既没表现得很得意，也没表现得很反感，只是茫然无措，这是名门公子们最不会表现出来的样子，所以他基本确定，我并不是他希望邂逅的朱公子。

我问他既然如此，为何还要继续跟我搭讪，而且那么亲热？他说因为他发现 BesLife 的创始人 Eva 也在飞机上。

正如 Eva 没想到会在那趟航班上见到 Steve，Steve 也同样没想到会见到 Eva。他曾经让人通知 Eva，他要陪同一个非常重要的人物出国开会，所以之前约好的投资人会面不得不取消，因此他必须表演给 Eva 看，他的确是在陪同一位 "VIP"，而坐在他身边的，恰恰是我。

我真想问问 Steve，真的帮 Eva 安排过那场被取消的投资人会面吗？可我忍住没问，因为答案很明显。看在月薪两万的分儿上，还是不要第一天上班就得罪老板。

所以不言而喻，带着我从特殊通道下飞机、邀请我参加国宾馆的晚宴，这些都是做给 Eva 看的。但下飞机是一回事，国宾馆的晚宴又是另一回事，万一我不去呢？

Steve 说，他只是小赌一把。他想看看我是不是具备某种潜质——跟他一起 "讲故事" 的潜质。结果我真的去了，而且在餐桌上发表了一通有关利用区块链和人工智能创作文学名著的谬论，正是那通正儿八经的胡扯，让他觉得我很有潜力。

以上的对话是在网约车里完成的。Steve 急着带我上车，也不告诉我到底要去哪儿，我问是不是去找黎小姐，他也不回答，让我有上当受骗的感觉。我又问："你不是没打算给 BesLife 找投资吗？" 他却满脸鄙夷地反问我："你今天怎么穿成这样儿？"

他这种颇为嫌弃的表情可真讨厌。我答："去国贸上班儿，能穿成什么样？" 他却说："也可以像我这样。" 这话让我突然产生一种预感，扭头往车窗外一看，车子正驶过央视 "大裤衩"。

我的预感果然应验了。

我们在国贸 A 座大门口下了车。我跟着他走进大厦，他在前台做登记，我趁机跑进男厕，挑了宽敞的残疾人隔间，把自己翻了个遍，并没找到跟踪器之类的东西，红霞大概还不至于有这么高的谍战水平。不过她到底怎么知道我的行踪的？我一边琢磨一边打开隔间的门，Steve 赫然站在门外，瞪眼看着我，像是站在那儿有一会儿了。他也来上厕所？可是整个厕所都空着，干吗偏堵我的门儿？我还没来得及提问，他突然挤进隔间，反身关了门上了锁。这举动可真令人惊愕！两个男人挤在男厕所的隔间里，打算干什么？我早就怀疑他有"特殊趣味"，难道让我猜对了？

Steve 一言不发，脱了西服外套，一只手解领带，另一只手解裤腰带，动作非常麻利，好像欲火焚身。我心中突然涌起一股冲动——可不是你想的那种冲动，而是想要一拳打在他脸上！这在我不是第一次了。第一次，我还清楚地记得第一次，大三的暑假，为了积累经验也为了挣点小钱，我四处寻找英文翻译的活儿，跑了好几家公关公司递简历，终于得到一次面试，面试我的是甲方的市场部总监——一个白白胖胖的香港男人，西装革履，人模狗样的。那个活儿是去上海做三天英文口译。虽然我的专业成绩在英语系是拔尖儿的，但口译需要经验，而我一点儿经验都没有。香港白胖子居然雇佣了我，简直就像天上掉馅饼，让我感激涕零！胖子带着我抵达上海，当晚住进四季酒店，他去前台办理入住，只拿回一张门卡。他说整个酒店就只剩一个房间，问我介不介意跟他 share（共享）。我当然只能说愿意，进了房间就觉得不对劲儿，因为房间里只有一张大床……此处省略 1000 字，总之那天晚上，我把他打成了熊猫眼。

Steve 已经把领带秋掉了，而且开始脱裤子！他的确比当年那个香港胖子帅一百倍，可他再帅我也接受不了。我也不管什么老板不老板，正要冲着他的鼻子也来一下儿，他却突然瞪眼说："还等什么？快换衣服啊！来不及现买了！"

Steve 原来是要和我换衣服。他嫌我穿得像个小助理，而我显然又要扮演大人物。我其实很不服气，我的西服是 D&G 的，皮鞋是 Prada 的，当然都是 A 货，但是卖家承诺过，就算设计师本人也看不出来。我悻悻地问他到底要见谁，心想肯定不是 Eva。他果然说："见你老板。不，不是我，是你一直跟你妈说的老板——费肯投资的郝总。"

衣服很快换好了，居然还挺合身，这家伙眼力可真好，竟然对我的三围也了如指掌。我问他："我到底要扮演谁？"

"James Chu。"他边说边给我戴上大墨镜，整了整我胸前的紫丝巾。原来我还是要扮演朱公子，只不过这回糊弄的人不是 Eva，而是费肯投资的郝总。我又问："我该做些什么？"

"什么都不需要做。"他又整了整我额角的头发，满意地在我脸上轻轻一拍，"保持沉默，一切都交给我。"

我跟着 Steve 走进电梯，他果然按下 38 层的按钮，那是费肯投资所在的楼层。我当然没去过费肯公司，人家也不让我去，但是为了给凤妈编故事，这些细节都要弄清楚。Steve 对着电梯里的镜子整理我的蓝西装，也真是怪了，穿在他身上就是更洋气，至少也是个高级总监。我也欣赏了一下镜子里的自己，一身咖啡色三件套，胸前插着紫丝巾，好歹是个有钱的花花公子。

38 层的电梯正对着费肯会计师事务所那富丽堂皇的大门，果然很有国际大公司的气派。但 Steve 并没往那扇门里走，拐了个弯儿，沿着走廊直走到尽头，那里还有一家公司，门脸儿又小又寒酸，这才是费肯投资。原来费肯投资跟费肯会计师事务所分立门户，看上去像是后妈生的。

费肯投资的前厅很小，前台就坐着一个人，却把那点儿空间都塞满了。是个 40 多岁的胖女人，穿着西服套装，好像馅儿包多了的粽子。我去过的外企并不多，私企国企倒是有一些，还从没见过这样又老又肥的女前台，而且竟然大白天的打瞌睡。

Steve 连着咳嗽了好几声，女前台终于醒了，睡眼惺忪地看着我们。Steve 说要找郝总，她皱着眉去翻她面前的册子，说："我这儿怎么没记录啊？她今儿下午都没访客！"

我不由得暗暗失望，我冒充了大半个月费肯投资的员工，本以为是多么了不起的公司，没想到这么不起眼儿，还有个让人三观尽碎的女前台，大概那位郝总也好不到哪里去。Steve 是不是看走眼了？跟这种公司有什么可搞的？

Steve 倒是并没流露出任何失望的表情，他从容地掏出名片递给那女前台："这是我的名片，请您跟郝总通报一声，她会愿意见我的。"

"所以就是没约过呗？"女前台这才抬头仔细打量我们，满怀着敌意，Steve 的精英气质和我的贵族派头显然对她都无效。她又看了看 Steve 给她的名片，眉头皱得更紧了："这名片儿上怎么没公司啊？"

她可真不像是外企的前台，倒好像北京胡同里的大妈，我对她们最熟悉不过，要是让我对付她，我就立刻甜腻腻来一句："姐——，您弟大老远儿地来了，您舍得把他撵出去？"可 Steve 不许我说话，一切都得交给他，我倒是想看看，他怎么对付北京胡同儿大妈。

Steve 可真是有耐心，保持着绅士的微笑，客客气气地说："能不能请您跟郝总通报一声？我们早约过见面，只是没约定具体时间。"

"那就先约了再说呗！"前台大妈甩了个脸子，就像我们欠了她几百万，"郝总忙着呢！您明儿再来吧！"

"她不是今天下午飞巴黎吗？"Steve看看手表，"再过一会儿就要去机场了。"

前台大妈吃了一惊，大概没料到Steve对她老板的行踪竟然这么了解，翻着白眼说："所以才忙啊！都要上飞机了，哪有工夫？"

"请您通报一声。"Steve又重复了一遍，仍保持着笑意，眼睛却眨也不眨直盯着大妈，标准的笑面虎表情。大妈被盯得发毛，不情不愿地拿起电话，嘴里还唠叨着："今儿也不知怎么了！哪儿来那么多神经病！"

我心里微微一动，很想问问大妈，除了我们还有哪些"神经病"，可大妈这会儿没工夫回答问题，正柔声细气地讲电话。

"依依，有两位客人想见你。"原来大妈也会温柔地说话，不只温柔，还很私密，不像是跟老板汇报，倒像是跟闺蜜说悄悄话儿，"名片儿上写着斯蒂夫……癌克斯？"

大妈又警惕地抬眼看Steve，发现Steve也正盯着她，赶紧低头小声说："姓就是个叉子！姓'叉'！非说你一定会见他！要不要让他下回再……哦哦哦！好好好！"

大妈挂了电话，极不情愿地往起站，动作并不利落，脚底画着小圈儿，我突然明白过来，她肯定是把鞋脱了，这会儿在找鞋呢。大妈终于站直了，用大屁股顶开椅子，昂首挺胸从前台后面走出来，气哼哼地说："郝总请你们进去！"

4

大妈带领我们走进公司，边走边回头，像是担心我们要行凶，或者沿路"顺"点儿什么。然而这公司实在没多大地方，十几个工位，坐着七八名员工，七八双眼睛都在偷偷观察我们，想"顺"也没机会下手。

总裁办公室的门早敞开了，一个身材娇小的年轻女子微笑着迎了出来。她披一头长发，穿一身白色套装，笑容甜美可爱。我猜她大概是总裁秘书，刚才前台大妈打电话时称呼对方"依依"，大概就是这位秘书小姐，大妈不够资格跟总裁直接通话，所以只能先联系秘书。

我朝着小秘书微微一笑，自以为非常得体，要不是正在扮演身份极高的朱公子，我倒是愿意跟她套套近乎。Steve 好像也很愿意跟她套套近乎，快走几步超过我，热情地跟小美女握手，热情过了头，虽说他只是融资顾问，可在投资圈子里大名鼎鼎，犯不着跟个小秘书这么亲热。

"郝总！我们又见面了！" Steve 说。

我倍感意外，难道这个小美女就是郝总？可她看上去也就二十六七！这么年轻就是费肯投资的总经理？要不是费肯集团的总部在纽约，董事长是个美国人，我就要怀疑她是费肯集团董事长的女儿了。

"传说中的 Steve 先生！这么快就再次见到你，我真是太荣幸了！" 郝总也往前紧赶两步，就在距离我不到两米的地方跟 Steve 热烈握手，亲得宛如闺蜜重逢，可这分明只是第二次见面。上次大概是在投资峰会吧？说不定就在国宾馆的晚宴上，那是费肯投资组织的，郝总肯定要参加的，只不过我当时只顾着搜寻 Eva，对别的美女一点儿印象也没有。

Steve 不急着介绍我，美丽的郝总也不急着跟我握手，迅速把我们请进办公室，把疑心重重的前台大妈和七八双好奇的目光都关在门外，这才对 Steve 眨眨眼说："这位就是你要介绍给我的神秘客人？"

"Yes." Steve 向我微微侧了侧身，极为恭敬地用英语介绍说，"This is Mr. Chu.（这位是朱先生。）"

我这才跟郝总——可她实在不像是"总"，还是叫她郝小姐更舒服些——握手，用标准的英式发音说了一句："How do you do!（初次见面请多关照！）" Steve 微微蹙了蹙眉，我想起他让我"保持沉默"，可这只是打招呼而已，看来这位老板够苛刻的。

三人都落了座，Steve 用英语对郝小姐说："我知道你急着要去机场，所以我就开门见山了，就像我在电话里说过的，朱先生希望请贵公司帮一个小忙。他想给一家硅谷的初创公司投一笔钱，但是不想直接以他的名义投资，所以，希望能通过费肯投资把这笔钱投给那家公司。" 郝小姐点头道："能不能告诉我，朱先生打算投哪家公司？" Steve 沉吟了片刻，抱歉地回答："如果费肯投资有可能这样操作的话，我们可以签一份保密协议，然后再向贵方透露细节。"

我不禁一阵欣喜。看来 Steve 改了主意，又打算给 BesLife 找投资了。怪不得刚才跟我说什么"担心黎博士等不了"。

郝小姐又点点头，她和 Steve 显然已进入谈生意的节奏，两人脸上的笑容都消失了，表情变得严肃而谨慎，所以初见时的热情果然是演戏，两人的戏路还挺像。郝小姐为难地说："理论上是可以操作的，但是有个小问题，你说朱先生要投的是一家硅谷初创公司，也就是说，朱先生要投一家美国公司，可费肯投资是在中国注册成立的，原则上只能投本地的公司，不能跨境，美国的投资项目要由费肯集团在美国的投资公司来操作。如果你需要，我倒是可以把费肯美国那边负责的同事……"

"可是郝总，朱先生就只想跟中国的费肯合作。"Steve 突然改用中文，语气郑重而神秘，压低了声音说，"朱先生的资金并不在美国，也不希望把这笔钱直接汇到美国去。您知道，IRS（美国国税局）是很麻烦的。"

"朱先生在美国有纳税义务？"郝小姐突然向我提问，我可不敢再违抗 Steve 的命令，而且我也不知该怎么回答。所以我保持沉默，就只耸了耸肩，这动作可以理解为无可奈何，也可以理解为莫名其妙——Steve 介绍我的时候不是改用英语了？也许那就意味着"朱先生"的中文不够好？

"当然！朱先生在美国有很多生意，"Steve 勉为其难地点点头，飞快地补充说，"不过我可以向您保证，朱先生的资金是没有问题的，没有任何法律风险！"

"明白。"郝小姐回答得很利索，可眉头仍微蹙着。Steve 显然还记得她刚才提到的"小问题"，胸有成竹地说："我明白您领导的费肯投资只能投跟中国相关的项目。我找到您，正因为朱先生要投的公司，几乎算得上是一家中国公司。"

"哦？"郝小姐意外地扬了扬眉。意外的可不只她，我也纳闷儿呢，BesLife 不是在硅谷吗？什么时候成了中国公司了？难道 Steve 所说的硅谷初创公司并不是 BesLife？

Steve 立刻做出了解释："朱先生要投资的这家公司虽然注册在美国，但它的创始人是美籍华人。而且，这家公司最重要的客户也在中国，绝大部分营业额都将来自中国。"

郝小姐满意地点点头，而我却彻底失望了。这显然不是BesLife！虽然 Eva 是美籍华人，可我从没听说 BesLife 有重要的中国客户，如果有的话，Eva 怎么可能不在 PPT 里提到呢？

Steve 不等郝小姐开口，突然又改成英语，颇为得意地说："朱先生愿意把未来的收益和费肯五五分。也就是说，费肯不需要投一分钱，不需要冒任何风险，就能分到未来一半儿的投资回报！这应该会让费肯满意吧？"

郝小姐并没立刻回应 Steve，她打开电脑，敲了一阵键盘，电脑旁边的小型打印机立刻启动，吐出几张 A4 纸。她在最后一张上飞速签了名，递给 Steve 说："这是保密协议，我们公司的标准格式，无论未来是否会达成合作，我们都承诺永久地保守您所提供的一切秘密。这份文件对您没有任何约束，只对我们有约束。"

Steve 接过保密协议飞速浏览，郝依依脸上全无笑意，非常认真地说："我必须先弄清楚朱先生要投的是哪家公司，才能答复您。毕竟，就算资金只是从费肯过手，我也必须完成尽职调查。即便费肯只是名义上的投资者，也必须保证名义上的投资对象是一家健康、合法、没有任何污点的公司。希望您能理解。"

"当然！我非常欣赏您的职业精神。"Steve 看完了保密协议，非常优雅地颔首，就像一位绅士在向一位尊贵的夫人表示敬意。不过郝小姐这会儿的确已变了个人，从活泼可爱的小美女变成一丝不苟的女高管了。

Steve 飞速看了我一眼，好像是在征求我的同意（当然只是演戏），这才沉吟着说："BesLife，碧徕生物技术，是一家做基因检测的公司，去年成立的，有很多新闻，都是正面的。朱先生打算给 BesLife 投资 1000 万美元。"

我立刻转忧为喜：Steve 果然是在帮 BesLife 找投资呢！可不禁又有点儿担心：可他为什么又说是"朱公子"要投资，只是让费肯出面？我可没有 1000 万美元，他肯定也没有。他葫芦里卖的什么药？

"原来是 BesLife 啊，Eva Lee？"郝小姐恍然大悟，脸上立刻又绽放出甜蜜的笑容，"其实不久以前，她就在这间办公室里，坐在您坐的位置……"她指指 Steve 坐的沙发："她可没告诉我，她有个重要客户在中国。"

Steve 似乎有点儿意外，意外而且尴尬，讪讪地笑着说："在硅谷，商机可是瞬息万变的。"

"好吧。"郝小姐耸耸肩，似乎还要说些什么，不过没来得及，办公室的门突然被人打开了。一个穿着灰色西服、系着红色领带的中年男人冲进办公室里，满脸歉意地说："Sorry！我中午约了个客户，不知道您今天中午安排了客户会面。"

郝小姐没正眼看那闯进办公室的男人，而是转向我们说："这是Eric Wang，我的投资部总监。"

我和Steve朝着破门而入的总监点头致意，可并没机会握手，因为郝小姐显然不想再多聊，也不知是不是真的要急着赶飞机，还是听到"BesLife"就意兴阑珊，满不在乎地对额角冒着热汗的总监说："我们已经谈完了，我要去机场了。"

5

Steve阴沉着脸，快步走出费肯投资，我努力跟上，走得太急，都没法儿保持朱公子应有的矜持和优雅了。前台大妈倒是比刚才从容了很多，像得胜将军似的昂首挺胸，吊着眉梢斜睨着我们，像是在说：就知道不是好东西！

Steve似乎很恼火，这让我忍不住幸灾乐祸，像他这样的人精，竟然也有失算的时候。我猜他事先准没想到，Eva已经到费肯要过投资，只不过没要到，从郝小姐刚才突然绽放的笑容就知道，在她看来，BesLife就是一个笑话。她大概也会因此得出推论："传奇式"的Steve先生多半儿是个大忽悠，这年头儿哪儿都不缺大忽悠，他带来的这位花里胡哨的"朱公子"当然也好不到哪儿去。

虽说Steve没得手，可我还是很好奇，他为什么要骗郝小姐说，"朱公子"要借着费肯投资的名义给BesLife投资。"朱公子"哪儿来的钱投资？反正我可没钱，而且我猜Steve也没有，上回去硅谷还是骗BesLife出的机票和酒店钱，而且还把我的W酒店换成便宜酒店，把我的回程票改成经济舱，大概就为了能赚一点儿差价。

想到此处，我不禁心中打鼓，Steve到底能不能付得起两万月薪？别又只是用用我，然后一脚踢开吧？

所以一走出国贸大门，我就跟Steve说："我得回飞飞酒吧去，下午还有客人要来。"我心里很清楚，飞飞酒吧的薪水虽然很微薄，但是很可靠，后路是不能断的。

Steve却断然说："不能回酒吧去，你的任务还没完成呢！"

他不由分说，抬手拦了辆刚刚下了客的出租车，替我拉开后车门。老板亲自给我拉车门，我哪儿好意思不上？他替我关好车门，自己坐进副驾驶的位置说："去首都机场！"

我坐在出租车后座上，越想越觉着像是被绑架，不只没有人身自由，连知情权都没有。去机场干吗？我鼓起勇气正要提问，Steve

突然开始打手机，问今天下午到济州岛的航班还有没有票，转机也可以，要两个商务舱。我心想难道他要带我去韩国？他又改口说吉隆坡也可以，我正摸不着头脑，他又改加德满都，这可真让我吃惊，难道他要带我去爬喜马拉雅山？忽听他强调必须是从首都机场 T3 出发的航班，而且只要退改签都免费的全价票，我这才恍然大悟，他其实哪儿也不想去，就只是要到首都机场的 VIP 候机厅里"邂逅"准备飞往巴黎的郝小姐。他说的目的地——济州岛、马来西亚、尼泊尔都对中国游客免签，所以我只要有机票就能出海关，不过貌似飞往这些目的地的飞机都满员了，Steve 气急败坏地说："美国呢？美国哪儿都可以，只要是今天下午从 T3 起飞的就可以。"

我真同情接电话的客服，大概是头一回遇上这么奇葩的顾客，不过客服最终满足了 Steve 的要求——Steve 的表情告诉我，他顺利订到了两张飞往美国的全价商务舱机票，不知具体飞哪个城市，哪个城市都一样。Steve 在报乘客姓名和护照号时手捂着手机低语，明显是不想让我听见他的证件信息，可他竟然也没向我提问。我隐约听他说"7 月 19"，那是我护照上的生日，也不知何时被他偷看而且记牢了，还好那并不是我的真实生日，只不过是凤妈当年给我办户口时随口瞎编的，凤妈不知道我真正的生日，所以我也不知道，因此 Steve 再神通广大也不可能知道，这让我莫名地感到宽慰，甚至有点儿得意，因为 Steve 还忽略了另外一件事。我耐心等他打完了电话，这才凑向他的后脑勺，正准备告诉他我根本没带护照，却听他突然跟司机说："前面出口出去！"

我抬头一看，车子正驶过四元桥，前面正是通往凤妈家的出口，我来不及开口，Steve 已经向司机报出凤妈家的地址，我不禁背后发凉，心想这家伙不但料事如神，而且已经对我了如指掌。

出租车到了凤妈家楼下，我和 Steve 匆匆在车里换衣服——总不能让凤妈看我穿着 Steve 的三件套，出租车司机从后视镜里惊愕地偷看，等到了机场，我们又在车里换一次衣服，司机师傅已经没那么惊愕，不耐烦地催促我们："临时停车不能超过八分钟！干吗不到机场厕所里去搞？"他居然用了"搞"这个字，让人哭笑不得。

我们果然在贵宾候机厅里发现了郝小姐，她仍穿着那套非常素雅却又格外撩人的白色套装，不过话说回来，哪个正经人能像我跟 Steve 似的，一个多小时就来回换好几次衣服？

郝小姐靠窗而坐，对面的座位空着，桌上只有一杯红酒，尽管休息厅里的自助餐还说得过去，现煮的红烧牛肉面香气诱人，可她什么都不吃，怪不得身材那么曼妙。郝小姐的确是个美女，甚至比 Eva 更美也更机灵，不过正是因为这股子机灵劲儿，反倒让我没那么动心。我对美女向来很挑剔，我身边从来就不缺迷恋我的女孩子，大概是母爱泛滥的缘故，东方女性最喜欢清秀而略带阴柔的男生。不过所有我认识的女生都不能跟 Eva 或是郝小姐相提并论，这两位是真正的精英，跟我永远不在同一个维度里。

不知是不是因为担心我的演技，Steve 没让我跟郝小姐坐在一起，他另选了一处很僻静却又恰巧在郝小姐视线范围内的座位让我坐，然后又恢复了家奴作风，恭恭敬敬地给我倒红酒、倒咖啡，就是不给诱人的牛肉面，他拿了两本金融杂志给我，耳语着嘱咐我说："你坐在这里别动，不要玩手机，不要吃东西，可以看杂志。总之记住了，你是朱公子。"

他说完了，也在我对面落座，拿起一本杂志，与其说是在看杂志，不如说是在偷看郝小姐。我也拿起一本杂志，可根本没兴趣看，饥肠辘辘地想着牛肉面，难道朱公子就不用吃饭？我连午饭都没吃呢！我拿起红酒喝了一口，Steve 竟然立刻冲我瞪眼，这可真气人！不让喝红酒，为什么又要倒给我？我还没来得及发作呢，Steve 已瞬间满脸堆笑，用惊讶的口吻说："这么巧！"

我这才明白，他并不是冲我瞪眼，而是找到一个时机，跟郝小姐的目光相交。

我转身向郝小姐点头致意，但并没起身，这是 Steve 嘱咐过的。Steve 起身从容地走过去，坐进郝小姐对面的座位，用英语跟她搭讪。可惜我必须保持贵族应有的坐姿，不能总是回头张望，所以我看不见他们的表情，不过能听见对话，休息厅里只有精英和老外，倒是非常安静。

Steve 听上去很兴奋："这么快就又见面了！"

郝小姐却似乎非常平静："我猜到了。"

Steve："哦？"

郝小姐改变了话题："很抱歉啊！我刚才走得太急，并不是因为你。"

Steve："我也猜到了。"

郝小姐："所以你刚才说，在硅谷，商机瞬息万变？"

Steve："是的。上司 BesLife 发生了一些人事变动，也许会完全改变这家公司。"

郝小姐"哦"了一声，似乎产生了一点兴趣。

Steve："BesLife 新近加入了一位首席运营官，Bob Feng，他已经代表 BesLife 对外宣布，最多再过两个礼拜，世界上第一台量子光学全基因测序仪就要研发成功了，他还给那东西起了一个很性感的名字：Life Star（生命之星）。"

"真的？"

"当然！而且，正如 BesLife 之前所承诺的，Life Star（生命之星）能够显著降低基因测序的成本。"

"能降到多少？"郝小姐似乎越发感兴趣了。

"当前的第二代商用全基因检测技术，人均费用是 1000 到 2000美元，而 BesLife 的新技术，就只需要 100 美元。"

郝小姐听上去很吃惊："你在开玩笑吧？"

Steve 没出声儿，可我猜他的表情一定非常丰富。

郝小姐（半信半疑）："我怎么记得 BesLife 的 PPT 里是说，只能把测试成本降低到 200 美元？当然那就已经很低了。"

Steve："那只是之前的预估，他们改善了技术，进一步降低了成本，这都是在 Bob Feng 的领导下实现的。"

郝小姐："这位 Bob Feng 一定是个天才！我是说，BesLife 用了一年的时间都没把这台设备做出来，可他就只用了……一周？而且，还大大降低了成本？"

Steve："Feng 先生拥有很多年的管理经验，他曾经在纽约创立了一家贸易公司，并且经营得非常成功，所以不到 40 岁就退休了。你知道，有时问题并不在技术上，而是在于管理。"

郝小姐："那倒是，两位科学家合伙创立的公司，总会让人感觉少了点什么。不过，这两位科学家是怎么想起来要去找一位首席运营官的？在我的印象里，黎博士好像很有主见，大概不喜欢别人指手画脚吧？而且，她们找到的又是这样一位 40 岁就退休的成功企业家？在我印象里，年轻有为却早早退休的人都更愿意享受生活，对打工不太感兴趣吧？"

Steve："你的印象非常准确，不过，这位 Feng 先生可不是外人，他是黎博士的……"

我心中莫名一紧，可偏偏就在此时，休息厅里一阵吵闹，让我没听见那个关键词——Feng 先生到底是 Eva 的什么人？

我循着吵闹声音，看见一胖一瘦两个女人，正站在休息厅门口，跟前台的接待员吵架，虽然只有两个人，却好似带领着千军万马，一马当先的是个矮个子胖老太太，身穿墨绿色旗袍，披金戴银，脖子上挂着一串巨大的玛瑙佛珠，既有佘太君挂帅的气派，也有花和尚倒拔垂杨柳的气势，比耗子的那些豪华一万倍。但"佘太君"只挂帅，并不负责"过招"，正在"过招"的是站在她身后的瘦高的中年女人，那人穿得低调些，黑色套装，除了胸针似乎别无配饰，而且微微驼背，因此虽比"佘太君"整整高出一头，气势上却差了一大截，只敢躲在掩体后面叫阵，还好拥有民族女高音的声线："我们是国航白金卡！而且买的是头等舱！怎么还不能送到登机门了？可真新鲜了！来多少次了！每次都能送的，又不是头一回坐飞机！白金卡呢！"

"可您乘坐的并不是国航的航班，只有乘坐国航航班的乘客，才能使用电瓶车服务的，真是对不起。"前台小姐恭恭敬敬地说。

"我们乘坐的怎么不是国航啦？怎么不是啦？"瘦高女人挥舞着两张登机卡，像是挥舞着尚方宝剑。

"您看，您搭乘的是全日空的航班，从北京飞东京成田，再从成田飞火奴鲁鲁的，这不是国航的航班。"

"我买的明明就是国航的航班！""佘太君"终于开口了，声若洪钟，非常具有震慑性，右手高高举起，衣袖掉下一半，露出一串巨大的黑黝黝的沉香佛珠手串，就像是要降妖除怪。没想到这两位要搭乘的正是 Steve 订的航班——我已经看过登机牌，知道 Steve 买的正是经东京转机去夏威夷的商务舱，可惜我们根本就不会登上那架飞机的。

"就是！怎么不是国航的啦？这不是国航航班号吗？CA……"瘦高女人再次挥舞登机卡，好像站在主唱身后的伴唱，配有简单的舞蹈动作。

服务小姐耐着性子解释："这只是代号共享的航班，并不是国航执飞的，只有搭乘国航执飞的航班，才能……"

"找你们经理来！""佘太君"一锤定音，仿佛在说：找菩萨来收了你们！

"就是！找你们经理！不！找你们云书记！"瘦高女人继续女高音伴唱，"你知道谁是云书记吗？你领导的领导！顶头上司！你要是不认识，问问你领导就知道了！管着你们所有人呢！"

"就说是万总他妈有请！""佘太君"又是一锤。瘦高女人继续做出重要补充："万康顺泰集团的万总！和你们云书记可熟了！真邪了门儿了，你们几百号人每年都到万康体检，打折打得就跟白送似的，坐一下儿你们的破电瓶车倒不行了！白眼儿狼啊！"

服务小姐脸涨得通红，小跑着去找经理。

"真奇了怪了！妈！您坐！先歇会儿！"瘦高女人深情款款地扶着"佘太君"坐下，用登机卡当扇子扇着。趁着这片刻的安静，我终于又听见郝小姐那委婉动听的声音，不知何时换成中文了："……对不起，Steve，可能要等到官方发布这些消息，我们才能进一步推进这个项目。"

"很快就会发布了，也就这一两周。"Steve 的声音也很悦耳，不像是谈生意，倒像是谈恋爱，"到那时也许会有更多人想投的，朱先生是希望能够抢在别人前面。"

郝小姐问道："您跟 BesLife 接触过了？他们会愿意接受这笔投资吗？"

"我们相信，只要条件合理，BesLife 应该会很愿意接受贵公司的投资。"Steve 稍稍停顿，也许是在察言观色，也许是为了强调，"不然，黎博士之前就不会来见您了。"

"所以，他们不知道钱其实是来自朱先生的？"

"朱先生认为，这件事知道的人越少越好，这就是他希望跟贵公司合作的原因，因为贵公司专业度很高，严谨、有信誉。"

"唉！就是因为专业，所以规定太死板也太繁琐，不容许我们依据小道消息做决定的。"郝小姐的声线越发甜美，撒娇似的说，"您别误会，我可不是说您提供的消息不可靠，我只是在说费肯的规定。"

"可是郝总，费肯就只是挂名，钱都是朱先生出，完全没有风险的，万一投资成功了，还能赚一笔，何乐而不为呢？而且……"Steve 突然压低了声音，好像是在跟郝小姐耳语，我听不清了。

"喊！大不了，我今儿不走了！""佘太君"铿锵的声音像炮仗突然炸裂，紧跟着当然是民族女高音伴唱："就是！就坐在你们这儿了！误了飞机，你们给我们再买票去！记住啊，我们可是头等舱！一张票4万，两张8万！"

两人嘴上虽然这么说，毕竟还是站起了来——来了两位看上去像是领导的中年男人，满脸堆笑，点头哈腰，早把两位女士的手提行李都抢到自己手里。看来送到登机口的电瓶车是没问题了，领导说不定要亲自去送呢。万总的名头当然很好用，就连我都听说过万康顺泰集团——谁没听说过万康体检中心？满大街都是门店，凤妈家边上就有一家。

在两位领导的护送下，"佘太君"雄赳赳地往外走，民族女高音迈着小碎步紧跟着，嘴里还在不停叨咕："早这样不就得了？非让我妈生气！是不是为人民服务啊！乘客是不是上帝啊，你看看我们万康……"

"行啦！人家领导不是都同意了？""佘太君"再次一锤定音，所有的女声部分都暂时结束了，只剩男低音在小声嗡嗡，听不太清楚，反正就是各种赔礼道歉。

休息厅里恢复了宁静，我又竖起耳朵，可并没捕捉到Steve或者郝小姐的声音。我忍不住要回头看，眼前却霍然冒出一个人——Steve已经回来了。

Steve阴沉着脸，眉头紧皱着，似乎又碰了钉子。我又悄然而罪恶地对我的老板产生了幸灾乐祸的感觉：什么BesLife新加入了一位副总，什么问题不在技术而是在于管理，什么成本降到100美金，人家郝小姐显然根本就不信！其实要是我也不信，一个多礼拜前才见过Eva，不仅没有"大功告成"的气势，显然是在垂死挣扎。谁能相信，一家眼看就要完蛋的初创公司，在一个星期里发生了奇迹？人家郝小姐又不是傻子，没有官宣和正规媒体的报道，一切都免谈呗！

Steve又拿起手机，我猜他大概要退票了。果不其然，他说："我刚才订了两张今天下午从北京经东京到火奴鲁鲁的机票，是全日空、商务舱……"

我突然有点儿遗憾——夏威夷可是世界度假胜地，我还从来没去过呢！不过别说商务舱，就算是经济舱，Steve也绝不会花钱让我去度假的。

可我又错了。我听见Steve说："我需要升到头等舱，告诉我要补多少差价。"

第四章

小贼首秀

两手空空的
夏威夷观鲸大戏

1

我这辈子头一次两手空空地坐飞机，没有托运行李，也没有手提行李，没有任何一套备用的衣服鞋子，没有洗发水护发素发胶香水护肤品，没有手机充电器，就连换洗的袜子和内裤都没有。对于我来说，这样的旅行就是灾难，是世界末日！

更糟糕的是，我该怎么跟凤妈解释？取护照的时候，我没敢告诉她我这是要去机场，编了个瞎话儿说，公司下个月要派我去欧洲出差，需要护照做签证。凤妈这才把护照给我——自打"结婚"事件，凤妈总把我的护照锁在她的保险柜里，不经她批准根本拿不到。

但是毕竟我真的要去夏威夷了，而且还是坐头等舱，好歹能让我开心一点儿。可我连泳裤和防晒霜都没带，也没带美元，虽说有张信用卡——不是亚瑟的，是我自己的，我可没拿亚瑟的信用卡，就只是趁着他睡觉借用了一下——但剩余的额度还不够买一瓶防晒霜的，所以我还是不开心！

而且从北京到东京的头等舱相当打酱油，就像跟亚瑟从休斯敦飞到纽约时坐的那种"鸡肋"——中间是过道，左右各两排，每排两个座位，一共就八个座位，整个头等舱的面积还不如凤妈的步入式衣柜大，看上去一点儿不豪华，吃的也不怎么样，让我越发为没吃到休息厅的红烧牛肉面而耿耿于怀。

头等舱的八个座位坐得满满当当，我和 Steve 坐在第二排，就在"佘太君"和民族女高音后面，椅背太高，看不见她们的后脑勺，只能听见民族女高音用她自以为的"英语"跟日本空姐交涉："Ke Le？

哎呀就是 drink！ Ke，Le！"

日本空姐用放大的笑容掩饰尴尬，点头哈腰着重复"Ke，Le？"，她手上的托盘里只有香槟、橙汁和矿泉水——起飞前标配的迎客饮料，但她眼前这两位女乘客似乎很不满意。

民族女高音倒是非常有耐心，比刚才端庄文雅了很多，也许因为刚才是在首都机场的贵宾厅里，让她不痛快的也是地地道道的中国服务员，可现在是在全日空的客机里，正在跟她对话的也是一位日本空姐，作为万康顺泰集团万总的家眷，她是非常有修养的，跟那些粗俗不堪的中国游客可不一样。她面带微笑，试着变换不同声调，柔声细气地跟满脸迷茫的日本空姐说："可勒？壳乐？壳壳壳乐？"

日本空姐彻底迷失了。也不知是真迷失还是假迷失，日本人就是较真儿，凭良心说，"壳壳壳乐"和"Coca Cola"听上去好像也有点儿像。

"She wants coke.（她想要可乐。）"Steve 终于插嘴了，刻意压低了嗓音，使它更浑厚动听。日本空姐立刻循声看过来，仿佛看见了救星，民族女高音也从椅背后面探出头，脸上颇有嫌恶之意，像是在说：人家还没点完呢，就想加塞儿？什么素质！白长这么帅了——我猜应该有这句，因为她的目光和 Steve 的一碰，赶快转开了，有点儿小惊慌似的。

"夫人，您是想要可乐吧？"Steve 改用中文，微笑着问民族女高音，音容笑貌都跟外国电影里的绅士无异。民族女高音怔了怔，大概是发现这位迷人的绅士并不是想加塞儿，而是想要帮她，而且大概从来没人用"夫人"这个称谓称呼过她。她脸立刻红了，轻轻点点头。

Steve 微扬起下巴对空姐说："Yes，she wants coke.（是的，她想要可乐。）"然后把嘴角一绷，表情突然变得严肃而郑重，像日本人那样用力点头说："哭啦得四！ ①"——我当然知道 Steve 说的是日语，而且发音听上去挺地道，可我不懂日语，也不会写日语，只能用中文代替。

我不得不再次对 Steve 的演技倍感钦佩——分明是个绅士在献殷勤，而且是个中、美、日三种文化混合而成的绅士。我基本能够断定，Steve 之所以临时决定假戏真做地登上飞往夏威夷的航班，并且多花好几万升舱到头等舱，就是冲着"佘太君"和民族女高音的，又

---

① コーラです（日语"就是可乐"）

或者说，他是冲着万康体检的万总的两位女眷，一位是万总的母亲，另一位大概是万总的老婆——看着不像"佘太君"的女儿，倒像是儿媳妇。但我实在想不明白，Steve 为什么突然对万康体检产生了兴趣。

虽说我也算出自"医药世家"——起码凤妈的房和车都是靠着经营医药生意赚来的——但我并不怎么了解这家万康顺泰。这个集团经营的是体检中心，万康体检既不是凤妈的客户，也不是供货商，因此我从没听凤妈或者耗子提起它，倒是常常在街上见到它——满街都是万康体检的广告，体检中心也是遍地开花，算得上是国内数一数二的体检公司了，难道 Steve 想让万康给 BesLife 投资？

日本空姐受宠若惊地朝 Steve 连鞠两躬，并且连"嗨"了两声，小跑着去取可乐。民族女高音朝 Steve 轻轻说了声"谢谢"，40 多岁的脸上泛起少女的红晕。Steve 微笑着点头，但迅速移开目光，靠回座椅里，表示为她提供的服务到此结束。

从北京到东京的三个多小时飞行中，Steve 果然没再跟民族女高音搭讪，点餐时也没帮忙，尽管民族女高音似乎遇上了不小的麻烦——她和"佘太君"都要吃素，弄不清楚菜单上哪款套餐是纯素的——但那会儿 Steve 根本没在座位上——他去洗手间了，直到空姐完成了点餐，他才从洗手间里出来，径直走回自己的座位，一路目视前方，都没斜一斜眼，尽管我猜民族女高音一定会在他经过时偷看他好几眼。

从东京到火奴鲁鲁果然是名副其实的头等舱，让 Steve 多花几万块的升舱费没白浪费。这是一架巨无霸的 A380 客机，分成上下两层，头等舱当然是在上层最靠前的位置，虽然也只有两排，每排四个座位，却跟刚才那架飞机上的那八个座位截然不同，每个座位至少占据了二点五个普通座位的宽度，长度方面就更夸张，能够完全放平成为一张单人床，拉上拉门就是个封闭的小房间，八间小房间排列得并不紧密，舒舒服服占据了很大一块空间，尽管如此，航空公司在安排座位的时候还是尽量把乘客分开，好像为了防止传染病似的。

头等舱一共就四位乘客，两位"万康女眷"在最左侧靠窗的 A1、A2，我和 Steve 则在最右侧靠窗的 K1、K2，中间隔着四个空座，就像隔着加厚的城墙，根本看不见彼此。Steve 对这种安排似乎很满意，丝毫也没有过去搭讪的企图，即便又听到民族女高音用令人尴尬的英语跟另一位日本空姐点了半个小时的餐，他也没再过去帮忙，只是在用餐完毕，机舱的灯都熄了，"佘太君"赶在睡觉前去如厕，而 Steve

恰巧和"佘太君"同时到达洗手间门口（其实比"佘太君"早了几秒），很礼貌地让"佘太君"先用。我恰巧从另一间厕所里出来，见到这谦让的一幕：Steve 为"佘太君"拉开厕所门，上身微微前倾，唇角挂着他最经典的绅士微笑。"佘太君"已经换好了专门为头等舱乘客提供的真丝睡袍，玛瑙佛珠倒是还挂在脖子上，沉香手串也还套在腕子上，倍增了母仪天下的气势，她冲 Steve 点点头，好像元首检阅士兵似的大步走进厕所，Steve 为她关上门。我突然有点儿开窍了："佘太君"才是女主角。当然了，还能是谁呢？在西方也许皇后最大，但在中国永远都是皇太后，在皇太后眼皮子底下跟皇后勾勾搭搭，那不是找死呢？怪不得 Steve 极力对民族女高音做出一副爱搭不理的样子！

我回到我的座位——空姐趁我去厕所的工夫，已经把那宽大的座椅彻底变成了一张单人床，铺好了床单和薄被，被子还翻开一角，就像在召唤我钻进去。

我上了床，没舍得拉上拉门，我斜倚在枕头上看电视，等着继续看 Steve 的好戏。我猜他大概正在厕所里竖着耳朵偷听另一间厕所里的动静，比如有没有马桶冲水的声音，然后趁着那边开门赶紧冲出去，好跟"皇太后"再邂逅一番。

可 Steve 一直都没出来，直到机舱熄了灯，彻底进入睡眠模式，"皇太后"早都妥妥地回到她的"龙榻"里就寝，我都听见机舱另一侧传来的鼾声了。

大约过了半部电影的工夫，Steve 终于从厕所里溜出来，就好像他刚刚经历了人生最漫长的一次便秘，也有可能并不是从厕所，而是从别的什么地方溜回来的，反正我没看清，机舱里太暗，我的电视屏幕又雪亮，使周围的一切都更黑，我只看见 Steve 钻进自己的床铺，拉上门，我根本没看清他的表情，可我有种感觉，他好像心满意足，就像胜利完成了某项艰巨的任务。

要不是飞机降落前的突发事件，我大概早忘了 Steve 这次可疑的便秘了。说起这件事，我其实挺同情民族女高音的，毕竟她一直在全日空的航班上保持着"高素质"，肯定不想在飞机降落前 10 分钟晚节不保——在所有乘客和空勤都老老实实把自己绑在座位上的时候，突然解开安全带站起来，而且不听空姐的劝告，帮着"佘太君"在座位周围翻腾，迫使空姐不得不也解开安全带，用日式小碎步奔跑到两位"万康女眷"身边，一边高喊着日本味儿的英语，一边用双手依次把两人硬按回座位里。两位女眷勉强归位，民族女高音为了表示她对

"佘太君"的忠诚，用颇具穿透力的民族唱法跟空姐重复了好几遍，当然是用中文，所以空姐大概不明白，不过我听明白了。她说："我妈的手机找不着了呀！睡觉前还在的！"

我其实无法确定手机的失踪是不是跟 Steve 有关，可我不得不把它跟 Steve 联系起来。正如所料，飞机刚刚停稳，民族女高音就主动向 Steve 求助。她抢在安全警示灯熄灭前解开安全带，横穿到机舱这一侧，红着脸对依然端坐着的 Steve 说："能不能请您帮我翻译一下儿？"

其实飞机上有会说中文的空姐，只不过没在头等舱里，可两位"万康女眷"早就等不及了。乘客们眼看就要下飞机，可"佘太君"的手机丢了，机舱里的每个乘客都有嫌疑。民族女高音通过 Steve 的翻译，请求空姐阻止所有乘客下飞机，直到找到手机为止。空姐只能向机长反映情况，机长当然并没阻止任何乘客下飞机，就只是容许两位"万康女眷"（当然还有 Steve 和我）在头等舱里多耽搁一会儿。空姐向民族女高音保证，绝对没有别的乘客趁着她睡觉的工夫溜进头等舱，手机并没有被盗，就只是掉进某个缝隙里去了，这种事情即便是在经济舱里也很常见，更不用说那宽大而功能复杂的头等舱座舱了。

空姐是对的，手机是 40 分钟后找到的，机械师把座椅大卸八块，在一堆复杂的机械部件的最底部找到了那只玫瑰金色的苹果手机。Steve 当然功不可没。因为在找了 20 分钟还没找到时，从日本机长到美国地勤都打算放弃了，建议两位"万康女眷"去机场警察局报案。女眷们当然是怨愤交加，说手机一定是被偷了，都怪机长刚才让乘客都下了飞机，在抵达美国的日本飞机上受到了严重歧视，等等。Steve 并没翻译这些，而是自作主张地说了一箩筐好话，大部分是英语，也夹杂着几句日语，包括我能听懂的"阿里阿多①"和"古梅撒伊②"。Steve 还像日本人那样郑重地鞠躬，请求机长派机械师拆开座椅，他说他有个朋友的手机就是在把座椅彻底拆开后找到的，而另一个朋友因为机长不同意拆座椅而起诉了航空公司，并且在社交网络上发动了一场讨伐，那位可怜的机长已经被公司停飞了。身材粗短的日本机长满面愁容地说："您的朋友是不是坐在经济舱？对于头等舱的

① 日文：谢谢。
② 日文：对不起。

座椅来说，掉进椅缝的可能性不是没有，但是太小了。"Steve 淡定地回答："是商务舱，飞美国的，美国人都很爱打官司。"

机长最终还是决定，把 A380 的头等舱座椅给拆了，手机也果然找到了。两位"万康女眷"并不明白 Steve 和机长到底说了些什么，但能看出他非常卖力，起了关键作用。遇到丢失手机这么丧的意外，却有一位同时具备东方小鲜肉和西方绅士气质的男士，为她们据理力争，最终找回了手机……如果是在国内，当然说句谢谢就够了，可是在这架刚刚降落的日本航班里，而且又是降落在人生地不熟并且让大多数中国人又爱又恨的美国，她们是不能不对 Steve 产生更亲密感受的。在从机舱到海关的五分钟步程中，"女高音"向 Steve 表达了两次谢意，Steve 也回答了两遍"没关系"，对话正陷入僵局，"佘太君"一语打破困境："您是做什么生意的？"

Steve 回答："我是融资顾问，在硅谷帮助投资人寻找优质投资项目的。"

Steve 特意强调"硅谷"两个字，让万康集团万总的老妈和老婆立刻流露出敬佩之情。民族女高音多少还有些疑虑，怯怯地问了一句："是美国的硅谷吧？"

Steve 笑而不语。硅谷还能在哪儿？"佘太君"有点儿下不来台，果断地转移话题："圈儿里的好多朋友都在美国投资了！"

"女高音"也意识到了自己的疏忽，连忙顺着婆婆的发言进行展开：我们正想了解在美国投资的问题，到底是买股票，买房子，买酒庄，还是干脆买地皮呢？反正"圈儿里的朋友们"都在美国买了这些，但好像实在没什么意思。还有没有什么更新鲜的？

我隐隐觉得，两位"女施主"——我决定改称她们"女施主"，显然更符合老板 Steve 对她们的期望——好像快上钩了。Steve 却似乎一点儿都不积极，反而有些为难地说："我倒是没处理过房子、酒庄的那种投资，您应该找一位专业的房地产中介。"

两位"女施主"脸上浮现出疑惑而不满的神情。Steve 微微颔首，用非常谦卑的语气解释说："我一般只为高端的专业投资机构服务，比如世界五百强的基金、投行等等。有时也为全球最成功的独立投资人服务。"

Steve 有意无意地瞥了我一眼，两位"女施主"也立刻跟着瞥了我一眼。其实这几分钟的步行中，她们已经偷看了我不止一眼，我已经戴上墨镜，很容易观察别人的视线，我假装什么也没看见，径自往前走，我想朱公子是应该对"万康女眷"这种富婆视而不见的。

"全球最成功的投资人，都是些什么人啊？"民族女高音问得有点儿酸。Steve就像没听出她怪异的口气，随口答道："一般都身家过百亿，福布斯富豪榜里排在全球前一百之内。"

民族女高音又不禁看了我一眼，眼神里明显增添了嫉妒的成分。"佘太君"也看了我一眼——其实是白了我一眼，似乎充满了不屑：你个小屁孩儿，才多大就世界首富？还不是有个首富的爹？我依然假装没看见，傲然目视前方，我猜Steve就想让我刺激刺激她们。

"我们就是不想投资房地产那些！""佘太君"斩钉截铁地说。民族女高音连忙补充道："就是！买房子谁不会啊！我们是想要投个专业点儿的！一次投好几亿的那种！千儿八百万的还不够折腾的呢！"

激将法显然奏效了，两位"女施主"仿佛立刻就要从兜里掏出几亿钞票砸到我脸上。看来Steve果然打算让两位"女施主"投资BesLife，莫非"朱公子"要借费肯名义投给BesLife的1000万美金，要从两位"女施主"兜里来？

Steve偏偏不下手，耸了耸肩说："可我手头的确没有适合的项目。"

两位"女施主"一脸错愕，甚至有些愤怒，连我也吃了一惊，心想这也欲擒故纵得过头了。Steve似乎也对自己一连串的拒绝而感到不安，勉为其难地说："要不，我们加个微信？如果未来有合适的项目，推荐给您？"

两位"女施主"立刻转怒为喜，急不可耐地掏出手机，好像生怕Steve改主意似的。骗子分两种，一种是趁着猎物还没想明白赶快下手，这是上不了台面的小骗子，还有一种就像Steve，放长线钓大鱼。

Steve在通往行李转盘的路口跟两位"女施主"告别，他若无其事地告诉她们：'我们没托运行李。我的客户旅行时自己从来不带行李，他的助理们已经提前到达夏威夷，这会儿行李已经到酒店了。'

这最后一句真的把两位"女施主"给镇住了：瞧这气势！旅行从不自己带行李，手提包都不带，行李都由"助理们"负责，搭乘另一趟航班提前赶到酒店，办理入住和收拾行李，等主人抵达酒店房间，就像到家一样。

"佘太君"这次只挑了挑眉，并没翻白眼儿，还朝我们微微点了点头。我对此当然没做任何回应，兀自优雅地走出机场去。Steve很配合地跟在我身后，像个跟班儿似的，不过好景不长，一出机场大门立刻又变回了老板，面无表情地说："不用演了，看不见了。"

我这才发现，我正站在热带海岛的骄阳下，四周都是穿着背心裤衩的游客，耳边还飘荡着优美的夏威夷吉他曲，可我正穿着三件套的西服，浑身冒着热汗，连能换洗的衬衣内裤都没有。我想起 Steve 刚刚吹嘘的"助理们"，不禁心中也冒火，眼看就要热晕了。

可 Steve 又说了一句，就像炎炎夏日里吹过的一阵微风。他凑到我耳边低声说："别愁眉苦脸的，想不想去见见 Eva Lee？"

2

严格来说，那会儿 Eva 并不在夏威夷，她还在加州海岸线的上空。

Bob 坚持让她坐中午起飞的航班，这样就能多睡一会儿。Bob 不在乎早起，所以搭乘了最早一班，因此不到中午就抵达了。他是急性子，急着赶到火奴鲁鲁，为老妈和外甥们买好礼物，还要确认今晚为老妈预订的寿宴万无一失：餐厅是早就订好的，但先是订了七位，后来减少到五位，又临时改回七位，难说会不会出差错，所以他得亲自到餐厅确认，确实安排好了七个人的餐桌，而且靠窗，窗外是无敌海景。

说是寿宴其实略有些牵强，因为冯老太太的生日是在两周之前，当时已经办过一场更正式的寿宴，Bob 的三个兄弟姐妹，配偶和子女们，还有在纽约和新泽西能召集到的一切亲朋好友都参加了。宴会是在纽约最著名的广东茶楼里进行的，当然不是喝早茶，而是正经的粤式海鲜大餐，具体有什么菜式也不清楚，因为 Eva——名正言顺的儿媳妇——并没参加。就因为错过了那场盛宴，Bob 还跟 Eva 大吵了一架。

夏威夷的这场宴会就远没那么热闹，Eva 的婆婆、小姑子、小姑子的老公和两个孩子，加上临时"空降"的 Eva 和 Bob，总共只有七位。Bob 本来并没说要空降，是 Eva 主动出的主意，作为对 Bob 的回报。

Bob 决定重出江湖，并且向 Eva 保证，让 BesLife 起死回生。Eva 其实半信半疑，毕竟 Bob 以前做的是衣厂，和生物科技没半毛钱关系，可她还是很感动，她知道 Bob 的人生目标就是趁年轻实现财务自由，然后周游世界。可世界上偏偏就有像 Eva 这种不贪图享乐的拖油瓶。她本以为这是美德，没想到也能害人害己，但那是后话。当 Eva 在世界驰名的威基基海滩边的丽思卡尔顿酒店的高级法式餐厅里跟婆婆和小姑子一家享用美食的时候，她更加坚定了自己的信念：BesLife

是她的救命稻草。

小姑子的老公 Alex 双手挥舞着刀叉，滔滔不绝地讲着互联网创业，看他高谈阔论的样子，很难相信这个膀大腰圆的意大利人其实是开 Uber（优步）的。还好餐厅里的客人不多，而且是在美国，领班不会教训大声喧哗的客人。

以冯老太太为领导核心的冯家人对这个意大利女婿的看法当然不怎么样，但 Alex 毕竟不会讲中文，也不太熟悉传统中国家庭的价值观，因此充满了自信。而他在冯家的地位也确实比 Eva 略高一些——开 Uber 很辛苦，需要整日在外奔波。虽然冯家最大的骄傲就是 200 年前祖上曾经中过进士，第二大骄傲是 Bob 在美国获得了硕士，但这个家族的基因里似乎记载着：整天在工厂里或者马路上出汗的男人，要比在办公室或者实验室里坐着的女人正经多了。

Eva 其实并不在乎那个四肢发达头脑简单的意大利人在说什么，她完全可以当作耳旁风。可她受不了小姑子神气活现的眼神，就像她老公是个天才，时不时还要非常用力地点点头，比如当她老公说道："那帮硅谷工程师都是自以为是的白痴！除了把地球变得越来越热，其他什么也不会！" Alex 已经喝掉小半瓶白兰地，早忘了 Eva 的公司就在硅谷，也不清楚基因工程也算是一种工程。可他老婆心知肚明，不然也不会让他在餐桌上长篇大论，也不怕老太太听不懂心烦——冯老太太在美国生活了 40 年，也还是不会几句英语。

可老太太今晚似乎没烦，至少愿意忍，大概是因为她能看得出来，儿媳妇比她更烦，而且还很丧。老太太和女儿一家坐着游轮，绕着夏威夷的一串海岛转了一个多礼拜，早对大海和沙滩什么的腻味透了，好不容易回到城里，正想找点儿不一样的乐子。

Eva 如坐针毡，就盼着 Bob 快点儿出现，她已经很久没像此刻这样地盼望见到丈夫了。最近这一年来，她通常是害怕见到他，甚至害怕接到他的电话、短信。因为任何一句话都有可能引发一场战争，他们就像是被关进同一只笼子的死对头，一个为了创业废寝忘食，另一个提前退休无所事事，两人的存在，本身就是对彼此的控诉。

可就在那场雨夜的"离家出走"之后，他们突然从敌人变成了战友。BesLife 明明是让 Bob 鄙视而厌恶的东西，现在却成了他统治的领地。他临时改变了行程，就在冯老太太和女儿一家飞往夏威夷度假的同时，他带着 Eva 飞往旧金山，在下班前的最后几分钟赶到 BesLife 位于红杉城的公司，向他的"臣民"们发号施令。

Bob 向 Eva 的合伙人 Shirley 发号了施令："一个月之内必须做出第一台测序机，不然整个研发团队都走人。"

Bob 又向市场总监发号了施令："从现在开始，要对外释放消息，就说 BesLife 研发了长达一年之久的量子光学全基因测序仪，已经获得了突破性进展，将会进一步降低成本到……"Bob 抬头想了想，就像有一串数字正飘浮在他头顶上方，他果断地说："每次检测 100 美元。"

在场的所有人都大吃一惊，市场总监试探着问："可之前公布的是 200 美元……我们在技术上有什么新的突破吗？"

Bob 并没回答问题，只说："我又没让你正式发布，在研发成功之前，我们也不能那样做。我只是要你秘密地放出去一些小道消息，不要让别人认为是我们自己宣布的。你明白吗？"

市场总监看上去依然困惑，而且有些为难，Bob 却没给他继续提问的机会，不耐烦地说："就按照我说的做！"

Shirley 是在女卫生间里跟 Eva 表达不满的，因为没有别的机会。Bob 这位新 COO（首席运营官）自从入职，每天跟 Shirley 形影不离。他要了解实验室里的每个员工、每台设备、每个步骤，并且把那些都记录在册，他逼着每个人做出承诺，然后监督每个人的工作，就像是在成衣厂里，对踩缝纫机的女工说："你今天下班前能车好几件？"对方说 100 件。他说："我每小时给你加两块钱，能不能车出 150 件？"他用猎鹰般的目光逼视可怜的广东女人，只要她点了头，以后每天都必须是 150 件。

Shirley 在卫生间里跟 Eva 抱怨说："开衣厂的哪懂高科技？"Eva 回答："他是纽约州立的化学硕士。"Shirley 说："可硅谷不是这样运行的，biotech 公司更不是。"Eva 硬着头皮说："就给他一个月，反正钱也只够维持一个月的，到时不只研发团队走人，咱们全部都要走人的。"

所以当 Bob 命令 Eva 先去陪婆婆吃晚饭，而他则要迟到半个小时，因为要临时见一位投资人，Eva 并没提议跟他一起去，尽管这一年来都是她在见投资人，而那恰恰证明了她在这方面全无建树。她都没问 Bob 到底要见谁，也许是个种甘蔗的农场主，或者是个中餐馆老板，Bob 在夏威夷还能有什么朋友？反正就一个月，她只能由着 Bob 把死马当活马医。她知道 Bob 都是为了她，可这样一来，她这个 CEO 倒是无事可做，只能陪着婆婆和小姑子一家吃晚餐。她本以为能够应付，可果真坐在这餐厅里，又是说不出地别扭，胸口憋着一团怨气。

Eva 就是在这种心绪下突然看见我走进餐厅的。她大吃了一惊，甚至怀疑自己出现了幻觉。她根本就想不到，会在火奴鲁鲁的法式餐厅里突然看见曾经出尔反尔、放她鸽子的朱公子，她更不会想到，在隔壁二楼小餐吧里正跟她老公 Bob 谈话的投资人，就是 Steve。

我也表现得非常惊讶，其实并不完全是装的，尽管早知 Eva 就在这里，看见她的一刻还是让我心中一震。

为了这次"偶遇"，Steve 跟我聊了一下午，按照他的说法，是"入职后的第一课"。除了上课，他还带我到慈善二手店，给我买了一件轻薄的蓝色西服上衣，一件蓝色短裤，一件白色真丝衬衫，一双不太合脚的低帮白球鞋，和一顶白色礼帽，一共花了 175 美金。远看还可以，不能凑近细看，短裤少了一颗纽扣，再少一颗就要门户大开，白色礼帽上绑的黑绸带有几处跳了丝，白衬衫的腋下发了黄，蓝西服的衣兜里还有个窟窿。我问 Steve："我能不能不穿别人穿过的衣服？"Steve 反问我："别人用过的钱你用不用？"

Steve 是在沙滩上给我上"入职后的第一课"的。因为旅馆房间的空调坏了，热得像个蒸笼。我们住的是火奴鲁鲁最便宜的小旅馆，每晚 60 美元，大概也不能奢望那空调能在短期内恢复正常。

在沙滩上密谈的成本不高，到沃尔玛超市一人买一条最便宜的沙滩短裤，也就十几美金。虽说比去星巴克贵，但星巴克又挤又吵，而且谁也不敢保证，Eva 和 Bob 就一定不会去咖啡馆的。沙滩上就安全得多，只要脱光身子戴上墨镜，全沙滩的人都一样，谁也认不出谁来。

我跟 Steve 并排躺在一棵巨大的棕榈树下，穿着类似的泳裤，戴着类似的墨镜，身高类似，胖瘦类似，肤色也类似，看上去就像一对儿双胞胎——一对儿像情侣一样窃窃私语着的双胞胎。有两个全裸的粗壮白种男人，手牵着手从我们面前经过，双双朝我们飞吻，同时扭动腰肢，某些巨大丑陋的东西摇摇晃晃，让我恨不得把自己当场活埋进沙子里。

大概算是对这种尴尬局面的一种补偿，Steve 终于向我透露了他的计划：他匆匆忙忙订了机票，带着我去首都机场的贵宾候机厅，的确只是想继续跟郝总谈话，他还有很重要的话没说。而且他感觉郝总并不是因为完全失去了兴趣才中断在办公室里的谈话，而是迫于其他什么原因，比如突然出现的系红领带的总监。

但是在候机厅里的谈话也并不顺利。郝总坚持要等到 BesLife 正式官宣之后，按部就班地进行尽职调查，然后再决定是否担任名义投资人，把朱公子的 1000 万美金投进 BesLife 去。也不知郝总为何那么死心眼，钱又不是费肯出，就算有关 BesLife 的小道消息是假的，那也是朱公子的损失，费肯投资一分钱也不会少。

我问 Steve 那小道消息到底是不是真的，Steve 非常肯定地回答："当然是真的，不然我为什么又要为 BesLife 找投资？吃回头草是很困难的！"

这我倒是相信。虽说 Eva 多半把我看成上次搅局的"罪魁祸首"，她对 Steve 的信任不可能不打折扣，而且"罪魁祸首"还给她发了一封脸书私信，提醒她小心被 Steve 利用。可我不确定 Eva 知不知道那封私信是我发的。十几个小时之前，当全日空客机在东京刚一着陆，还在跑道上狂奔，我就打开手机脸书，在过去的一个多礼拜里，我一直犹豫着要不要买个 VPN 查查脸书，没买是对的，因为我并没收到任何回复。

我问 Steve 朱公子哪来 1000 万美金，Steve 神秘地说："着什么急？"

我又问："既然朱公子有钱投，为什么要借费肯的名义？"

Steve 狡黠一笑说："只要费肯投了，别人哪能不跟？"

我这才恍然大悟，Steve 这是要先骗费肯把合同签了，把消息一发，等着别的投资人上钩呢！至于朱公子的钱到底会不会到账，那就再说了。就像上回把我弄到旧金山去做幌子，故技重施。可郝小姐根本没上当，人家毕竟只是公司高管，公司挣了钱也到不了她兜里，如果出了问题倒是要她负责的。

我把我的想法说了，Steve 却摇头道："怎么到不了她兜里？"

原来，在首都机场的 VIP 候机厅里，Steve 突然压低了声音，其实是告诉郝小姐，只要资金到账，Steve 就把自己 10% 的佣金——也就是 100 万美金——分一半给她，也就是 50 万美金，这是旱涝保收的。除此之外，如果未来产生任何投资回报，她还将拿到五个点的回扣。也就是说，假如 BesLife 能像其他硅谷独角兽那样增值几倍，那么朱公子的 1000 万美金投资就要增值几千万美金，而郝小姐就能拿到百万美金回扣。可她还是拒绝了。

我说这是行贿吧？她是不是怕被人发现了？ Steve 耸耸肩说："这虽然不合规，可是很安全，因为并没有损害公司利益，费肯不会那么有兴趣调查的。"

其实我也不觉得郝小姐的价值观跟 Steve 能有多大差别，看她跟 Steve 眉来眼去的样子就知道。Steve 分析说，也许她只是不得不加倍小心。一个二十几岁的年轻女子，没留过学，也没在海外工作过，却在超级跨国公司里身居高位，而且是突然空降的，在此之前，从没听说她在费肯里干过一天。她大概非常走运，但走运背后说不定也藏着难言之隐呢。

这还真有点儿不可思议，郝小姐看上去可是个十足的"海归精英"。我正要多问两句，比如郝小姐有什么难言之隐，她以前是干什么的，Steve 却突然改变了话题。他说："先别管郝总了，聊聊 Eva Lee 吧！马上就要见到她了，你感觉如何？"

Steve 侧过身子，摘掉墨镜，仔细观察我，像是要看出我的心思，这让我有点儿发慌。我尽量做出无所谓的样子，当然也没摘墨镜，故意转移话题说："你怎么知道 Eva Lee 在夏威夷？"

他却冲我眯了眯眼，非常狡猾地说："那不是你需要关心的。不如关心一下，怎么让 Eva Lee 再次信任我们。"

其实他不说我也知道，探听某公司高管的行踪并不困难，冒充客户给高管的秘书打个电话，多半就能问出来，再说 Steve 是何许人也，他能对我了如指掌，自然也能对 Eva 了如指掌。

所以当我走进威基基海滩丽思卡尔顿酒店的法国餐厅时，我知道 Eva 并不是一个人——她正在和老公的家人用餐，Eva 的老公就是 BesLife 新上任的首席运营官 Bob，这其实很合理，Steve 不说我也应该能猜到，而且这对我更有利一些：如果她真的对我深恶痛绝，当着别人也许能客气一点。

可我还是感到紧张和窘迫，脸上的笑容大概都变僵硬了，尽管 Steve 对自己的计划信心十足，我根本不相信 Eva 还有任何可能会相信我们。

但出乎我的预料，Eva 并没流露出厌恶的表情，也没假装不认识我，她的确有些惊讶，不过很快就恢复了自然，大大方方站起身，热情地朝我挥手说："Mr. Chu! What a pleasant surprise!（朱先生！真是个惊喜啊！）"

3

我后来才弄明白，Eva 虽然使用了"惊喜（a pleasant surprise）"一词，并不代表她不讨厌我。只不过，她更讨厌那顿晚餐所强加给她的煎熬。但凡有个熟人走进餐厅，不管是敌是友，她都会毫不犹豫地站起身来打招呼，以此打断意大利人令人反感的演讲，以及小姑子令人反胃的微笑。

而恰巧走进餐厅的又是一位头戴白色礼帽，身穿蓝色西服、蓝色短裤、真丝白衬衫的公子哥儿，打扮得既时髦又复古——旧货店哪有新款——按照 Eva 的经验，我这身打扮大概很能镇得住她的小姑子，所以 Eva 特意使用了嘹亮的嗓音，让全餐厅的人都能感受到她的"惊喜"。

我当时并不知她别有用意，就只当她是真心在冲我笑，露出两排皓齿，让我浑身自在，如沐春风。我自作主张地发挥了一句："Pleasure is mine！（我非常荣幸！）"

在这句之后，我开始执行 Steve 事先教给我的台词，用港味儿十足的中文说："真是没有想到能在这里见到你！你是在度假吗？"

我边说边扫视围坐在餐桌周围的大人和孩子们。Steve 告诉我 Eva 正在和老公的家人聚餐，所以我断定坐在正中间的老女人就是 Eva 的婆婆，老女人对面的年轻女人就是 Eva 的小姑子，肥胖的白种男人是小姑子的丈夫，两个正在玩儿 iPad 的混血儿应该是他们的孩子。除了那两个学龄前儿童，其他人都在用疑惑而警惕的目光盯着我。

"是的，我陪家人在这里度假。"Eva 迅速扫视她的家人，并没在任何人脸上聚焦，我则恰恰相反，认认真真地向在座的每一位点头致意，这也是 Steve 教我的，他称之为"绅士速成 101[①]"。肥胖的白人起身跟我握手，口齿不清地高声说"Hi buddy!（嘿！老兄！）"，看得出喝得有点儿高。我保持着绅士的站姿，用纯正的英式发音说"你好"，他老婆的脸色有点儿难堪，为了尽快摆脱那个醉鬼，我转向两个根本没打算理我的混血儿，微笑着说："先生们，晚上好！"他们的母亲不得不逼着他们跟我说"哈啰"，脸已涨得通红，这正是我想要的，Eva 似乎对此也非常满意。

我按照 Steve 的台本用英语自我介绍："我叫 James Chu，是一位独立投资人，对 Lee 博士的公司很感兴趣。"我边说边偷看了 Eva 一眼，发现她嘴角浮起一丝冷笑，她终究还是觉得我厚颜无耻，这在我

---

① 美国大学里每个学科最基础的课程一般都以 101 排序，比如高等数学 101、经济学 101，等等。

意料之中，可还是忍不住心中一沉。胖白人大声提议，让我坐下来跟他们一起用餐，他想必已醉得看不清老婆的表情。

"小黎啊，请你的朋友和我们一起啦！"正中的老妇人突然开口，声音委婉亲切，让我颇感意外——她刚才一直阴沉着脸，像警察一样监视着我，现在却突然缓和了。她看上去七十上下，烫一头鬈发，有一张标准广东女人的瘦脸，深眼窝，高颧骨，尖下巴，一副厚嘴唇。

"谢谢您的邀请，可我不是来用餐的，请您原谅！"我用手指碰了碰礼帽边缘，算是向她致歉，她款款地向我低头回礼，动作优雅而高贵，好像一个流亡的贵族。我暗暗吃惊，这个老太太可不简单。我转向 Eva，恭恭敬敬地用英语说："我只是来找我的代理人的，他说他在餐厅。"我抬头假装在餐厅里巡视："可他好像不在这里。"

"哦，"Eva 眉间涌起一道细纹，大概是想到了"我的代理人"也许还是 Steve，略带讥讽地说，"你的代理人总是喜欢跟人捉迷藏吗？"

我就知道说什么"我的代理人"会让她恼火，其实不必每句话都严格按照 Steve 的台本的。我开个玩笑试图缓和气氛："他只是腿长一点，所以跑得比我快。"

Eva 没笑，醉醺醺的白人笑了，笑声震耳欲聋，有貌似土豆的碎颗粒从他嘴里飞出来。他老婆不得不冲他低吼一声："Alex! For God's sake!（Alex！看在上帝的分上！）"

"二楼还有一间小餐吧，也许你的代理人在那里？"Eva 说着眉头一蹙，大概是想起她丈夫 Bob 也正在那间餐吧里跟某个投资人会面，不由得心事重重，她心不在焉地指指大门外的电梯，那动作看上去就像是让我赶紧滚蛋。

正在这时，餐桌上的某只手机响了。我暗暗松了一口气，响得可真是时候。

按照 Steve 的计划，在 15 分钟之前，他和 Eva 的老公 Bob 在酒店二楼的小餐吧里会面。这次会面的发起人是 Bob 的一位在华尔街工作的老同学。纽约市虽然有 800 多万人口，但是经过几轮筛选——40 上下的华人、曾经就读纽约州立大学石溪分校、在华尔街工作——就只剩几十人了。在这几十人里，Steve 找到了一位和 Bob 认识并保持联络的人，并且让他"听到"了一些小道消息，因此兴奋得彻夜难眠，这个在华尔街苦熬了十几年的小员工，做梦都想着能够在某个引人注目的投资项目里起到关键作用。

这位热心同学立刻就把消息通知了 Bob：高盛①有位资深合伙人正在寻找做基因测序的公司，最好还在开发阶段，尚未投产因此估值不高，但技术要有独创性，最好能跨学科，这说的简直就是BesLife！而更"恰巧"的是，这位高盛合伙人正在火奴鲁鲁参加一个会议，而这位同学"恰巧"和这位合伙人的某个朋友有点儿交情，所以或许能牵线搭桥，让 Bob 立刻见到这位资深合伙人。

Bob 给自己下了个死命令：只准成功，不准失败。尽管谁都知道仅仅是跟投资人见一面，绝对只是"八字没一撇儿"，可这是 Bob 在BesLife 掌权后第一次见投资人，必须旗开得胜，不然以后诸事不顺。正因如此，他甘愿在为老妈精心安排的家宴上迟到，完全错过也没关系。

然而在酒店二楼的小餐吧里，Bob 并没见到高盛资深合伙人本尊，只见到了一位融资顾问，这是 Bob 的老同学事先没提到的。Bob不太了解华尔街，不清楚是不是每一位投行合伙人都会有几个顾问，就像助理或者秘书，不过这位 Steve 先生看上去并不像助理或者秘书，看他的气势，若不是太年轻了一些，说他就是高盛合伙人也是可信的。

Bob 有些失望，不过立刻又打起精神，只是多了一关，他早准备好了要过五关斩六将。他开门见山地对 Steve 说，他知道高盛的资深合伙人正要找一家开发基因检测技术的公司，而 BesLife 最符合要求。Steve 说这当中可能有些误会，因为聘请他做顾问的并不是高盛的合伙人，而是一位来自欧洲的独立投资人，两人都姓"Chu"，所以大概是中间人搞混了。

Bob 再次感到失望，因为高盛这个牌子更诱人，可眼前最需要的是钱。他无所谓地耸耸肩说："那位来自欧洲的独立投资人是不是也打算投资基因检测公司呢？"Steve 点头说"是的"。Bob 立刻说："那么 BesLife 就是最佳选择。"

"您看，我想我惹了个大麻烦，Chu 先生说不定会很恼火的。"Steve皱起眉头，满面愁容地说，"Chu 先生再过 15 分钟就会到这里来，他很期待见到您。但问题是，在我见到您之前，我和 Chu 先生都不知道，您代表的是 BesLife 这家公司，中间人没跟我们说清楚。"

Bob 问："BesLife 有什么问题吗？"

_____

① 高盛集团，全世界历史最悠久、规模最大的投资银行之一。

Steve 答:"Chu 先生对 BesLife 早有了解,就在两周之前,Chu 先生还跟随贵公司的 CEO 黎博士去硅谷考察过,只不过,BesLife 的现状实在不太令人满意。我想您一定比我更了解您的公司,也就不需要我多说了。"

Bob 大出所料,不远并不打算放弃,挫折总是让他更有斗志,他更坚决地说:"但是现在不一样了,我们的第一代产品马上就要研发成功了,而且成本还会显著下降,每次全基因测序只需 100 美元。这在美国乃至全球都是革命性的突破!"

Steve 立刻表现出惊讶来,尽管他早听说过这个"传闻",他用略带嘲讽的口气问:"这两周里 BesLife 发生了什么?"

"BesLife 有了一位新的 COO,那就是我。"Bob 扬起下巴,用近乎高傲的自信作为回击。Steve 也不让步,剑拔弩张地说:"您又凭什么这么有把握呢?您是分子生物学方面的专家?或者,在基因工程方面有很多年的经验吗?"

Bob 当然什么都不是,但商人的本能让他毫不退缩:"您可以不相信我,但是总有人会相信我,我只想提醒您,等我们研发成功了,BesLife 的估值恐怕要增加几十甚至上百倍。现在投资 BesLife 或许看上去有些风险,但回报也无可限量。当然风险是你以为的。"Bob 轻蔑地一笑:"我根本就不认为会有任何风险。"

Steve 无奈地摇头,就像他根本不打算被 Bob 说服。其实他这会儿已经放心了,知道自己的计划已成功了一大半。他本来担心 Eva 不会再轻信他和他的朱公子,或者 BesLife 在研发上真有突破,所以不缺投资人了,可是跟 Bob 这几轮过招之后,他基本确定了两点:第一,他听说 BesLife 现在是 Bob 说了算,看样子是的;第二,BesLife 还像两周之前一样,很缺投资人。即便如此,Steve 还是不能确定,Eva 本人对于公司决策会起多大的作用,他需要万无一失。Steve 用颇具挑衅的语气问:"可黎博士呢?她同意您说的这些吗?"

"我可以向您保证,她完全同意。"Bob 非常肯定地回答。

"是吗?在我印象里,她似乎不像您这么自信。"Steve 的语气并不是提问,而是否定,而且看上去相当自负。Bob 早就被眼前这个傲慢的家伙激怒了,可他并没发火儿,而是把愤怒转化成斗志。他用命令的语气说:"请你等一分钟,我立刻叫她过来,你可以亲自问她同意不同意。"

4

我很识相地率先走出餐厅，听见 Eva 在我背后向大家道歉，说 Bob 打电话叫她过去一趟，他们很快就一起回来。我能听得出来，她其实很想拔腿就走，不过又有点儿迟疑，像是要拖延时间，以免造成她跟我一起离开的印象。所以我加快脚步，让自己迅速在餐厅大门外消失，可是并没急着进电梯，等听到 Eva 的脚步声，这才按下电梯按钮。

我就这么得逞了，我们一起走进电梯。

美国什么都大，电梯也这么大。我站在电梯中间偏左，Eva 却紧靠着右壁，我和她之间至少还能再站三个人，就像两个完全陌生的人，我几乎开始怀疑，刚才她起身跟我打招呼的那一幕是不是真的发生过。

不管她当我是什么，我还有台词要说，我鼓起勇气非常认真地看着她："对不起，有一件事，我不是很明白。"

她怔了一怔，好像没听懂。我清了清嗓子，做出一副疑惑而拘谨的样子："您为什么突然把参观公司的活动取消了？"

Eva 把眼睛瞪圆了，这次不是不懂，而是惊愕。我继续解释说："Steve 就在我前往 BesLife 的路上给我打电话，通知我设备出了故障，参观活动临时取消了，这个理由其实说得过去，可我还是想找机会问问您。"

我故意顿住，等她的反应。她脸上的惊愕已经消失了，换成一抹苦笑，直到电梯门敞开，她突然转身对我说："设备没出故障，我们都在等你，可没等到。"

她大步走出电梯，看都没看我脸上浮现出的错愕表情。我的演技又白费了，不过我并不失望，反而感觉轻松，至少少骗了她一点儿。

我跟在 Eva 身后走进餐厅，隔着四五步的距离，我感觉她不希望我离她太近。Steve 的台本要求我们"一起到达餐厅"，不知这算不算是"小错"。Steve 说过必须严格执行台本，小错扣 50，大错扣 500，还好是人民币，想扣就扣吧，总比 Eva 的损失小得多。人家花了 10 万块请我到硅谷，却被我放了鸽子，Steve 已经想好对策：牺牲他，保全我。我对这个计划原本是满意的，可没想到执行起来还是非常不安，只能默默安慰自己，反正最终总要帮 BesLife 找到投资的，不管这投资到底是朱公子出，是费肯出，还是万康体检出。

　　Eva 在走进餐吧时，脚步顿了顿，也许是因为发现她老公果然跟 Steve 坐在一起。

　　他俩就坐在离门不远的一个两人桌，Steve 面朝着门，Eva 的丈夫则背对着门，肩很宽，一头棕红色的鬓发，像个老外。他顺着 Steve 的目光转过身来，原来是个纯正的亚裔。我立刻就推断出，刚才餐厅里的老女人就是他的母亲，他有着同样的深眼窝、高颧骨、尖下巴，只是嘴唇薄些，眼神也更犀利，把这套五官组合在一个男人脸上，称得上是英俊，但也有点儿令人生畏。

　　Steve 起身跟 Eva 打招呼，很识相地没试图握手，Eva 并没点头还礼，我看不见 Eva 的表情，但可想而知。Steve 的目光已经飞越了 Eva，向我做出惊愕的表情，当然是在演戏。他用英语说："James! I am so terribly sorry!（我实在是太抱歉了！）"

　　我本该调侃着说："我是不是来得不是时候？"可 Eva 偏偏转过身来，漠然看着我，我突然什么也说不出，就像犯了老年痴呆，还好 Eva 的老公站起身，热情地向我走过来，用英语说："你就是 Mr. Chu 吧？很荣幸见到你！我是 BesLife 的首席运营官，Bob Feng。"

　　他不容分说，抓住我的手，就像是怕我突然掉头逃跑。他的手又大又粗非常有力，目光就更加有力，从深邃的眼窝里射出两道激光。按照 Steve 的预估，他不该这么热情的，我一时没了对策。Steve 的声音及时飘了过来："James！对不起！我不知道我们要见的又是 BesLife！"

　　Steve 转眼已到了我跟前，就像是在跟自己的声音赛跑。他把自己插在我和 Bob 之间，凑到我耳边用英语低声说："太对不起了！我浪费了你的宝贵时间，以后不会再发生这种事了，我向你保证！我们现在就走吧！"他演得可真像，而且声音小得恰到好处，让他背后的人也能听个七七八八。

　　我把双手放在 Steve 肩头，就像移开一盆碍事的植物似的把他移开。我直视着 Bob 说："我对您的公司一直很感兴趣，只不过之前大概有一些误解。如果您现在有时间，我们能不能仔细谈一谈？"

　　Steve 后来表扬了我的这段表演，可他并不知道，那并不是超常发挥，而是真心实意。

　　那晚我跟 Bob 又聊了一个多钟头，让他和 Eva 妥妥地错过了楼下的晚餐，我的直觉告诉我，Eva 应该是希望错过的。

　　Eva 的老公兴致勃勃地描述了 BesLife 的产品，憧憬了它将会给人类带来的美好未来，在讲技术时不如 Eva 讲得那么细致专业，不过反倒给人提纲挈领、通俗易懂的感觉，而且充满自信，非常具有煽动性，很难想象他才加入 BesLife 一个礼拜，就连我这个对基因技术毫无兴趣的"演员"也在某些瞬间入了戏。当他两眼放光地向我发誓三周之内保证完成研发时，我用连我自己都有点儿感动的坚定语气说："我愿意投 1000 万美元，不过我有不便之处，所以不能以我的名义投，但我可以通过一家业内颇具知名度的大公司来投，这样更有利于 BesLife 下一轮融资和未来上市。"

Bob 欣然接受了我的建议，Eva 却没表态，始终沉默着，不但没有愉悦的表情，反而心事重重，这让我有点儿不踏实，也不知她是不肯原谅朱公子，还是识破了我们的把戏。Steve 按照他的剧本又来了一波阻挠，把我拉到餐吧外面站着，看着手表严格等到五分钟，这才让我回到餐厅里。我摆出一副忍无可忍的表情，对 Eva 和 Bob 说："我的代理人是业内最好的，但这次我不想听他的建议。"Steve 的这句台词写得太棒了，他不做编剧实在可惜。

我和 Steve 离开餐吧，从后门溜出酒店。Steve 不让走正门，担心被发现并没有豪华轿车在等着我们，就连出租车也没有。我们步行了一英里，到麦当劳吃晚饭——其实说是宵夜更精确，已经夜里 10 点了，虽说最后几个小时都在餐厅或者餐吧里，可一口饭没吃，肚子都饿扁了。

Steve 一边吃着汉堡包一边对我的"首演"进行了点评：没出大错，但是出了好多小错，看在"首演"基本成功的分儿上，这次就不扣钱了。

临近午夜，我们走回汽车旅馆，至少又是一英里。我问为什么不能打车，Steve 说两张头等舱的机票严重超出预算，所以能省就省，我不禁又开始担心我的工资，也不敢再抱怨什么，走到旅馆又出了几身臭汗，房间里却还是热得像蒸笼。我累得只剩一口气，好歹冲了个澡，躺倒在发着霉味儿的硬床垫上，一动也不想动了。

可 Steve 并不打算放过我，他把我刚刚脱掉的旧短裤和旧真丝衬衫扔到我脸上："洗洗！不然明天就臭了！"

"明天？"我有气无力地问。

"是啊！明天，你让朱公子臭烘烘地坐游艇看鲸鱼？"Steve 边说边对着镜子贴他经过药妆店时买的打折面膜，又缀了让我更绝望的一句，"洗完了，上第二课。"

5

陪着两位"万康女眷"出海观鲸这一出大戏，自然又是 Steve 的杰作。

两位"万康女眷"都跟 Steve 加了微信，这一天并没闲着，先是互相在朋友圈里点赞，然后互相评论，再然后 Steve 拉了个三人小群私聊，这些都是 Steve 在熬夜进行的"第二课"上当作背景资料告诉我的。

我倒是很好奇 Steve 的微信朋友圈是啥样的，可我没有 Steve 的微信，据说外企领导通常不加同事的微信，给 Steve 打工大概不算是在外企，逛旧货店、吃麦当劳、少于两英里的路程不肯搭计程车、几块钱一张的面膜都舍不得分给我一张，我听说过的外企可不是这样的。

然而出海观鲸可真是大手笔，我不得不给我老板点赞，虽然舍不得打出租车，却舍得租一艘又大又豪华的游艇，上下三层，船头的甲板非常宽阔舒适，足能容纳好几十人。船长是个晒成了印第安人的白人，戴着白色船长帽，嚼着口香糖，操着南部口音，像是随时要把口香糖吐到谁脸上，和游艇的豪华装修一点儿也不配套。船长还有八名船员，都膀大腰圆，皮肤比船长还黑，好像是拉美裔，并不是夏威夷当地的波利尼西亚原住民。原住民一生下来就享受政府补贴，未必愿意干这种风吹日晒的苦差事。

话说回来，我就更不如波利尼西亚原住民了，不仅风吹日晒地在海上漂，还得穿着自己熬夜手洗的旧衣服，而且连觉都睡不足——Steve 的"第二课"上到凌晨两点半，天刚亮又满屋子转悠着打电话，硬是把我吵醒了，迷迷糊糊地听他说什么"我从来都没忘记过，行善是上帝赋予我们的责任"，把我吓了一跳，还以为自己被某个极端宗教组织给绑架了。

Steve 一上午都在打电话，除了跟上帝有关的那通我迷迷糊糊没听清楚，其他就是打给租船公司、旅行社、餐饮公司的，当然还有打给 Bob 的，这个我听清楚了：他邀请 Bob 和黎博士一起参加下午的海上观鲸活动，他说朱公子有一艘"humble small boat（卑微的小破船）"，邀请了几位恰巧正在火奴鲁鲁的华人老友一起出海观鲸，当中有几位是很值得认识的。Steve 还顺便问了一句："不知您或者黎博士有没有随身带着唾液取样器？也许，这是个让更多人了解 BesLife 的好时机！"可想而知，Bob就算又要改机票或者再错过一场寿宴也一定会参加的。

Steve还给十几个"临时演员"打了电话，成本这么高的一出大戏，总得有人帮忙。这也很让我吃惊，好像不管是在地球上的什么地方，他都有办法立刻叫来一群临时演员，就像有个跨国艺人经纪公司在随时为他效劳。

不过Steve并没给"万康女眷"打电话，因为昨晚就用微信约好了，要不是她们就今天有空，也不必这么急着租游艇，船租平白涨了三倍，Steve欣然接受，不过向船长提了一个要求：除非迫于安全原因，船长和船员都不要跟任何乘客讲话，除了我和Steve。我猜他是为了肆无忌惮地告诉别人这艘豪华游艇是我——身家过百亿，福布斯富豪榜里全球前一百的朱公子——的。

Steve非常简略地向我解释了"万康女眷"是如何被诱骗上船的：她们反正是来夏威夷度假的，虽说9月通常看不见鲸鱼，但是能够受邀乘坐世界首富的豪华游艇出海，这可是很值得炫耀的事，而且两位"万康女眷"正上赶着让Steve推荐投资项目，尽管她们也许根本不想投资，但总得显得很积极，这是面子问题。

这让我有点儿糊涂。既然Steve看出她们不想真的投资，为什么还要花大钱请她们出海观鲸？我提出这个问题。

"我说了，面子。"Steve神秘莫测而意味深长地说，"华尔街的高级顾问和满街拉客的保险经纪都必须了解人性。"

我似懂非懂，不能确定Steve的意思是不是要靠着"面子"硬逼着"万康女眷"掏钱投资，不过，他把那两种"顾问"扯在一起，倒像是一语道破天机。

游艇下午两点准时起航，计划航行时间不超过三小时，完美避开昂贵的正餐，这也是Steve非要在这个难得有鲸鱼出没的季节以"观鲸"为名义组团的原因。但即便如此，船租加酒水小吃还是要8000美元，再加上临时演员的薪酬，1万美元都打不住，再加上头等舱往返机票，这趟夏威夷之行起码得花4万美元，看来Steve虽然吝啬，但的确有钱，我的工资或许也能保证。

可这船实在大得没必要。定员110人，实际就只上了不到30位"贵宾"，除了我和Steve，两位"万康女眷"，Eva和Bob，剩下的20位大概都是Steve找的临时演员——几对夏威夷本地的商人夫妇，几位在夏威夷度假的从东京、香港、伦敦、纽约来的富商及夫人，夏威夷某某华人商会的副主席及夫人，以及某某慈善基金会的女主席，个个活灵活现，完全可以乱真。另外还有一位中国女作家，就这个看着最假，不像作家像网红，不过 Steve 说，她倒差不多能算真的，也让人半信半疑。

开船后的大部分时间我都待在顶层狭小的驾驶舱里，站在船长身边，还时不时手把舵盘，煞有介事地凝视前方，像是要把游艇开到北极去，其实根本就没驶出多远，一直在码头附近的海面上缓缓地兜圈子。

而我的那些"贵客"们都在船头的甲板上，抬头就能看见驾驶舱里的我，头戴船长帽，一边儿"开船"一边儿抽着雪茄，完全是一副"这是我的船，我想怎样就怎样"的样子。我身边还有两位金发碧眼的泳衣美女，时不时摆出想要强奸我的架势，把我撩得浑身冒汗，可 Steve 命令我必须坐怀不乱，时不时还要低头往甲板上扫两眼，如果恰巧和"万康女眷"或是 BesLife 的两位目光相遇，我就点点头或者扶一扶帽檐儿。

其实他们四位——也就是这船上真正的四位客人——并没太多机会看我，他们一上船就被 Steve 引荐着彼此认识，随后又像"四人外交代表团"似的被 Steve 带领着依次跟"贵客"们握手寒暄，"代表团"迅速"接见"了全船的宾客，对所有人的社会地位都略有了解，却没机会跟任何一位多聊几句，所以又像是谁都没认识。可怜的"万康女眷"根本就没记住几个名字，职业和头衔什么的就更是混成一锅粥，只知道都是有钱人，而且都在讲英语或者粤语，偏偏不讲国语，两人因此更要做出庄严而高贵的派头，仿佛人群里的两尊雕塑，很有点儿虎落平阳的悲壮。

Bob 和 Eva 比"万康女眷"强些，在闪电式的介绍结束之后，还能随机地找人多聊几句。不过总是意兴阑珊，船上大部分"贵客"似乎都不热衷于跟四位新客聊天，作为朱公子的"老朋友"，人家本来都彼此认识（这一点临时演员们演得很好，令我怀疑他们经常一起接活儿），又都有钱有势，犯不上跟这几个从中国或者硅谷来的暴发户套近乎。

所以没过多久，四位新客重新归队，组成了自己的聊天阵容。然而"BesLife 队"和"万康队"也并不和谐，除了都能用国语交流以外别无共性。但 Bob 是个精明的商人，大概也像 Steve 一样从"万康女眷"身上闻到了商机。我听不见他们到底在说什么，但看得出他很积极，边说边比画，"佘太君"原本摆着雷打不动的气势，过不多久也被Bob引起了兴趣，一会儿摸摸额头，一会儿摸摸肚子，一会儿按按胸窝，像是在给自己做身体检查，脸上的表情阴晴不定，Eva及时从皮包里掏出一只塑料袋，大概就装着Steve在电话里让Bob准备的唾液取样器。

就在Eva拆开塑料袋，把取样器递给"佘太君"的瞬间，网红女作家突然出现在几人面前，举着一台单反相机。按照Steve的计划，女作家这会儿要给"四人访问团"拍照了。

女作家是这些群众演员里最醒目的，一头乱蓬蓬的红发冲天而起，穿一身半透明的塑料长裙，像是一件加长的雨衣，隐约透出里面的比基尼，身材其实很一般，但这搭配非常辣眼，说她是作家我实在不信，说是摇滚歌手倒是差不多，不过现在也有摇滚歌手得诺贝尔文学奖的。

女作家果然颇具网红潜质，拍了一阵还不过瘾，让四人变换队形，组成各种排列组合，四人起先还有些拘束，在女作家的鼓动下渐渐舒展，除了Eva还有些矜持，另外三位在甲板四周上蹿下跳，摆出各种pose（姿势），在33摄氏度的热带海风里大汗淋漓，侍者（当然也是临时演员）非常体贴地围着几个人转，不停地送上清凉可口的鸡尾酒，没过多会儿就连"佘太君"都彻底放飞了，一会儿双手合十变成了观世音，一会儿又变成女红军，把唾液取样器直插进嘴里，挺胸提臀，高仰起头，摆了个吹起冲锋号的pose，让女作家拍个不停。

就在这时，我收到了Steve的短信，该我上场了。

我心不甘情不愿地告别了两位泳装美女，来到甲板上，走了个"S"形路线，跟途经的每一位"宾客"寒暄，最终抵达"四人访问团"。女作家刚好拍完最后一组照片，并且承诺要把修好的照片发给Steve，再由Steve发给"访问团"的成员们。这正如我意——我可不愿意出现在任何照片里。

女作家首先发现了我，大力拍我的肩膀，就像她是我的发小儿。两位"万康女眷"也发现了我，连忙腼腆地微笑。我立刻装作很熟地跟她们打招呼说："万太太！老夫人！您二位能来，真是太赏脸了！"这当然是演给Eva和Bob看的，Steve想让他们以为朱公子早认识"万康女眷"，而且还很熟络。

女作家拍完了照片和我的肩膀，心满意足地退场，我这才冲着Eva和Bob微微欠身，用标准的英式英语说："非常荣幸两位能莅临！

很抱歉这么久才过来打招呼，希望你们不会太寂寞。"

Bob 连忙摆手说："完全不会！我们聊得非常愉快！"Bob 热切地看一眼"佘太君"，换成中文继续说："我正在向万夫人介绍一种当前最先进也是最神奇的技术！"

"佘太君"已完全恢复了庄重典雅，矜持地点点头，一手握着唾液取样器，另一手捻着玛瑙佛珠，只是脸上被酒精涂抹的红晕似乎更红了。

"是吗？能让我也听听吗？"我故意做出充满兴趣的样子。Bob 备受鼓舞，兴致勃勃地说："当然！就是全基因测序技术！只需一点点唾液，就能预测未来会不会得上某种疾病，比如癌症、白血病、糖尿病、冠心病，很多种致命的疾病！是不是非常神奇？"

Bob 眼中射出极具感染力的目光，让他的听众没法儿说不。

"James，谢谢你的邀请！"Eva 不等我回答 Bob，抢着跟我打招呼，笑容有点儿尴尬，我猜她是故意要打断 Bob 浮夸的演说，她骨子里到底是个科学家，也许正因如此才难以获得商业成功。

"非常荣幸！"我按照 Steve 的剧本优雅地点头致意，眼神里却夹杂了一点点剧本里没有的私货，Eva 目光闪烁了一下，气氛立刻有点儿窘，还好 Bob 没注意，他正急着跟"佘太君"继续刚才的话题：

"您听说过美国影星安吉丽娜·朱莉吧？她就曾经通过基因检测发现自己有 87% 的可能性会患上乳腺癌，有 50% 的可能性会患上卵巢癌，她的母亲就是在 50 多岁死于卵巢癌的！"

"啊！那怎么办？"民族女高音吃惊道。

"所以安吉丽娜做手术切除了双侧乳腺。"Bob 抬了抬手，并没真的比画，民族女高音已经把双手捂在胸前。Bob 火上浇油地说："两年后，她又切除了卵巢和输卵管！尽管那时她什么癌症都没有。"

民族女高音倒吸了一口凉气。"佘太君"非常不满地问："既然没癌，干吗要切？"

"等到有了，那就太晚了。"Bob 无限惋惜地耸耸肩，"在美国，每八个女性里就会有一个生乳腺癌！中国的比例虽然还没那么高，但中国这几年经济发展越来越迅速，大家的生活水平和生活方式都在迅速接近美国。"

民族女高音忧心忡忡地点点头，不由得摸了摸胸口，"佘太君"倒是没摸自己，皱眉看看手里握着的东西，仿佛那不是唾液取样器，而是手术刀。

Bob 趁机话锋一转:"当然,就算查出来果然有这两处基因突变,也不必立刻开刀的,每半年做一次检查,出现癌变也是早期,再做手术也不迟。"

"佘太君"终于点了点头,似乎感觉这样更稳妥些。Bob 却又皱眉道:"不过每半年做一次 CT,对身体的辐射也是够厉害的!"

"哎呀!那怎么办?"民族女高音才松一口气,立刻又惶惶不安。

"所以要选择全基因检测嘛!"Bob 瞥一眼"佘太君"手里的取样器,"每年做一次,每次就只损失一点口水,不必接受辐射,如果结果没有突变,就完全不用担心啦!"

"对啊!"民族女高音欢呼了一声。

"阿弥陀佛!小冯啊!你可真能吓唬人!""佘太君"念了一句佛,把对 Bob 的称呼改成了"小冯"。"小冯"乘胜追击,笑着说:"万夫人,您想想,如果每年的体检里增加全基因测序这一项,那该多受欢迎呢!"

我恍然大悟,Bob 原来是在打这个主意!想想吧,万康体检有那么多家体检中心,每年给多少人做体检?如果每次体检都包含 BesLife 的全基因测序,那是多大的一笔生意?

我恍然大悟,原来 Bob 是想把万康体检变成 BesLife 的大客户!果然是个精明的商人,似乎比只顾着找投资的 Steve 更高明。

等等——有什么在我脑子里一闪——几天前 Steve 在费肯投资公司里跟郝小姐说过:"这家公司最重要的客户也在中国,绝大部分营业额都将来自中国。"我仿佛如梦初醒:莫非 Steve 也有同样的打算?不过我很确定 Steve 今早跟 Bob 通话时并没提到这个,他们根本没熟到能够密谋这种事的程度,可见"英雄"所见略同。

可是 Steve 在哪儿呢?他怎么没陪在这仅有的四位"真客"身边?我好像有一阵子没见到他了。我不禁抬头在甲板上寻找,可真是说曹操曹操到,我一眼就看见 Steve 正带领着一位大腹便便的"老绅士"向我们走来。

老绅士身穿深灰色西服,头戴深灰色礼帽,仿佛是从老电影里走出来的银行家,手持香槟杯,两颊飞着红晕。我像老朋友那样跟他拥抱,然后用拳头轻轻捶他肥硕的肩膀,用带着广东味儿的国语说:"亨利!你这老家伙!又来蹭酒喝了?你的银行放假了吗?"

老绅士高高举起香槟酒杯,声若洪钟地笑道:"哈哈!James!我可是收到了邀请的!为了这个,我坐了六个小时的飞机呢!让银行见鬼去吧！”

“竹下君为了这次观鲸派对，专程从东京飞过来的。”Steve 向“四人访问团”作出重要说明。Bob 显然还记得这位“竹下”先生的身份，开玩笑说：“明天是星期六，我希望富士山上的银行也会放假。”

两位“万康女眷”满脸困惑，Steve 非常善解人意地重复刚才介绍过的内容：“竹下君是富士银行的资深合伙人，负责欧洲区的有价证券业务。”两位“万康女眷”连忙笑着点头，Steve 朝“佘太君”挤挤眼说：“竹下君同时也是独立投资人，他只投大项目，比如，那些几亿美元的项目。”

“佘太君”讪讪地笑了两声，非常端庄地冲老绅士点头致意：“久仰久仰！”其实她从来就没听说过这位富士银行的合伙人，也不可能有任何人听说过。民族女高音也捣蒜似的点了一阵头，拍马屁道：“您的中文可真好啊！”

“哈哈！”老绅士夸张地大笑，简直就像是在演话剧，“No No No，我可不是日本人，我是中国人！就在这里——夏威夷——出生的中国人！但是我在日本长大，在日本长大的中国人通常也都会有个日本名字，这样方便一些。”

在场的几位都跟着笑起来，只有 Eva 没笑。她是对的，一点儿也不好笑。

“竹下君也许能为您介绍投资项目！”Steve 凑近两位“万康女眷”，故意压低了声音。老绅士朝我做出一个非常无奈的动作：“你这位大管家可真是麻烦！我能让他也见鬼去吗？”

我摊开双手，表示无能为力。Steve 笑道：“竹下君，这两位女士是最优质的投资者，不会让你失望的，是不是，老夫人？”Steve 转向“佘太君”，“佘太君”窘迫地笑了笑，手里捏紧佛珠。老绅士无奈地摇头说：“Steve，胃口大未必就等于优质！不过，她们的运气不错！我手头正好有一只基金，投欧美二级市场，回报率在 6%—8%，offshore（在海外注册），能避税，保密性很好，非常安全。”

“我们的运气不错啊！”Steve 欣喜地转向两位“万康女眷”。“佘太君”又在讪讪地笑，纂着佛珠的手指发了白，民族女高音也干笑了两声，低头观察自己的脚尖。Steve 果然说对了，她们根本就没想投资。Steve 却假装没看出她俩的窘态，兀自对老绅士说：“这两位高贵的女士希望能多投一点，不知……”

“只剩 1 亿美元的份额了，”老绅士不耐烦地抬手看看表，“今晚

12点——纽约的12点，也就是夏威夷的下午6点停止认购。"

"还剩三个小时……"Steve也看看表，非常体贴地询问"佘太君"，"1亿美元，是不是还太少了？"

"不不不……"民族女高音连说了一串"不"，被婆婆狠狠瞪了一眼，赶快闭嘴了。"佘太君"挺了挺胸脯，低声问儿媳妇："这会儿北京几点？"民族女高音也连忙低头看手表："9点！""佘太君"仿佛松了一口气："银行都下班了……"民族女高音又惶惶地说："是早上9点……""佘太君"忍无可忍地翻了个白眼，顺势仰望蓝天，手里一个佛珠一个佛珠地捏下去，像是在占卜祸福："啧啧，三个小时，来不及啊！"

"确实，立刻从国内弄这么多钱出来，肯定来不及！"Steve善解人意地皱起眉头，又问老绅士："竹下君，有没有不需要这么急的项目？"

"哦，不这么急的，"老绅士也仰望蓝天，手扶着下巴，突然又转脸指着Bob和Eva说，"投资他们喽！叫什么来着？他们的Start-up……"Steve连忙代答："BesLife。"

"对对！BesLife！"老绅士兴冲冲对Steve说，"请她们投资BesLife喽！Start-up肯定需要投资，A轮B轮什么的，你们到哪轮了？"老绅士再次转向Bob："你们应该有耐心吧？资金晚几天到账也没关系？你公司的估值有多少？投1亿美金，不会嫌多吧？"

老绅士的这段台词是我之前不知道的。我只知道与我有关的台词，这段不需要我参与，所以Steve根本就没告诉我。看来，Steve还是想让"万康女眷"给BesLife投资？

Bob大概也没料到话题突然扯到BesLife上，一时拿不定主意，所以看了Eva一眼。可Eva正向着海面极目远眺，似乎根本就不想掺和。Bob当然也不需要Eva掺和，他瞬间已有了主意。

"我代表BesLife感谢各位的厚爱！"Bob郑重地向老绅士和两位"万康女眷"点头致意，"BesLife的确非常需要投资！我们要用投资人的钱，去实现前人做不到的事情——让所有人都能定期接受全基因测序，让人类彻底破解基因的谜题，从此免除病痛的折磨！"Bob在演讲的结尾把目光落到我脸上，他很清楚谁才是靠谱的投资人。

我要是个路人，说不定会立刻鼓掌。Bob的确比Eva更适合当老板。Eva在瞭望海面的同时微微翘了翘嘴角，就像本指望着发现蓝鲸，却只跳出一条寸把的小鱼。还好没人注意她，所有的目光都集中在

"万康女眷"脸上，她们仿佛突发了面瘫，因为 Steve 又充满激情地补充了一句："这家公司就是硅谷的下一个独角兽！您今天投一个亿，明天就会回报 10 个亿，甚至 100 个亿！"

Steve 的确让我费解，他就像个执着而粗劣的推销员，和往日的优雅沉稳形象大相径庭。他这是在硬逼着两位"万康女眷"投资吗？但是巨额投资怎么也不可能在船上随手完成的，而且她们显然一点儿都没动心，又或者她们根本就没有巨额投资的能力或者话语权，Steve 却像是根本没看见她们那副尴尬为难的表情。

"不过，我们目前已经有了新的投资人，所以倒是并不急需融资，"倒是 Bob 看出"万康女眷"处境堪忧，试图拯救刚刚发掘的商机，"我们还是更希望能够让更多人使用 BesLife 的技术，并且从中受益！"

"是啊是啊！"两位"万康女眷"奋力点头，把目光都集中在 Bob 脸上，不敢再多看 Steve 一眼。Steve 却越发不识相地直冲着"佘太君"说："您看，他们可真是不缺投资人呢！机会太难得了！您今天投一个亿，说不定明天就变 10 个亿了！我建议您立刻跟他们签投资协议，就在这船上签！我可以请朱先生告诉船长，不签就不让这艘船靠岸！这可是造福人类的技术啊！"

Steve 越说越亢奋，"万康女眷"眼看要跳海，她们现在肯定追悔莫及，下次就算 Steve 以美国总统的名义邀请她们去白宫吃国宴，她们大概也绝对不会同意了。

"是谁说要造福人类？"

一串银铃般的声音从天而降——其实是从船的左舷飘过来的，但是我相信在"万康女眷"听来，这就是天籁之声——一起飘来的还有一阵香气。总有这么一些人能够帮你找回动物本能——你总是先听到他们，或者先闻到他们，然后才看见他们。黛安娜就是这种人。

黛安娜的出场倒是我事先知道的，因为需要我的配合。这个 40 多岁的胖女人扮演的是一位慈善家，当然不是已经过世的英国王妃，而是"尽情微笑慈善基金会"的董事，大概一个女慈善家叫"黛安娜"就更可信些。这个"尽情微笑慈善基金会"的核心业务就是在全球范围内为兔唇儿童募捐，大概也是 Steve 编造的，听上去非常缺乏想象力。

"黛安娜！你就像是从天而降！"这是我自由发挥的台词，Steve 对这部分情节的台词要求不高，只是让我"越自然越好"。

黛安娜果然也是好演员，立刻上前挽住我的胳膊说："是啊！我就是天使！一听到有人要'造福人类'，就忍不住掉下来！"她在我左脸上使劲儿吻了一下儿，发出很大的声音，其实并没碰到："Muaaa！亲爱的，非常感谢你邀请我，让我用你的船来造福人类！"

"可是我们正在谈一笔非常重要的生意。"Steve有点儿不满意。黛安娜把我的胳膊搂得更紧，娇嗔着说："你们这些商人，嘴里总是生意、生意！真让人讨厌啊！反正现在我来了，所有生意都必须暂停。我们要为人类谋福利！我想大家都同意吧？"

"万康女眷"连忙小鸡啄米似的点头说："是啊是啊，同意同意！"

"万夫人，非常抱歉！"Steve突然转向"佘太君"，片刻前的亢奋表情一扫而光，瞬间恢复了一贯的谦卑优雅，"尽管也许今天给您的推荐并不适合您，又或者，对这一类项目您还没准备好。这都怪我，是我事先对您的了解不够充分，再次向您致歉！希望没有破坏您的雅兴，请继续享受剩下的行程吧！我不会再打扰您了！"

两位"万康女眷"终于松了口气，却又非常尴尬，民族女高音连说了一串儿"不是、没有"，"佘太君"讪笑着，一时没想好说什么，Steve也没给她说话的机会，迅速转向黛安娜，微微倾了倾身子，非常绅士地说："您可以开始为人类谋福利了，我去帮您把他们都叫过来。"

Steve迅速转身走向甲板的另一侧，大声用国语、粤语、英语循环说着："黛安娜又要开始拍卖啦！大家赶快过来吧！不过最好小心你们的钱包！"

黛安娜闻言丢开我的胳膊，扬手装作要打，可Steve早就走远了，那只手只好在空中画了个圈，最终落到"佘太君"的胳膊上："千万别听他乱说！虽说是慈善义卖，也不能强买强卖的，看到喜欢的才需要收藏，不喜欢完全不需要哦！"

"佘太君"正下不了台，心中燃着怒火：什么叫没准备好？她本来就是有钱人，不折不扣的有钱人！幸亏黛安娜向她抛出了橄榄枝——这才是见过世面的人！船上这么多有身份的客人，黛安娜偏偏拉住她的胳膊，亲切地把她安置在第一排最中间的位置——为拍卖会准备的座椅早在不知不觉中摆好了——因为人家看出来了，她才是最有身份最有地位的人！

所以"佘太君"拉着她的儿媳妇非常骄傲地坐在了最醒目的位置，对黛安娜心存感激，对Steve充满了鄙视：什么现在投一个亿，明天就变 10 个亿，这不就是骗子最爱说的吗？虽说她能生出个大企业家全靠菩萨保佑，但是企业家的妈毕竟不是吃素的，不可能跟那些随随便便上当受骗的老年人一样。于是她开始感到骄傲，因为她非常机智地战胜了骗子。可她不知道，艺术品拍卖会最欢迎骄傲的客人了。

拍卖会一共拍卖了 25 件艺术品，在场的每个"客人"都买了点什么，从十几万的鼻烟壶到 100 万的钻石项链，尽管临时演员们根本用不着真的掏钱，但是"万康女眷"并不知道，她们只是在不知不觉中再次陷入困境，只不过这次的价码儿低得多。

又喝了几杯香槟，"万康女眷"越来越坐不住，尽管根本没人逼她们买什么。当一幅达·芬奇的《蒙娜丽莎》摆上来，而且起价只需 3 万美元，"佘太君"立刻就举了牌子，手腕上的沉香佛珠闪闪发亮，尽管黛安娜说得非常清楚，这幅画虽然惟妙惟肖，却只是一幅赝品："诸位，我可没本事把那个宝贝儿从卢浮宫里偷出来！不过话说回来，高级仿制品也是很值钱的！3 万美元，就是白菜价！"

"佘太君"最终以 6 万美元拍下了这幅赝品。有人跟她抢了好几轮，坚持到 55000，还好没有继续。她默默感谢菩萨的再次保佑，毕竟这是一幅名著的仿制品，世人皆知，挂在她的客厅里也很有面子，她还可以自豪地宣布，有几百名非洲的兔唇儿童因为她而重获新生，这是多么大的功德。可她不知道，这种在普通人看上去"惟妙惟肖"的《蒙娜丽莎》，在法国或者意大利花一两百欧元就能买一幅。

"佘太君"毫无保留地向坐在身边的 Bob 表达了拍到《蒙娜丽莎》的喜悦，以及已经掏过钱的骄傲。

拍卖会的座次是这样的："佘太君"坐在第一排正中间，右侧是她儿媳妇，左侧是她刚认识不久的"小冯"——Bob 大概还是不想放弃那越来越渺茫的商机，所以欣然坐在"佘太君"身边，很殷勤地时不时聊上几句。Bob 的左侧是他的妻子 Eva，而 Eva 的左侧是一张空椅子。拍卖区一共摆了 20 多把椅子，却只坐了十几个人，因此有不少空椅子，都是为我准备的。我在这里坐坐，又在那里坐坐，尽量把我的"客人们"都照顾到了。可我并没往 Eva 身边坐，Steve 不希望我在没有台词的情况下跟 Eva 和 Bob 自由发挥。其实他俩看上去才是最需要"照顾"的，尤其是 Eva，自从上船就一直无精打采，当"佘太君"成功买到《蒙娜丽莎》之后就更是忧心忡忡，就连原本兴致勃勃的 Bob 也有点儿发蔫儿，全场就只有他俩没买任何东西。

就在这时，Eva 起身走过甲板。我猜她是去驾驶舱另一侧的卫生间。我突然冒出一个念头，尽管明知这有违 Steve 的命令，可还是忍不住付诸行动。我默默计算着一个女人进入卫生间以后通常需要的时间，如果您还记得，我小时候也经常出入女厕所的，不过 20 多年前的那些简陋而肮脏的公共厕所显然是没帮上忙，所以我到达卫生间门外时谁也没碰上。我不得不手扶着栏杆假装欣赏海景，默默祈祷着不要被 Steve 发现，不然不知要扣多少工资。终于，我听到女厕所的门有响动，连忙转身走向男厕所，于是就这样和 Eva 在两间厕所之间"偶遇"了。

我们相互点了点头，气氛相当尴尬，她侧了侧身，像是要赶快走掉，我连忙鼓足勇气说："我只是想提醒您，千万别买任何拍卖品，都是完全不值钱的垃圾，而且钱也不会用到非洲儿童身上。"

大概是因为太紧张，我竟然忘了把"垃圾"读成"乐色"，因为那才是标准的香港读法。Eva 扬了扬眉，像是倍感意外，不过没提读音的问题，而是苦笑着说："你放心，Bob 是一毛不拔的铁公鸡！"

我松了一口气，心中一阵愉悦。谈话可以结束了，趁着还没被任何人发现——我完全有理由相信，船上到处都是 Steve 的眼线。可 Eva 偏偏又像是没打算立刻就走，沉吟了片刻，说道："James，我也有一件事想告诉你。"

我怔了一怔，心跳突然加速。

"你在 BesLife 的危急关头，决定给我们投资，我非常感激。"Eva 低垂了目光，像是在字斟句酌，"可是有件事我纠结了很久，总觉得应该先跟你说清楚。昨晚 Bob 跟你说，三周之内一定能完成研发，而且能把测试成本降到 100 美元。如果你的投资决定是建立在这段话上，那我请你三思。"Eva 扬起脸直视我的双眼："Bob 接管了公司运营之后，的确做出了一些改革，但是至少据我所知，研发并没取得实质性进展。我不敢保证，三周之内一定能研发成功，更不能保证，成本能降到 100 美元。"

我忍不住笑了，这倒不是装的，因为的确感觉到快乐。我很坚定地回答："你放心！不是因为那个。"

Eva 长出了一口气，仿佛卸下千斤重担，我却突然心情沉重，好像犯下了某种罪行，我感觉一阵恶心，从胃里呕出三个字："对不起！"

Eva 立刻睁大了眼睛，眼中的不解让我迅速恢复了理智——我算老几？我只是给大骗子打工的小骗子，凭什么去同情像 Eva 和 Bob 这样的精英呢？从小就在立交桥下冒充女孩子卖花儿的人，有资格同情别人吗？

"我是说 Steve ！"我立刻换上了一副"你懂的"的表情，忍不住为自己的快速反应而洋洋自得。

Eva 仿佛茅塞顿开，神秘兮兮地说："我有个问题：我曾经收到过一个 Facebook message（脸书私信），提醒我小心 Steve。那是不是……"

她没把问题说完，充满期待地看着我。我一阵欣喜，使劲儿点点头。她立刻疑惑道："可既然如此，你为什么要让 Steve 为你工作？"

"我……"我耸耸肩，无可奈何地说，"有更好的候选人吗？"

"是啊，大概都差不多。"Eva 苦笑着点点头，又说，"不过，你好像跟他们不太一样。"

Eva 说罢立刻转身走了，我也连忙转身朝着相反的方向走，有点儿头晕目眩，半天才想起来，自己本来是要假装去厕所的。

我大步流星地绕着游艇走了半圈儿，突然觉出两颊在发烧，仿佛大脑刚刚死机，这才重新启动。我连忙放慢了脚步，假装从容地走回拍卖会，心中暗暗庆幸，我跟 Eva 的"邂逅"没被 Steve 发现。

然而我又错了，什么也逃不出 Steve 的眼睛。

在返回北京的航班上，飞机突然遇上气流，Steve 就在机身开始剧烈震动的瞬间，猛抓住我的手腕，这动作在狭窄拥挤的经济舱里很容易做到——回程又没戏可演，当然是坐经济舱——他把嘴紧贴着我的耳朵，用低沉而严厉的声音质问我："你跟 Eva 说了什么？"

我心脏一阵狂跳，也不知是因为气流还是因为被审讯。自从下游艇已过了八个小时，他一个问题也没问，完全看不出任何反常之处，可偏偏等飞机遇上强烈气流，他突然开始审问我，也不知这算不算某种心理战术。我慌里慌张地回答："都不是！我只是上了个厕所！"

我心中一阵绝望，原来什么也逃不出他的眼睛。我尽量做出垂头丧气的样子说，我上厕所时碰巧遇上 Eva，没话找话地聊两句，我说那些拍卖品都不值钱，用不着买。

Steve 仍眯着眼看我，就像盯着一只猎物，我只好继续解释说："我看 Eva 和 Bob 的脸色不太好，怕他们不开心。你弄了这么一场大戏，大概不会只是为了让他们买画儿吧？"

Steve 讥讽地翘了翘嘴角，斜睨着我说："谁告诉你我不是为了卖画儿？"

我半信半疑——Steve 这么吝啬，就算真想通过卖画赚点儿外快也不是不可能，不过我还是做出十分惊诧的表情。Steve 冷笑一声说："这趟夏威夷花了多少？不靠卖画挣回来，靠你？"

我从小就对"金钱"颇为擅长的大脑迅速算了一笔账：北京到火奴鲁鲁的两张头等舱一共花了 13000 美金，从火奴鲁鲁回北京两人一共花 1300（这就是经济舱和头等舱的区别），租游艇出海 8000 多，请临时演员至少六七千，再加上住旅馆、吃饭、给我买的旧衣服，顶多 3 万美元打住。可"佘太君"买画花了 6 万，Steve 净赚了 3 万！不过就连傻子也看得出来，他这趟夏威夷之旅绝不只是为了赚几万块钱的。我试图转移话题说："老板，这个 Bob 还挺精的，他指望着让两位万女士帮忙，让万康体检成为 BesLife 的客户。"

Steve 用鼻子哼了一声，满脸不屑地说："他现在最应该指望的，是把全基因检测仪做出来。"

我连连点头，心里更加确定 Steve 也有此意，看他这副不以为然的样子，说不定是在担心，自己为了万康体检煞费周折，反倒成了 Bob 的功劳。我赶忙拍马屁说："就算万康真成了 BesLife 的客户，那也不是他的功劳。"

"你做梦呢？" Steve 充满鄙夷地看着我，就像看一个弱智，"你当请老总的老妈和老婆坐一坐游艇，就能让老总签个几亿的大合同？你觉得那俩女的，哪个能替万康老总做主？就凭你，还是别瞎琢磨了。"

我只好闭嘴，心中并不服气，我就是难以相信，Steve 费这么大的事，就只是想要卖一张假画给"佘太君"。可 Steve 已经闭上眼，像是要打盹的样子，嘴角充满嘲讽地微翘着。我也懒得多想，反正跟我没半毛钱关系，我在这儿受气，还不是为了两万块工资？我也闭上眼，祈祷着能在这狭窄拥挤的经济舱里睡一会儿。

可我耳边突然又响起低沉的声音，简直就像是梦魇。

我听见 Steve 悠悠地说："需要你做什么，我会告诉你的。"

第五章

小贼转正

京城凤冠夜旦
飞来了金凤凰

1

Steve 并没告诉我需要做什么，至少在回到北京后的大半个月里都没有，没给我打电话，也没发短信，就像是人间蒸发了，让我非常担心我的工资到底还能不能到手。

可我并没主动联系他，因为我心里很清楚，只要是他不想联系我，我根本就联系不到他。这份工作也真是邪乎，没合同、没公司、没办公地址，也没办公电话，就只有 Steve 的手机号码，不查也知道，那号码不可能登记在他的真实姓名之下。只要他认为我没用了，随时可以一脚踢开，一分钱也不会付给我。

我原以为 Steve 是个多有钱的人，可现在越来越觉得，他也许根本没钱，他花的每分钱都要找别人买单，而且还要顺便小赚一笔，上次带我去硅谷演戏是让 BesLife 出的旅费，他临时换了我的酒店，又把返程机票从头等舱改成经济舱，大概从中小捞了一笔，这次到夏威夷又是让"万康女眷"买的单，而且净赚两三万美元。可即便他有盈余，也未必会给我发工资，这家伙摆明了只进不出，对我简直就是一场赌博，还好我没投入现金成本，只投入了几天时间，勉强也算是游览了夏威夷，只可惜不能发朋友圈显摆，Steve 明确禁止我在任何社交媒体上以任何身份暴露行踪，除非是他要求的。

虽说被 Steve 雇佣了不到三周（而且实际上只干了四天），可是按照凤妈的认知，我早就开始在世界驰名的费肯公司里工作了——我是 8 月 29 号参加的国宾馆晚宴，8 月 30 号开始假装去国贸上班，到了 9 月底怎么也满一个月了，这就面临一个非常棘手的问题——

工资。

　　整个国庆假期我都躲在菩萨曾经住过的次卧里。凤妈过节比平时还忙，上午逛公园，下午打麻将，晚上总有人请客，可她总是见缝插针地往家跑，一会儿落了钱包，一会儿又加一件外套。我为了让她觉着踏实，干脆老实在家待着，飞飞酒吧也不用去了，飞哥停了我的工资，告诉我本来也早想关张大吉。

　　我在家自在了六天，10月7号就不自在了。那天是重阳节，红霞坚持要在凤妈家聚餐庆祝。以前她从来没主张庆祝过重阳节，我就知道她没安好心。她果然给凤妈提来一个稻香村的点心盒子，平时最注重实惠的凤妈竟然一句没抱怨，令我怀疑她是在跟红霞合谋，耗子倒是抱怨了："怎么花钱买这坑人玩意儿？咱妈又不爱吃！"

　　红霞倒好像一下子有了发作的借口，用少有的高亢声音说："这叫礼，你懂吗？我给妈尽点儿孝心！你给妈什么了？也有脸说！"

　　我立刻就明白了——其实早有预感——这是逼我"尽孝"的鸿门宴。今天我正巧在费肯"上班"满一个月，红霞和凤妈肯定是合谋。耗子倒是并没参与，不然也不会脸红脖子粗地跟红霞吵起来："我怎么没给？我给妈的佛珠、令牌，都是开了光的，老贵了！"

　　红霞冷笑着说："这都不是一家的，一个佛，一个道，让您给撮合到一块儿了！"

　　耗子急得要挠墙："你不懂！这是最新的流派！汲取各方精华，才能万无一失！百川归海，天下大同！你懂个屁！你出去问问，真正的大师，有我不知道的吗？我不知道的那就一定是骗子！"

　　"你瞎咋呼啥？瞎急啥啊你？"红霞翻了翻白眼儿，非常不耐烦地说，"真是皇上不急太监急！"

　　战况已经非常明显了，耗子是太监，我才是皇上，并没有高高在上，而是四面楚歌。还好耗子被另一个点刺激到了，奋起抵抗："你说谁是太监？你才是太——贱！"

　　"都贱！一群死贱肉儿！"凤妈终于按捺不住了，"这是来我这儿庆祝的吗？是来怄气的，就都给我滚出去！"

　　耗子的反抗就此被镇压，不敢吭声了。我当然也不敢吭声，心里盘算着如果凤妈真的开口，我该怎么应付。凤妈果真就开口了，以迅雷之势，我根本还来不及"掩耳"呢。

　　"桔子，我以前跟你说过，你可以在我这儿白吃白住，但条件是要到店里去给你姐帮忙。你现在自己有了更好的工作，那当然不错，但是，总要交点儿伙食费吧？"

凤妈顿了顿，和红霞快速交换了一个眼神，被我发现了。我心里明镜儿似的，当然是这个小贱人撺掇的。

"你每月工资 2 万，拿出 5000 当生活费，在寸土寸金的北京城，不算多吧？"凤妈一只手叉腰，另一只手按在饭桌上，横眉立目地开价儿。按说这价儿确实合理，可我哪有 5000 块？真后悔当初没让 Steve 预支点儿工资。凤妈见我不答，又紧逼着说，"你哥你姐都在帮着家里做生意，而且也没在家里吃住，你总得让他们服气吧？"

"反正我没怨言。"耗子小声嘟囔，"是我弟，怎么都成！"

我就知道耗子对我最好，因此非常感动，不过不敢表达，凤妈已经恶狠狠骂过去："贼屁根子，你带回家，养着他！"

耗子立刻从脑门儿红到脖根子，飞速看了我一眼，弄得我也心中一悸，总觉着有哪儿不太对劲儿。凤妈又瞥了一眼红霞，我立刻就意识到，红霞要出大招了。她徐徐从沙发里站起来，就像一条突然学会了直立行走的蛇，朝着我一扭三拐地走过来，脸上洋溢着令人七窍生寒的笑容。

"博士弟弟，妈也不是要为难你，"她倒是肆无忌惮，直接进入主题，"你能在那么牛的外企里工作，这可是咱妈做梦都盼着的！不只咱妈，我和耗子也开心啊，脸上有光！咱们家好不容易出了个外企精英，我们都指望着能沾你的光呢！"

红霞眼看就要到我跟前，我恨不得把她推开，可我很了解游戏规则，我顺势挽住她的胳膊说："姐啊！我能有今天也都亏了妈，亏了你和哥呢！可是……"我面露难色，"这不是国庆放假呢，还没发工资呢！"

凤妈从鼻子里长长地"哧"了一声，就像有一颗炮弹正穿过房顶，我浑身紧绷，等待着炮弹炸裂，等到的却是红霞娇腻腻的声音：

"知道啊亲弟！我当然知道了，那 5000 块，姐先替你垫了！"红霞转向凤妈："妈，我一会儿转给你！"

我大吃一惊。不只我吃惊，就连耗子和凤妈也都一脸惊诧。红霞搂住我，把尖下巴抵在我肩膀上，朝凤妈撒娇说："妈，我可就这么一个博士弟弟，您别为难他了，有什么事儿，我都替他担着！"

凤妈皱眉瞪着红霞，就像孙悟空瞪着白骨精："你这小妖精，又要起什么幺蛾子？"

"妈！我哪儿有什么幺蛾子？我不是一心一意都为了咱们这个家

吗？"红霞把身体扭成了天津大麻花，胳膊和胸脯紧贴着我，脸和小腹冲着凤妈，"我弟现在有出息了！您记得他上回陪客户去美国吗？是陪的黎雅雯博士对吧？对吧弟？"

红霞把脸转向我，实在离得太近，我都能看见她毛孔里油腻腻的粉底，我点点头，心里七上八下，不知她到底打的什么主意。

红霞见我点头，突然开始拼命摇晃我，声音提高了八度，激情澎湃地说："我才知道，黎雅雯博士发明了全世界最先进的基因检测技术啊！她是硅谷高科技公司的创始人啊！那公司叫什么来着？对了，BesLife！美好人生啊！是不是啊弟？"

她亢奋地瞪大眼睛看着我，我已被她晃得发晕，不敢再轻易点头，反问道："你是怎么知道的？"

"哎呀博士弟弟！虽说咱家就数你最有学问，可我们也不是瞎子聋子啊！卖了半辈子药，也能算半个医生吧？"红霞颇为骄傲地扬了扬下巴，"我们群里有人转发了……"

红霞终于放开了我的胳膊，掏出手机边刷边读："硅谷独角兽BesLife的全基因测序技术全面进驻中国，跟国内著名体检机构合作！BesLife的创始人黎雅雯堪称华人里的女乔布斯……原来我弟的客户是女乔布斯！你说我能不骄傲吗？"

我就知道 Steve 请"万康女眷"出海观鲸绝不只是为了卖画，可这也行动太快了，才三个礼拜就"全面进驻中国"了？而且，这跟红霞有什么关系？我满腹狐疑，表面却装作漫不经心地说："这也太能吹了，这些自媒体太能胡写，朋友圈里没啥正经玩意儿。"

"那可是个非常专业的大号发的，10 万＋呢！"红霞再次亮出手机，郑重其事地说，"我们群里的人都关注这个号，绝对可信的，对我们就相当于……《新闻联播》！我跟他们说，黎博士是我弟的重要客户，我弟亲自陪黎博士坐头等舱去美国考察，他们都羡慕死我了！"

红霞又抓住我的胳膊，两只眼睛就在距离我不到三寸的地方闪闪放光，脸部因为过度兴奋而显得有些狰狞，简直好像就要咬人的吸血鬼。

可她突然又放开了我，规规矩矩摆正身姿，仿佛荡妇瞬间变成了圣母。她用严肃而礼貌的语气对我说："弟，姐想求你一件事。"

我顿时汗毛倒竖，恨不得铁甲附身。从小到大，每当听到她这句话，就从来没有好事发生过。

"弟，你看能不能帮我……跟黎博士推荐一下儿'美必来'？可不是跟她推销哈！绝对不是！"红霞义正词严地说，"正相反，我是希望能够购买他们的测试呢！"

这倒真让我感到意外——红霞费这么大的事，不是为了推销，而是为了采购？

"是这样的，"红霞认认真真地补充说，"我想请 BesLife 用全基因测序仪，为我们的重点客户进行跟踪测试，每人跟踪三到五个疗程，通过全基因测序来监控服用'美必来'所带来的基因改造！"

我想起红霞时常挂在嘴边的宣传语："从衰老的皮肤到不良基因，让你从内到外焕然一新！"原以为她只是嘴上说说，推销嘛，总得吹得天花乱坠，可我没想到，她竟然真的相信"美必来"能够使基因突变，而且一定能往好了变？怎么没得诺贝尔奖呢？不过我不准备戳穿，无知的成年人是无药可救的。

"姐！你还真以为'美必来'这么管用？"耗子忍不住开口了，两只小眼睛瞪得溜圆，"咱们是倒药的，见过多少营养药？忽悠忽悠别人就成了，自己别也当真了啊！"

"滚！跟你说话啦？跟你说话啦？你懂个屁！"红霞瞬间又变回了吸血鬼，恶狠狠瞪了耗子一眼，同时非常应景地放了个响屁，一边儿揉着肚子一边儿气急败坏地说，"他妈的把老娘的屁都气出来了！"

我实在想笑，硬憋着不敢笑，红霞转身冲着我，立刻又变成真诚的圣母："真的，桔子，'美必来'是真管用！绝不忽悠你！你看我，最近皮肤这么好，体形儿也苗条了，最重要是感觉特别精神，整个变了个人！"

红霞展开腰身摆了个 pose，看上去的确瘦了不少，胸都小了，腰也细了，仿佛一把就能抓住，我从不记得她有这么瘦过。可无论她是胖是瘦，我都受不了她摆的 pose，而且屁味儿也到了。我不禁皱了皱眉，顺势做出为难的表情："姐，你要采购多少次检测？如果量不够大，我可不好意思去让人家打折。"

"哦，这样啊，"红霞似乎有些失望，不过迅速恢复了激情，"没关系！能打折最好，不能打折也没关系！只要愿意跟我们合作就可以！人家是硅谷独角兽，我怕人家不愿意搭理我们！"

红霞莞尔一笑，凤妈又"哧"了一声，充满鄙夷地别开脸。像是对凤妈的抗议，红霞又放了一个更响的屁，连忙又捂肚子，明明憋不住了，可又不舍得立刻结束谈话，火急火燎地看着我。我几乎是怀着恶作剧的心态，偏要慢条斯理地说："姐，找他们做测试是问题不大，不过，人家可能不会让你们公开检测结果呢，那些都是个人隐私，公开可是犯法的！"

"别啊！那不是白花钱了吗？"红霞急得要跺脚，可又不敢真跺，一只手使劲儿按着小腹，脸色发了白。凤妈忍无可忍地开骂："你个小淫妇，还不滚进茅房里去？趁早儿用裤裆兜紧了！你要真在地上给我整出点儿汤汤水水儿的，看我不让你用舌头舔喽！"

"好吧好吧，姐你放心，我帮你问问！"我也有点儿心软了，主要也是怕凤妈朝我发飙——凤妈脸色越来越难看，乌云密布！

红霞飞速丑进厕所，被细腰勉强连接的上下身仿佛失了控，让人忍不住想笑，好像硬逼着一条蛇直立行走是一件既残酷又好笑的事情。耗子笑着说："都是'美必来'整的，整个儿一泻药！妈！您可千万别吃那玩意儿！只要把佛牌供养好了，什么都不用吃！"

"放屁！饭也不用吃？"凤妈果然气不顺，肯定也顺不了——红霞怂恿凤妈逼我交伙食费，然后再给我解围，这才好求我办事儿。凤妈给她当枪使了，却又不能发作——不能让人看出来她在受红霞的摆布，气都憋在肚子里，绝对不会善罢甘休。

果不其然。凤妈趁着红霞在厕所里，直瞪着我问："你到底什么时候发工资？"

"节后！节后就发！"我硬着头皮说，心虚得不得了，今天是国庆假期的最后一天，明天就该"上班"了，Steve还杳无音信呢，工资上哪儿领去？

"节后？现在就是节后。具体哪天？明天？还是后天？"凤妈眯起眼睛，手指敲着餐桌桌面，"你老老实实把两万块摆在桌子上给我看看，我立刻就让你都拿走，一分钱都不要！"

我心里一沉，知道凤妈被红霞这么一煽惑，又开始怀疑我的新工作，本想着过了节还能再多拖几天，没想到这就被逼到南墙了。

可我的手机突然在裤兜里响了，听上去简直就像是从天堂传来的圣歌——我有个习惯，为重要的人设置不同的手机铃声，当然也包括 Steve。

我立刻信心十足地对凤妈说："妈，三天之内，我一定把伙食费转给您！"

2

Steve 打电话找我当然不是为了给我发工资，他是又需要我"登场"了。

过去的两个多礼拜虽然没我什么事，Steve 大概并没闲着，不然也不会突然冒出来这么多新闻——我上网搜了搜，果然搜到一系列有关 BesLife 的报道，内容大同小异，基本都源自红霞所说的那篇"10万+"的大号文章，核心内容有两点：1. 世界上首台量子光学全基因测序设备——LS1.0（Life Star 生命之星 1.0）——即将研发成功；2. 硅谷高科技独角兽公司 BesLife 将要和国内某大规模体检机构合作，把 LS1.0 引入中国。文章并没透露体检机构的名称，不过发表了两张照片，都是在观鲸游艇上拍摄的，第一张是 Eva、Bob 和两位"万康女眷"站在甲板上的合影，照片的备注里只标出了 Eva 和 Bob 的姓名和头衔，没有公布另外两位的身份，但不言而喻，两位一定和 BesLife 关系密切。第二张照片是单人照，"佘太君"就像高举冲锋号一般举着唾液取样器，照片的备注里也没公布"佘太君"的身份，只写着"BesLife 的全基因测序技术只需几滴唾液"，但是肯定有人认出这是万康万总的亲妈，所以有些二手报道中已经出现了"万康体检"。

我不由得想起那位穿"雨衣"的网红女作家，说不定那篇大号文章就是她写的。按说那两张照片有侵权嫌疑，但是万康公司和两位当事人都保持了沉默，大概是担心维权就等于公开承认万康和 BesLife 关系密切。我不知万康和 BesLife 到底有没有达成合作，不过不管合不合作，万康似乎都只能保持沉默，Steve 的这一招的确高明。

我想我的出场也许是比较关键的一步，我得借着这个机会让 Steve 预付一部分工资给我，可我没太大把握，因为上个月就只工作了四天，还得算上来回坐飞机的时间。

第二天一早，我照例假模假式地去国贸"上班"，这回是耗子开车送我，红霞拉了一夜，被凤妈撵着去了医院。我本想趁机说不用送，又怕凤妈再起疑心。

耗子自从上五台山拜师，这还是头一回开车送我，照旧是一身黑西服三件套，黑领带，黑墨镜，腰板儿挺得笔直，散发着我给他买的阿玛尼香水的气息。

我趁着耗子开车的工夫，假装漫不经心地提起上回红霞带着凤妈突袭飞飞酒吧的事儿，想探探耗子知不知道些缘由——这事一直让我心里不踏实。耗子神色似乎有点儿紧张："桔子，以后你使手机得小心点儿。"

我顿时心中一紧，果然是手机出了问题，我问耗子："她在我手机里装东西了？"耗子立刻摇了摇头。这让我更担心，细思恐极："难道，她能找人定位我的手机？"耗子更坚决地摇了摇头，还呵呵笑了两声，可我一点儿不觉得好笑，我使出杀手锏——伸手胡噜耗子的后脑勺，亲亲热热地说："亲哥，从小儿就你最疼我……"

"又鸡巴瞎摸！开车呢！"耗子摇头摆尾地躲开我的手，从耳朵一直红到脖根子，我知道他其实挺受用。果然，他慢吞吞道："你的交友 APP ！"

我若有所悟：莫非是我曾经用来"钓"亚瑟的那款 APP ？那玩意儿的确有定位功能，能让你判断出某个正在登录的会员大概在什么位置，但红霞怎么也会用这种跟女人毫无关系的 APP ？而且即便她用，又怎知哪个是我？我的头像又不是本人的，我就只在勾引亚瑟的那天下午换上了自己的帅照，但得手后立刻就换掉了，一共也没几个小时，怎么偏偏就被红霞发现了？

还没等我提问呢，耗子的脸已经涨红了，我就知道这事儿跟他有关系。我故作平静而且语重心长地说："哥！不论怎样我都不会怪你，可我得弄明白，这到底是怎么回事儿！不然，我夜里睡不着！"

"哦，其实，是我'关注'了你……我一直都在用这个 APP，然后我发现，有个人老是离我挺近……"耗子忸忸怩怩，脖子紫得像猪肝，"有一天，我发现那人的头像变成了你的照片，我确定那就是你。"耗子突然有点儿悲愤："我一直以为……以为你不是呢！"

我脸上也发了烧，只感觉跳进黄河也洗不清。

"可我不是成心出卖你的！是有一次，红霞偷看我手机，被她发现了。因为……我把你的备注名改成了'我弟'……"

我这才恍然大悟，红霞带着凤妈突袭飞飞酒吧那天，我的确在酒吧里点开过那个 APP，而且前几天也点开过几次，本想看看亚瑟在我"逃婚"以后有什么反应，没想到被红霞发现了我的行踪！这个小贱人肯定也注册了一个用户，在暗中盯着我！还好我最近几乎把亚瑟忘了，所以一直没再用过那个 APP，等会儿就把它删了！

可是这还没能解开我所有的疑惑。比如，红霞又是怎么发现亚瑟要跟我结婚的？我沉着脸问耗子："可脸书又是怎么回事？"

"也是我。"耗子额头冒了汗，"我看你跟那个老外互相点赞，就看了看他的资料，里面有脸书账户，我就下了个脸书，翻墙上了……"

我简直太吃惊了！从来都没想到，傻到缺心眼儿的耗子竟然也能当侦探！我心里乱糟糟的，一时理不清楚这到底说明了什么，也不敢再看耗子，生怕和他目光交接，还好国贸到了，我正要开门下车，耗子突然出手按住我。我心里一惊，仿佛在劫难逃，还好耗子并没说出我以为他要说的，就只是从衣兜里掏出一样东西——一个小玉佛，看上去比他送给凤妈的那些都更精致。

"开了光的，知道你不信，戴着玩儿吧！"

耗子把小玉佛塞进我手里，向我抱歉地笑了笑。其实该道歉的人是我。我鼓起勇气，很郑重地说："哥，我真的不是。这么多年，我其实知道你想什么，可我一直假装不知道。因为我怕失去唯一的亲哥。"

耗子点点头，朝我摆摆手。我拿起小玉佛亲了亲，把它戴在脖子上，匆匆下了车，逃进国贸 A 座的旋转门里。

3

下午 7 点，我和 Steve 在南三环的一家又老又旧的酒店里碰面。Steve 选择这个时间，大概是为了不负责晚餐，选择这种地点，是为了避免遇到"圈子里的人"——外企高管、国际范儿的名流和富豪，通常不会在这种酒店里出没。

Steve 拉了一只拉杆箱，里面装着给我准备的行头。他这次给我准备的是一套闪闪发亮的深紫色瘦款西装，看牌子是范思哲，但鬼知道是不是真的，黑色丝绒翻领又细又长，有点儿燕尾服的意思，配深蓝色丝绸衬衫，还有一条大红丝巾，像是从衬衫领口里冒出的火焰，看上去非常妖娆。这身衣服似乎挺新，而且没有异味儿，Steve 看我研究衣服，漫不经心地来了一句："租的，注意点儿，别弄脏了。"可这的确有点儿难度——在国营酒店的公共男厕所里换衣服，很难保证完全不弄脏，可即便是再便宜的酒店，他也绝不会为了换衣服就租一间客房的。

不过 Steve 租了非常名贵的跑车，车就停在酒店停车场里，银灰色的阿斯顿马丁，邦德限量版，全球一共 150 辆，全中国只有六辆，北京据说就只有两辆，而我——神秘的朱公子——拥有这两辆里的一辆。就像夏威夷的那艘游艇，我要理直气壮地把它当成是我的。

Steve 让我开车，因为买得起超级豪华跑车的人，通常不会把方向盘交给别人。这还真让我犯怵。我当然会开车，只不过并不常开，因为凤妈的两辆车平时都由红霞和耗子管理，而且这跑车实在太吵，踩油门儿就像踩地雷，轰隆一声巨响，让我惊慌失措，弄得 Steve 也有点儿紧张，反复恐吓我，就算只是蹭一下儿轮胎，我一个月的工资也赔不起。

还好行车路线并不复杂，只需沿着三环慢慢儿开。目的地是东北三环附近一家非常时髦的高级酒店，跟刚刚那家天壤之别。

我们晚上9点到达酒店，邦德跑车轰隆隆地发出预警，让酒店的两位门童严阵以待，毕恭毕敬地替我和Steve开车门。我按照Steve事先指示的，直接把车钥匙扔给门童，这动作让我非常满足，因为我也曾在酒店干过门童，毕恭毕敬地给别人拉车门，所以有种"媳妇熬成婆"的成就感。

我从衣兜里掏出墨镜戴上，反正也不需要看清别人，只需要被别人"看清"——我今晚的戏份，是在酒店顶层酒廊里举办的非常高调的盛装派对上扮演一位非常"低调"的神秘客人，不需要台词，但并不比之前几次容易，因为我需要表演"放电的眼神"——这是Steve的原话，听得我直起鸡皮疙瘩。还好他没让我在廉价酒店的男厕所里练习"放电的眼神"，两个时髦的年轻男人鬼鬼祟祟挤在一个格子里，足以让人浮想联翩了。

我们到达时，派对已经进行过半，平时被菲律宾女歌手和爵士乐队占据的小舞池中正簇拥着一群盛装的女人，女人们正在把一个优雅的洋人老头儿往舞池外面推，当然不是暴力的推，而是打情骂俏的，为首的身穿金色大波浪裙装的金发华人女性用英语说着："亲爱的巴菲特先生，今天是我们'girls'的'party'（女孩子的派对），你的任务已经完成了，可以去休息啦！"边说边把双峰顶在外国老头儿后背上，老头儿依依不舍地挤进舞池边的一大群人里，金发女主持人立刻发出刺耳的喊声："让我们再次感谢纽林太平洋集团总裁巴菲特先生为我们的巾帼英雄们加冕凤冠！"

Steve凑到我耳边解释：这位洋人老头儿是今晚的大金主——总部在纽约的超级跨国集团纽林太平洋集团的名誉董事长，Joshua Buffet，他其实跟大名鼎鼎的巴菲特老先生没任何关系，不过似乎很喜欢别人暗示这种不存在的关系。

今晚派对的主题是"京城凤冠加冕之夜"——评选在北京这座举世瞩目的国际化大都市里有资格"加冕凤冠"的女性，说到底只是个花里胡哨的公关噱头，给跨国公司和高端时尚品牌打广告，鬼才知道评选标准是什么，是钱？是知名度？还是社会地位？谁又有资格获选？资格当然不重要，重要的是各路媒体铺天盖地一通宣传，这种既洋气又体面而且相当富贵的活动，大概很适合精英们的口味。当然这只是我这个屌丝的臆测，可我实在不能不被震慑，因为大喇叭里发出骇人的声音：

"她们是碾压全世界男人的巾帼英雄！"

金发女主持人冲着麦克风声嘶力竭地宣布，就像是在摇滚演唱会的压轴曲目上吼出最后一句，四周立刻响起一片欢呼和口哨声。这酒廊里挤满了人，里三层外三层，个个手持酒杯，不论男女都很妖艳，我这一身已经算规矩了。

Steve 带我挤过人群，在舞池边的位置坐下，酒廊里挤了这么多人，也不知为什么有一半儿的座椅都空着，也许这些红男绿女就喜欢贴身挤在一起。空旷的座椅区倒是给 Steve 提供了表演空间——他又开始扮演家奴，充分制造出非常"VIP"的感觉，我戴着墨镜也知道，不少人交头接耳地偷看我。

舞池里的女人们正在举行"加冕仪式"，人人头戴金色皇冠，听主持人跟她们互动能猜出来，有两个女 CEO，几个社交名媛，还有一个二线小明星，可我并不认识，我也不需要认识，Steve 早交代过，别人都不重要，重要的就只有金发女主持人——Lili Lin。还好她面若银盘，身材高大丰满，看上去非常豪迈，在一群一模一样的整容脸里非常显眼。

Lili Lin（林莉莉）是京城超级名媛，哥哥是某"一把手"，姐夫是某协会会长，父亲则是"退下来的"——Steve 在介绍林父时就只说了这四个字，同时神神秘秘地指了指天，仿佛他是从玉皇大帝那儿退下来的。Steve 随即郑重地说：莉莉小姐的父亲并不重要，重要的是她的男朋友——香港王冠集团的新总裁，Max 王。

我隐约觉得这名字耳熟，一时想不起在哪儿听过，Steve 也没解释这位 Max 王为什么重要，莫非他又想从香港王冠集团骗投资？他已经放弃费肯投资了？可是话说回来，费肯投资的郝总才貌双全，算得上女中豪杰，这"京城凤冠加冕仪式"难道没她的份儿？

我不禁抬头张望，当然不敢太夸张，不能让 Steve 看出来我在找谁，也没敢摘掉墨镜，可我还是一眼就看见了——不是郝小姐，而是她的前台秘书，趾高气扬的胡同大妈，远远坐在最后一排，身穿刺眼的紫色晚礼服，简直就像是从动画片儿里钻出来的茄子精，她不仅衣着很尴尬，表情也很异样，脸色非常凝重，也不知是担心还是怨愤。

看来我的直觉是对的，郝小姐就在这酒廊里，可我并没找到她，显然不在舞池的那群"女王"里。主持人莉莉小姐一边护送"女王"们离开舞池，一边随着音乐扭摆，动作极富野性，双峰就在我眼前一鼓一鼓的，仿佛随时都有爆炸的危险。转眼间，舞池里只剩莉莉小姐，她站稳了脚跟，提起一口气，像是要做最后的总结发言，震耳的摇滚乐很配合地戛然而止。

"Ladies and Gen……"莉莉小姐刚一开口就被打断了，一个助理模样的小男生慌里慌张跑进舞池，手拎一只凤冠，小声跟莉莉小姐耳语了几句。莉莉小姐眉头一皱，连忙从胸口抽出一张小卡片，凝神看了一眼，大惊失色道："Oh my God（我的上帝啊）！我落了一位凤冠得主！真该死！"

喧闹的人群顿时安静下来，仿佛都因为这突发的变故而摸不着头脑。莉莉小姐接过凤冠，用另一只手再度举起那张小纸片，高声读道："2019 纽林太平洋京城凤冠之……"她使劲儿皱着眉，好像一行字的后半段没印清楚，'之 CBD 金领新秀桂冠……获得者，郝依依女士！"莉莉小姐回头瞥了一眼小舞池的斜后方，那里颇有仪式感地铺着一条红毯，是为获奖者上下台准备的，刚才还挤着一群人，这会儿很空旷。她扫视全场："郝依依女士？郝依依女士在吗？"

我扭头去看"茄子精"，果不其然，她身边已多出一个人，正是美丽的郝依依小姐，穿着一身黑白条纹的连衣裙，很雅致而且轻松活泼，只是此刻她的表情不太轻松——她正蜷缩在椅子里，有点儿意兴阑珊，"茄子精"——费肯投资的前台大妈——正笑着推她。

郝小姐果然也是"女王"之一，只不过看上去和别的"女王"都不搭——她太年轻，太漂亮，而且不是整容脸，不用浓妆也不用艳抹，轻松秒杀那群半老徐娘。刚才她并不在座位上，是不是到红毯边准备登场呢？那会儿那里挤满了人，就算她站在那里，我也有可能看不见。明明获了奖并且受邀参加派对，却被晾在台边，肯定尴尬死了。难怪刚才前台大妈一脸焦虑，不过现在笑逐颜开了。

目光犀利的莉莉小姐也发现了座椅区里的小骚动，眉开眼笑地招手说："你就是郝依依吧？实在是太抱歉啦！那就请你快上来吧？"

郝依依被大妈一阵猛催，半推就地站起身，不慌不忙地整理了一下衣服，大大方方走向舞池，四周立刻响起口哨声，比刚才的更长也更尖，令我忍不住怀疑：这是不是专门为她设计的桥段，好让她显得更加重要？

莉莉小姐走到舞池边迎接郝依依，同时自嘲地说："Sorry 啊各位，你们看我这个人，字儿一多就自动屏蔽，没文化真可怕！"四周一阵窃笑，莉莉小姐把郝依依一把拉进舞池，并没经过红毯，又冲着众人竖起拳头，一根一根地竖起套着大戒指的手指头："别笑啊，我真的就只能记住四个字的，比如'时尚桂冠''魅力桂冠''人气桂冠'，可你们自己数数，'CBD 金领新秀桂冠'，多少个字儿？你们说起这个名字的人，知道自己在说什么吗？"

莉莉小姐话音未落，众人又哄笑起来。郝依依怔了一怔，似乎有点儿惊诧，主持人竟然这么直接地调侃她的奖项。莉莉小姐立刻冲她做了一个特别夸张的笑脸："开个玩笑！亲爱的！你是最棒哒！"

郝依依很配合地恢复了甜美的笑容。莉莉小姐清了清嗓子，示意大家安静，恭恭敬敬地转向郝依依，把凤冠用双手呈上，动作正式得有点儿夸张。郝依依受宠若惊，连忙用双手去接，莉莉小姐却又突然收回了手，扭头瞪眼看着大家，活像个专门捉弄人的滑稽演员，她大惊小怪地说："我哪有资格发奖啊！得叫颁奖嘉宾来！巴菲特先生呢？巴菲特先生？"

郝依依只好把僵在半空的双手收回去，表情有点儿尴尬。我在台下也看不太明白，不知这到底是为了突出郝依依，还是在故意奚落她。

台下无人应答。众人也都四处寻找，巴菲特先生无影无踪。

"这可怎么办？谁来给郝依依小姐颁发凤冠？"莉莉小姐摊开肉墩墩的长胳膊，无奈地转向郝依依。

郝依依也无奈地耸了耸肩，顽皮地一笑，表示她既不难堪也不在意，就当这是一场游戏。

"我！我愿意为郝小姐颁奖！"角落里突然一声高喊。众人循声望去，是个英俊的中年男人，穿深色紧身西装，脸上挂着精英常有的高傲神情。我立刻认出了他——他正是在旧金山 W 酒店的鸡尾酒会上钻进珠帘里来的人，对了！他就是 Max 王，香港王冠集团的董事长，可 Steve 怎么说他是莉莉小姐的男朋友？我还以为他跟耗子和亚瑟的趣味相投——我分明记得他捏着香槟酒杯时的兰花指。难道他跟我一样，也是被当成女孩儿养大的？

莉莉小姐顿时两颊绯红，娇嗔着说："你瞎掺和什么，你算老几啊？看人郝小姐长得美是不是啊？"四周又是一阵哄笑。

"Lili 你别假公济私啊！人家王冠集团也是赞助商呢！"有人起

哄。另一个立刻回应："不可不防啊！董事长夫人替董事长发吧！"

莉莉小姐脸更红，一改豪迈作风，竟然扭捏起来。站在她身边的郝依依却阴沉了脸，一丝笑容都没了，微微眯起眼睛，满怀敌意地盯着 Max 王，这让我更加好奇，郝依依跟此人有什么过节儿？

Max 王却似乎并没注意到郝依依的表情，或者根本就不在乎，依然自顾自走向舞池，边走边说："谢谢大家！我非常荣幸今晚能为郝小姐颁发……颁发什么来着？"

人群里窸窸窣窣几声窃笑。郝依依脸色更加难看，目光中充满警惕。坐席里突然一声高喊，妥妥压过了笑声：

"不成！"

全场人的目光都顿时被吸引，完全不必寻找就能立刻发现目标——发言者已经愤然起身，正是费肯投资的前台大妈，一手叉腰，一手指着舞池里，疾言厉色道："这个人不配！他不配给任何人发奖！"

莉莉小姐表情错愕，大概没料到半路会杀出个程咬金，不过竟是这样一位茄子似的大妈，不禁轻蔑地问："你哪位？谁请你来的？"

"你们请我来的！我有请帖！"大妈毫不示弱，变魔术似的抽出一张请帖，指点着 Max 王说，"你倒是该问问，是谁把这个人渣请来的？"

"怎么张嘴就骂人？你认识人家吗？"莉莉小姐无限鄙夷地说，随即转向 Max 王："你认识这人吗？"

Max 王立刻摊开双臂，满脸无辜地耸了耸肩，又朝着郝依依扬了扬眉，像是在说，我可不认识，你认识吗？那表情既傲慢又轻浮，仿佛他和郝依依不但认识，而且很熟，甚至还有几分暧昧。郝依依厌恶地皱了皱眉，紧绷着脸一语不发。全酒廊的人都因为这突然的变故而兴趣倍增，有些人窃窃私语，也有几只闪光灯在闪，大概是受邀而来的媒体，还有不少人掏出手机，也不知是拍照还是录像，这让莉莉小姐有点儿紧张，一时不知该说什么。

"姓王的，你敢说不认识我？"前台大妈怒视着 Max 王，苦大仇深地说，"这么快就把前员工给忘了？我可没忘了您！费肯中国的大老板……"

"辉姐！"郝依依低吼了一声，前台大妈立刻住了口，可又十分不服，哀怨地看着郝依依。

莉莉小姐终于回过神儿来，满怀疑惑地问郝依依："亲爱的，她是在说你吗？你不就是费肯中国的总经理吗？”

“是前CEO！”Max王接过话茬儿，故意加重了“前”字，冷笑着把目光转向郝依依，“是费肯中国的前总经理，费肯史上最年轻的区域总经理。只不过好像没干几天？很可惜啊！听说是费肯的董事会认为郝小姐实在太年轻，经验也不足，不太能胜任中国区总经理的职位？”

“胡扯！”被郝依依称作“辉姐”的前台大妈忍无可忍，不顾老板的眼神，用更嘹亮的声音吼道，“没干几天的是你！郝总是平级调动！她现在是费肯投资有限公司的总经理！你们发的请帖上白纸黑字儿印着呢！认字儿吗你？也太欺负人了！通知人家来领奖，原来是要往人身上泼大粪？”

大妈挥舞着名片大步往舞池里冲，就像挥舞着一把无形的战刀。我虽然还没弄清楚Max王和郝依依之间到底有什么过节儿，但这位前台大妈让我有点儿刮目相看——按说她就只是个公司前台，对老板竟然如此死心塌地，赴汤蹈火在所不辞，外企里也有这种人？

“各位！各位！”莉莉小姐生怕大妈跑进舞池，把颁奖晚会彻底变成一场闹剧，可又不想直接对付这个粗鲁的女人，只好展开双臂对众人高喊，“我们正颁发凤冠呢！这可是京城女性最值得骄傲的奖项！你们别捣乱啊！让人家把奖发完了……”

“为什么要调动呢？”Max王打断莉莉小姐，似乎并不想立刻结束这个话题，阴阳怪气地问郝依依，“是不是业绩不够好？”

莉莉已来不及再说什么，前台大妈转眼已经跑进舞池，硬插进几人之间，继续挥舞着名片，朝Max王骂道：“放屁！是因为郝总能力强！费肯决定在中国创立投资公司，开辟新领域，当然要找能力最强的当总经理！嫉妒死你！”

Max王立刻皱眉掩鼻，好像闻到了口臭，台下又一阵窃笑。莉莉小姐恼羞成怒，呵斥前台大妈道：“请你注意语言，这儿可不是菜市场！”

这个比喻倒是恰当——这位大妈果然颇具“菜市场”气质，不过让我感觉亲切。

前台大妈本来还想还击，被郝依依用眼神制止了。郝依依沉默了这一阵子，脸色渐渐变了，变得若无其事，嘴角甚至还出现一丝笑意，她不紧不慢地对Max王说：“王总，您从费肯离职已经有……快一年了吧？据我所知，您也没能留在费肯的董事会里……当然，您也许见过董事会的决议——任何人都能看到上市公司的董事会决议。可您大概不了解董事们的想法吧？"

说实话，我对这位郝小姐越来越佩服，年纪轻轻却很能稳得住阵脚。我不禁偷看了 Steve 一眼，他似乎很满意，一点儿也不焦虑，泰然自若地欣赏一出好戏。这出戏到底有多少是他导演的？

"我有我的 source（信息渠道）。" Max 王也不动声色地答了一句，不过似乎少了一点儿气势。莉莉小姐见颁奖仪式有失控的风险，早已如坐针毡，连忙赔笑插话道："什么董事啊、source 啊，人家开 party（派对）呢，谁让你们聊这些了？快下去快下去！哈哈哈哈……"

"真不错，有 source。"郝依依挑了挑眉，只当没听见莉莉小姐所言，继续对 Max 王说，"我可没有，只能自己去纽约开董事会。"

郝依依的言外之意：你有 source 算什么？我本来就是董事会的一员！郝依依年纪轻轻，能在费肯投资当总经理就够牛了，竟然还是费肯全球集团的董事？既然能成为董事，就一定得是大股东之一，她是多有钱？或者有个多有钱的爹？

果然又有人吹口哨儿，而且多了几只拍摄的手机。今晚的嘉宾一定很过瘾，没想到一场冠冕堂皇的颁奖礼变成了精彩的舞台剧。莉莉小姐显然愈加焦虑，用目光向 Max 王求助。Max 就当没看见，重整旗鼓，扬起下巴，越发傲慢地说："对哦，你是董事。但董事不一定非要在公司任职吧？你是怎么向董事会承诺的？你出任费肯投资总经理好几个月，一个项目都没找到，一分钱都没投出去，你打算怎么跟他们解释？"

"各位！" Steve 突然站起身冲着舞池高喊一声，立刻把众人的目光都吸引了过来。我保持着坐姿，朝舞台方向点了点头，嘴角轻轻一翘，没有摘掉墨镜，为了让"放电的眼神"充分"放电"，Steve 要求我在放电之前都不能摘掉墨镜。可他并没告诉我到底要对谁放电，就只安排了暗号，让我随时待命。舞池里一共就三位女性：莉莉小姐、郝依依、前台大妈。肯定不是前台大妈（希望不是！），剩下两位，我还真说不清。

舞池里的几位发现眼前突然站起一个人，不禁同时一怔，郝依依是反应最快的，迅速露出甜美的笑容，冲我们招手说："Steve，James！你们好啊！"

Steve 朝郝依依欠了欠身，快步走进舞池，对主持人莉莉小姐说："尊敬的林女士，请原谅我的鲁莽，我也很赞同您的意见，这是尊贵而欢乐的派对，不该讨论公司业务。"

"Yes！Yes！"莉莉小姐连连点头，仿佛见到了救星。Steve 再次向郝依依欠身说："郝总，我能不能向您提出一个请求？"

"当然！"郝依依也优雅地点头。这两人简直就像是在表演莎士比亚的话剧。

"能不能容许王冠集团的全球 CEO 为您颁发凤冠？"Steve 指指站在一边的 Max 王，然后压低了声音说，"主要是我希望这场颁奖礼快点结束，有个重要的消息要告诉您。"

Steve 做了个鬼脸，又款款地看了一眼 Max 王。郝依依立刻点点头，还没来得及开口呢，Max 王先说："Steve！要不还是由你来颁发这只凤冠吧？既然你也是郝小姐的朋友，她一定会更开心的。"

郝依依闻言一怔，大概是没料到 Max 王也认识 Steve。Steve 耸了耸肩，把目光转向莉莉小姐，像是在寻求主持人的同意。

"你说呢？Lili？"Max 王转脸去问未婚妻，莉莉小姐连忙点头，正要把手里的凤冠递给 Steve，突然又想起了什么，红着脸问："我该怎么介绍您呢？"

"Steve，世界上最厉害的商业调查师，现在是华尔街最厉害的 FA！"Max 王替 Steve 回答。

莉莉小姐立刻笑得更加夸张，用双手把凤冠捧向 Steve，就像那凤冠是授予 Steve 的。

"授奖仪式结束！"郝依依手疾眼快，从莉莉小姐手里抢过凤冠，举在手里朝众人挥了挥。酒廊里顿时一阵欢呼。莉莉小姐忙向某处做了个手势，打在舞台上的聚光灯骤然熄灭，摇滚乐紧接着又响起来，灯球发出的碎光随着节奏漫天乱舞，酒廊瞬间变成了迪厅。

郝依依扭头对 Steve 说："好了，结束了，咱们走吧，这里太吵了。"

"郝总，稍等。"Steve 沉吟了片刻，说道，"有一位很重要的人物，今天也在现场，我想应该让他和您……还有王总……打个招呼。"

Steve 和 Max 王对视了一眼，似乎早有默契。郝依依略带嘲讽地瞥了我一眼，似乎终于意识到（其实我也是这会儿才意识到），Steve 要把我——朱公子——介绍给 Max 王，Max 王要成为她的竞争对手了。

我猜就要轮到我上场了，连忙把跷着的二郎腿放平了，等待 Steve 邀请我上台。可他并没转向我，而是侧身向远处招手。

然后我看见两张熟悉的脸，从层层人群后面露出来。我的心一阵狂跳，难道让我向她放电？还当着她老公？

Steve 转向郝依依和 Max 王说："我很荣幸地向二位介绍——硅谷高科技生物公司 BesLife 的创始人及 CEO，Eva Lee 博士，以及她的丈夫，BesLife 的 COO，Bob。"

4

Bob 和 Eva 于傍晚抵达北京。飞机晚点一个小时，又赶上进海关时人山人海，耽搁了不少时间，差点儿打乱了 Steve 的计划。

幸亏费肯投资的前台大妈半路杀出来，把凤冠派对多少拖延了一会儿。Steve 后来告诉我（出于"培训我"的目的，也有点儿炫耀的意思），前台大妈的突然登台确实让他有点儿担心，这位大妈完全不在计划之内，而且根本不按套路出牌，还好 Steve 对其他人——郝依依、Max 王、莉莉小姐——的判断都很准确，所以局面并没失控，顺利实现了他预期的效果——让 BesLife 这头"独角兽"同时出现在两个"猎人"——费肯投资的首任总经理郝依依和王冠集团新任董事长兼总裁 Max 王——面前，造成竞争压力。

而更妙的是，这两位竞争者之间，还存在着非常微妙的关系。按照公开的信息，就在大约两年前，香港王氏家族——也就是王冠集团的实际控制人——通过巨额投资成为费肯集团的最大股东，王氏家族年轻的继承人 Max 王也随即成为费肯中国的总经理，但两个月后就被迫离职，按照股权记录，王氏家族所持的费肯股份也被转移给一家神秘的离岸公司，离岸公司的实际拥有人不详，显然不是王氏家族，不然 Max 王也就不必离开费肯了。三个月后，郝依依被任命为费肯中国的总经理，取代了 Max 王之前的位置，这么个年轻的中国姑娘，又没海外留学或者工作经历，显然是靠着强硬的背景。不难想象，郝依依和那一大笔转入离岸公司的股份大概有点儿关系。

以上是可以公开查证的消息，下面是难以考证的传闻：据说就在 Max 王在费肯北京就任期间，跟同在国贸 A 座的另一家公司的小职员郝依依建立了暧昧关系，但不久又迅速分手了，大概不是好聚好散，不然也不会发生今晚酒廊里的一幕——Max 王明显就是在伺机羞辱郝依依，一个大男人阴阳怪气、小肚鸡肠，非常令人讨厌。不过郝依依的确没在费肯中国总经理的位置上停留太久，就任不到半年，费肯集团在中国组建投资公司，她随即调任费肯投资（北京）有限公司的总经理，有传闻说是因为她不具备管理费肯集团核心业务的能力，但考虑她在董事会里的重要位置（代表费肯大股东），又不能直接把她解职，就只能"平级调动"到本来也还没开展任何实质业务的费肯投资。郝依依上任三个月，还没做成一个重要项目。虽说费肯董事会大概本来也没对费肯投资寄予厚望，但这下子也就能抓住郝依依的把柄了。

Max 王虽然对郝依依冷嘲热讽，其实他在王冠集团的处境也跟郝依依有些类似，虽说 Max 王的父亲——王冠集团的前董事长王凤儒——已经去世一年多，王冠集团的各项主要业务依然掌握在前朝元老手里，而且基本风调雨顺，新上任的年轻总裁基本是个傀儡，唯一能立竿见影的地方也就是投资了，反正钱是现成的，找几个顾问、做几个尽职调查，赶上盛世立刻就有了业绩，并不像开拓新市场或者建立新生产线那么麻烦。

因此 Max 王和郝依依的当务之急，都是尽快投资一家优质的初创公司，最好当前的估值不高，但是有潜力在短期内迅速增值，并且能够频繁制造头条新闻，让投资者名利双收。所以 Steve 就借着这场京城凤冠评选，把 BesLife 这头"准独角兽"同时摆在这两位既需要项目又势不两立的投资人面前。

这次凤冠评选本来并没有王冠集团的事，Max 王靠着未婚妻——京城名媛莉莉小姐——成为赞助商之一，没出多少钱，倒是蹭了个"冠名"——Max 王通过媒体大肆炒作了一下，暗示"凤冠"的"冠"字就代表"王冠集团"，顺便宣传由他直接领导的王冠投资公司。在莉莉小姐的周旋下，主办方和主要赞助商都对此睁一只眼闭一只眼，不过，火眼金睛的 Steve 绝不会放过这个良机，他动用了一些关系，让评选增加了一个奖项——"CBD 金领新秀桂冠"，评选条件几乎就是为郝依依特设的：北京 CBD 的女性外企高管（至少是区域总经理级别）、中国人、年龄不超过 30 岁。

郝依依接到了参加凤冠授奖礼的邀请，丝毫不知 Steve 与此有关，也不知主持人是死对头 Max 王的未婚妻，更不知 Max 王将会以赞助商的名义出席，可她知道这是在京城时尚界颇具影响力的活动，早在一个月前就在《Timeout 北京》杂志上见过广告，朋友圈里也见过好几次。一个年轻貌美而且饱受争议的职业女性意外获奖，她只当自己就职世界五百强中国区总经理的成就终于被人关注了，肯定要漂漂亮亮出席的。

Steve 的讲解很符合逻辑，可我还是觉得有些地方太过巧合：即便算准了郝依依肯定会出席，怎知莉莉小姐就会故意刁难她？Max 王就会登台羞辱她？尽管 Steve 说这些都只是不重要的巧合，但我觉得，这些都为最终的结果添砖加瓦了。当然我也承认，最重要的还是 Eva 和 Bob 同时出现在 Max 王和郝依依面前，并且带来了令人振奋的消息——全球第一台量子光学高通量高精度全基因测序仪"生命之星"LS1.0 研发成功了。

自 Eva 在观鲸船上告诉我"研发并没取得实质性进展"，一共只过了三个星期零两天，看来有些事 Eva 虽然办不成，但是 Bob 能办成，也许这就是企业家和科学家的区别。

自夏威夷回到旧金山，Bob 一头扎进 BesLife 位于红杉城的公司，几乎垄断了公司里的一切事务。他辞退了 BesLife 负责研发的两位资深技术总监，把两名普通研究员提拔成总监，又火速招聘了八名拥有不同专业背景的年轻工程师，分成两班，分别由两位新总监带领，一班从早 9 点干到晚上 7 点，另一班从下午 3 点干到凌晨 1 点，Bob 全程奉陪，监督每个人的每一项工作，从研发总监到清洁工都在他监督范围，凌晨 1 点之后还要研究白天没弄懂的技术问题，审查一天的账务，他不只是 COO，还是 CFO、CTO、C 所有 O。真正的 CEO 和 CTO——创始人 Eva 和 Shirley——都成了他的助理。

Eva 事先并不知道 Bob 要换掉两名总监，那天她出去开了个会，回到公司，两位拥有名校博士学位和 10 年以上研发经验的科学家被换成两个二流大学的硕士，一个韩国人，一个印度人，都刚刚摆脱留学生身份不久，还拿着 H1 工作签证，谈不上有多少经验，当初招聘这两位，只不过是当作普通技术员来用的。

Eva 先找到她的合伙人 Shirley，Shirley 无可奈何地说："去问你老公。"Eva 其实早知这是谁的杰作，硬着头皮询问 Bob，Bob 的解释很简单：两位科学家工资太高还不干活，辞掉他们俩，能再雇五个。Eva 想说这是高科技公司，不是成衣厂，忍住了没说，害怕引起战争。

Bob 不止雇了五个，而是八个刚毕业的留学生，让他们像衣厂女工一般连轴干了三个星期，奇迹竟然发生了。Eva 看着实验室里竖起的巨大金属柜，感到难以置信。最近三周 Bob 没日没夜待在公司里，所以又把一切涉外工作都还给她，她四处奔波着和投资人开那些令人绝望的会，不太清楚公司里到底发生了什么，她偷偷找合伙人 Shirley 询问，心中做好了最坏的打算，那个早对 Bob 忍无可忍的男人婆却热烈拥抱了 Eva，激动万分地说："你老公的确创造了奇迹，他救了 BesLife，救了我们！"

Eva 顿时放心了，她知道 Shirley 不只是男人婆，还是比男人更严谨的科学家。Eva 一阵狂喜，随即又是一阵失落：她和 Shirley 带着科学家们努力干了一年没干成的事，被她老公带着一群刚毕业的小孩子干成了。她立刻意识到自己的情绪不对，暗暗警告自己别把喜事又搞糟了。她买了一瓶香槟，兴冲冲地来到 Bob 的办公室——其实就是她自己的办公室，她要跟他庆祝，顺便商量发布会的事，也许会让硅谷震惊的。

刚刚打完电话的 Bob 兴致高昂，像是谈成了一桩大生意。他看见妻子，立刻拥抱并亲吻了她，几天没刮的胡子在她脸上火烧火燎。Bob 迫不及待地告诉妻子："我们去北京！今天下午就走！朱公子的投资立刻就能到位了！"

他们在 15 小时后抵达北京，出了机场直奔酒店，没来得及办理入住，把行李寄存在大堂，直接上到顶层酒廊，正巧赶上 Steve 引荐他们出场。Eva 其实不太明白，为什么偏要为了朱公子的投资急匆匆跨越半个地球，耐心等上一两周，在硅谷做个发布会，把 LS1.0 研发成功的消息公之于众，应该不愁找到优质投资的。她鼓足了勇气，在飞机上向 Bob 陈述了自己的看法。Bob 并没像以往那样因为受到质疑而火冒三丈，正相反，他用哄小孩儿的语气跟老婆解释：公司为了这最后一搏已经弹尽粮绝，就连开发布会的钱也未必够了，再拖两周估计就要破产，根本拖不过漫长的尽职调查。也许会有投资商愿意加快速度，或者慷慨地预支一些投资款给 BesLife，但毫无疑问，代价一定是不合理的股份要求。最佳方案就是趁着朱公子还没想到要乘人之危，迅速接受他的投资。Eva 听完 Bob 的解释，也觉得非常合理，而且都是她根本没想到的，她不禁再度感到失落，她到处开那些毫无意义的会，竟然连公司的财务状况都忽略了，Bob 才是真正的企业家和商人，她永远也比不上他。

然而出乎 Eva 的预料，他们飞了十几个小时急匆匆赶来参加的并不是一场多么正式的商业会晤，甚至根本算不上是会晤，就只是在酒廊露台上闲聊了十几分钟，就像在酒吧里偶遇的几个朋友临时决定喝一杯。然而这几个人看上去又并不熟，气氛实在有些尴尬。

参加聊天的一共有七个人：Eva、Bob、郝依依、Max 王、莉莉小姐、Steve 和朱公子（也就是本人），脾气很大的前台大妈在 Steve 向大家隆重介绍 Eva 和 Bob 时就退场了——好像本来还不想退，不放心郝依依"羊入虎口"，终究被郝依依打发走了。

　　七人或站或坐，围在一张直径不到一米的圆桌边上，既拥挤又冷清，露台上的任何地方都比我们这里热闹。这别扭的局面可能也跟排序有关——莉莉小姐插在郝依依和 Max 王之间，很难说是不是巧合，然而这样一插，反而更加暧昧，也更别扭了。

　　Steve 打破僵局，提议为了 BesLife 干一杯，然后像个报幕员似的说："两位来自 BesLife 的客人有个好消息要跟大家分享！"

　　Bob 赶忙振作精神，向众人宣布：LS1.0 已经在 BesLife 位于美国加州红杉城的公司里完成了组装，正在进行最后的调试，这台仪器能在六小时内完成一次全基因测序，能够同时检测 10 个样本，每个样本的检测成本仅需 100 美元！

　　Bob 的声音并不高亢，低沉而平静，然而有时低沉的声音更令人激动。他用自己的手机向大家展示"生命之星"LS1.0 的照片，是个一人多高的金属柜子，两名穿着全套防护服的技术总监——一个印度人，一个韩国人——一黑一白，一左一右，双手比"V"，在面罩后展示着胜利的笑容。Bob 也做了个"V"的手势。这个 40 岁的男人两眼烁烁放光，看不出刚刚坐了十几个小时的越洋飞机，更看不出在过去的三周里，他平均每天只睡两三个小时。Eva 全程都没发言，不过面带微笑，让我确信奇迹真的发生了。

　　郝依依和 Max 王看上去都很惊讶，郝依依重复了一遍："每个样本的检测成本是 100 美元？你确定吗？上次不是还说，只能降到 200 美元？"

　　郝依依把目光投向 Eva，Bob 坚定地抢答说："是啊！100 美元！"

　　Steve 立刻接话说："这是具有划时代意义的，这检测成本只有市面上最先进的二代测序仪的十分之一到二十分之一！我相信，BesLife 的市值很快也要提高很多倍了！不过……"Steve 神秘地笑了笑，很郑重地对 Bob 和 Eva 说："我能不能向两位提出一个很过分的请求？"

　　Bob 和 Eva 迷茫地对视了一眼。Steve 却把头扭了 180 度，用询问的目光看着我。我其实不知该怎么应对，因为 Steve 事先并没指示，目前的一切都是即兴发挥。所以我做了个最模棱两可的动作——我耸了耸肩，Steve 却好像得到了极其肯定的答复，信誓旦旦地点点头，对 Bob 和 Eva 继续说：

　　"也许两位还记得，朱先生在几周前就提出要为 BesLife 提供 1000 万美元的投资，只不过他不方便直接出面，需要通过一家正规的投资机构作为名义上的投资人，但非常遗憾的是，由于某些原因，这笔投资并没立刻到位。"Steve飞快地看了郝依依一眼，似乎是在提醒她"某些原因"跟她有关，随即继续对Bob和Eva说："朱先生想问问二位，能不能还按照之前谈妥的条件？当然，凭着LS1.0研发成功的消息，BesLife也许可以找到条件更加优越的投资……"

　　Bob微笑着开口："我和Eva都很感激Mr. Chu在BesLife最艰难的时刻依然信任我们，现在LS1.0研发成功了，BesLife也许能够得到更好的offer，但是我们很愿意按照原计划和Mr. Chu合作，我想这也是一家公司应有的诚信。"Bob和Eva对视一眼，Eva也像我刚才那样耸了耸肩，Bob继续说："我和Eva都很期待接受Mr. Chu的1000万美元投资，并且按照先前的公司估值分配股份。为了让Mr. Chu安心，我们甚至可以推迟对外发布LS1.0的新闻。"Bob顿了顿，微微一笑道："不过肯定还是要发布的，我们的融资需求可不止1000万美金。"

　　Steve万分感激地用英语说："太好了！Eva和Bob，谢谢你们！"

　　我想我也应该致谢，不过拿不准应该热烈到什么程度，给BesLife投资本来是施惠于人，可现在倒好像变成了受人恩惠，可是按说朱公子也不该贪这点儿小利。我正纠结呢，郝依依给我解围了。

　　"朱先生，几周前我们讨论过的合作，现在还有效吗？"郝依依面带顽皮的笑容，仿佛小孩子问家长：说好给我买玩具的，还算数吗？

　　可我还是不知怎么回答，还好Max王给我解围了。

　　"王冠集团很愿意给BesLife投资！1000万美元的确是太少了，我们投2000万美元，如果不够，还可以增加！"Max王颇为无礼地抢过话头。一个月前在旧金山W酒店的鸡尾酒会上，他还探头探脑地对朱公子充满兴趣，现在却把朱公子当空气，也许他已经从Steve那儿充分了解朱公子了。

　　"可是王总，"Steve打断Max王，"我们现在讨论的是Mr. Chu对BesLife的投资……"

　　"哦，"Max王如梦初醒，就像这才发现我似的，"也可以啊！Mr. Chu可以通过王冠投1000万美元，剩下的部分我们追加！你们想要融多少？"

　　Max话音未落，郝依依冷笑一声，侧目眺望远方，仿佛眼前有什么不堪入目。莉莉小姐立刻狠狠白了她一眼，气氛顿时又紧张，Bob和Eva都有点儿不知所措。

　　Steve倒好像什么都没发生，愉悦地对Bob和Eva说："看看，

BesLife 是有多么受欢迎！你们会不会考虑同时接受两家投资呢？"

"我想不必了吧。"郝依依吊起眉梢，依然眺望远方，像是在自言自语，"那样的话，每次董事会都会有点儿尴尬。"

"挺好，有人自动退出了！"莉莉小姐终于发言了，丰满的身体使劲儿靠近 Max 王，好像郝依依是个传染病人。

"这个……"Steve 面露难色，"诸位，作为 Mr. Chu 的私人顾问，我首先要保证 Mr. Chu 能以对他最有利的方式完成对 BesLife 的投资。所以，具体跟谁合作，还是要看 Mr. Chu。对吧，James？"

Steve 再次用询问的目光看我，但这次我知道应该如何反应，因为我感觉到他的皮鞋轻轻碰了碰我的，这是他事先安排的"暗号"——终于轮到今晚的压轴戏——放电的眼神。我摘掉墨镜，视野瞬间无比通透。我缓缓移动目光，从 Max 王开始，经过莉莉小姐，我的脚又被轻轻一碰，于是我停住目光，跟郝依依四目相对。

原来 Steve 是让我冲着郝依依"放电"。我猜这是 Steve 的临时决定，不然早就告诉我了。我不禁有些失望，也不明白为了什么，郝依依年轻貌美，跟她眉来眼去一点儿也不亏，可我却说不出地别扭，好像正在做什么丢人的事。我暗中跟自己较劲儿，不错眼珠地盯着郝依依，也不知有没有达到"放电"的效果，反正郝依依脸红了，她朝我做了个鬼脸儿，让我更不自在。

我的脚又被碰了一下，我知道任务完成了，顿时松了一口气，赶忙移开目光，不知怎么就碰上 Eva 的，她似笑非笑，眼中似有一丝轻蔑。我心中一惊，只觉满脸都在发烧。

郝依依起身告辞，众人都跟着站起来，好像谁都不想再多坐一秒。

莉莉小姐坚持要送我们上车，Max 王只好陪着，于是他们亲眼目睹酒店门童轰隆隆地把邦德跑车开过来，把车钥匙交给我。莉莉小姐立刻认出这是超级限量版，双手捂着胸口惊呼，然后张开双臂。我赶紧上车，生怕被她拥抱。莉莉小姐有点儿失望，只能朝着启动的跑车飞吻。Steve 也转身向她飞吻，两人转眼成了闺蜜。

邦德跑车驶离了莉莉小姐和 Max 王的视野，Steve 立刻收起笑容，恢复了老板的尊容。我也赶快收起朱公子的派头，小心翼翼地问："老板，我往哪儿开？"

"你家。"

我怀疑自己听错了，老板这么体贴，要先送我回家？绝对不可能的。别是又让我回家取护照。我赶紧默默祈祷，千万别再让我两手空空上飞机了！可我不敢多问，他正阴着脸沉思，像是在回味今晚的"演出"。看样子他还是要让朱公子和郝依依合作，不然也不会让我朝着她"放电"，他似乎是想借着"凤冠风波"让郝依依下定决心。

可我突然想起另一个棘手的问题——我的工资。我准备先拍拍马屁："是你让郝总入选的吧？手段可真高明！"

Steve 却根本就不理我，就当我是个开专车的，直到凤妈家的小区门口，他才突然发号施令："去拿你的护照！"

我心中一沉，噩梦成真了！这大晚上的，国内航班、飞往日韩和我国港澳台的航班都没了，难道我又要两手空空飞十几个小时？

"快点儿。"Steve 催我，毫无修饰的北方口音，看来真有点儿着急，说不定是怕赶不上飞机。我故意磨磨蹭蹭，愁眉苦脸地开口：

"能不能先把第一个月的工资转给我？我妈逼着我每个月交 8000 的伙食费，不然就搬走。"我基本实话实说，只不过在钱数上稍加调整，"这一走不知多久，我怕等我回来，我妈就把我的东西都扔到大街上了。"

"现在就转给你。"Steve 立刻掏出手机，让我心中一喜，没想到这么痛快。他又漫不经心地补充说："不过，没让你立刻就走，办签证至少需要一周。"

原来 Steve 要我的护照是为了做签证。我问："我们又要去哪儿？"

"不是我们，是你。"Steve 收起手机，"转了 1 万，剩下的，到了日子再说。"

这还真让我意外：我自己？到底让我去哪儿？我忍住了没再问，反正他也不会说，而且钱已到手，虽说只有半个月的工资，但足以应付凤妈。我正要下车去取护照，Steve 却又似笑非笑地问我：

"看过《罗马假日》吗？"

第六章

小贼变神棍

《罗马假日》和
吉卜赛占卜师

1

我当然看过《罗马假日》，而且不止一遍。

第一遍是高一，在同学家看的盗版碟，英语原版配中文字幕，七八个人挤在一间小屋里，隔着层层人头，基本没看明白，就觉得女主角好美。第二遍是大一，在宿舍里用同学的手提电脑看的，英语原版没有字幕，只看懂了六七成，依然对赫本陷入痴迷。我求同学帮忙把电影的音频转成MP3，每晚熄灯后躺在床上听赫本在耳边呢喃，每句台词都耳熟能详。我就是从那时开始每晚听原版电影录音，大学三年听了几百部，不但能听懂，而且倒背如流。

第三遍是大二的寒假，某天下午电视上突然播放《罗马假日》，赫本突然开始讲中文，因此很有些扫兴，而且那天阿珠——凤妈雇的伙计——恰巧也在我家，很认真地陪着我从头看到尾，全程热赞女主角，大惊小怪的，反而让我倒胃口。

阿珠来自温州乡下，吃苦耐劳，土里土气，常常被我们取笑，她总是笑骂几句，假装不当回事。可看完《罗马假日》的第二天，她去发廊把长发剪短，烫成一串串细卷——她自称是赫本头，然而就像被谁劈头倒扣了一碗方便面，面条下是一张方腮大脸，偏偏两眼细成了线，腮上还有两团"高原红"，简直惨不忍睹。打那儿以后我就再没看过《罗马假日》，生怕一看见赫本，就想起头顶方便面的阿珠。

可是在飞往罗马的飞机上，我至少又看了三遍《罗马假日》，当然不是为我自己看的，而是为坐在我斜后方的白总——新新派科集团董事长兼总裁"派克白"——看的。波音777的头等舱里一共就只有我们两位乘客，尽管白总几乎全程都在睡觉，可他毕竟上了几回厕所，在黑漆漆的机舱里，我保证他不会错过我面前那块展示着赫本美丽容颜的明亮屏幕。

这当然是 Steve 布置的任务，听上去非常诡异，不过 Steve 向我做了解释——新新派科的白总是超级赫本迷，看他的英文名字"Peck（派克）①"就知道。

这次毕竟是我单独行动，Steve 一改之前故弄玄虚、藏藏掖掖的风格，事先向我提供了细致全面的背景资料，不仅如此，他还非常痛快地把此行的目的向我和盘托出——吸引新新派科的董事长"派克白"的注意，设法促成新新派科集团和 BesLife 的合作，Steve 称之为"B计划"。

A 计划当然就是 BesLife 和万康体检的合作，然而并没发生，仅仅邀请万康老总的家属出海观鲸，也不可能让老总签个大合同。但是有了"万康女眷"和 Bob、Eva 的合影以及"10 万 +"的公众号文章，流言是造出去了（就连红霞都知道了），万康方面又不好意思公开辟谣，费肯投资的郝总也没道理不信，而且 LS1.0 已经研发成功，这是送上门来的业绩。

自"凤冠加冕夜"之后，郝依依开启加急模式，说服费肯纽约总部全程开启绿灯，从 TS（投资意向书）到签合同只用了不到三周。

签约地点就在国贸 38 层费肯投资的总经理办公室，一共六人参加：郝依依、费肯投资部总监 Eric Wang、Bob、Eva、Steve 和我。一共签了两份合同，一份是正式的投资合同，约定费肯对 BesLife 投资2000 万美元，以换取 BesLife 30% 的股份，这份合约对任何人都不保密。

另一份合同是我——"Mr. James Chu"——跟费肯签署的"1000万美元定向投资协议"，所谓"定向"的意思就是，我投资给费肯1000 万，但这 1000 万只能用来投资给 BesLife，以换取 20% 的股份。（也就是说，我投资的 1000 万使我拥有 BesLife 20% 的股份，费肯追加的 1000 万就只换回 10% 的股份，这正是 Bob 和 Eva 在酒廊露台上承诺的，要按照 LS1.0 研发成功之前的原始估值给我分配股份，而对于费肯的估值则要再增加一倍，郝依依对此欣然接受了。）尽管换了说法，这份协议也永远不能公开。

---

① 格里高利·派克在奥黛丽·赫本的成名作《罗马假日》里饰演男主角，女主角的情人。

当然除了这份协议，还有更不能公开的东西，甚至不能白纸黑字写进任何协议里，那就是郝依依的佣金：旱涝保收的50万美金，和五个点的收益回扣。Steve当然不会当着Bob和Eva聊这些，尤其不能当着费肯投资那位总是系红领带的总监Eric聊，不过看郝依依顾盼神飞的样子，这一条想必早说清楚了。

然而郝依依还是非常尽职的，坚持在费肯和BesLife的投资合同里多添一条：先把2000万美金的投资款留在银行托管账户里，等见到BesLife和"中国境内某大型体检中心签署的合作协议"再放款给BesLife。这一条原本不在费肯投资和BesLife来回过了许多遍的合约草稿里，是签约时被郝依依临时加上的，郝依依道歉说实在没办法，这是纽约总部要求的。

Steve礼貌而优雅地表示反对——反对在双方已就一切细节达成共识而且马上就要签约时，突然提出新条款，尽管那条款对于BesLife根本就不是问题。郝依依再次道歉，近乎于撒娇地恳求说，纽约总部已经为此项目破了许多例，这一条确实是底线。

Steve无奈地耸耸肩，又一次郑重宣布，BesLife和中国某体检中心的合作已经基本谈妥了，没必要这么不放心的。Bob在一旁频频点头，Eva没点头，一副心事重重的样子。她应该很清楚，BesLife和万康体检根本就没正式接触过（观鲸船上肯定不能算是正式接触，两位"万康女眷"根本没在万康公司里担任任何职务）。Eva到底是个科学家，不是商人，大概正因如此，Steve和Bob都没打算征求她这位创始人CEO的意见，两人见郝依依没有让步的意思，彼此对视了一眼，立刻达成了共识。Bob这才转向Eva，只是为了把签字笔递给她，仿佛立在他身边的是一台自动签字机。

正因为合约上临时新添的这一条，和"中国境内某大型体检中心签署合作协议"就变得至关重要，不仅仅是网络上的流言，还得有白纸黑字盖着公章的合同。正因如此，Steve命令我立即执行"B计划"——在跟费肯投资签约后的第三天登上飞往罗马的航班，设法跟新新派科——国内另一家大型连锁体检中心——的白总"邂逅"，促成新新体检和BesLife的合作。

可是在我看来，这个B计划基本没有成功的可能性。

首先，"万康女眷"顶多算是超级有钱的家庭妇女，新新体检的白总可是举国崇拜的精英企业家，Steve一路从头等舱折腾到观鲸游艇，雇了那么多临时演员，也只弄出一些流言，而仅凭我跟精英企业家邂逅一两次，哪能真的搞定合作合同？尽管 Steve 已经跟白总见过面，向白总推荐过 BesLife 的技术和产品，但正因如此，他不能再露面，只能让我独自登台。可我一点儿把握都没有。我看"B 计划"比"A 计划"还不靠谱，说不定只是做给郝依依看的，为了拖延时间。

按照费肯和 BesLife 签订的投资合约，2000 万美元的投资款在合同签署后的三个工作日汇入银行托管账户，接下来的两周，就等 BesLife 和国内某大型体检中心签署合作协议，只要银行收到由费肯投资提供的合作协议副本，就会立刻放款给 BesLife，如果银行在两周之内仍没收到合作协议的副本，投资合约自动作废，2000 万美元自动退回原账户。不知 Steve 是不是想要再弄出个把流言，到时求郝依依宽限几天，可是不论怎么宽限，只要没有合作协议，钱就进不了 BesLife 的账户，又有什么用呢？

其实担心 2000 万美元投资款能不能进 BesLife 都嫌太早，首先要问钱能不能进到银行托管账户里？费肯的 1000 万美元当然没问题，但是该我——朱公子——出的那 1000 万美元呢？按照朱公子和费肯签订的"定向"投资协议，我在罗马降落之前，我的 1000 万美元就必须转入费肯投资的账户，Steve 打算从哪儿把这笔钱变出来？

不过那是 Steve 的事，我自然不必操心，我需要操心的是如何接近新新体检的白总。Steve 事先为我规划了三个"邂逅"地点，第一个是首都机场 T3 的贵宾休息厅，然而白总根本就没在休息厅里出现，我等到很迟才去登机，飞机上也不见他人影，我几乎以为他取消了行程，他却在机舱门关闭前一秒走进头等舱，身穿黑色风衣，手拎黑色背包，风尘仆仆，步履匆匆，完全没有跟任何人搭讪的意思，就连空姐都懒得搭理，并不是傲慢无礼，而是缩头缩脚，好像逃犯生怕被人发现似的，他把风衣递给空姐，立刻缩进巨大的座椅里。

我用手机当成镜子偷看他就座，看不大清楚，不过可以确定就是白总，临行前 Steve 逼着我看了很多他的访谈视频，其实他和他的新新派科集团对我本来就不陌生。不只对我不陌生，对我们全家都不陌生——新新派科的前身是派科医卫集团，经营连锁私立医院，凤妈和耗子都曾经跟它打过交道——从护士手里购买从病人牙缝里节省出来的药品，或者委托医生推销某种回扣颇丰的新药。

派科集团七年前在香港上市，之后并购了一家连锁体检中心，把集团名称从"派科医卫集团"改成"新新派科集团"，展示了拓宽业务的雄心，毕竟近几年有关私立医院的丑闻频传，政府监管也愈加严苛，私人医院越来越难做，而且体检和治病本来就不同，病治不好病人会很恼火，体检查不出毛病却是皆大欢喜，只要做到笑脸相迎，消费者大多心满意足。新新派科的新生意飞速扩张，全国各地疯狂开设体检门店，转眼从全国第 N 上升到全国第二，规模仅排在万康体检之下。然而不服输的白总憋着一口气，迟早要超越万康争当第一——这是 Steve 告诉我的，提醒我加以利用。

不过这会儿我可顾不上考虑如何利用白总的野心，怎么也得先搭讪吧？头等舱里一共就八个座位，每个座位被一米多高的隔板围成城堡，而且机舱里漆黑一片，我总不能偷偷摸进白总的城堡里。白总看上去直得像根电线杆，我又不是美女，不能用荷尔蒙突破防线，就只能按照 Steve 的策略，一遍一遍地播放《罗马假日》。

按照 Steve 提供的情报——作为京城名媛莉莉小姐的新闺蜜，Steve 当然不缺少任何商界名流的情报——白总是超级赫本迷。当然很多男人——也包括我在内——都曾经迷恋过赫本，但白总的迷恋与众不同，据 Steve 说，白总是在 80 年代末期北京的某个录像厅里看的《罗马假日》，这部电影让来自福建农村的北大三年级学生如获新生，从此如饥似渴地寻找欧美电影和小说，之后又扩展到哲学、历史、商业，如此痴迷了 10 年，成功洗心革面，不仅革掉了被城里人鄙视的农民气息，甚至革掉了被他自己鄙视的中国知识分子气质，人生因此发生了巨变，从校团委到卫生局到下海创业再到全国知名企业家，逐步登上人生巅峰，而《罗马假日》里的赫本就是这一切的起点。据说为了纪念这个起点，他给自己起了个英文名：派克——格里高利·派克的"派克"，创业后也为自己的公司起名叫派科，后来有媒体在报道中极富创造力地称他"派克白"，似乎暗喻这位并不学医却胆敢到处开医院的企业家就像莎士比亚笔下的"麦克白"一样富有野心。麦克白当然不是好人，而且没有好下场，但白总似乎并不讨厌这个称呼，"派克白"因此家喻户晓，他的本名"白党生"倒是渐渐被人忘记了。

然而"派克白"似乎对机舱里出现的另一个赫本迷没什么兴趣。他在 11 个小时的飞行中，至少上了三次厕所，每次都从播放着《罗马假日》的液晶屏幕旁经过，不但没跟我搭讪，就连脚步都没迟疑，他根本一眼都没看我，尽管我脸上洋溢着谦卑而友善的笑容。

飞机抵达罗马菲乌米奇诺达·芬奇国际机场。我本想借着下飞机的工夫找机会跟他搭讪，比如在排队过海关或者等行李时顺便聊几句，可人家根本就不急着下飞机，机舱门开了，乘务长微笑着送客，他却非常专注地打手机。飞机一落地就开打，好像对方是久别的情人。大概对于成功企业家来说，和商业社会失联 11 个小时，不亚于和热恋的情人失联好几年。头等舱一共就两个客人，乘务长毕恭毕敬等在机舱口，如果我再找借口赖着不下飞机，那就显然太刻意了，一旦让"派克白"看出我是在故意等他，一切就都完了。

我在机场购买了手机 SIM 卡插进手机，在驶往市区的通勤火车上给 Steve 打了个微信语音电话——为了让我在国外也能随时跟他联系并且不必报销长途电话费，Steve 终于加了我的微信，但是并没把朋友圈开放给我，所以我也没开放给他。我无可奈何地告诉 Steve，他事先规划的三个"邂逅"地点已经报废了两个：第一个机场贵宾厅、第二个从北京到罗马的飞行。

Steve 听完我的汇报，阴阳怪气地说："我早就猜到了。"

我就最看不上这种"事后诸葛亮"。要是真的早就猜到了，干吗还花好几万给我买头等舱？反正贵宾厅邂逅不着，头等舱里也搭不上讪，他完全可以给我买一张最便宜的经济舱，就像现在这样，跟一群背包客挤在廉价的通勤火车里，直奔第三个"邂逅"地点——酒店，我看照样也不靠谱。

"再加一个地点。"Steve 沉吟了片刻，突然发号施令，"明天一早，你去 Spanish Steps（西班牙大台阶）①。"

"Spanish Steps？"我重复了一遍，不知自己是不是听清楚了。Steve 极为不满地说："不是让你多熟悉罗马吗？连西班牙大台阶都不知道？"

"知道知道！西班牙广场的大台阶！"我只是一时没反应过来，我当然知道西班牙大台阶，《罗马假日》看了三遍呢！那不就是赫本一边吃着冰激凌，一边跟派克邂逅的地方？莫非 Steve 也想让我到西班牙大台阶上去跟"派克白"邂逅？可他怎么知道"派克白"明天要光顾西班牙大台阶？到底靠谱吗？我不禁问道："姓白的明天几点会到？"

"我怎么知道？"Steve 没好气儿地说。我心中一阵绝望，这是让我撞大运？就算派克白是超级赫本迷，也未必每次到罗马都要按照

---

①　西班牙大台阶，罗马的一处著名的室外阶梯，连接罗马西班牙广场的"古船喷泉"和山上天主圣三教堂。因为出现在《罗马假日》里而世界闻名。

电影里赫本的行踪周游一遍吧？可我不敢再问，还好 Steve 进行了补充："明早 6 点，你到西班牙大台阶底下的古船喷泉，找一个叫 Mario 的人。"

古船喷泉我倒是知道，《罗马假日》里赫本在那儿洗脚来着，可这位"马里奥"又是何许人也？我来不及多问，他又非常生硬地补了一句："记得戴上你的耳麦！明天是重头戏，别再让我失望了！"

2

我本来满心委屈，但是一到酒店，立刻就明白 Steve 为什么对我倍感失望了：原来西班牙大台阶就在我住的酒店——也就是派克白住的酒店——的大门外。只要派克白出门，他就不得不光顾西班牙大台阶，就算他不出门，从房间的窗户也能把大台阶一览无余。

这家酒店大概算不上是酒店，叫作小旅馆也许更贴切，外观非常古朴，和西班牙广场倒是很般配，内部装潢也不豪华，甚至有些简陋，公共区域到客房都很局促，尤其是狭窄陡峭的旋转楼梯，几乎像是在爬碉堡，也不知派克白为何选中这里，既不便宜也不舒适。

我晚上 8 点多抵达旅馆，9 点到露台餐厅吃饭，大台阶上游人如织，热闹得像是夜市，露台上倒是很清静，算上我就只有两桌客人，另一桌是一对法国老夫妇，没有派克白。自从入住我根本就没见着他。我特意在旅馆里转了一圈，能去的地方都去了，也没花几分钟。这旅馆的确小得可怜，一共就四间客房，上下左右紧挨着，法国老夫妇住我隔壁，另两个房间里没任何声音，楼道里始终也没有提着箱子上楼的动静，我不得不怀疑，派克白是不是真的住进这家又贵又旧的小旅馆里了。

我按照 Steve 的指令，第二天天没亮就出门，昨晚热闹非凡的大台阶这会儿空空荡荡，一个人影也没有，倒是台阶底部的喷水池边上人影绰绰。我向着喷水池走下去，渐渐看清是七个老外，围成一圈儿交头接耳，看见我立刻散开，露出中间穿米黄色风衣的瘦高老头儿，大约 70 岁，秃顶，蓄着又长又密的络腮胡，腿边放着一只旅行箱，好像 19 世纪漂泊海外的欧洲传教士。他迎着我走上前，用意大利口音的英语自我介绍说他就是 Mario。

Mario 和他的团队当然都是 Steve 聘请的临时演员，今天要在西班牙大台阶上上演一场"心灵的洗涤"——听上去可真令人敬畏，不是凡人能完成的。还好我们不需要真的"洗涤"谁的心灵，就只需要向路人展示一个神圣的仪式。这仪式并不复杂：六名临时演员身穿运动服，在大台阶上盘腿坐成一排，而我则面对着他们，坐在更高一级台阶的正中央。

我已经换上 Mario 带给我的白色"礼服"，看上去有点儿像高档中山装，从裤脚到肩膀都非常笔挺，全身雪白，只有立领领口有一段黑色衬条，因此又有点儿像牧师服，只不过黑白颠倒。这身衣服选得颇为巧妙，既有东方的神秘韵味，又有西方的宗教色彩。Steve 大概不想让崇尚西方文明的派克白看见一群佛教徒。

据 Steve 的可靠情报，早已摒弃小农意识的派克白最看不上求仙拜佛和各种仁波切，在他看来，国内精英阶层中越来越常见的"开悟"者，除了附庸风雅、别有用心之徒，剩下的都是无脑的白痴，就比如万康集团的万总一家——万总带发修行，是某位五台山高僧的弟子，万总的老妈、老婆比万总更加虔诚，这次"佘太君"携儿媳妇远赴夏威夷，就是为了参加当地某大师的圆寂法会的，据说在法会上布施如流水，仅仅为了点燃第一根香就捐了 10 万美金，看来买画儿真的不算什么。

所以我们在上演"心灵洗涤"时，既要显得神秘而高雅，又不能过于"东方"，要有一些跟罗马相称的气质。我穿着一身不中不洋的白色礼服盘腿坐着，努力挺直身子，面对我的六名"信众"，耳朵里塞着白色的耳麦，显得既神圣又时髦儿。耳麦是有实际用途的，Steve通过手机和蓝牙随时监听并发号施令。我双目微合，不过并没真的合上，生怕错过目标人白总。其实用不着我看——Mario 并没在大台阶上打坐，而是躲在某个角落里监视着整个广场。

其实就算派克白果真入住了这家旅馆，大概也不会早上 6 点就跑出来瞎逛，不过为了以防万一，我们抓紧摆好阵容，全体进入打坐模式。一开始坐得很笔挺，看上去精神抖擞，实际是冻得发抖，太阳升起来，渐渐暖和了一些，我眯眼看着面前的六名"信众"，金色的阳光铺在他们头顶，显得非常神圣，我想象着在阳光下身穿白色礼服的自己，一定有一种非凡的魅力，真可惜没人替我拍张照片。

转眼天色大亮，广场上也有了游客。我竟然用这种诡异的姿势在坚硬的石头地面上坐了快一个小时，真是对意志力的磨炼。阳光越来越强，我也越来越热，而且屁股坐得生疼，漫长的岁月并没让广场上的石头变得更柔软，就像悠久的历史也并没让人心变得更柔软，我不得不悄悄变换坐姿，六名"信众"也跟着摇晃身体，因此造成了更加魔幻的气氛。

游客越来越多，都被我们吸引，没人胆敢打扰我们，不过有人模仿我的"弟子们"，面向我虔诚地盘腿而坐，大台阶上的"群众演员"越聚越多，不一会儿聚了十来位，有人双手合十，有人口中念念有词，为我们壮大了气势。这真是意外的收获——那些自愿打坐的游客肤色不同，着装不同，仿佛我的信众是来自全世界的。

靠着志愿者的鼓舞，我好歹又坚持了一阵，感觉非常漫长难熬，太阳已经升到半空，阳光越来越烫，10 月底的罗马怎么还能这么热！我的六名信众都在开小差儿，一会儿动动这儿，一会儿动动那儿，志愿信众也已经换了好几拨，可我不能动，必须保持着笔挺而从容的姿态，我知道躲在角落里的 Mario 不只在寻找派克白，也在时刻监视着我。作为凤妈家的一员，我从小见过的"神棍"可不止一个，以前非常鄙视，现在可算知道，神棍也不简单，绝对的体力活儿！

还好我运气不错，在我即将热晕之前，Mario 突然在我眼前冒出来，说明派克白终于出现了。

我差点儿没认出 Mario，因为他脱掉了风衣，换成一身黑色长袍，胸前挂一只十字架，头戴紫红色小圆帽，腰间围一条紫红色缎带，我正吃惊怎么突然跑来一位神父，难道是来清剿邪教？他却冲我鞠了个躬，装腔作势地向我伸出手："尊敬的 Mr. Chu，我是本区的 Mario 主教，我代表本教区欢迎您！"

我连忙站起身，弯腰捧起他的手轻吻。其实这都是 Mario 交代过的——只要他发现派克白出现，就会立刻假装主教来"接见"我，以便让派克白更加关注我——一个带领着弟子们打坐灵修然后还被罗马主教亲临接见的白衣圣人，只不过我刚才被晒得发蒙，一时忘了这个茬儿。

从眼角的余光里，我果然发现了派克白，就在五六米开外，穿一身牛仔服，戴一副黑框眼镜，背着帆布双肩背包，典型的背包客打扮。他正举着一部单反相机拍照，并没拍我和"主教大人"，也没拍坐在地上的"信徒"们，而是在拍大台阶顶端的教堂，架势摆得有板有眼，如今还在用单反的都是超级摄影迷，可惜这位摄影迷对广场上正在进行的"心灵洗涤"似乎一点儿兴趣都没有，拍完了教堂，取下背包拉开拉锁，把相机丢了进去。

我心里一凉，压低声音对 Mario 说："他要走！怎么办？"Mario背对着派克白，一时没明白我的意思，我却突然听见 Steve 的声音，好像他正藏在我脑袋里："过去找他搭讪，随便用什么理由。"

我被这突如其来的声音吓了一跳，过了片刻才想起来，我一直戴着微型耳麦，万里之外的 Steve 居然一直在监听我这边的动静，听我说派克白要走，立刻发号施令。我来不及向 Mario 解释，拔腿走向派克白，几乎忘了我是个正在带领众人修行的"圣人"。

还好有人替我拦住了派克白。是个漂亮的混血女人——看上去像白人，头发却太黑，眼睛也太黑，个子不高，但是很丰满，看样子也是游客，拿着一只手机，请派克白帮她拍照，派克白刚把相机放进背包，顾不上拉拉锁，把背包往地上一放，接过女人的手机。我虽然头一回来罗马，也是头一回来欧洲，可眼前这一幕实在太眼熟，难道这女的是"同行"？

果不其然。有个混血的黑发男人悄悄凑近派克白，飞速从他包里拿出什么。

"Stop！"我高喊一声，拔腿飞奔。派克白被我的喊声惊呆了，那一对儿男女到是反应极快，男人撒腿就跑，女人从派克白手里抢回手机，也没命地跑了。我使出吃奶的劲儿狂奔，目标非常明确——那个女的。赃物虽然在男的手里，不过女的又胖腿又短，我更容易追上，也更容易制服。

我的判断是正确的，我离那个女的越来越近，可是突然之间，不知什么在我脚下一绊，我立刻失去重心，这才想到他们肯定不止两人，还有同伙儿混迹于人群之中，专门为了对付追兵，我居然把这么简单的专业知识都忘了，因此付出了惨痛代价——我朝前猛摔出去，四脚着地，眼前金星舌冒。广场上的众人因此见到了比"白衣圣人"带着信徒打坐更为罕见的一幕："白衣圣人"在追赶小偷时摔了个狗啃泥，打坐的弟子们都还在一边坐着发呆，既没人追小偷也没人上来扶师父，结果还是派克白把我扶起来的。

"告诉他你有办法帮他把丢的东西找回来！"Steve 又在我耳朵里说话，耳麦居然没摔掉。我浑身发麻，眼前还在冒着金星儿，脑子倒是很清醒：Steve 怎知派克白丢了东西？也许是 Mario 告诉他的。可他让我告诉派克白什么？有办法把丢的东西找回来？那几个小偷早没影儿了，我上哪儿去找？ Steve 又在耳麦里重复了一遍："告诉他！你能帮他把丢的东西找回来！"

我恍然大悟：这都是 Steve 安排的！那两个贼，还有藏在人群里给我下绊儿的同伙！ Steve 故意安排了这场偷窃，让我帮着派克白找回失物，用这个法子搭讪！这一招可真是苦肉计，我膝盖的麻木正变成钻心剧痛，手心儿也在剧痛，掉了一层皮！派克白关切地看着我，背包扔在脚边儿，拉锁还大开着，跟背包里的东西比起来，他似乎更关心我，这还真让我有点儿感动。我忍痛对他说："我没事！看看您丢了什么？"

派克白这才想起检查自己的背包，果然丢了一个大钱夹，里面有 2000 欧元，一堆信用卡、会员卡、贵宾卡，还有护照。他看上去倒很从容，就只无奈地耸耸肩说："护照得到领事馆补吧？"

我按照 Steve 在耳麦里的提示，忍痛做出毫发无损的样子，从容地对派克白说："补办护照需要三周，最快的办法是补办旅行证，四个工作日，不过不能去别的国家，只能回国用。您还要去别的地方吗？"

"我倒是不准备立刻离开意大利。不过，我明天中午要飞西西里，大概也需要护照？"派克白似乎有点儿发愁。

我其实早知他明天要去西西里，Steve 告诉过我，派克白要去西西里岛上参加一个灵修训练班，据说是当地一位神父结合东方禅修创立的新门派，不强调任何宗教，只强调修身养性——"汲取宇宙的能量，在精神上回归自然"，大师的灵修班规模非常小，每年只开设几段封闭课程，初级课程一周，高级课程一个月，学费 5 万欧元起，参加的都是地道的欧美精英富豪，派克白对宗教不感兴趣，但是对于"回归自然"很感兴趣，对于欧美富豪才有资格参加的小众聚会就更感兴趣，因此克服万难获得了一周初级课的名额。

现在你知道 Steve 为什么要让我扮演"白衣圣人"带领信众在西班牙大台阶上打坐了，正所谓投其所好，不过好像太刻意了一点儿，加上小偷这一幕就自然多了。我露出受难天使般的笑容（膝盖和手心儿火辣辣地疼呢），用港味儿国语对派克白说："你不要着急，我也许可以想想办法，看一看能不能帮你找回来。"

派克白似乎有些吃惊，充满怀疑地看着我。我要是他也会怀疑，是不是又遇上了新的骗子。不过我带领"信众"席地修行的场景总归有些作用，至少能证明我不是为了几块钱就出手的小骗子。身着主教教袍的 Mario 非常及时地走上前来，装模作样地在胸前画着十字。

"这座城市里到处都是被魔鬼诱惑的年轻人，不过请相信我，他们也是上帝的孩子，只是误入歧途。"Mario 非常关切地问我，"我对你的英勇行为非常钦佩！你还好吗？需要任何帮助吗？"

Mario 演得太好了，我强忍着笑，非常优雅地点头说："我很好！

谢谢您，主教大人，只不过我的朋友……"我转向派克白："他也许需要一些帮助。"

"当然！"Mario朝着派克白欠了欠身，派克白连忙点头还礼，眼中充满了敬仰。

"能请教您的尊姓大名吗？也许主教大人有办法帮您找回被偷的东西。"我问派克白，"如果他不能，我还有办法。"我仰起头，瞥了一眼那六名弟子——他们终于围拢过来了。

派克白连忙告诉我他护照上的姓名："BAI DANGSHENG"，我假装认真记下来，然后煞有介事地请Mario到一边私聊，当然没聊找钱包的事，Mario通知我表演结束了，应该找谁结账？我没立刻回答，担心一旦让他们走了，我上哪儿找派克白的钱夹去？然而Steve在耳麦里做了指示，我只好告诉Mario，找我老板结账，然后再次亲吻他的手背，然后转身向着派克白——他正眼巴巴看着我——做了个"OK"的手势。

派克白如释重负，露出舒心的笑容，看来他快要上钩了。

3

当天傍晚，我换了一身休闲装——宽松的衬衫，飘逸的裤子，优雅的礼帽，早早来到能够俯视西班牙大台阶的露台餐厅，指望着能再见到派克白。

早上费了那么多事，就为了晚上这一锤子买卖。

其实我早上并没真的跟他约定，就只是在告别时随口说了一句："晚上见！如果你也去露台上吃晚饭的话。"我本想陪他去报警，可他非常自信地拒绝了。其实他的英语很不怎么样，意大利语肯定更不灵，不过报警也只是走个形式，意大利警察根本就没兴趣抓小偷，想抓也抓不过来。

为了尽量增加和派克白见面的机会，我6点半就来到露台餐厅，比意大利人通常的晚餐时间提前了两个小时，虽然我承诺过要帮他找回钱包和护照，可谁知他会不会当真？他是成功企业家，说不定早找到外交部的关系，让驻罗马大使馆立刻重办一本护照，要真是这样，我这一上午又打坐又抓贼又摔跤的，可就都白折腾了。

不过我一到餐厅，立刻就知道我的顾虑是多余的：派克白已经就座，而且是露台上唯一一位客人。我想他大概也怕错过我，不禁心中暗喜，这种感觉可真诡异，就像谈恋爱时发现彼此心心相印。

我尽可能从容地走过去，行了个脱帽礼，这个动作通常不太适合中国人，我对着镜子练习了一下午，总觉越练越假，反正 Steve 说过，在某些场合，越假就越显得身价不凡。

派克白也欠了欠身子，微笑着邀请我落座，他没换过衣服，还是风尘仆仆的，表情也很谦卑，像个穷背包客，可他分明是个亿万富翁，也许这就是他的成功之道。我看上去比他富贵时髦儿得多，可实际上是个不名一文的小混混。

派克白建议先来一瓶红酒，我立刻表示赞同，酒精总是能让事情好办些。我的酒量其实一般，不过我知道一条秘诀：只要你真心不想喝，总能坚持到最后，而且派克白的酒量似乎更一般，只一杯红酒，脸已经发了红。

我们一开始并没聊上午的失窃事件，这也是常规，中国人如果有所企图，多半儿不会直奔主题。我们俯视西班牙广场，好像是特意来看风景的，夕阳的余晖把我们染得通体金黄，地中海傍晚的微风徐徐拂面，倒是非常地惬意。

"我太喜欢这里了，每年都来一次。"派克白眺望着熙熙攘攘的西班牙大台阶，双眼在镜片后闪烁着朦胧而温暖的光，好像年轻的赫本正站在广场上和他对视着。

我微微一笑，并不作答，主要是因为 Steve 还没告诉我该怎么答——我一直把蓝牙耳麦塞在耳朵里，随时听 Steve 指挥。派克白见我不吭声，解嘲地笑笑说："不过，还是头一次见到有人在广场上打坐修炼。"

我扬了扬眉，嘴角微微一挑："让您见笑了。"

"不敢！"派克白朝我双手抱拳，随口问道，"基督教？"

"不，不是！和主教大人有些私交，他顺便过来看看我。"我笑着摇头，按照 Steve 在耳麦中的指示，轻描淡写地回答，"什么都不是，只不过放松一下，调整身心。"

"哦？"派克白似乎有些好奇。

我并没急着解释，向他举起酒杯，抿了一小口，等他也喝一口，我从容地放下酒杯，不慌不忙地开口。

"我们不属于任何教派，也不排斥任何教派，欢迎持有任何宗教信仰的朋友加入我们。"我满怀敬意地眺望大台阶顶端的教堂，"宗教本来就是人类文明的精髓。而且……"我把视线再度转向他："你不觉得所有的宗教其实都在讲同一个故事吗？甚至不只宗教，就连现代科学——比如量子力学——也在讲同一个故事。"

派克白把头抬高了一些，凝神看着我，似乎很感兴趣。可我偏偏不再往下说，而是再次举起红酒杯，我其实并不是成心卖关子，只不过在等着 Steve 提词儿。

派克白跟着我小酌了一口，沉吟片刻，问道："能不能透露一下，你们修行……哦，我是说'放松'……的秘诀是什么？"

"忘记。"我回答得很迅速，因为 Steve 在耳麦里给的答案很简短，也非常空洞。派克白皱眉思考了一会儿，追问道："忘记什么呢？"

"忘记一切。喜、怒、哀、乐、理想、追求、成就、危机、信仰。"我侃侃而谈，"忘记优势，也忘记不足，忘记追赶，也忘记被追赶，忘记已经有的，也忘记还没有的……忘记早饭吃了什么，也忘记晚饭打算吃什么。"

Steve 的台词画风突变，我赶忙朝派克白做了个鬼脸——"双簧"可真不好演，Steve 对我也太有信心了。

"哈哈！早饭！我还真不记得了！"派克白大笑了两声，表情又变得凝重，"唉！忘记！是啊！要是真能忘记就好了！"边说边向两只酒杯斟满了酒："来！祝我们——不，您显然不需要靠这个！"他自嘲地举起自己的酒杯："祝我——忘记！"

派克白把杯中的红酒一饮而尽，看上去颇为感慨，我不得不佩服 Steve，竟然用这么肉麻的台词让大企业家入戏了，我突然很好奇，派克白最想忘记的是什么？是强大的商业敌人，比如万康体检？还是药监局、卫生局、让他又怕又恨又离不开的各种局？还是那些整天想着拿红包的媒体？又或者是那些在他的医院里挖墙脚，用生理盐水冒充药品打给病人，再把药品偷偷卖给药贩子的员工们——最后这一条并不是谣言，耗子最近经常抱怨，派科医院的"渠道"又涨价了，因为最近有人举报——我只是从耗子那里听说，并没看见官方报道，不过既然是耗子过手的生意，恐怕也不会无中生有。

我摆出心有灵犀的样子，立刻干了杯中酒，这一口还真有点儿多，不过必须得让派克白尽兴，他已经放开了，酒桌上一放开，事情就成功了一半儿。我冲他摇了摇空酒杯，开玩笑说："有时候，我也得靠它！"

"哈！"他情绪高昂，一口又喝掉半杯，感慨地说，"多亏了你，帮我大忙了！"

我知道他说的是帮他找护照，Steve 显然也知道。我装作一本正经地复述 Steve 的话:"你放心吧,我已经安排好了,明天一早就能把东西找回来,你不会错过明天的飞机!"

派克白立刻双手抱拳,冲我使劲儿拜了拜,然后又斟酒——侍者早已眼疾手快打开第二瓶。我双手合十,微笑着向他还礼,心中更加确定,上午那场盗窃戏就是 Steve 安排的,不然他不能这么有把握。我这位新老板可真是神通广大,不但能导演夏威夷游艇上的时尚戏,还能遥控罗马街头的动作戏,后者难度还真不小——虽说意大利的小偷多如牛毛,可广场附近总有执勤的警察,万一真的撞枪口上呢?

"纯粹是因为好奇,能不能请教一下,"派克白有点儿不好意思,"是什么样的朋友,在帮我们找钱包呢?"

"Gitano。"我不懂这个词,只能尽量模仿 Steve 的发音,似乎是意大利语。派克白迷茫地看着我,我其实跟他一样迷茫,还好 Steve 在耳麦里补充说:"吉卜赛人。"

"你认识吉卜赛人?"

"是的。"我点点头,心想这个回答倒是不算太离谱,即便我不认识,阿珠也认识。阿珠就在罗马,可我没敢告诉她我来了,也不知有没有时间去找她,三年没见,她要是知道我在罗马,还不知要疯成哪样。

"不只认识,我还跟他们生活过几年。"我重复 Steve 的话,心中一惊:一个不到 30 岁的香港富家子,居然跟吉卜赛人生活过?这人设也太离奇!但这话显然引起了派克白的强烈兴趣。他瞪大眼睛问:"你跟吉卜赛人生活过?住过大篷车吗?"

我没立刻回答,因为 Steve 正在耳麦里喋喋不休,我只好再次举杯,小酌了一口,心中有点儿忐忑,还好 Steve 没让我住大篷车。我微笑着耸耸肩说:"很遗憾。我想,也许那会是不错的经历呢!我曾经在匈牙利东北部山区的一个罗姆人——也就是我们常说的吉卜赛人——聚居的小山村做过几年教师,那些吉卜赛人虽然很贫穷,但是不住大篷车,而是住在简陋的木屋里。"

"是支教吧!"派克白朝我举了举杯,喝掉一大口,充满激情地说,"我很敬佩像你这样的年轻人,把知识和思想带给贫困的人!"

"其实,我没教他们什么,"我假装惭愧地低头,"倒是他们教了我更多。"

"哦?主要是哪方面呢?"

"一些在拥挤嘈杂的大都市里学不到的东西。比如生命和轮回、自由和信仰、爱情和自我、命运和反抗、正义和欲望、理想和死亡。当然，这些概念在主流文明里都有所阐述，但是吉卜赛人的解释有所不同。"我复述完Steve的长篇大论，长出一口气，举杯对派克白说，"我太啰唆了，这个话题大概有些无聊。"

"不不！完全不无聊！正相反，我觉得非常有趣。吉卜赛人是怎么解释的呢？"

派克白话音未落，Steve又开始在耳麦里长篇大论，这可真让我头大。我只能再次用喝酒拖延时间，尽管只是一小口，可是左一口右一口的，已经有点儿晕了。派克白比我豪迈，一口下了半杯，却反而越喝越精神，兴致勃勃地等着我往下说。

"不只生命是轮回，历史也是轮回，循环往复，正因如此，人类才那么热爱自由，甚至超过热爱生命，又或者，正因为生命必将终结，自由才变得更加珍贵，但是除了自由，人类还需要信仰，信仰带来了宗教，反过来限制了自由，还好有爱情，爱情为斗争带来了力量。正义是个非常空洞的概念，看似不可动摇，其实只不过是掩盖人性之丑的借口，比如追求理想看上去是正义的，然而理想只不过是欲望的代名词，死亡无可避免，所以要趁着没死尽量满足更多的欲望。所以，只有对理想保持节制，把欲望降低，才能更坦然地面对死亡。"

派克白连连点头，仿佛听到了至理名言，可我却一头雾水，根本不知自己在说些什么，不过我知道Steve正在把对话引向正题——利用信仰的力量让派克白就范——说白了就是要利用派克白的迷信心理，让他下决心跟BesLife签合同。Steve通过微信语音告诉过我，派克白早听说硅谷独角兽BesLife有可能要跟死对头万康体检合作，所以早就有心抢过这笔生意，只不过此人生性多疑，所以还需要稍稍"推一把"，Steve还特意嘱咐我，2000万美元投资款都已经进了托管账户，就靠我今晚的表演了，千万不能出差错。

"其实，我们的灵修，正是受到罗姆人的启发。"我继续复述Steve的话。

"忘记！"派克白猛一拍桌子，侍者惊慌地向我们张望，我突然反应过来，这是我刚才说过的"秘诀"。派克白兴奋道："放松的诀窍，就是忘记！忘记理想，忘记欲望，才能得到真正的自由！"

"是的。"我默契地微笑着说，"罗姆人都是哲学家。"

派克白赞许地点点头，不过没拍桌子，皱着眉问我："可他们——吉卜赛人——是怎么表达这些哲学观的呢？是通过日常生活，还是通过某些宗教仪式、民间传说什么的？"

"是塔罗牌。"我的回答——或者说 Steve 的回答——非常简洁，言归正传。

"哦？就是吉卜赛人算命用的塔罗牌？呵呵！"派克白忍不住笑了。

"严格来说，塔罗牌并不专属于吉卜赛人。"我故意顿了顿，表情严肃而庄重，派克白也只好收起笑容，认真听我往下说，"它的来历很复杂，有人说它来自古埃及，有人说来自古希伯来，也有人说它来自古印度。塔罗牌也有不同的种类。给我们启发最大的，是一种叫作'投特'的塔罗牌，它融合了古今多种神秘学元素，比如占星术、卡巴拉①，使用这种塔罗牌不仅能占卜，也可以进行灵修。"

派克白连连点头，一脸"原来如此"的表情。我继续复述 Steve 的话："我的导师所创立的灵修方式，正是在投特塔罗牌的基础之上，融入了更多的思想精华，包括基督教、俄尔甫斯教（我心说：这是什么鬼？）、毕达哥拉斯教——主要借助其数学神秘主义的理论，还有当代心理学、脑神经科学等思想，我们称之为'融合派'。"

"你的导师？"派克白两眼放光。

"是的，我的导师，一位非常德高望重的吉卜赛人。"我故意不说"导师"的姓名，因为我不知道，Steve 也没告诉我。

"也是在匈牙利认识的？"

"我的导师现在还在匈牙利，已经 110 岁了。"我尽量假装坦然，心里实在发虚，Steve 越说越离谱，"他还住在那个小山村，准确地说，并不在村里，而是独居在村外的山崖上，偶尔到村子里给人看病或者占卜，要步行七公里的山路。"

"不是人啊！呵呵！"派克白笑着摇头。我心中一沉，知道这瞎话实在没人能信，然而派克白突然又说："简直是活神仙！老人家占卜很灵吧？"

"当然！"我连忙点头，努力掩盖内心的难以置信——派克白居然真就信了？

"你们在占卜的时候，一般需要些什么？需要塔罗牌吗？或者……"派克白讪讪地搓着手，抬头看看天，天早就黑透了，有一颗星当头悬着。Steve 的计划如期驶上正轨。我也仰望夜空，感慨地说："匈牙利的夜空可比这里的热闹多了！"

---

① 一种犹太教里的神秘符号。

派克白虽然颇有些醉意，还是立刻领会了我的意思，失望地说："没几颗星，大概没法儿占卜吧！"

"通常来说，占星是比较有效的。不过，融合派的 principle（原理）就是融合，因此绝不会仅仅依赖某一种理论，自然也不会被某一种工具所束缚，"我侃侃而谈，重复着 Steve 在耳麦里的胡言乱语，"比如现在，天上虽然没多少星星，但是我们面前的桌子上……让我看看（Steve 让我找找桌子上有什么），有餐巾、菜单、胡椒和盐（这是说给 Steve 听的）……对，就是盐！"我把盐罐子拿起来晃了晃："现在，让我试试看吧，看它能告诉我们什么。"

"哦？"派克白立刻又来了精神，充满兴趣地看着我，"盐也会说话？有关什么？"

"当然是有关你，"我把盐罐子递给他，"盐，是一种非常古老的占卜工具。"广场上飘来悠扬的吉他声，不知哪个文艺青年突然来了兴致，为这罗马的夜色增添了浪漫而神秘的色彩，真是再好不过了。我压低声音补充说："盐，是最朴素、最公正的。"

派克白果然接过盐罐子，兴致勃勃地看着我："我该怎么撒？随便撒吗？"

"嗯，应该怎么撒呢？"我长出了一口气，把目光投向远处的教堂，悠悠地重复了一遍派克白的话，仿佛是在思考一个非常严肃而且深奥的哲学问题。其实，我只不过是在催促 Steve 赶快继续往下说，耳麦里却一片寂静，令我怀疑是信号中断了。

"接下来，你可以自由发挥了。"还好 Steve 终于又开口了，我连忙重复他的话："接下来，你可以自由发……"

我突然又卡住了，因为 Steve 在耳麦里飞快地喊道："宋桔！我是在跟你说，不是让你重复给他的！下面，你可以自由发挥了！"

我顿时有点儿发蒙：让我自由发挥撒盐占卜？我这辈子还是头一次听说有这种占卜方式！这可怎么发挥？胡说八道吗？我心慌意乱，不知所措。原来当惯了别人的"喉舌"，根本就不想再独立思考了。

"你让我自由发挥？"派克白疑惑不解地问。

"是啊！差不多吧！"我敷衍着，随手拿起菜单，像是胡乱抓起一根救命稻草，急中生智道，"其实非常简单，闭上眼，往菜单上撒些盐就行了。"

我把菜单在桌面摊开。派克白皱了皱眉，半信半疑地闭上眼，小心翼翼地举起盐罐子，又问："随便撒？"

"嗯，这样，"我灵机一动，"在菜单右侧边缘以外撒，但是不要距离菜单太远，不能撒到地上，那可不是好兆头！还有，千万不要偷看，否则有亵渎神灵的风险。"

派克白使劲儿闭上眼，把头仰得高高的，伸直胳膊，在他想象的"菜单边缘以外"开始撒盐。其实他的判断还挺准确的，盐罐子果然就在菜单右侧边缘以外。可那并不是我所希望的。我悄悄移动菜单，一边说着："Very good（很好）！现在，试试往菜单的左侧撒盐，这次不用担心是不是撒在菜单外面。"我继续移动菜单："好了！棒极了！现在，不要再想那菜单了，想象着菜单的位置放着一碟煎蛋，你要把盐均匀地撒在煎蛋上。"我放慢语速，压低声音："放松，深呼吸，慢慢撒，记住，要均匀，不然有的地方太咸，有的地方太淡，还有，不要撒到盘子外面去……嗯，好了。"

我趁他睁眼前，把菜单摆回原来的位置。派克白低头仔细查看菜单，菜单右侧的桌面很干净，盐都撒在菜单上，左侧的桌面上倒是撒出来一大片，菜单中央还有一片，一点儿也不均匀。派克白无奈地摇摇头，苦笑着说："哈！怎么这么离谱？我大概是要倒霉了？"

"No，这并不是一次考试，没有正确答案。"我感觉越来越自如，也不知是红酒喝多了，还是原本就在这方面很有天赋，我指着那些盐说，"撒在哪儿都没关系，这些盐，只不过会透露一点儿你的故事。"

"哦？它们说我什么？"他又扬了扬眉，不解地看看桌面，目光有点儿迷离，大概是酒劲儿真的上来了，我索性再斟满酒，让他更晕一点儿，我也需要更飘一点儿，这样有利于发挥。我抢先喝了一小口，他则又下了半杯。

"你看这些盐，"我指着撒在菜单右侧的盐说，"你本想把盐撒到菜单外面，实际上却都撒到菜单上了。这说明……你曾经很想逃离你所处的环境，因为那环境让你感觉到了限制和压抑，可是你并没成功。"

我装出一副胸有成竹的样子，眯着眼微笑。我虽然没给人算过命，但我见过别人算命，小时候在立交桥下见过，后来在飞飞酒吧里也见过，不论是立交桥下的叫花子，还是飞飞酒吧里的大师，脸上都有这种微笑。

"嗯！还真差不多！"派克白点点头，突然狡猾一笑，"不过，这句话大概适用于很多人吧？"

我不动声色，却暗暗吃惊，派克白果然并非常人，喝得五迷三道，脑子居然还挺清楚。的确，谁都会在人生的某些时刻想要"逃离"，而且不会每次都"逃离"成功。派克白是在怀疑，我在使用江湖骗子惯常的套路，不过他小看我了。

"的确适用于大部分人。不过这些，"我指指菜单左侧的那一片撒在桌面上的盐，"对大部分人，就不适用了。"

"哦？"他好奇地扬了扬眉毛。

"当你不再刻意把盐往外撒时，盐却全都撒在了外面。也就是说，当你不再试图逃离你所处的环境，却真正得到了解放。"我故意顿了顿，以突出"解放"，派克白果然像是被这个词击中，越发全神贯注。

"你虽然还留在同样的环境里，精神却摆脱了环境的束缚，上升到了更自由的层面，"我趁热打铁，添油加醋地说，"或许，如果你当初真的'逃离'了，未必能取得这些精神上的成就。肉体的逃离只能使自己陷入下一个禁锢，精神的自由才是真正的解放！"

"太对了！"派克白朝我竖起大拇哥，脸红得发紫，把剩下的半杯红酒一饮而尽。

我暗暗松了一口气，心想功课还真没白做——派克白曾经拼了命地想要出国留学，被美国领事馆拒签了五次，最终只好放弃，留在国内工作、创业，固执地自诩在精神上远超国人，甚至不输给那些成功出国的同学们。精神方面到底如何当然不得而知，不过在名利方面，他倒确实远超那些出国的同学。我刚刚的一番话，肯定说到他心坎儿里了。

不过对于一个成功的神棍来说，这还远远不够。毕竟，我用撒盐"算"出的这些，全都写在派克白的自传和访谈里呢。我得算出点儿更私密的来。

"现在，再看你最后撒的这些盐。"我指着菜单中央的那摊分布不均的盐说，"让我们看看，它们要告诉我什么……"

可我真的什么也没看出来，脑子里更是空空一片。我正绞尽脑汁，头顶一阵扑腾，我仰头一看，有只黑色的小东西扇着翅膀极速向夜空飞去，也看不清是什么鸟，管它呢！我的灵感突然来了：

"看到了吗？"我指着茫茫夜空，那鸟已经看不见了，"观察飞鸟，也是古希腊重要的占卜方式！"

"哦？"派克白茫然地仰头。我立刻低头，手指着那摊分布不均的盐："看这儿！这些分布不均的盐，表明充满了坎坷，可那只鸟……"我又高举起手:"表明努力上升!"

派克白跟着我抬头、低头,再抬头,总是慢着半拍,酒精大概在起作用。我趁着他头晕眼花,不容置疑地说:"也就是说,你的事业在飞速上升的过程中,遇到了一些坎坷!"

可是话一出口,我又不太满意,谁的事业不会遇到坎坷?这句总结反而削弱了这一卦的可信度。我忙低头去看那撒了盐的菜单,想要在派克白反应过来之前就找到补救的办法。真是老天有眼,我一眼就从盐缝儿里看见一个单词:"oat(燕麦)"。

"看,"我指着那三个字母说,"这就是你遇到的坎坷!"

派克白又慢了半拍,过了片刻才探头过来,顺着我手指的方向看下去,口中喃喃着:"O,A,T…"他还想继续往下读,伸手要拂掉"oat"周围的盐。

"不要碰它!"我拦住派克白,摆出一副天机不可泄露的表情,其实谁都能猜到"oat"后面是什么——肯定是"meal","oatmeal(燕麦粥)",菜单上还能有什么?可我却神神秘秘地说:"神灵就只让我们看这么多,再多看一些,也许就什么都看不到了。"

这句话果然管用,派克白立刻就把手缩回去了。

"oat,燕麦,代表着什么?"我一边唠叨一边盘算如何把占卜引向我需要的方向,我再次抬头看看夜空,现在不止一颗星了,至少有四颗,构成一个不太规则的四边形。

"巨蟹座!"我指指夜空,"Cancer!在英语里,Cancer既是巨蟹座,也是癌症……燕麦……癌症……"我装出恍然大悟的样子,把我早就图谋要说的词说出来:"燕麦细胞癌!"

这个词自然是从耗子那里听来的,不久前耗子在倒腾一批进口药时遇上了小麻烦,那些药就是治疗这种病的。我侃侃而谈:"燕麦细胞癌,也就是肺小细胞癌,你近期遇到的坎儿,也许和肺小细胞癌有关。不过……"我又仰起头,向着夜空抬起手臂:"'癌'在上面,影响的并不是你的身体,而是你正在上升的事业。"

派克白突然怔住,像是被人点了穴,脸上阴云密布。我心中一沉,担心自己弄巧成拙,他却突然竖起大拇哥:"神了!太绝了!"

我长出了一口气,不禁又得意起来。我当然神了,因为我早知内情。派科医院最近刚刚经历了一场不大不小的危机——大约一个月之前,有记者发微博举报,派科医院有员工把开给住院病人的注射药用生理盐水调包后再偷偷拿到黑市贩卖,换句话说,就是把病人付款买的药偷走卖给药贩子。微博中披露的是一种注射用的止痛剂，少给病人注射几支止痛剂，大概也死不了人，但对于一个民营医院品牌来说，这种丑闻极具杀伤力。派克白花了不少力气，在"派科调包事件"尚未在网上大规模发酵前及时"按住"，又花了更大力气在有关领导那里"辟了谣"，好歹化解了危机。

可我知道那并非谣言，而且被调包贩卖的也不只是止痛药——耗子长期通过派科医院的某"渠道"进一种进口抗癌靶向药，国内零售价 18000 一支，"渠道"卖 12000，耗子倒手卖 14000，一支能赚 2000，然而从上个月开始，"渠道"突然提价，一支 16000，而且限量，对方偷偷跟耗子解释，其实这款价格奇贵的进口抗癌药才是"派科调包事件"的主角——反正需要这种药的病人都是癌症转移的晚期患者，总归要死的。记者给派科留着面子（或者是打算先给点颜色，以便开价儿），只曝光了止痛药，并没曝光靶向药。尽管如此，派科系医院里还是草木皆兵，病人和家属都盯得更紧，搞货越来越难。耗子为此每天抱怨好几遍，嘴上总挂着那款靶向药和它专治的病症——肺小细胞肺癌，也叫燕麦细胞癌。

总而言之，"燕麦组胞癌"大概算得上是派克白近期的一个心病。派克白迫不及待地向我举杯，举起来才发现是空的，酒瓶子也空了，赶忙招呼侍者。我知道我得逞了，而且是靠着我的"自由发挥"，Steve 一点儿忙没帮。我越发得意，心想 Steve 沉默了这么半天，是不是一直在监听？可千万别把我这么精彩的表演给错过了。

我耳中的耳麦却好像能探知我的脑电波，突然传出 Steve 冷冰冰的声音："够了，该说正事了。下面继续重复我的话。"

我仿佛被当头浇了一盆凉水，只好继续复述 Steve 的话："不过，这盐、这星座，还有刚才那只鸟儿，讲的都是过去，并不是未来。"我无可奈何地耸耸肩："我的本事还不够，看不到未来。不过，我倒是能感觉到，你正在为一件事纠结，举棋不定，这件事是发生在上升路径上的。"我再度向着夜空抬起手臂。

我抬头仰望夜空里的四颗星，听见派克白激动的声音："完全正确！我的确正在纠结一件事！真可惜啊，看来，不能向你请教了？"派克白满脸失望。

"嗯……"我勉为其难地说，"是件什么样的事呢？我看看，是不是能让我导师帮帮忙。他也不是什么事都能 predict（预测）的。"

"那是当然！"派克白低头沉思了片刻，沉吟着说，"是这样的，有个合作项目，看上去非常不错，对未来的发展很有好处，但是有些方面，我不是很确定……所以我一直在犹豫，如果迈出这一步，将会有什么样的风险。"

我皱着眉看他，没立刻开口，因为 Steve 没开口。派克白讪讪地笑了笑，充满歉意地说："实在是不好意思，我就只能说这么多，也许信息太少了？"

"嗯，的确有点儿少。"我做出有些为难的样子，其实我知道得一点儿也不少。我知道派克白正在纠结到底要不要跟 BesLife 签合作协议，把 BesLife 的全基因测序仪 LS1.0 放进遍布全国的新新体检中心里。我还知道，派克白在大约两周前秘密约见了 BesLife 在中国的代理人——Steve，那场拜会让派克白非常不爽，因为 Steve 似乎并不积极，用外交部发言人的口吻说："BesLife 和另一家中国的体检公司已达成合作意向，只是还没签合同，对方的规模没问题，但管理者是典型的传统中国企业家，因此远在美国的 BesLife 有一些顾虑，还想进一步考察。"Steve 没把话说死："如果有实力更强、条件更好的候选人出现，BesLife 也不排除重新考虑的可能。"这颇为傲慢的言辞让派克白火冒三丈，恨不得立刻拍出一个好到令对方无法拒绝的 offer，就像暴发户买钻戒受到了轻视，恨不得当场用钞票把营业员砸死。可他毕竟是多疑的成功企业家，并没一时冲动。他怀疑缺乏市场数据的 BesLife 是不是真像传说中那么神奇，还有 BesLife 和万康体检的合作是不是真像 Steve 所暗示的——万康体检迫不及待，只是 BesLife 还有些犹豫，派克白是要从万康体检手里抢金子，可不是跟在万康后面捡垃圾。所以我知道，派克白要通过今晚这一卦，算算 BesLife 到底是金子还是垃圾。

我冲着派克白微微一笑说："不过，我——或者应该说是我的导师——需要的并不是有关这个合作项目的细节。我们需要的只是一个封闭式问题——一道是非判断题，答案只可能有两个：是，或者，否。比如白兄刚才的问题是：迈出这一步会有什么样的风险，这是一个开放式问题。而我需要的，也许是这样一个问题：如果接受这个合作项目，是不是会带来预期的成功。是，还是否。我讲明白了吗？"

"明白！"派克白点点头，却似乎仍有些犹豫，沉吟着问，"你会把我的问题，发给你的导师吗？"

我摇头笑道："当然不会！你看，这盐罐子里的盐，这张菜单，还有刚才那只鸟，它们并不知道也不关心我们的问题。我的导师也一样，他不需要知道我们的问题，他所做的，只是在千里之外为我们掷掷骰子，然后把结果告诉我们。这才是真正的占卜。"

派克白满意地点点头，动作有点儿夸张，像是在和醉意做斗争。我问："所以准备好了吗？你要问的问题是？"

派克白低头沉思了片刻，抬起头郑重地说："我想问的是，如果我接受了这次合作机会，以后是不是会后悔。"

我不得不承认，派克白的提法要比我的（是否会带来预期的成功）更加严谨，"成功"其实是个很模糊的概念：赚到钱也叫成功，扩大业绩也叫成功，但不义之财有可能引来官司，扩大业绩有可能引起财务危机，一时的成功并不代表最终的满足。而派克白的这个问题，超越了一切流于表象的优劣，直接问到骨子里。

可是耳麦里非常安静，Steve 一声不吭，也不知他有没有听清楚派克白的问题，毕竟跟我的问法相反。为了保险起见，我自作主张地重复了一遍："让我重复一遍你的问题：如果你接受这次合作，未来是不是会感觉到后悔，是，还是不是。对吧？"

派克白坚定地点点头，耳麦里还是什么声音也没有，这让我颇不踏实，只能举起酒杯，再次自作主张道："让我们为了这个问题，先干一杯！"

派克白倒是很配合，立刻跟着举杯，非常有仪式感地挺直腰板，像是在执行庄严的祭祀。就在我们干杯时，耳麦里终于又有了声音。

我喝光了杯中的红酒，放下酒杯，认真向派克白解释："规则是这样的。我给老人家发短信，只发一句：'请您帮我掷三次骰子。'"我看一眼手表："晚上 9 点，他应该还没休息，不过也说不定。如果他偏巧今天早睡了，或者被什么别的事情耽搁了，那么很遗憾，天机不可泄露。我们只有 10 分钟，过了就不准了。"我耸耸肩，继续说："如果在 10 分钟之内，他看到这条短信，就会掷三次骰子，每次只掷一颗。他会分三次把结果发给我们，也就是三个数字。如果至少有两个 6，那么答案就是'是'，如果至少有两个'4'，答案就是'否'。"

派克白不解地问："要是别的数呢？1、2、3、5，都是什么意思？"

派克白还真是认真，细节都要弄明白，不过这位大名鼎鼎的企业家，毕竟进了我这个伪神棍的圈套。我浑身轻飘飘的，冲派克白挤挤眼说："我导师的骰子没有别的数字，就只有 4 和 6。三个 4，三个 6。"

导师的第一封短信（当然是 Steve 发的）是在五分钟之后收到的，只有一个数字：4。

派克白的问题是：如果选择合作，未来是不是会后悔。4 代表否，未来不会后悔。我想 Steve 应该没有听错，所以安心了些。派克白凝着眉头，用一双醉眼凝视着我手机上的 4，看上去忧心忡忡。难道他不希望看到有利于合作的结果？这么说来，就算占完这一卦，他也未必就决定跟 BesLife 合作。

第二个短信紧接着来了，这次是个 6。按照派克白的问题，6 就意味着未来会后悔。这个结果倒是在我意料之中——Steve 那么狡猾，大概不会连发三个 4，总得弄得更逼真一些，下一个肯定是 4。

这个"6"倒是也没让派克白更轻松，眉头仍紧皱着，表情一丝没变。

第三个短信似乎拖得久了一些，也许只隔了十几秒，但是两个醉醺醺的大男人全神贯注地盯着一只手机，难免会让时间变慢。尽管我早知最后一个数字是几，可总得装出屏息静气的样子来。叮咚一声，数字冒了出来。

我想也没想就脱口而出："看来，你不会后……"

我硬生生把"悔"字咽回肚子里——手机屏幕上显示的并不是 4，而是 6！ 466，一个 4 两个 6——如果合作，未来是不是会后悔？是！

我硬生生改变口型："……合作了！"后背瞬间冒出冷汗，这趟罗马之行是白费了。Steve 到底是没把派克白的问题听明白还是按错了键？他可千万别把这天大的错儿赖到我头上！

"好吧！看来，缘分未到！"派克白双手在桌子上一拍，一跃而起，身轻如燕。他双手抱拳，朝我俯身拜了拜："谢谢你！还有你的导师！哈哈！"

派克白满面笑容，如沐春风，看上去称心如意。看来他根本就不想跟 BesLife 合作，我再怎么表演也都无济于事，是 Steve 从一开始就打错了算盘。我这样想着，顿时好受了一些，微笑着冲派克白耸耸肩。我看出他这是要回房间了，等着他先说晚安，他却突然朝我作了个揖，摇摇晃晃地说：

"明早，我的护照，拜托了！"

4

果然是手机信号的问题。

偏巧在派克白提问的时候信号断了，直到我把他的问题重复完了才恢复。所以，Steve 想当然地认为，派克白就只是按照我的建议（也就是 Steve 的建议）提的问：如果接受这个合作项目，是不是会带来预期的成功。答案当然是"是"，远在匈牙利深山老林里的 110 岁的吉卜赛老人家掷骰子掷出一个 4 两个 6，派克白和 BesLife 的合作必将成功！然而 Steve 完全失算了，因为他根本不知道派克白换了一种问法。

我回房间后立刻跟 Steve 通了微信语音。我头疼欲裂，醉意一波一波往上涌，可我不能不立刻告诉 Steve，B 计划完蛋了，派克白不会跟 BesLife 合作了，BesLife 也拿不到银行托管账户里的投资款了，款子将被退回费肯投资的账户，费肯跟 BesLife 签的投资合约就此作废。

还好 Steve 并没暴跳如雷，也没威胁要炒我，他就只冷冷地说了一句："我把你的机票改到明早了。"

一点儿都不令我感到意外。把后天回京的机票改成明早的，至少还能节省一晚的酒店钱，反正留在罗马也已无事可做。可我突然想起一件事。我问 Steve："钱包和护照在哪儿？明早不是还要交给姓白的？"

"我怎么知道？" Steve 充满嘲讽地说，"你真当我是匈牙利山里的吉卜赛人？"

"不是你找人把他的钱夹偷走的？" 我忍不住回嘴。

"哈哈！" 他笑得更放肆，仿佛听到荒谬绝伦的事，"我哪儿有那么大本事？"

"那你为什么要让我告诉他，我能帮他找回钱包和护照，明早就能还给他？"

"不然的话，他怎么会愿意搭理你？" Steve 鄙夷地哼了一声，"反正也都白费。"

Steve 的语气像是在指责我，可那又不是我的错，我觉得我演得很好了。Steve 并没给我辩解的机会，把微信语音挂断了。

我抱着手机在沙发上怔了一阵，心中有股难以言表的情绪，仿佛我才是受骗上当的那个。我知道作为骗子手下的小骗子，我根本就没资格产生这种感觉，可它偏偏堵在胸口不能化解，也不知是不是酒精在作祟，可我好像不那么头晕了，脑子越来越清醒。

为了让自己分心，我起身眺望窗外的大台阶，夜里 10 点，游人稀稀落落，有个街头艺人抱着吉他弹唱，并没有观众，有一对年轻父母从他身边走过，父亲扛着儿子，儿子趴在爸爸肩头熟睡。这一幕立刻触动了我，让我鼻子发酸。我从来都不知道爸妈在哪儿，凤妈从没告诉过我。此类话题在凤妈家是最高禁忌，对谁都一样。不过我现在根本不想知道。我不想知道他们在哪儿，在干什么。我害怕知道他们正在逛街，正在做饭，正在看电视，正在聊天，或者正在吵架，正在像所有其他正常夫妻一样地生活。

我无法确定自己是不是被拐卖的。凤妈虽然不能算是好人，但是也不至于去偷别人家的孩子。当然也不排除是别人偷了卖给她的。但是还有另外一种可能……在很多年以前，凤妈躲在厕所里接电话，被我偷听到了，我猜电话那头应该是耗子的爹或者妈，凤妈说："知道是你生的，可是我一直养着！租金实在不能再涨了，要不一笔买断吧！"

我宁可当个孤儿，父母双亡。

我从小酒柜里拿了一瓶迷你威士忌，也不管客房的酒水有多贵，越贵越好，反正不是我付。我坐回沙发上，拧开盖子，一口喝掉半瓶，就算是报复 Steve，或者报复凤妈。我恨凤妈。我又不认识拐卖或者出租我的人，所以只能恨她。我恨我命中注定要跟着她，要装成小丫头在立交桥下卖花儿，要被大学勒令退学，要在飞飞酒吧里拉皮条，要跟着 Steve 冒充朱公子。

我给阿珠发了微信，夜里 10 点大概不算太晚。Steve 不认识吉卜赛人，可阿珠认识，我偏要做一件凤妈、飞哥、Steve 都不屑做的事情。

5

不到两个小时，阿珠就把派克白的钱夹和护照送来了。当时我正趴在地毯上不省人事，阿珠按了 10 分钟门铃，我才好歹醒过来，脑子里浑浑噩噩，一时想不起自己在哪儿，更不记得刚才给阿珠发过微信还通了话。我迷迷糊糊打开房门，有个人影尖叫着猛扑上来，我还以为遇上绑匪了。

阿珠是在两公里以外的一个垃圾桶里找到钱包和护照的。当然不是盲目乱找，这附近至少也有几百个垃圾桶。她的吉卜赛"闺蜜"打了几通电话，打听上午在西班牙大台阶上从中国男人包里"拿走"的东西，不要钱，只要护照。很快就有了回话——在某个摄像头照不到的垃圾桶里。也不知是早就被扔进去的，还是在吉卜赛闺蜜打电话之后才扔的，反正是被阿珠找到了，现钞当然都没了，但是信用卡、护照都在。

阿珠变了，和三年前出国时大不一样，头顶的方便面消失了，换成标准的"黑长直"，瀑布般一泻而下，把左右两个大腮帮子挡得严严实实，齐眉的刘海儿把额头也藏起来，脸就剩下细长一条，虽然完全没化妆，看上去还是很妖艳，尤其是手，10 个指甲 10 种颜色，是一种乡野的妖艳，不敢想象她化了妆的样子。也许是为了见我，故意把妆洗掉了。

除了派克白的钱包和护照，阿珠还带来一瓶红酒，见我已然醉醺醺，就说让我带回去给凤妈，可我还是坚持开了酒，一边喝一边聊，准备聊个通宵。多亏有红酒，因为谈资并不多，彼此又要赔着小心。我早从红霞那里听到过一些传言，再加上她的长发和花指甲，所以不敢打听她的工作。大概出于类似的原因，她也不打听我的。我只好又提起《罗马假日》，她苦笑着说，罗马才不是那个样子，电影都是骗人的。

天终于亮了，她坚持送我去机场，我不好意思拒绝，怕她以为我嫌弃她不会开车，只能陪我坐通勤火车。她说当年她出国，是我送她去的机场，她应该还的。其实她根本不欠我的情，我倒是欠她太多。就在她出国的三天前，有个在国贸附近上班的外企总监——一个白白胖胖的香港男人，下班后去工体附近一家另类酒吧找乐子，喝得半醉，在厕所里被人往胯间狠踹了几脚，从此丧失了生儿育女的能力。根据受害者的报警记录，袭击他的是个蒙面女悍匪，不但抢走了他的繁殖能力，还抢走了他钱包里的 1000 美元。

那胖总监也真是倒霉，一个月内挨了两次打。一个月前，他在上海四季酒店的大床房里，被一个兼职大学生打了个乌眼青，那男生被刑拘，然后被勒令退学。不过我一点儿都不后悔，如果再遇上胖总监，我要再使劲一些，至少把鼻子打扁。我猜他钱包里根本没有1000 美金，因为女悍匪在登上飞往罗马的飞机时，身上一共就只有500 欧元和 500 美金，500 欧元是她自己换的，500 美金是凤妈让我硬塞给她的，我没提工体酒吧的事，就只是祝她一路顺风。三年后在罗马机场，她也没提别的，没问我为什么要帮派克白找钱包和护照，也没问为什么找到了却又并不直接交给他。

我把钱夹和护照留给酒店的前台经理，请他转交派克白。我不想再见到派克白，也不觉得他想再见到我，他都没问过我叫什么，更没留联系方式的意图。一个精英企业家本来也不需要和一个不中不洋的神棍交往。

看来派克白昨晚并没喝多，一直都很清醒。我有点儿后悔，不该主动帮他找回钱包和护照，丢就丢了，与我何干？人家是富豪，本来就比我幸运一万倍，我倒无缘无故让他更幸运，不但拿回了护照，而且没上 Steve 的当——去跟 BesLife 合作。

我倒不觉得 BesLife 是骗人的，我目睹过 Eva 充满激情的演讲，相信 BesLife 的全基因测序技术将会改变人类，而且第一代"生命之星"测序仪也确实研发成功了，对于新新体检来说，和 BesLife 合作未必就是坏事。我只不过不喜欢 Steve，也不喜欢 Eva 的老公 Bob——并不完全是因为嫉妒，还因为那个家伙既狡猾又强势，我曾经目睹他硬逼着 Eva 在费肯投资的合同上签字，其实也说不上是"逼"，Eva 并没表示反对，可我总觉得她并不愿意。现在那份合同就要作废了，Eva 会不会感觉到轻松？这念头可真蠢——Eva 怎么可能因为失去了投资而感觉轻松？BesLife 就是她的生命。

我的直觉其实还挺准的，就在签约的当天夜里，Eva 和 Bob 果然发生了争执。她一边用电视遥控器换台，一边尽量若无其事地说："是不是应该讨论一下诚信的重要性？"Bob 不耐烦道："你不要小题大做。"Eva 说："我只是想讨论一下，怎样对一家企业的长远发展更有利。"Bob 剑拔弩张道："你用不着教我该怎样做生意。"Eva 忍不住回嘴："做生意也不能独断专行！"Bob 怒吼："你的包、你的衣服、你住的高级公寓，都是我独断专行赚来的！"

Eva 强忍着咽下已到嘴边的话，扔下电视遥控器，离开酒店房间，在东三环的路边坐了两个小时，放肆地喝掉两瓶啤酒，拎着第三瓶返回酒店，酒精给了她勇气，索性跟 Bob 争出个所以然。Bob 并不在房间里。

Eva 起初并没介意，只是坐在地毯上喝啤酒，心想如果 Bob 一去不回也挺好。这想法提醒了她，她打开壁柜一看，旅行箱果然少了一只，她心中一沉，再去检查衣柜和抽屉，内衣外衣都叠得整整齐齐，不过只有她的，还有洗面乳、面霜、眼霜、床头柜上的耳塞、助眠药，都是她的，但都不是她放的，丈夫和妻子的身份早已对调。Bob 不只是在伺候她，还在拯救她的公司，但那并不是 Bob 想要的，他就只想为她收拾行李，带着她周游世界。

Eva躺倒在大床上，酒却醒了大半，床太大，让她觉着冷，就像落进冬天的湖水里。

我是一个多月之后才从Eva口中得知这些的。当我坐在即将从罗马飞往北京的飞机上，当然并不知道这些，我不停玩儿着无聊的手机游戏，等待飞机起飞，其实我很困，可就是想拖着不睡，我还得在这拥挤的经济舱里——当然是经济舱，回程不可能是头等舱——忍受10个小时，我想尽量晚一点儿再睡，以免过早醒过来，面对漫长而痛苦的旅程。

飞机终于上了跑道。我正要把手机调至飞行模式，有个微信提示好像漏网之鱼似的突然跳出来。我点开微信，立刻大惊失色，瞬间从通宵熬夜和过度饮酒造成的极度倦怠中清醒过来。

微信是耗子发的。他转来一篇"10万+"的公众号文章，文章并不长，寥寥几段配两张照片，揭发一个冒充香港富二代的"国际骗子"。真正的朱公子——香港星朱集团总裁朱润达的公子James Chu——授权那个公众号发表了声明，声称有个叫宋桔的骗子在冒充他，那份声明附了两张照片，一张是朱公子本人——真正的朱公子又黑又胖，看上去不止两百斤，一切生理特征都和我完全相反；另一张照片当然就是我——那个冒充朱公子的骗子。

我突然有一种冲动，想要立刻逃下飞机，求阿珠收留我，从此在罗马流浪。可是一切都晚了，飞机开始狂奔，引擎发出震耳欲聋的声音。

第七章

小贼易主

欧亚美绕
地球一天三地

1

我坐在一家咖啡馆里，可我不记得是哪家，也不记得怎么进来的。店里没有别的客人，咖啡机却不知为何一直磨个不停。我面前的小圆桌空着，连空杯子都没有，不记得是一直没买，还是已经喝过了。我对面的椅子也空着，我知道我在等人，可不记得是在等谁。

我把脸埋进手掌里，做了个深呼吸。我的心情有点儿紧张，也不知因为什么。我再放开双手，眼前突然出现一个人，正坐在对面的椅子里，她像猫一样眯眼盯着我。

说来奇怪，我不但没受到惊吓，反而感觉一阵欣喜。我突然意识到，她正是我等的人——Eva。

Eva 把眼眯得很细，像是在仔细阅读我的脸。我感觉口干舌燥，想不起本来打算说什么，不是"我不是故意骗你的"，也不是"我也是不得已"，好像有一句更好的，可我就是想不起来。

Eva 突然抿嘴一笑，把身体向我倾斜过来，娇嗔着说："你怎么露馅儿了？那么不小心？"

我如释重负，所以她早知道朱公子是个冒牌货，可还是愿意陪着我演戏？她凑得那么近，送来这咖啡馆里不曾有的芬芳。我一阵冲动，想要起身拥抱她。可是我不敢，我都不敢看她的眼睛。可是一转眼，她消失了，对面的椅子空着。

咖啡机还在嗡嗡叫着，而且越来越响。我闭上眼睛，突然明白了，噪声并非来自咖啡机，而是飞机引擎。

我醒了，不过没立刻睁眼，很后悔没在梦里拥抱她。

清晨的阳光正从某扇机窗射进来，机长突然开始广播，大约40分钟后，我们将抵达北京首都国际机场。

我本以为朱公子的声明会让我失眠，没想到一觉睡到快降落，本想趁着飞行想想到底发生了什么。

首先，我犯罪了吗？警察会不会正在机场等着我？我的心脏立刻开始狂跳。我努力让自己镇定：骗人不是犯罪，诈骗才是。我参与诈骗了吗？我立刻想到"万康女眷"在夏威夷观鲸船上花6万美元买的油画，价格的确有点儿高，不过那是她自愿的，而且她早知是赝品，再说那也不是我布的局，从头到尾都是Steve设计的，我事先根本一无所知。

还有就是费肯集团对BesLife的投资，数额巨大，足够判个无期。但BesLife并不是皮包公司，BesLife的技术和产品也不是假的，我听过Eva的演讲，那么多媒体也报道过的，而且费肯对BesLife的投资也要告吹，所以尽管我冒充了朱公子，但是没骗谁的钱，至少没骗成功。

我好歹松了一口气，又感到后怕：多亏Steve把4发成了6，让派克白断了跟BesLife合作的念头，2000万美金进不了BesLife，只能退回费肯。可是——2000万美金？

我立刻意识到一个问题，不禁打了个寒战——Steve告诉过我，2000万美金都已经进了银行托管账户，也就是说，以我（朱公子）的名义投资的1000万美金也进了。可那1000万美金是从哪儿弄来的？是怎么弄来的？是不是以"朱公子"的名义骗来的？这一笔也足够判无期了！可是我完全不知情啊！而且钱也根本没经过我的手，那都是Steve干的！可是冒充朱公子的人毕竟是我，朱公子的声明里也只提到我，一个字没提Steve，我怎么跟警察解释呢？Steve这会儿说不定已经拿着钱跑路了，世界这么大，我上哪儿找他去？

我眼前一黑，这是跳进黄河也洗不清了。谁能替我作证？Eva？郝依依？她们倒是都能证明Steve的存在，也能证明Steve巧舌如簧，但她们不能证明这一切都是Steve一手操控，而我什么都不知道，她们更不会证明，那1000万美元不是我骗来的。人家也都是受害者，凭什么为我证明？郝依依这个人精就不用说了，Eva呢？我又想起刚才的梦境，可真是一厢情愿。

可到底是谁揭发的呢？我又掏出手机，仔细研究耗子转给我的公众号文章，短短几行字，没任何线索，倒是声明最后还有两句，是我之前没注意的："由于朱公子先生非常低调，极少在公共场合曝光，所以近年常有骗子冒充他行骗，请各位提高警惕。"大概也正因如此，Steve才敢让我一直冒充他。

我再细看那两张照片，朱公子的看不出什么，我自己的倒是让我意外——那是一张近照，画面上主要是我的半截身子，没正对着镜头，而是侧身低着头，冲身边的女士猥琐地使眼色，而那位女士正是——"佘太君"！尽管照片上就只有她的半张脸，可还是清晰可辨。我刚才大概太震惊，竟然没注意到"佘太君"！

照片应该是在夏威夷的观鲸船上拍的，可是我并不记得曾经朝"佘太君"挤眉弄眼。怎么可能呢，根本就不熟，话都没说过几句。莫非是在甲板上会面时我朝她"优雅"致意？可我明明扮演的是贵族绅士，怎么好像特务接头？这可真让我感觉挫败，我的演技哪有那么差？这也抢拍得太巧妙了！难道是连拍了好多张？

到底是谁偷拍的？肯定不是Eva和Bob，他们就在我眼前，应该也不是那位"网红女作家"，我很确定她已经完成了拍摄，正在收相机，不然我也不会走过来。我对拍照一向敏感，时刻提防着不让自己出现在任何人的照片里，如果附近有人在拍照，我不会不知道的。

我再看那照片，果然有点儿模糊，像是从远处偷拍然后剪裁的。谁会在远处偷拍？是某个Steve聘请的临时演员？可那些人只是拿钱干活儿，不可能了解Steve的计划，也不可能知道我在假装谁。也许偷拍只是为了好玩儿，发到脸书或者别的什么地方，恰巧被"有心人"发现了？而那个"有心人"恰巧又认识真正的朱公子？可他怎么知道我正在扮演朱公子？是偷拍的人无意中听到的？实在是太多巧合了！

我越想越没有头绪，飞机不知不觉就降落了，停在远机位，半天不让乘客下飞机，我更加惴惴不安，别是等警察直接上来抓人吧？

还好没见穿警服或者黑西服的人冲进机舱。终于开始下客，我没坐头等舱，一时半会儿轮不到我，我宁可不走第一个，混在人群里比较安全。我戴好墨镜，夹在一群温州人里走出机舱，他们大包小包的正好掩护我。可是舷梯才下了一半儿，我的腿一下子软了，因为我看见一个穿黑西服的男人正站在舷梯底部，手里举着一张A4纸，上面打印着大号字体：James Chu！我很了解警察那一套，为了避免引起乱子，抓人也要做些伪装。

我心中大乱，脚步稍一迟疑，背后的温州人踩上我的后脚跟儿，不仅踩了我，还开口抱怨，可真是没天理，可我不敢回头理论，赶紧继续往下走，生怕引起"黑西服"的注意，边走边安慰自己：说不定飞机上还有另一位 James Chu，"黑西服"等的也许不是我，如果他真是警察，不该不知道我的真名。

可"黑西服"偏偏迎着我走上前，面无表情地问："您是朱先生吧？"

我差点儿吓晕过去，勉强站稳了，假装沉着地回答："不，我不姓朱。"我想继续往前走，可他还是拦着我："先生，那您姓什么？"

"我姓宋！"我努力把惊慌失措伪装成不耐烦，皱着眉说，"我可以走了吗？"

他却得意地冲我一笑，把手里的 A4 纸翻过来给我看，背面竟然印着另一个名字：宋桔。

我顿时眼前一黑，知道无处可逃，只能横下一条心，咬定 Steve 才是主谋，我什么都不知道，就算警察抓不着 Steve，也并没有铁证证明那 1000 万美元是我骗的，更无法证明钱过了我的手。我拿定了主意，心也定了些，乖乖跟着"黑西服"上车——当然有辆专车在停机坪等着我，就像第一次从美国回北京时 Steve 带着我乘坐的那种面包车，车身上印着巨大的"VIP"字样，但上次 Steve 的确是 VIP，这次我可是嫌疑犯，我确信这都是警察的伪装。

然而面包车上居然只有司机，我还以为藏着一群警察呢。我还从没听过只派一个人实施抓捕的。我不禁问道："警官，就您一个人？"

"黑西服"竟然一脸诧异，好像看个精神病似的看着我："您叫我什么？我可不是警察，是负责 VIP 接机的地勤。难道不是您预约的 VIP 接机服务？"

"我约的 VIP 接机服务？"这下儿我也蒙了。

"是啊！您看！"他从衣兜里掏出另一张 A4 纸，上面密密麻麻打了许多行乘客信息，其中有一行写着"宋桔（James Chu）"、我的航班号、抵达时间。我心中一阵狂喜，简直就像死里逃生——他果然不是警察！

可是等等，我并没预约过接机服务，到底是谁替我约的？肯定不是耗子，耗子虽然疼我，可没大方体贴到这种程度，而且我又没给过他航班信息，不是耗子又会是谁？不管是谁，肯定没安好心！而且地勤怎么会认出我？举着乘客的名字不就是为了给乘客认的吗？看来，预约 VIP 接机的人为了确保接到我，做了更"特殊"的安排，换句话说：绝不能让我跑了。

　　我越想越心慌，越慌就越觉得那地勤可疑，他一步不离地跟着我，简直就像是在押送犯人。验完了护照，他问我有没有托运行李，我留了个心眼儿，告诉他有，其实根本没有，就只有手中的拉杆箱。一共三天的旅行，托运什么行李。

　　按照上次的经验，地勤应该先送我去休息厅，然后替我去取行李，可他没有，直接带着我去行李转盘，我更加确定，这家伙一定肩负着特殊使命，而且不是警方的使命，这就更吓人了！我灵机一动，告诉他我要去一趟洗手间，然后凭空捏造了托运行李的外观特征，让他帮我看着，不等他同意，我拔腿就往厕所走，还好他没跟进厕所。

　　我在隔间里脱掉西装，换上牛仔裤，上身只穿着白衬衫，再戴上礼帽，贴上假胡子——多亏我留了个心眼儿，为罗马之行额外做了点儿准备，跑那么远去骗人，谁知会遇上什么麻烦。

　　所以溜出卫生间的我，已经从风流倜傥的青年才俊变成了戴着礼帽和墨镜、满脸大胡子的猥琐大叔。我承认看上去有点儿怪，不过这是在机场，怪人本来就多，唯一的漏洞是拉杆箱，可我实在舍不得连行李带箱子都扔了。

　　还好那家伙没认出我或者我的箱子，并没来追我。我顺利出了海关，长出一口气，打算直奔轻轨站，打车得排队，叫专车得等，我可不想在这倒霉机场里再多待一分钟。可偏偏前面的人磨磨叽叽不往外走，接人的，被接的，一群又一簇堵着出口，我好不容易绕开了，又有一位大妈迎上来，我往左，她也往左，我往右，她也往右，就像是专门要跟我作对，我正要冲她嚷嚷，她竟然先下手为强，一把揪掉我脸上的墨镜。

　　我大吃一惊，这才细看那大妈，裹着头巾戴着墨镜，年龄40上下，个子不高，身材特别丰满，尤其是胸脯，红霞也要自愧不如。她看着有点儿眼熟，可我一时想不起来在哪儿见过，正犹豫着要不要也把她的墨镜揪下来，她却突然抬手指着我的鼻子高喊："就是你！"

　　她扯开嗓门一喊，我立刻心慌意乱，再也顾不上研究她是谁，掉头就跑，眼前突然出现一个美女，让我不禁迟疑了半步。那美女正站在两三米开外，戴着棒球帽和遮阳镜，一身运动衣，身材小巧而曼妙，以一种暧昧的姿势斜着身子，好像是在冲我微笑。她也有点儿眼熟，我隐隐觉得大事不妙，再拔腿已来不及，衬衫的后襟被人揪住，有个女高音紧贴着我的后脑勺喊："就是你，想往哪儿跑！"

　　我心里一沉，知道是被大妈揪住了，我转身使劲儿挣了一下，居然没挣脱，我急着骂了一句："你谁啊！神经病！"

大妈更来劲儿了，一手抓紧我的衬衫，另一只手抓住我的拉杆箱，肥胖的身体顺势往地下坠，一边儿叫喊着："你这个骗子！骗了钱还想跑？你休想！"

我真是又急又气又好笑，这可是我当年在立交桥下常用的招式！没想到今天竟被别人用在我身上。要不干脆来硬的？虽说她身宽体胖，如果我真的发狠，也未必就甩不开她，这种胡同大妈我最了解，由着她撒泼打滚，有理也说不清，这大庭广众之下，不如趁早脱身。有人正好奇张望，再不撒就来不及了！我正心急火燎，却突然听到甜美悦耳的声音："辉姐，别这样，有话好好说。"

我立刻反应过来，站在两三米开外的美女正是费肯投资的总经理——郝依依！不用说，正在撒泼的就是那忠心耿耿的前台大妈了。这俩人，又围巾又帽子又墨镜，裹得严严实实神神秘秘跑到机场来，到底要拿我怎么样？

大妈听了郝依依的话，松开我的衬衣，不过没放过我的拉杆箱——她干脆一屁股坐在箱子上，我听见隐隐一声脆响，估计箱子就此报废，可大妈一点儿不在乎，无动于衷地仰脸蔑视着我。我心中一阵绝望：没想到特务地勤都被我甩了，却栽在胡同大妈手里！

郝依依又往前迈了一步，摘掉墨镜，似笑非笑地说："朱先生，哦对不起！我叫习惯了，应该是宋先生，别急着走，有事儿想跟您聊聊。"

郝依依看上去倒是心平气和，前台大妈也很配合地用凶恶的目光把那几个打算围观的路人撵跑了。我定了定神，越想越觉得纳闷儿：郝依依怎么知道我的行程？她又为什么费这么大的事来机场堵截我？这可是我完全没料到的。BesLife 没拿到跟体检中心的合作协议，费肯的投资款又进不了 BesLife，最终肯定会被退回费肯，就算我冒充了朱公子，她又有什么损失？我疑惑地摊开双手，故意用英语说："郝小姐，我不太明白，出了什么问题吗？"

"哦？你还不知道吗？"郝依依好像很意外地张大双眼，随即又眯起眼，坚持用中文说，"没什么，我们只是来恭喜您，您看好的 BesLife 公司，已经 2000 万美元到手了！当然也许只有 1000 万美元，另外的那 1000 万美元，也不知是不是钓鱼用的。"

我吃了一惊，立刻反问："这怎么可能？没有和体检公司的合作协议，银行怎么会放款？"

"Steve 没告诉您？银行早收到了万康体检跟 BesLife 签署的合作协议，所以已经放款了！就是不知道，那份协议是不是真的，不过，等一会儿就知道了。"郝依依居然又笑了，笑里藏刀地说，"所以，我们想请您跟我一起等呢！"

我立刻恍然大悟，Steve 这是狗急跳墙，知道派克白不会跟 BesLife 合作，干脆伪造了万康体检和 BesLife 的合作协议！所以费肯投资的 1000 万美金已经进了别人的账户，郝依依这下儿麻烦大了，她大概找不到 Steve，所以来机场绑架我。

"可是郝总，我真的什么都不知道，都是 Steve 安排的，跟我无关呢。"我可怜巴巴地说。

"哦？是吗？"郝依依抱起胳膊，吊着眉梢说，"要不是朱先生亲自出面找到我们，提出想通过费肯给 BesLife 投资，费肯投资怎么会卷进这件事里呢？再说，要不是您把 1000 万美金打进托管账户，我们哪敢也跟着把钱往里打呢？您说，我不找您找谁？"

我心里暗暗叫苦，看来郝依依是准备死咬着我不撒嘴了！可她不咬我咬谁？Steve 肯定早跑了，而"朱公子"本来就是整件事的主角！我突然醒悟过来，我这是挣着打工仔的薪水，顶着主案犯的风险呢！我怎么这么傻？可郝依依总是个人精，事事未雨绸缪，怎么也马失前蹄？

"可是如果我没记错的话，银行必须先收到由费肯投资提供的合作协议副本，才会放款给 BesLife 的吧？"我有点儿强词夺理，"所以，郝总没核实一下合作合约，就发给银行了？"

"哈哈，这真新鲜了。"郝依依冷笑了两声，咬牙切齿道，"你们用假合同骗人，还怪我没发现？"

"别跟他废话！干脆报警！让警察审他！"前台大妈坐在我的箱子上喊，再次引来路人的好奇目光。我赶紧四下张望，看看是不是真的引起警察的注意了。果不其然，两个穿制服戴墨镜的警察正朝着我们走过来！我顿时两腿发软——费肯投资的 1000 万美金已经进了 BesLife，"朱公子"的诈骗罪已是既成事实，这得在监狱里蹲多少年？我带着哭腔恳求郝依依："郝总！钱真的没经过我的手！一切都是 Steve 安排的！"

"我可以不立刻报警，"郝依依微微一笑，"不过，咱们找个地方好好聊聊。OK 吗？"

我无可奈何地点头。

郝依依立刻转过身，朝着那两个警察说："没事，这位先生只是有点儿不舒服。"

我又听见"嘎吱"一声——大妈从拉杆箱上一跃而起，身手相当敏捷，瞬间把胳膊插进我腋下，假模假式地挽着我，在暗中运着气，生怕我逃跑了。

2

其实辉姐——也就是费肯的前台大妈，尽管我打心眼儿里不想尊重她，可为了叙述的便利，我还是像别人一样称呼她——根本不用担心我会逃跑，因为那两个穿制服的"警察"非常热心，热心得过了头，一直把我们"护送"到停车场里的一辆黑色桑塔纳跟前，"护送"我们上了车，然后也跟着上了车，一左一右坐在我两边。

我当然已经看出来，这两人并不是警察，他们穿的深蓝色外套也根本不是警服，只不过颜色和款式相似，我刚才太慌张，竟然连这都没看出来，实在有失水准。郝依依可真是兴师动众，不但带着辉姐亲自上阵，还带了两名"打手"，莫非这小女人还有黑道儿的朋友？只是"打手"看着实在不够专业，尤其是左边的这个"小弟"，身材实在太瘦小，小鸡雏似的，好像还没开始青春期。

可就算俩打手真的是草包，我也根本跑不了——桑塔纳正在机场高速上以百公里时速飞奔，而且这车又实在狭小，后排被三个人挤得满满当当，我连转身都困难。还是辉姐看得起我，一边开车一边嘱咐："这小子可贼了！Tina，你小心着点儿！"

这倒让我意外，这车里谁叫 Tina？难道是郝依依的外文名儿？然而出乎我的意料，坐在我右手的"小鸡雏"开口："放心吧辉姐！"声音又尖又细，原来是个男人婆！就算她一直戴着墨镜，我也早该发现的，我简直无地自容，这要是传出去，以后别在江湖上混了。

"多亏了你那地勤哥们儿事先报了信儿，不然还真认不出来！"辉姐愤愤地说。小男人婆抱歉地说："主要是他在上班，也不能……那什么……"

"这回太谢谢你了！也要谢谢你哥们儿们！"郝依依从副驾座上回过身，飞快地朝我一左一右点点头。我看得出来，她是想早点结束这话题，其实我差不多已经听明白了：原来我在厕所里全是白忙活，那地勤还是认出了我，只不过不能在大庭广众之下冲过来阻止我，所以只好打电话通知别人在出口堵我。可见他的确是负责贵宾接机服务的地勤，只是顺便接了个"私活"——帮 Tina 特别"关照"一下我这个 VIP 客人。

像 Tina 这种人我倒也认识几个，干的多半是跟踪、追债、婚外恋调查什么的，除了自己有一套不上台面的手段，也常常靠着人脉办点小事，这些人难得有个正经主顾，基本游走于灰色地带，跟我们这些街上的小混混并没有本质区别。看来郝依依不想通过正规途径解决此事，至少现在还不想。她不打算找一家律所或者正规调查公司，所以大概也不会立刻报警，她大概有她的难处。

果不其然，郝依依很坦率地对我说："我们是拴在一根绳子上的蚂蚱。"

这是郝依依对我"审讯"的开场白。审讯地点是国贸附近的富亿大酒店①套房。那酒店里的设施让我似曾相识，过了半天才突然想起，几个月前飞矶驾驶员亚瑟就住这家酒店，悔不该钓他这条鱼，不然也不会去美国，不会遇上 Steve，不会惹出这么大的麻烦。

套房是预先订好的，他们四个一起把我"押"进套房，郝依依和我留在卧室里，另外三位则守在客厅。其实我本来没想逃跑的，又没给我戴手铐，下车那会儿就能跑，可我不知该往哪儿跑，而且只要他们一报警，跑哪儿都会被抓回来，不如先看看他们葫芦里卖的什么药。

可是进了酒店套房，我倒真有点儿慌，好像真的被绑架了。我仔细观察这套房，一共两扇户门，一扇通楼道，还有一扇在客厅电视柜旁边，那扇门正对着卧室，距离我现在的位置很近，只要冲出卧室就能立刻抓住门把手，可是按照我的经验，那扇门后应该还有一扇门，通往隔壁套房，这是为了一家分住两套时便于相互走动设计的，我猜也许……用不着我猜，Tina 已经打开那扇门，门后果然还有一扇门，Tina 使劲儿转了转门把手，没开，锁得死死的。她放心了，我也死心了。

"Steve 就只给我发过半个月工资，一共 1 万块人民币，除此之外，我什么都没有。"

这是我的开场白。我老老实实把一切（几乎是一切）都告诉郝依依：我如何在飞机上偶遇 Steve（不过没提亚瑟），Steve 如何把我

---

① 北京国贸附近并没有一家"富亿大酒店"，鉴于此酒店里的"戏份"比较多，请原谅我不得不使用化名。

当成朱公子，不过很快发现我不是，但还是决定利用我演一出戏——带着我这个冒牌儿朱公子和几个投资人去硅谷参观 BesLife 公司，不过只让我出席了一个酒会就打发我回北京，因为 Steve 并没想真的给 BesLife 找投资，BesLife 眼看就要破产了，是个扶不起的阿斗，Steve 只不过是想借着 BesLife 和"朱公子"向几位投资人证明自己神通广大，可又不想自己掏腰包。后来 BesLife 竟然真的把生命之星 LS1.0 研发出来，Steve 看有利可图，索性正式聘用了我，让我继续扮演朱公子，接下来就是郝依依见到的那一幕——Steve 带着我到费肯来给 BesLife 找投资，为了说服郝依依一路跑到机场，却在机场邂逅了"万康女眷"，所以又飞到夏威夷，导演了出海观鲸的大戏，并且邀请"万康女眷"们参加，本想诱骗万康投资 BesLife，可人家并没上钩（我没提拍卖假画那档子事，担心又给自己名下的欺诈多加上一笔），不过 Steve 还是利用"万康女眷"大做文章，弄出万康体检要跟 BesLife 合作的传言——我在这里借机强调了一下：是不是传言我还真不清楚，因为 Steve 没告诉过我，我知道的事情其实非常少，跟 Steve "工作"的天数用 10 个手指头就数得过来。

郝依依半信半疑地问我："照这么说，BesLife 和万康签的合作协议，有没有可能不是假的？"

我迟疑了片刻，决定把 Steve 派我去罗马"邂逅"派克白的事告诉她：Steve 指望着我能帮助派克白下定决心，跟 BesLife 签署合作协议，只不过那个计划也落空了，所以 BesLife 和万康体检多半没达成任何协议，不然 Steve 也就不必费事派我去罗马了。

郝依依皱着眉说："反正已经托人去找万康体检核实了，今晚之前就会有回信。那么下一个问题来了：Steve 在哪儿？"

我摇头说："我不知道。我从来都不知道他在哪儿。每次他需要我做什么，就会突然出现，等完事了就消失，我对他一无所知。"

我忐忑地看着郝依依，生怕她不相信我。这部分其实很关键，它意味着我在此案中所应担负的责任。

郝依依点点头说："这我倒相信。如果你知道他的行踪，他就不会让你落到我手里了。"

说实话我吃了一惊：我虽然不觉得 Steve 会为我考虑，可没想到他会落井下石。郝依依似乎怕我不信，很耐心地解释道："前天晚上他主动打电话给我，告诉我 BesLife 和万康体检的合作协议已经发给我了，然后提醒我按照合约，我应该在一个工作日内通知银行放款。

我答应他明早就通知银行，然后邀请他一起吃饭庆祝，他说明晚没时间，不过朱先生明天从罗马飞回北京，后天早上到，不如后天晚上大家一起庆祝。我看他不肯立刻见我，有点儿不放心，所以一直拖到第二天中午，给航空公司打了电话，确认有位叫 James Chu 的乘客已经在罗马机场办理了值机手续，这才通知银行放款，可没想到没过多久，就从网上看到那份带照片的声明，说'宋桔'在冒充 James Chu。"

郝依依把"桔"读成了"橘"，这让我有点儿难为情，不过完全没心思纠正她，因为我正怒火中烧：原来 Steve 把我当成定心丸直接出卖给郝依依了！不过等等，我突然想起一个问题。

"可我并不是用 James Chu 这个名字登机的，航空公司怎么会有 James Chu 的记录呢？"

"这也不难吧，反正只是在值机柜台 check in（办理值机）一下，又不用真的过海关，用最廉价的假证件就可以糊弄过去。"

"你的意思是说，Steve 猜到你会给航空公司打电话，所以用 James Chu 的名字买了一张机票，还找人用假护照去机场 check in 了？"

郝依依点点头，冷笑着说："有点儿不可思议吧？我看到那个声明后，立刻又打电话给航空公司，那时航班已经起飞了，果不其然，James Chu 并没有登机，不过飞机上竟然有个'宋桔'！我本以为只是巧合，根本没指望着你真在那趟航班上，不过，我还是为那位乘客预约了机场贵宾接机服务，其实我根本没抱任何希望，可没想到，我们还真接到了你！"郝依依顿了顿，看着我的眼睛说："我说得这么详细，是希望你能相信我。你看，我到费肯的时间并不算长，这是我经手的第一个重要项目，这也许不只是钱的问题，有些人巴不得我出点儿错。你明白我的意思吗？"

我点点头。我明白她的意思，1000 万美元也许对于费肯来说不算是一笔很大的投资，然而郝依依是新官上任，而且据说是凭着某些特殊背景硬上的位，因此费肯董事会随时准备找茬儿，所以对她来说，这 1000 万美元就是致命伤，就算能追回投资款，她在费肯的地位也难保，她说得没错。我们现在是拴在一根绳子上的蚂蚱——绳子是 Steve 拴的，毫不留情地欺骗和利用了我们，把我们推上绝境，我现在恨死他了。

"所以，你知道 Steve 为什么要把你送到我手里吗？"郝依依的目光变柔和了，仿佛我不是敌人，而是战友。我当然明白她只是在建立统一战线，这并不能代表她在必要时不会出卖或者惩罚我。

"不，我不知道。"我连连摇头，气急败坏地说，"我是真的什么都不知道！就连他的真实姓名、国籍、家庭住址，一样也不知道！我就只有他的手机号码和微信。"

我把手机掏出来，想要把 Steve 的电话和微信展示给郝依依，可她似乎一点儿也不感兴趣。她抬头叫道："Tina！"

卧室门立刻开了，Tina 应声走进来。郝依依冲 Tina 做了个鬼脸，调皮地说："跟宋先生介绍一下你的前老板吧。"

3

Steve 的全名是 Steve Zhou——这是他在 GRE（全球风险管理专家公司）担任中国区一把手时名片上印的名字，其实也不是真名，据 Tina 说，Steve 的真名是"夏冬"，那才是印在他中国护照上的名字。

Tina 曾经在那家全球顶尖的商业调查公司里干过几年，就在大名鼎鼎的商业调查专家 Steve 手下担任"御用调查师"——这是 Tina 的原话，我不太明白"御用"是什么意思，不过没好意思多问，总之 Tina 曾经为 Steve 工作过好几年，而且是在一家正规的跨国公司里，因此更知根知底。

按照 Tina 的介绍，Steve 在 GRE 北京办公室闷头苦干了 10 年，从普通调查师一路升到中国区负责人，击败无数老外和假洋鬼子，靠的是超强的业务能力和心狠手辣的计谋，比如和全球副总勾结，推翻公司创始人，顺便让自己上位中国区老大；还比如直接把调查对象的老婆招进公司，一边假惺惺搞着办公室暧昧，一边偷偷调查人家的私人电脑；最后做了个大局，把 GRE 公司、某大国企老总和台湾某大家族全都耍一通，然后就此人间蒸发。

Tina 的介绍真令我咋舌，没想到那个看上去年纪不大而且过于招摇的家伙竟然有这么大的本事，看来 Steve 让我见识到的那点儿手段，在他的阅历里简直就是小儿科。我怀疑 Tina 夸大了事实，她看上去像是喜欢言过其实的人，说了那么多，也没有多少有用的。

我问 Tina："可是 Steve 现在在哪儿？有线索吗？"

Tina 摇摇头，不过并没有任何遗憾的表情，反倒得意地说："我查过他的出入境记录，用'夏冬'这个名字查的，三年之内并没有任何记录。这两年管得可严了，不过我在海关有人，不但能查，而且保证结果是可靠的！"

我立刻提出异议："这怎么可能呢？他肯定出过国的，最近两个月至少去过三次美国。"

"我又没说他没出国，"Tina 不屑地撇了撇嘴，"我说的是按照出入境记录，他已经有三年没回过国了。"

郝依依开口道："这说明，他在用另一本护照旅行，也许换了国籍，或者弄了本假护照。不管怎样，我们都很难追踪他的行踪。宋先生，你能不能努力回忆一下，有没有他个人的任何线索？"

我低垂了目光，拧紧了眉头，做出努力回忆的样子，可我心里很明白，我不可能回忆起什么，Steve 从来没有向我暴露过任何个人信息，我也没刻意关注过那些，我甚至连他的照片都没有。我突然有点儿懊恼，心怎能这么大？要是红霞，早趁他睡觉或者上厕所的工夫把他的东西翻遍了。

"通常来说，钱是最重要的线索。"Tina 见我不吭声，迫不及待地开口了，"寻找一个失踪的人，或者调查一件欺诈案，最好的办法是追踪钱从哪儿来的，又去了哪里。"Tina 得意地做了个鬼脸："这还是 Steve 教给我的。"

我不得不承认，此话确实有理，而且我也可以利用这个机会进一步为自己开脱。我说："所以，关键在于他以朱公子名义投资的那1000 万美金是从哪儿来的。我反正完全不清楚。我感觉 Steve 好像并不富裕，我们在夏威夷住的是最便宜的汽车旅馆，他让我穿的那些衣服都是从旧货店里买来的。"

"还用你说，早查过了。"Tina 不屑地回了一句，迟疑着看看郝依依。郝依依接过话头："那 1000 万美金是从一家 BVI 公司的账户里打出来的。"

"BVI 公司？"我不解地问，"那公司的股东是谁？"

"要是能查出股东，那还叫 BVI 公司？"Tina 翻了翻白眼儿，她大概察觉到了我对她的反感，所以摆出更加蔑视我的样子，"BVI 是British Virgin Islands 的缩写，指的是在英属维京群岛注册成立的公司，那些公司的资料都是保密的，查不出股东是谁！"

我无所谓地耸耸肩，心说我又不是什么商业调查师，凭什么也需要懂这些？

"所以，我们不知那笔钱是从哪儿来的，不过我们知道它去了哪里，已经跟银行确认过了，2000 万美金都汇入 BesLife 的公司户头了。"

郝依依再次把目光转向我，"所以，我现在有个问题：你跟 BesLife 的人熟吗？"

我摇头说："不熟，我只见过黎博士和 Bob 几次，每次 Steve 都在场，从来都是 Steve 跟他们联系，我没有他们的任何联系方式。"

"哦？"郝依依挑了挑眉梢，"他们知不知道你……不是朱公子？"

"不知道，我是说，我不知道他们知不知道。"我耸耸肩说，"以前肯定不知道。Steve 让我冒充朱公子，就是做给 Eva 看的，可现在，大概看到声明了吧。"

"有没有可能，他们在跟 Steve 一起利用你骗人？"郝依依表情严肃地盯着我。

"倒是不像，至少我没看出来。BesLife 又不是皮包公司。"我嘴里虽这么说，心里可是一点儿不踏实。BesLife 本来也快破产了，谁敢保证它现在没变成皮包公司？谁又敢保证 Eva 和 Bob 没跟 Steve 串通？他们会不会已经把投资款私分了？要真是那样，不但郝依依血本无归，我也就彻底成炮灰了！

"看来得去一趟！"郝依依突然问我，"你能不能跟我一起去？"

"一起去美国？"我倒不在乎再去趟美国，总比被人关在这酒店房间里好。

"是啊，一起去美国！"郝依依嘲讽地一笑，"给'独角兽'投了那么多钱，总得参观一下吧！你也是投资人，不是吗？"

我有点儿蒙，不确定郝依依到底什么意思：我也是投资人？

卧室门被人"砰砰"连敲两下，随即被推开了，辉姐等不及得到许可就冲进屋子，挥舞着手机说："这么一会儿工夫，手机快给打爆了！Eric Wang 打了九个，发了五条短信，说必须立刻找到你！"

辉姐的语气颇令人心惊，好像 Eric Wang 是个青面獠牙的妖怪，可我记得那个总是打着红领带的投资部总监，只不过看上去有点儿小人得志，看来他虽然也是郝依依的手下，但显然和辉姐不同，不是郝依依的亲信。

郝依依皱了皱眉，不耐烦地说："不是说过了，不用理他。"

"我是没理啊！可这最后一条短信说，纽约总部 VP（副总裁）带着律师和董事会的人，明天下午就到北京！"

辉姐又挥舞了一下手机，像是烽火台上的士兵在挥舞火炬。郝依依紧皱起眉头，沉思了几秒钟，抬手看看手表，果断地对辉姐说：

"现在是两点，飞旧金山的 CA985 3 点 40 分起飞，还有一个小时 40 分钟。你马上订票，一张我的，一张他的，我们现在去机场！"

郝依依把脸转向我，严峻的表情突然放松了，嘻嘻笑着说："您这一脸胡子，过不了海关吧？"

4

严格来说，我们是在 CA985 停止值机前抵达机场的，但是走到值机柜台时已经晚了几分钟，郝依依用甜美的笑容换来了优待，顺利拿到登机卡，当然也因为我们都没有托运行李。我好歹还有一个已经被辉姐坐裂了的登机箱，郝依依则只有一只小皮包和一个电脑包，我倒有些好奇，想看看这位美丽精致的"CBD 新秀"（京城凤冠加冕的头衔）是真打算几天不换衣服，还是准备借机到美国血拼一通。

我们坐的当然是经济舱，据说商务舱早满员了，头等舱或许还有空位，但我相信郝依依是不肯花那么多钱的。我不清楚这趟行程的旅费到底是郝依依自掏腰包，还是干脆算到费肯公司账上，但是以费肯中国区某子公司总经理的级别，大概也就只能报销商务舱。

还好客舱里并不是太满，我和郝依依占了三个座位，中间隔着一个空位，要是在平时，我肯定更愿意跟美女紧靠在一起，可这回不同，因为我就像是她的囚犯——一上飞机，她就把我的护照拿走了。我故意嬉皮笑脸地问："难道我还能中途跳飞机？"她也笑着回答："就算你不跳，要想在波音 777 上找一个人也不容易。"我又说："到美国进关时你反正还得给我。"她则回答："那就到时候再说呗。"

其实就算她不把护照拿走，我也没打算逃跑，至少不是立刻，原因很简单——没钱。之前去罗马的机票和酒店都是 Steve 订好的，吃饭可以记酒店的账，Steve 就只给了我 200 欧元，在罗马坐通勤火车花掉了十几欧，现在就只剩 100 多欧，再加上我自己的几百块人民币，就靠这点钱，肯定要饿死在美国街头。

而且我实在好奇，想看看郝依依到底有何打算——单枪匹马跑到美国，是想赤手空拳夺回 1000 万美元，还是想把 Steve 和同伙儿绳之以法？又或者她并不是单枪匹马，在美国也有帮手？在中国尚且只能雇佣 Tina 这种半吊子"调查师"，在美国又能怎样？利用费肯集团的资源？费肯的总部就在美国，那么大的跨国公司，大概不缺律师和人脉，不过我倒是觉得，郝依依不想让公司知道她正赶往美国，她急着上飞机，不就是想要赶在集团 VP、律师、董事会的人抵达北京之前离开吗？那些"大头儿"看样子是来兴师问罪的。但躲得过初一躲不过十五，郝依依想如何利用这趟"火速访美"力挽狂澜？

我没向郝依依提问，知道问也白问，她根本没有想跟我聊天的意思，就只安静地缩在座位里用手提电脑，表情既天真又执着，就像个陪领导出差的小职员，坐飞机也要假装忙工作。其实她可不天真，心机不亚于 Steve，我早知郝依依跟 Steve 是一路人，栽在他们谁手里，我都难免任人摆布，只不过任郝依依"摆布"的感觉要好些，也许因为她是美女，也许因为她随和。

可就算她再美，我也没心思看她，因为肚子饿——自从一早下飞机，我还没吃过东西，好歹坚持到空姐送晚餐，我立刻风卷残云，郝依依倒是注意到了，嘻嘻笑着说怎么跟饿狼似的，然后把她的晚餐也递给我，我一点儿没客气，也全吃光了，就算是囚犯也不能饿肚子。

吃完了饭，我突然困得睁不开眼，虽说在罗马到北京的飞机上睡了七八个小时，可越洋飞行总是让人特别疲惫，我几乎是瞬间睡着的，再醒来时竟然又快降落了，居然又缩在狭窄的座椅里睡了八九个小时，浑身酸痛不说，最糟糕的是，我落枕了。

我这辈子一共只落枕过三回，前两回都是在大学里，有一阵子实在太用功，总是在熄灯后窝在上铺用手电看书，但是自从被勒令退学——感谢香港白领人渣改变了我的人生——落枕就再没犯过，直到飞机在旧金山上空盘旋着准备降落，它居然又犯了，就像一个预示：也许某个人渣又要改写我的人生。

郝依依大概也发现了我的问题，嘻嘻笑着说："这样正好，更有股东的派头！"她看上去像是在开玩笑，可我觉得她这种人根本就不会无缘无故开玩笑。她什么意思？是想讽刺骗子的罪行，还是想让骗子继续演戏？让我到 BesLife 公司继续在 Eva 眼前演戏吗？

飞机接触跑道的猛烈震动让我突然想起一件事——脸书。我和Eva 并不是完全没有联系的，我曾经给她发过一封脸书私信，她也确实收到了。她在得知她的投资人 James Chu 其实是骗子冒充的之后，会不会想要通过脸书这唯一的联络方式联系一下冒充 James 的骗子？我想多半儿不会。谁会想要联系一个骗子？又或者她本来就是 Steve 的同伙，那就更不会主动联系我了。

可我居然又猜错了。我趁着飞机降落滑行的工夫打开手机，脸书信箱里果然有一条来自"Eva Lee"的短信，只有八个中文字和一个手机号码："请尽快给我打电话。"发送时间是昨天上午 10 点，也不知是中国的昨天还是美国的昨天，反正至少是在一天以前了。

我是在通关后发现的第一个男厕所里给 Eva 打电话的。我往厕所小跑的动作有点儿迫不及待，不过也可以理解成内急，我不想让郝依依生疑，故意没拿拉杆箱，并且把护照主动交给她，反正她肯定会收回去的。出于我自己也说不清的原因，我决定暂时向郝依依隐瞒跟 Eva 的联络。

我坐在马桶上拨电话，不知为何心跳得很厉害，按说应该感觉轻松才对，既然 Eva 在设法联系我，至少说明她跟 Steve 不是一伙儿的，并没分赃跑路。可我却紧张得要死。

电话很快接通了，我听到一声警惕的"Hello？"，立刻分辨出那是 Eva 的声音，却一时不知该怎么介绍自己，我总不能还说我是James，所以只好用中文说："是我。"

"你是 James？"她也立刻听出了我的声音，欢呼道，"谢天谢地！终于联系上你们了！你在哪儿？ Steve 和你在一起吗？他的电话一直关机！"

"我……我在旧金山，我不知道 Steve 在哪儿。"

我其实本打算跟她道歉的，不过没说出口。她好像并没有要责备我的意思，那句"你是 James"也丝毫没有讽刺的意味。莫非她并没看到揭发骗子宋桔的声明？耗子转发给我的是微信公众号上发表的声明，不知海外媒体是否也有所报道？想必是有的，正牌朱公子又不在国内，不可能不在外媒发表声明，只不过我还没发现，大概 Eva 和 BesLife 的其他人也没发现，那份声明又没提及 BesLife。但是如果不是因为那份声明，Eva 又为什么这么急着找我？

Eva 急不可耐地在电话里说："太好了！你在旧金山？在旧金山的哪里？我必须马上见到你！"

5

我没在电话里跟 Eva 约好见面的时间地点，只推说手头有急事，让她等我电话。因为我完全不知道郝依依怎么打算，说不定她立刻就会带我去 BesLife，那样也就没机会跟 Eva 私下见面了。我正为此心烦，没想到机会很快就来了。

郝依依赶飞机时十万火急，下了飞机却似乎又不急了，不慌不忙搭乘酒店接驳车，到机场附近的一家酒店入住，酒店坐落在海湾边上，看上去挺豪华。郝依依要了两个房间，把一套门卡交给我，然后居然把自己关进房间睡大觉，既不急着去 BesLife，也不忙着给 BesLife 打电话。

郝依依看上去确实睡眼惺忪，虽说这会儿才下午两点，不过也正是时差起作用的时候。可我不能确定她是不是真的在睡觉，所以离开房间时留了个心眼儿，没直接下楼，而是在郝依依门外屏息等了五分钟，确定房间里没有动静，这才踮着脚尖下楼。我没搭电梯，电梯离她房间太近，我怕她听见电梯门开关的声音。

我到了大堂才给 Eva 打电话，告诉她在附近另一家酒店一楼的星巴克见面——这是我在来的路上就选好的，距离不算太远，如果郝依依突然打电话找我，我可以在 10 分钟之内返回，但又不算太近，和我们住的酒店之间隔着另外两家酒店，位置也比较隐蔽。

我只在星巴克里坐了 15 分钟，Eva 就到了，比她在电话里预估的时间提前了至少 10 分钟。可我还是感觉好像在咖啡馆里坐了很久，坐得有点儿恍惚，仿佛进入了梦境——一个不久前刚刚做过的梦，Eva 像猫一样眯眼看着我，暧昧地倾过身子，抿嘴一笑说："你怎么露馅儿了？"

但那毕竟只是梦，和现实相差太远，现实里的 Eva 丝毫没有暧昧的意思，她大步走进咖啡厅，风风火火的，看上去有点儿着急，急着跟我握手，顾不上落座就言归正传，我还从没见她如此开门见山过。

"真抱歉，这么急着找你，有一件事让我很奇怪，你知道吗？费肯的投资款到账了。"

她很认真地看着我，表情几乎有点儿天真，这让我稍稍松了口气，她大概没见到揭发我的声明，不过以后总会见到的，我没脸继续扮演朱公子，可又没勇气向她坦白，支支吾吾地说："到账了？那不是很好吗？"

"可是放款的条件并没满足，我们又没跟万康体检签约……"

我之前完全没想到她会问我这个，实在不知如何回答，喃喃道："哦，还没有签吗？"

"是啊，当然没签。"Eva 似乎非常意外，"你不知道吗？Steve 没告诉过你？我们跟万康根本就没正式接触过，哪儿来的合作协议呢？"

我耸耸肩，脖子一阵剧痛，这才想起我的落枕，赶忙故作镇定，但 Eva 还是注意到了我的奇怪表情，疑惑地盯着我，我被她盯得发毛，只好也假装疑惑地反问："既然都没正式接触过，为什么会和费肯签那样的投资合约呢？"

"我不想签的，但是 Steve 建议我们签……" Eva 把目光从我脸上移开，"Steve 让我们不必担心，他说他能搞定万康体检。可我觉得不太可能在这么短的时间内做到，不过既然他这么建议，我……我也就同意了。"

Eva 显得有些不自然，我猜不是她同意了，而是她老公 Bob 同意了。她大概没多少发言权。

"最近这两周 Steve 销声匿迹了，我们联系不上他，还以为没希望了，可没想到昨天一早，2000 万美金投资款竟然到账了！这是怎么回事？难道万康体检见都没见我们，就直接决定合作了？可我们也没签过协议啊？"

Eva 急切地看着我，其实我很想告诉她，万康体检根本没打算跟 BesLife 合作，Steve 想"搞定"的是新新体检，不过也失败了，他是用假协议骗郝依依让银行放款的，费肯的高层正为此乱作一团，郝依依已经十万火急地跑到硅谷来了。可我还是说不出口，因为我没法儿解释，我在这当中扮演的什么角色。

Eva 的手机响了，可她并没接听，就只看了一眼，按掉了声音，放在桌子上。我不好意思盯着她的手机细看，只飞速瞥了一眼，隐约看见"B"开头的短单词，莫非是 Bob 打来的电话？她为何不接？是不想让 Bob 打扰我们的谈话，还是根本就没告诉 Bob 她来见我？这念头让我心中一动。

"James，我知道我们并没有那么熟，"她突然用一种令我意外的温柔声音，略带羞涩地说，"可总觉着你比 Steve 更值得信任，所以……"她低垂了目光，沉吟了片刻，恳切地看着我说："可以告诉我吗？到底发生了什么？"

我心中一阵激动，尽管我知道我看上去并不是个老实人，也许她只是在奉承我，可即便如此，我依然很感动。我把心一横，正要向她坦白一切，手机却又响了，两只都响了，她的和我的。

我赶忙从衣兜里掏出手机，是郝依依打来的，我犹豫着要不要接，但 Eva 已站起身，举着手机走出咖啡馆去。

"你在哪儿呢？"郝依依听上去挺精神，不像是刚睡醒的样子。

"我……在附近转转，喝杯咖啡，这就回去。"我有点儿慌。

"快回来！我们马上出门，Uber 就要到了，我在酒店门口等你！"

郝依依不等我回答就挂断了电话，这时 Eva 也回来了，诚恳急切的表情却消失了，换作一脸的匪夷所思。她说："是公司打来的，让我立刻赶回去，他们说，新股东半个小时以后到公司？"

"新股东？"我重复了一遍，心中隐隐觉得这跟我刚接的电话有点儿关系。

"是啊，新股东！费肯投资的郝总，"Eva 斜睨着我，满面疑云地说，"还有你，Mr. Chu。"

6

40 分钟后，我和郝依依到达 BesLife 位于红杉城的公司，终于见到硅谷"独角兽"的庐山真面目——一栋普普通通的两层小楼，跟周围许许多多的白色小楼毫无区别。

Eva 和 Bob 一起到前台来迎接我们。Bob 兴冲冲走在前面，跟平时一样如沐春风，就像什么都没发生，抑或发生了什么令人振奋的事情，Eva 则跟在他身后，眉头微微皱着，像是心事重重。Bob 热情地跟我们握手，Eva 也握了，不过有点儿不情不愿，而且避开了我的眼睛。

40 分钟前，我们急匆匆在星巴克告别，根本没时间多做任何解释。我只说了一句："我保证把一切都告诉你。"说完才意识到，这话只能让她更担心，可她并没追问我要告诉她什么，她似乎比我还急着要离开咖啡馆，但还是迟疑着提醒我，公司别的同事都不知道她来见我。

Bob 迫切提议带我们参观公司，郝依依立刻表示赞同，而且兴致勃勃，好像她十万火急地从地球另一边飞过来，就是为了参观这栋其貌不扬的白色小楼。

参观不到 20 分钟就接近了尾声。BesLife 公司的确不大，顶多三四百平方米的样子，看上去好像一大间化学实验室，屋子中间摆着几条长长的工作台，台子上有电脑、显微镜、我叫不出名字的设备，还有好多瓶瓶罐罐，墙壁上悬挂着一对双螺旋 DNA 的巨幅彩图，看上去科技感十足。

按照 Bob 的介绍，公司一共有 20 名员工，其中一半以上是"从名校毕业并且具备多年研究经验的科学家"，我可并没见到那么多人，只见七八个人围着工作台工作，其中有三个穿着白大褂，戴着橡胶手套和护目镜，看着确实挺像科学家。

作为参观的压轴项目，Bob 隆重介绍了刚刚完成调试的最新全基因测序设备——生命之星 LS1.0，那是一台一人多高的金属柜子，柜子正面有个带监视器的操作窗口。我记得见过这台仪器的照片，就在京城凤冠之夜的颁奖仪式结束后，Bob 向我们展示过的。

我们并没靠近那台仪器，它在专属于它的"包间"里，只能隔着玻璃墙壁欣赏，Bob 说进去比较麻烦，需要防尘防静电的特殊装备。有个全副武装的工作人员在"包间"里朝我们挥手，是个瘦高的印度人，我记得照片上也有个印度人，但不记得是不是这一位。

参观结束之后，Bob 把我们带进总经理办公室，关了门，看上去既兴奋又紧张，小心翼翼地说："我很荣幸向各位汇报，我们将利用一部分新获得的投资——非常感谢费肯投资和尊敬的 Mr. Chu 先生——在近期内再增加四台 LS1.0，这样的话，我们就有五台 LS1.0，每天可以完成 200 个样本的测序！"

Bob 说罢，满怀期待地看着郝依依。郝依依却并没开口，只是笑而不语，自从参观开始，她还没说过一句话，一直保持着微笑，只不过当 Bob 提到投资之后，那微笑变得更加意味深长。我当然也一直保持沉默，而且没有微笑，时不时地还要皱眉——因为不小心动到了脖子。我想这大概也没关系，反正郝依依在来的路上只叮嘱我什么也别说。

办公室里的气氛变得尴尬而微妙，Eva 脸上的焦虑似乎加深了，似乎要说些什么，Bob 抢先开口道：

"请容许我代表我的妻子——BesLife 的创始人 Eva，还有她的合作伙伴 Shirley，以及 BesLife 的每一位员工，向两位表示由衷的感谢！非常感谢两位的信任，在关键时刻帮助 BesLife 更上一层楼，让我们的技术能有机会为人类服务！"

Bob 倒是提醒了我，BesLife 还有一位创始人，那个曾经对我冷言冷语的男人婆，我不太记得她的名字，大概就是 Shirley。她居然没有出现，想必是对我实在印象不佳，也可能是 Bob 不想让她出现。能看得出来，Bob 对我和郝依依非常热情友好，既不想提起体检中心的合作协议，也不想提起突然失联的 Steve，反正投资款已经到账，不如索性把生米煮成熟饭。

我心念一闪：Bob 会不会是 Steve 的同伙？即便不是同伙，至少仍保持着联系。Eva 联系不上 Steve，不等于 Bob 也联系不上，不然的话，Steve 瞎忙活一通又图个啥？当然是为了 10% 的佣金！Steve 说过，只要投资款到账，他就可以提 10% 的佣金，目前到账了 2000

万美金，Steve 的提成就是 200 万美金！也不知有没有到手，不过这里有一半是他曾经许诺给郝依依的。我恍然大悟：怪不得郝依依不想报警，也不想立刻向费肯的高层汇报这件事，她一定是想着她那 100 万美金呢！也许这才是郝依依此行的真正目的——来管 BesLife 要佣金。

郝依依收起笑容，扬了扬眉，像是有什么保留意见，可她并没回答 Bob，突然转向 Eva 说："黎总，您是不是有什么话想要跟我说？"

Eva 怔了怔，像是完全没料到这突如其来的提问，Bob 连忙抢答："就像我刚刚说过的，Eva 和 BesLife 的所有员工都很感谢……"

"Bob，"郝依依不太客气地打断 Bob，脸上却又绽放出笑容，"我还没恭喜你和黎总呢，终于和万康体检成功签约了！哦对不起，对于 BesLife 这么有前景的企业来说，这其实是轻而易举的，对吧？"

"哦，哈哈！"Bob 勉强笑了两声，讪讪地说，"哪里哪里，我们也是努力争取了……"

"Stop it！别说了！"Eva 突然大声对 Bob 说，"不要再说下去了，弄得好像我们是那家伙的同伙！"Eva 已满脸通红，努力控制住情绪，转向郝依依说："他根本不知道协议的事，我们根本就没跟万康体检签过合作协议，就只是在夏威夷跟那家公司总裁的亲戚参加过一次观鲸活动而已，是朱先生邀请我们的。"Eva 指指我，让我忍不住打了个寒战，还好她转移了目标："是 Steve 说能帮我们搞定万康体检，可一直到现在我们都还没正式接触过那家公司，所以，我们正想问问您，为什么银行突然就给我们放款了？"

郝依依闻言并不惊讶，不慌不忙道："因为我们收到了 BesLife 和万康体检签署的合作协议，所以按照约定，我立刻就通知银行放款了。可是我后来发现……"郝依依突然瞥了我一眼，让我心中一惊，还好她并没揭发我，"我收到的合作协议好像有些问题，我正想请二位帮我核实一下。"

"郝总！是这样的，"Bob 再次抢着开口，郑重地看了妻子一眼，这才对郝依依郑重地说，"我们的确没跟万康体检接触过，也没签过协议，至于您收到的协议，我们完全不知情。我们的确收到了贵公司——还有朱先生——的投资款，我还以为二位改变了想法，认为 BesLife 是一家值得信赖的公司，所以愿意尽早成为 BesLife 的股东，所以我们——我和我的妻子，还有 BesLife 的全体同仁，都更加由衷地感谢二位。当然，现在我明白郝总依然很重视和体检中心的合作协议，不过……"Bob 话锋一转，突然抬手指向我们背后，我的脖子不容许我回头，所以只好向后转身，立刻看见一面"媒体墙"——墙上都是镶着镜框的新闻报道，还有 Eva 和很多老外的合影，大概是别的企业家或者科学家，反正我一个也不认识。"这些都是主流媒体的报道，这是 *Forbes Tech*[①]，这是 *Mercury News*[②]，这是《旧金山日报》，还有这个，这是 Eva 发表在科学期刊上的论文，这些都能证明 BesLife 拥有最先进的技术和产品，而且，我还要向二位报告一个好消息：我们正在跟好几家大型公司接触，我们将用 LS1.0 为他们提供准确、快速、低成本的全基因测序服务！"

Bob 稍稍停顿，大概为了吸引大家的注意力，我只好再次向后转，正巧遇上 Bob 郑重而诚挚的目光，这目光让我颇为意外，没想到这十足的商人竟然也能令人感觉诚恳。Bob 说："郝总，朱先生，你们今天能亲自来参观 BesLife，就证明你们并没放弃 BesLife，我们为什么不继续把合作进行下去呢？"

"I don't think they will.（我不觉得他们愿意。）"

我突然听见一句英语，那是一个冰冷而低沉的女中音，并不是 Eva 的声音，也不是郝依依的，根本就不是从我眼前这几个人嘴里发出的，而是从我背后——我只好再次向后转，感觉自己像是一只笨拙的木偶。我看见一个穿白大褂的技术员，手里捏着几张白纸，开门走进办公室。我立刻就认出这个男人婆——Eva 的合伙人，BesLife 的另一位创始人。我一时又忘了她叫什么，是 Bob 提醒了我。

"Shirley？"Bob 脸色一沉，又强颜欢笑地介绍说，"这位是 BesLife 的 CTO，也是另一位创始人，Shirley！"

我正发愁是不是又要跟男人婆握一次手，Shirley 却显然没有跟任何人握手的意思，她重重地关上门，挥舞着 A4 纸说：

"费肯集团刚刚发来的律师函，要求我们在 24 小时之内立刻退回全部投资款，还要按合约赔偿百分之百的违约金，否则就要采取法律措施。"Shirley 把目光投向郝依依："你就是费肯的负责人吧？我不清楚这是什么意思，既然要让我们退回投资款，你们还到这里来干什么？"

"哦，这很令人意外呢！"郝依依波澜不惊地应了一句，并没流

---

① 《福布斯科技》期刊。
② 硅谷当地的一家早报。

露出意外的神情，我倒是大吃一惊，没想到费肯总部的高层们这么迫不及待，也许是因为联系不上郝依依，只能果断采取行动，这下儿郝依依想要拿佣金的如意算盘要落空了。可她看上去并不着急，只不过不想再搭理满怀敌意的 Shirley，转向表情错愕的 Bob 说："这律师函不是我发的，应该也不是费肯投资的任何人发的，因为现在……"郝依依抬手看看手表，"北京只有早上 6 点。"

"的确不是从中国发来的，是从费肯纽约总部发来的。"Shirley 索性也更换目标，转向 Eva 正色道，"你是 BesLife 的 CEO，我必须提醒你，这是一家美国公司给 BesLife 发来的律师函，指控 BesLife 欺诈了他们 2000 万美元，现在不只要求我们返还 2000 万美元，还要支付 2000 万美元的违约金。费肯是一家巨无霸公司，有很多很会打官司的大律师。"

Eva 一脸错愕，伸手想从 Shirley 手中拿过律师函，Bob 似乎已恢复了冷静，说道："可是我也咨询过律师，我们是跟费肯投资（北京）有限公司签署的投资合同，而且合同中所涉及的第三方体检公司也是中国公司，因此产生的任何法律纠纷都应该首先尝试在中国解决，没道理立刻就在美国跟我们打官司，而且我们虽然没跟任何体检公司达成合作，可是也并没向费肯投资提供任何虚假合同，我们并不清楚费肯为什么会通知银行放款，因此不存在违约行为，更谈不上欺诈了。"

"这里根本就没提及中国的体检公司。"Shirley 没把律师函给 Eva，而是捏在手里继续挥舞，"他们提出的指控是，BesLife 伙同一个冒充知名投资人的骗子……"Shirley 故意顿了顿，倏然把脸转向我："一起诱骗费肯集团的子公司对 BesLife 进行投资，那个骗子曾经多次和 BesLife 的负责人一同接洽费肯投资公司的负责人。人家把知名投资人 James Chu 揭发骗子的声明也一起发来了。"

Shirley 把律师函的最后一页扔在办公桌上，用不着细看我也知道，那上面有我的照片，我只觉脸上火辣辣的，万分后悔刚才没有及时把真相告诉 Eva，现在说什么都晚了。

Eva 并没看我，拿起那份律师函细读。Bob 凑过去瞥了两眼，读出一个名字："宋桔？"随即用匪夷所思的目光盯着我。

我的心跳骤然加速，只觉大难临头——费肯美国总部已经给 BesLife 发了律师函，这案子已然闹到美国，BesLife 会不会直接把我交给美国警察，以此证明他们并没和骗子宋桔勾结？我很想立刻拔腿逃跑，可僵硬的脖子严重阻碍了行动，而且这是在美国，我几乎身无分文，又能往哪儿跑？能不能赶快编出一套花言巧语为自己辩解？可郝依依飞快地看了我一眼，我知道她是在提醒我，一句话也不要说。

Bob 把目光转向郝依依，疑惑不解地问："郝总，您看过这份声明吗？"

郝依依面无表情地点点头，什么也没说。Bob 愕然地扬了扬眉，又皱起眉头问："所以，你知道他是骗子，而且带着骗子一起来参观 BesLife？你这是什么意思？"

"总公司不了解情况。"郝依依耸了耸肩，若无其事地说，"他们大概也刚刚看到这份声明，还没联系过我。"

"你是说，这份声明是假的？"Bob 两眼一亮，仿佛看到了希望。

郝依依却遗憾地摇头："不，这声明是真的。我身边这位……"她看了我一眼，带着一种令人费解却又安心的神情，"他的确不是 James Chu。"

但这句话却让我毛骨悚然！就这么和颜悦色地揭穿了我？ Bob 立刻绝望了，怒冲冲正要开口，郝依依却抢先说："不过，他并不是骗子。"

这话让我倍感意外，看得出来，在场的每一位都很意外。郝依依的嘴角微微翘了起来，含笑对 Bob 和 Eva 说："请问 BesLife 一共收到了多少投资款？是 1000 万美元，还是 2000 万美元？"

Bob 迷惑地说："当然是 2000 万美元。"

"所以，如果他是骗子，另外的 1000 万美元是从哪儿来的？"郝依依冲我做了个手势，就像是在向众人介绍一位神秘嘉宾，"他的确是一位非常令人尊重的投资人，只不过，我并没得到许可向别人透露他的真实身份，包括我在费肯的上司们。"

郝依依把目光投向我，像是在征求我的同意，我知道我不能发言，只能暧昧地微笑。郝依依遗憾地耸耸肩说："嗯，我也觉得不能。不过，我的确是因为他愿意给 BesLife 投资 1000 万美元，才决定说服我的上司跟投约。我相信，如果董事会得知他的真实身份，也一定会同意我的看法。"

郝依依的话让我长出一口气，心中升起异样的感觉，既忐忑又兴奋，好像是在过独木桥。Bob 闻言再度打量我，目光里明显增加了好奇的成分，Eva 和男人婆也都在打量我，男人婆依然虎视眈眈，但 Eva 的目光却似乎变得遥远而深奥，让我越发摸不透了。

"BesLife 的各位领导，"郝依依收敛了笑容，郑重地说，"我们今天亲眼目睹了 BesLife 先进的技术和产品，这让我信心倍增。即便 BesLife 并没和万康体检签署合作协议，但凭着'生命之星'——LS1.0，未来一定能够签署很多更令人振奋的合作协议，所以我同意 Bob 刚说的，我们应该继续合作下去。"

Bob 立刻转忧为喜，不过还是有点儿难以置信，瞥一眼律师函说："这怎么办？"

郝依依满怀信心道："如果可能的话，请给我一点时间。律师函上不是说 24 小时吗？我现在立刻就去见我的上司，我会说服他们撤回律师函，继续担任 BesLife 的股东。不过……"她话锋一转，似笑非笑地说："我很想提醒几位，不管之前是谁在为这个项目牵线搭桥，他显然没把事情做好，所以，如果我们继续合作下去，我希望各位能明白，到底是谁发挥了关键作用。"

一个小时之后，我和郝依依坐上另一辆 Uber 车，直奔旧金山国际机场。我们准备搭乘今晚的航班，立刻飞回北京。

我有太多问题想要问郝依依，却乱得理不清头绪，就只问出最关键的一个："现在，我到底是谁？"

郝依依耸了耸肩，有点儿俏皮地回答："没想好呢！"

我立刻明白了——她并没想出我应该扮演谁，她刚才在 BesLife 只是随机应变。她也希望这 2000 万美元投资能生米煮成熟饭，这样才能顺利拿到佣金，刚才她在 BesLife 总经理办公室里的那句"到底是谁发挥了关键作用"，显然是在说：Steve 把事情搞砸了，是她挽救了局面，所以佣金都该归她。Bob 也当场代表 BesLife 作出承诺：如果合作成功，当然全部都是郝总的功劳！我不禁暗竖大拇哥：郝依依临危不乱，把 Steve 踢出局，把所有的佣金收归己有。只不过佣金还没到手，郝依依必须得先编好一个故事：我——曾经冒充朱公子的人——到底是谁？

我这才意识到，我原本在为 Steve 冒充朱公子，但是从现在开始，我要为郝依依冒充某位别的公子了。这可真让我哭笑不得，同时又感到不可思议：Steve 是个大骗子，郝依依却是跨国公司的高管，两人竟然不谋而合。不过话说回来，Steve 以前也是跨国公司的高管，谁说外企高管不能成为骗子？

可是明摆着 Steve、郝依依的生活跟红霞和耗子的不同，简直就是天壤之别。我一时有点儿迷茫，扭头去看车窗外的景色，脖子又是一阵剧痛，还好窗外是碧蓝的海湾，蓝得令我想到了天堂，一股宿命的感觉从天而降，我突然想起以前曾经骗凤妈说，郝依依是我的老板，现在倒是成真了。

这倒是任何小贼不愿意承认却又不得不承认的真理：谎是不能乱撒的，弄不好就成真了。

第八章

小贼再度变身

国贸 38 层
里的刀光剑影

1

说实在的，作为老板——特别是那种雇人招摇撞骗的老板——郝依依要比 Steve 舒服得多，不只因为她是美女，更因为她对待下属（也就是我）的态度，通常不像 Steve 那么傲慢，有时还很活泼，令人心情愉悦。

除此之外，郝依依还有一个更大的优点：公开透明，至少看上去如此。她似乎很乐意向我透露更多的来龙去脉，让我更清楚自己到底是在干什么，尽管我并不清楚，她说的有多少是实情，但至少听上去符合逻辑。

在从旧金山飞回北京的航班上，我们聊了很久，大概因为飞机很满，我们只能紧挨着坐，而且钢板似的脖子严重妨碍了我的睡眠。

郝依依在飞机上告诉我，费肯全球董事会曾经任命她担任中国区总经理，但后来反悔了，不想把中国区的 8000 名员工和高达 6 亿美元年营业额的生意交给一个年轻的中国女性，所以耍了个花招——在中国成立费肯投资公司，然后调任她为费肯投资的总经理，美其名曰"开辟新市场"，其实是准备看她这个年轻外行的笑话，可她偏偏想要赌一把。

所以当 Steve 携"朱公子"突然出现在位于国贸 38 层的费肯投资公司，她虽然也觉得那"代投资"的合作有点儿扯，可又不忍放弃，原因有二：她早知 BesLife 是硅谷一家小有名气的高科技初创公司，而她对商业调查专家 Steve 的传奇更是早有耳闻，她想，说不定这正是她翻身的千载良机。

　　说实话第一次到费肯投资见她那会儿，我可完全没觉得她有兴趣，Steve 带着我一路追到首都机场的贵宾厅，我也还是不觉得。不过我想，欲擒故纵这种伎俩连红霞和耗子都懂，就更甭提他们这些"精英"了。

　　郝依依又说，其实她早有预感，BesLife 和万康体检的合作并不靠谱，可她确实看好 BesLife，那条有关万康体检的附加条款是费肯董事会在刁难她，她本打算睁一只眼闭一只眼，先完成了对 BesLife 的投资再说，可偏偏在此时，真正的朱公子发了揭发骗子的声明，令她意外的倒并非我是骗子——这句可真让我哭笑不得——她只是没料到高手如 Steve，竟然在关键时刻出了娄子，然而事已至此，费肯董事会当然要兴师问罪，她只能背水一战，干脆把赌注都押在 BesLife 身上，这就是为什么她必须要立刻访问 BesLife，她需要弄清 Eva 和 Bob 的心思，以便稳住大后方——现在位于硅谷的 BesLife 是郝依依的大后方，而前方战场是位于北京国贸的费肯公司，费肯集团的全球 VP 带着律师和四名董事已于昨天抵达北京，这会儿正严阵以待，准备把她赶出费肯，而她则打算让他们相信，BesLife 是一家非常值得投资的公司。她在我耳边秘密而郑重地恳求我："为了实现这个目标，我需要你的帮助，好吗？帮帮我？"

　　如果一个美女凑到你耳边恳求你，估计你也会像我一样难以拒绝。我确实很想帮助她，只是一时想不出怎么帮，所以我问："我能做什么？"

　　"你可以向费肯的那帮老家伙表示，你对 BesLife 很有信心，愿意继续投资，就像你第一次见到我时表现的那样。"

　　"可我是假的……"

　　"但投资是真的，"郝依依及时打断了我，"的确有 1000 万美元汇入了费肯投资的账户，又从费肯投资汇入了 BesLife，记住，这些钱就是你的。"

　　郝依依朝我做了个鬼脸。我明白她的意思：我需要继续扮演这笔投资的主人，尽管我根本就不知道钱是从哪儿来的。我忍不住问："你知道那 1000 万美元是从哪儿来的？"

　　"我也很想知道啊！"她竟然反问我，"关于那笔钱的来历，你真的一点儿也不清楚？"

　　"一点儿也不！"我想用力摇头，可实际上是在扭摆整个上身，"从来没听 Steve 提到过。"

"我始终想不明白一件事：Steve 既然能搞到 1000 万美元，为什么又要来找我？难道真是因为投资人不愿意出面，要找人代持？"

郝依依眉头紧锁，看上去百思不解，可我实在想不出有价值的线索，唯一能想到的解释就是：Steve 用 1000 万美金作为诱饵，骗费肯投资再投 1000 万美元，但前提是 Steve 必须和 BesLife 勾结，这样做才有意义，因为钱都进了 BesLife 的账户，然而在 BesLife 公司见过 Bob 和 Eva 之后，又似乎并不是这么一回事，就好像 Steve 费尽心机，就只是为了给 BesLife 多弄点投资，但这绝对不可能，Steve 又不是活雷锋。我反问郝依依："Steve 到底是为了什么？"

郝依依并没立刻回应我，继续冥思苦想了一会儿，突然耸耸肩，做了个鬼脸说："管他呢，咱们先过费肯这一关吧！"

说实话，她的表情非常迷人，会让大部分男人心动，不过不包括我，因为我莫名地想起了红霞——如果她打算要利用谁，就会露出这种看上去非常天真可爱的表情。

2

费肯这一关的确不好过，我长这么大，还从没见过这种阵势——在北京国贸 38 层费肯投资（北京）有限公司的会议室里，门窗紧闭，在苍白的日光灯照射下，六个虎视眈眈的白种男人，对着一个年轻娇小的中国女子，这看上去并不像是公司高层会议，更像是一场严厉的审判，一场有组织的霸凌。

我是在"审判"的中场被带进会议室的，在此之前，我一直躲在另一间办公室里，桌子和抽屉都是空的——抱歉我有这种只要没锁就想拉开看看的恶习——可见这里平时没人办公。是辉姐（就是一屁股把我箱子坐裂的前台大妈）把我送进这间空办公室的。

我和郝依依乘坐的航班一早到达北京，我们打车到国贸，在星巴克吃了早饭，郝依依先乘电梯上楼去公司，过了大约 10 分钟，辉姐才急急火火地跑到星巴克来找我，然后鬼鬼祟祟地把我带进这间空办公室里，其实费肯投资里一个人影也没有，也许员工们都被事先通知不要来上班，因为公司里正酝酿着一场风暴。

辉姐在办公室里陪了我一小会儿，就像换了个人，对我和颜悦色。我猜是郝依依跟她说了什么。我虽然不算（也根本没资格算是）北京胡同串子，可我小时候的确一直跟胡同串子打交道，他们打心底里鄙视我们这些"外地人＋农民"，可我们也有杀手锏——我们敢撒野！红霞敢揪头发扇嘴巴，耗子敢往他们头上扔砖头，我——我的就不说了，因为实在有点儿下流。反正我很了解北京的胡同串子，他们其实有一个共性——屄。暴力或者权势都能使他们瞬间改变态度，钱倒未必立竿见影，他们往往假装不稀罕，不过也忍不了多久。

不知道郝依依用了什么法子，让胡同大妈忠心耿耿，辉姐至少跟我说了三遍："依依不只是我老板，她还是我妹！谁要敢动我妹一个指头，我就跟他玩儿命！"她朝会议室的方向狠狠斜了一眼，仿佛打定主意要跟谁同归于尽。

其实会议室里没人动郝依依一个指头，只不过是唇枪舌剑。虽然郝依依一比六，英语又不是母语，可她并没真的落下风——这当然是郝依依后来告诉我的，但是以我观察到的最终结果，她说的基本是可信的。

据郝依依说，他们先是问她为什么失联了两天，她回答因为大部分时间都在飞机上——投资款已经进了 BesLife 的账户，可她还没亲自参观过 BesLife，这未免说不过去，所以她决定立刻造访 BesLife。

他们又问：这么急着去参观 BesLife，是不是跟费肯被欺诈有关？她立刻愕然地反问他们："欺诈"指的是什么？这让他们更加恼火，质问她难道不知道那位请 BesLife 代投资的 "James Chu" 是冒牌的？让他们大出所料，郝依依竟坦然点头说："当然，我早就知道。"

他们在震惊之余，立刻质问她既然早知此人是个骗子，为什么还要签订代投资协议，并且跟投 1000 万美元到 BesLife 里？她则回答：此人虽然不是 James Chu，可也并不是骗子。他们让她进一步解释，她则打电话让辉姐把我带进会议室。

那个总是打着红领带的投资部总监正守在会议室门外，果然是董事会安插在郝依依身边的特务。他原本不打算让我进门，辉姐高声断喝："这是郝总的证人，领导们都等着呢，我看谁敢拦着！"

辉姐说错了一个字：我不是"证人"，而是"证据"——我就是郝依依的"证据"，证明我不是骗子，尽管我确实是个骗子，可没几个骗子有这种胆量，在被别人识破之后还敢堂而皇之地出现，难怪六位费肯高层都目瞪口呆，仿佛见到了从天而降的外星人。我倒是对他们丝毫不感觉新奇，基本就是我想象中的样子——费肯全球 VP、法务顾问，还有四名董事。只有一位让我意外——那正是我曾经在京城凤冠颁奖晚会上见到过的洋人小老头，被主持人莉莉用大波顶下台的某太平洋集团的总裁，叫什么来着？对了，巴菲特。

我后来才知道，原采超级跨国集团纽林太平洋集团正是费肯集团的大股东之一，因此该集团的名誉董事长巴菲特老先生也是费肯集团的董事会成员，而且还非常重要——他得到了董事长和另一名未到场董事的授权，因此他不仅是名义上的董事长，而且一人占了三票，算是今天的"首席大法官"。

巴老头（请容许我为了省事这么称呼巴菲特老先生）大概不记得在京城凤冠夜见过我，就只是端坐在会议桌内侧正中央的位置，用漠然而严肃的目光扫视我，跟京城凤冠夜里被美女簇拥时判若两人。

坐在巴老头身边的是个中年白种男人，说也奇怪，他虽然身体非常肥胖，头却又窄又长，像一个成熟的冬瓜。冬瓜朝我张大眼睛，大概认出我就是朱公子声明里的骗子，却还是装模作样地问郝依依："这位是？"

"这位就是和我们签订代投资协议的 James Chu 先生。"郝依依波澜不惊地回答，"当然，他的真名并不叫 James Chu。"

"哦？"冬瓜头就像会议室里其他人一样露出惊异的表情，"那么他的真名是什么呢？"

郝依依飞快地看了我一眼，像是在用目光征求我的意见，故技重施。我知道这里没有我的台词，所以只打算耸耸肩，无奈脖子还是不给力，只好挑了挑眉毛。郝依依替我完成了耸肩的动作，冲着冬瓜头说："很抱歉，这个我不便透露，不过有一点毋庸置疑，他也给 BesLife 投资了 1000 万美金，已经进入 BesLife 的账户里了。"

我就知道郝依依会这么回答，我猜她仍没想明白我到底应该是谁。她打算用"别管此人是谁，他实实在在在给 BesLife 投资了 1000 万美金，可见 BesLife 是值得投资的"这一套来蒙混过关。可我确实充满好奇：如果郝依依不得不给我找个身份，她打算怎么编？我已经被揭穿过一次，再编就难多了。我想看看她和 Steve 到底谁能更胜一筹。

"哦，那可真遗憾，"冬瓜头也耸了耸肩，却似乎并没打算深究我到底是谁，他和正襟危坐的几个洋人老头交换了一下眼神，眯起眼对郝依依说，"可是谁知道他投进 BesLife 的那 1000 万美金到底是不是真实的投资？我是说，也许那只是做做样子，过几天 BesLife 就会退还呢？"

郝依依疑惑地挑了挑眉，好像没听明白。

"让我再说清楚一点。我们接到匿名举报，称 BesLife 向费肯投资公司的某负责人提供贿赂，我们本来不愿意相信这种事情，"冬瓜头无奈地耸耸肩，充满失望地对郝依依说，"可是，你刚才主动承认你早知这位 James Chu 是假的，也就是说，你故意向公司隐瞒了这项投资交易的实情，所以非常遗憾，我们实在不得不重视那个举报了。"

冬瓜头话一出口，会议室里顿时充满了火药味。我暗暗吃惊，没想到费肯高层的消息这么灵通，郝依依的确正盼着从 BesLife 拿回扣，不过这事除了 Steve、郝依依、Bob（也许还有 Eva），应该没几个人知道，又是谁举报的呢？

"是吗，"郝依依不屑地翘了翘嘴角，"有证据吗？比如我跟 BesLife 签署的协议，从 BesLife 收钱的转账记录，或者收到的贵重礼物之类的，有吗？"

"没有，我们没有你说的那种证据，"冬瓜头遗憾地耸耸肩，却又得意洋洋地说，"不过，我们倒是有个证人，正打算请他进来。"

"Please！"郝依依大大方方地做了一个邀请的手势，似乎一切都在她意料之中，可我却一点儿线索都没有：能够证明 BesLife 向郝依依行贿的"证人"是谁？我突然灵光一闪：Steve！这家伙会不会因为丢了佣金，所以要蓄意报复郝依依？可如果是这样，他又如何脱身？这也太疯狂了。然而我的直觉偏偏告诉我，Steve 多么疯狂的事都做得出。

我的直觉当然又错了。走进会议室的"证人"并不是 Steve，而是另一位衣冠楚楚的精英男——Max 王。这家伙对郝依依耿耿于怀，自然要处处跟她作对，看他趾高气扬的样子，似乎掌握着对郝依依非常不利的证据。

"哦，就是他啊！"郝依依满脸鄙夷地说，"你就是'匿名举报者'？"

Max 王假装没听见，道貌岸然地朝坐在主位的巴老头点头致敬。冬瓜头在一边亲热地说："Max，非常感谢你能光临！我们很想听你谈谈，是什么让你认为郝女士接受了 BesLife 的贿赂呢？"

"这不是明摆着嘛！"Max 王冷笑着瞥了郝依依一眼，转向几位费肯高层说，"因为郝女士是个唯利是图、谎话连篇的人，如果各位不介意的话，我倒是很愿意跟大家分享一下，她是怎么欺骗我的，尽管那些事情令我非常惭愧。"

"哦，我们倒是更希望能听到跟 BesLife 有关的事情。"白胖子似乎有点儿失望。巴老头倒是对 Max 王点头说："请便吧！"

"请您放心，当然是相关的，"Max 王清了清嗓子，表示要开始演讲了，"大约一年以前，我还在费肯中国担任总经理时，偶然结识了郝女士，不得不承认，那时我的确为她着迷，以为我们情投意合，可没想到的是，她和我建立亲密关系，竟然是为了帮着她真正的男友从我手里偷走费肯公司的股份！她在取得我的信任之后，借着帮我在海外成立控股公司的机会，偷梁换柱，竟然用她的男友替代了我，盗取了价值十几亿美金的费肯股份！她本来就是骗子，是罪犯！"

老实说，这番演讲确实令我意外。首先，如果这些是真的，郝依依实在让我刮目相看，其次，我不能想象一个大男人把这种事大言不惭地公之于众。

"哪有那么多？不到10亿美金，而且费肯的股价一直在跌呢，"郝依依满不在乎地说，"再说，你为什么不去报警，让警察把'罪犯'抓起来？"

Max 王一时答不出，郝依依趁机增加火力："你怎么不告诉大家，我男友是谁？他是你亲叔的儿子，也就是你堂弟！那些费肯股份本来就是你们王家欠他的，你心里最清楚，不然哪会忍气吞声？"郝依依转向费肯高层们，缓和了语气，若无其事地说："你们也都很清楚，不然怎么会容忍我进入费肯董事会，容忍我到费肯中国来任职呢？哦抱歉，大概还是不能容忍，不然干吗大老远飞过来，几位辛苦喽！"

郝依依朝着几位费肯高层调皮地做了个鬼脸，几人面面相觑，还是冬瓜头开口了："郝女士，董事会原本并不觉得你适合费肯中国的管理职位，因为费肯中国的核心业务是会计师事务所，而费肯会计师事务所其实跟费肯集团是相对独立的，而你只是费肯集团的董事会成员。是你一再坚持，并且保证在一年之内做出满意的业绩，我们才决定，给你这次机会。"

郝依依冷笑道："我当然知道费肯的结构，会计师事务所是合伙人制，又不能直接上市，你们才成立了费肯集团到纳斯达克上市圈钱，虽说表面上集团和会计师事务所没关系，但实质上难道不是一家人吗？在座的几位难道不是费肯会计师事务所的主要合伙人吗？"

郝依依把目光直指巴菲特老头。巴老头沉默不语，冬瓜头也一时语塞，郝依依又冷笑了一声说："而且，你们'恩赐'给我的这个机会也代价不小啊！各位还记得你们提出的条件吧？如果我做不出满意的业绩，不但要从费肯中国离职，还必须自动辞去董事职务。我猜，你们大概巴不得我完不成业绩吧？"

"我们一直很支持你的工作，不然也不会批准针对 BesLife 的这笔投资。可是现在的确出现了问题，我们需要弄清楚到底发生了什么。"冬瓜头把目光转向 Max 王，指望着他能使出点儿大招来。

"可你并没有否认你是个骗子，"Max 王立刻接过话头，声色俱厉地对郝依依说，"你曾经欺骗和利用了我，达到你不可告人的目的。这次你只是故技重施，只不过，这次受害者不是我，而是费肯公司。多么精彩的剧本啊！这位'朱先生'……"Max 王厌恶地斜了我一眼："在大名鼎鼎的 Steve 先生陪同下——那位调查专家去哪儿了？他也是靠着欺诈自己公司而闻名的呢——找到你，表示愿意向 BesLife 投资，但是出于某些不便，希望费肯代投资，你还假装不感兴趣，所以 BesLife 的两位高层要亲自飞到北京来向你介绍技术和设备，这可是我亲眼目睹的，可你刚刚亲口承认了，你早知这位'朱先生'是假的！这不就证明你们全都相互勾结，在一起演戏吗？"

郝依依不但不反驳，反而莞尔一笑，神神秘秘地朝我努努嘴，对 Max 王说："你真的不认识他了？"

Max 王一愣，茫然地看着我，显然想不出他应该怎样"认识我"。我也非常纳闷儿，不知郝依依什么意思。

郝依依却突然调转了话题，索然无趣地对着费肯高层说："我来总结一下，按照你们这位'证人'的证词，似乎唯一的证据依然是：我早知这位 James Chu 是假的，可我在一些场合假装不知道。这个我刚才就已经承认了，实在没什么可'作证'的。而且，我这么做是有充分理由的。"

郝依依顿了顿，卖了个关子，一板一眼地对着几位费肯高层说："他是谁并不重要，重要的是，他对 BesLife 充满信心，愿意把 1000 万美金投进 BesLife。既然他可以，费肯为什么不可以？"

"可谁知道钱是从哪儿来的？"巴老头不耐烦地回了一句，坐在他身边的几位跟着点头。冬瓜头轻蔑地瞥了我一眼说："你又不告诉我们他是谁，我们凭什么相信，他能弄到 1000 万美元？"

"呵呵，"郝依依冷笑了两声，不屑地说，"对他而言，1000 万美元可真不算什么。这笔钱的来历没有问题，我可以保证。"

"你凭什么保证？"冬瓜头逼问郝依依。

"唉！"郝依依无奈地轻叹一声，"我们自己的钱，我还不能保证？"

在场的所有人都大吃一惊，也包括我。她说什么？以朱公子的名义投进 BesLife 的 1000 万美金又成了她的了？那笔钱明明是 Steve

弄来的，我猜她多半是在瞎编。

"骗子！"Max王厉声说，他显然比我更坚信郝依依是在瞎编，"那些钱根本不是你的！"

"哦？你为什么这么肯定？"郝依依好奇地看着Max王，"你知道那笔钱是从哪儿来的？"

"我……"Max王一时哑然，支支吾吾地说，"我不知道，不过，我一看就知道，你又在撒谎。"

"你的眼力那么好，怎么没认出他？"郝依依做了个鬼脸，又朝我努努嘴，"你见过他的，就在这一层走廊里，你们还打了一架呢，真是贵人多忘事。"

郝依依边说边从自己的电脑包里取出一张纸，摆在桌面上，那是一张身份证的彩色复印件，身份证号码都被涂掉了，只留下照片和姓名。照片似乎是个年轻男子，留着乱蓬蓬的长发，相当地长，像个另类摇滚歌手，面容倒是似乎很清秀，但隔得太远，我脖子又不方便，实在看不清楚。

Max王拿起那张纸，仔细看看，再抬头打量我，就像是在对比那上面的人是不是我，一时难以定夺，狐疑道："他是衡宥生？"

这让我非常不解，怎么可能呢？凤妈自我六岁以后就再没让我留过长头发，耳朵都不能遮住一点儿的，那身份证上的人不可能是我，而且这个名字听上去也是完全陌生的——世界上还有姓衡的？

"是的，他就是你的堂弟，我的男朋友——或者现在应该说是未婚夫，衡宥生。"郝依依朝我甜蜜地微笑，目光温柔而坚定，在旁人看来一定充满爱意，可在我看来，那是一道命令。我顿时明白了，这就是她接下来需要我扮演的人——她的未婚夫，Max王的堂弟，费肯的大股东。可那身份证上怎么可能是我呢？我的这位"堂哥"又怎会难辨真假？

答案其实很简单：那身份证的确是衡宥生的，衡宥生的确留着一头摇滚长发，只不过人脸是我的——郝依依PS上去的。衡宥生是Max王已故的叔叔王啸虎的私生子，从小跟着母亲在内地长大，王家上下对他都很陌生，只有Max王曾经见过短短一面，当时Max王正担任费肯中国总经理，刚刚认识郝依依不久，衡宥生曾到国贸38层来找郝依依，被Max王撞见，两人还发生了口角，但当时Max王并不知道此人就是他叔叔的私生子，所以大概也没太留意，再说那时的衡宥生是一副嬉皮士打扮，现在的我却西装革履，据说我和衡宥生的脸形、肤色、胖瘦、年龄都差不太多，所以郝依依料定 Max 王没法儿确定我是不是衡宥生。而且在得到费肯股份之后，衡宥生从来没公开露过面，一直全权委托郝依依代理行使股东的权利和职责，所以费肯高层们也没见过他。

这些都是郝依依事后告诉我的，她很细致地描述了衡子——这是她对未婚夫的昵称——好让我能更成功地"扮演"他，但她并没告诉我衡子现在在哪儿，为什么不愿意抛头露面。

不过，当郝依依在费肯会议室里用微笑朝我下命令时，我可是一无所知，而且对于冒充她未婚夫的任务毫无准备，所以什么也不敢说，只能暧昧地微笑。

"不！不可能！"Max 王气急败坏地说，"我敢确定，她是在撒谎！"

"你是说，这位不是她的未婚夫、费肯的股东，衡先生？"巴老头又开口了，他就像是会议室里的最高大法官，只提出最关键的问题。

"不，我不是说这个，"Max 王尴尬地摇了摇头，可仍不死心，小孩耍赖似的说，"但我还是能确定，这个女人就是在说谎！"

巴老头沮丧地耸了耸肩，没再理会 Max 王，朝冬瓜头使了个眼色。冬瓜头连忙起身，绕过长长的会议桌，走到我身边跟我握手："幸会！衡先生，我是费肯集团负责法务、合规和内审的副总裁本杰明·克莱尔。自从您成为费肯集团的股东，我们还是头一次见到您本尊！"

但是包括巴老头在内的几位高管并没流露出一点儿"幸会"的神情，这样正好，反正我的脖子也不容许我做出大幅度的动作，就只能微微欠欠身，看上去大概非常僵硬，不过也说不定显得更沉稳傲慢，也许更合郝依依的意。本杰明见我一语不发，似乎有点儿尴尬，用目光向几位高层求助。就在这时，我突然感觉到裤兜里的振动，是手机，可我不敢把它拿出来。

巴老头亲自开口："衡先生，我能不能问你一个问题？"

我飞速看了一眼郝依依，她朝我微笑着点头，笑容里充满温柔和甜蜜，果然就像我的贤妻，这让我感到不安。手机又开始振动，有人似乎非常迫切地想要跟我通话。

我假装泰然自若地回答："当然！"

"请问，"巴老头清了清喉咙，表情里并没有一点儿"请"的意思，"您是不是给 BesLife 投资了 1000 万美金？"

"是的。"我回答得果断而坚定，这个问题用不着求助我的"未婚妻"。

"那么请问，这笔投资款是您个人的资金，还是贷款或者集资的？"

这个问题我拿不准，所以假装犹豫地问郝依依："我们应该告诉他们吗？"

"既然他们很想知道，就告诉吧！"郝依依配合得很好，转向巴老头说，"这是他贷款的，用费肯股份作抵押，作为费肯的股东，我们本应向董事会披露的，所以刚才不想提起。"

巴老头看上去很吃惊，又说："是向哪家银行贷的款？银行应该会向费肯核实的，我们为什么没有接到通知？"

"是向私人朋友贷的，人家信任我们，自然不会找费肯核实。"

Max在旁边用鼻子狠狠"哧"了一声以示愤怒，不过没人搭理他。巴老头继续问我："那么请问衡先生，你为什么会把这些钱都投入BesLife？"

"因为我对BesLife充满信心。"我重复郝依依刚刚说过的话，这样肯定不会出错，为了显得真实可信，我边说边朝郝依依微笑，手机突然又开始振动，让我心中一慌，就像作弊被老师发现了。

"是的，我们非常有信心。"郝依依边说边靠近我，挽住我的胳膊，和我合二为一，"其实，费肯早打算给BesLife投资的，这并不是我一个人的主意。几个月以前，BesLife的CEO，Eva Lee女士就曾来北京参加费肯投资的创投峰会，跟我们接触过的，当时Eric也在场啊。"

郝依依看一眼会议室的大门，仿佛是在提醒几位高层，他们安插在她身边的密探——投资总监Eric——正在门外，可以随时请他进来核实："是Eric做的尽职调查，他认为这家公司的技术非常有前途，被许多主流媒体和专业期刊报道过的，所以我们当时就决定给BesLife一个offer，这些我早就通过正规程序上报过，也得到过你们的批准。所以，既然我们已经把身份问题弄清楚了……"她再次朝我甜甜地微笑，然后把同样的甜美笑容送给费肯的高层们："为什么不把这个项目继续下去，继续作为BesLife公司的股东，等待我们的投资升值呢？"

"等等！我记得当时那个offer！我这里有记录！"副总本杰明终于又有机会开口了，用最快的速度把肥胖的身体挪回原位，打开手提电脑，"让我查查，稍等……对，在这里！投资200万美金，换取 BesLife 51% 的股份！"本杰明兴奋地抬起冬瓜头瞪着郝依依："这就相当于花 200 万美元收购 BesLife，而 BesLife 的估值就只有 400 万美元。可是再看看最近和 BesLife 签的投资合同，Chu 先生——哦不，应该是衡先生——投资 1000 万美金，就只得到 20% 的股份，这就等于把 BesLife 的估值升到了 5000 万！再看费肯对 BesLife 的投资部分，投资 1000 万美元得到 10% 的股份，这就相当于一个亿的估值！也就是说，BesLife 只用了两个月就从 400 万涨到一个亿，涨了 24 倍？这也太可疑了吧？"

"亲爱的本，难道我们会把自己借来的钱随便扔进不值钱的公司里？"郝依依无奈地笑起来，像是要给小学生解释为什么 1+1=2，"BesLife 的估值之所以能涨这么多，是因为我们第一次给 offer 时，BesLife 还没研发出任何产品呀！再好的技术，如果只停留在概念阶段，当然不值多少钱，可是现在，BesLife 的新一代全基因测序仪——LS1.0——已经研发成功了，估值当然也就增加了，这个新的估值，也是经过你们同意的，不然怎么会批准这个新的投资合约呢？"

冬瓜头被郝依依说得瞠目结舌。Max 王立刻出来救场："可是 BesLife 估值升高的原因，好像不只是研发出测序仪，还有跟中国最大的商业体检公司签署了合作协议？"

Max 王微微一笑，得意之情溢于言表。郝依依眼中闪过一丝恼怒，不过并没理会 Max 王。

本杰明得到了提醒，立刻又去查他的笔记本电脑："对对！我们同意 BesLife 最新的估值，是因为它和中国最大的体检公司签署了协议，未来将会有几千万中国人定期使用 BesLife 的全基因测序服务。"他抬头看了我一眼，狐疑地问郝依依："鉴于你隐瞒衡先生身份的事实，我现在很担心 BesLife 和体检公司合作的真实性。"

这可真是哪壶不开提哪壶，还是 Max 王更阴险。可他既不是投资方也不是被投资方，当初三方签约时他也不在场，他怎么知道这个附加条款的？看来他虽然早已离开费肯，却仍和费肯高层保持着密切联系。

郝依依沉吟了片刻，表情严肃而诚恳："我必须向大家坦白，BesLife 并没跟中国的任何一家体检公司签署协议，我非常遗憾。正因如此，我们才在第一时间赶往旧金山，想弄清楚 BesLife 到底发生了什么，毕竟我们也和费肯一样，往 BesLife 里投资了 1000 万美金。"

郝依依非常郑重地巡视了一圈，不落下每一个人，也包括我：

"还好我们去了，我们参观了 BesLife 在红杉城的公司，亲眼目睹了世界上最先进的全基因测序设备——LS1.0，它每天能测 40 个样本，每个样本的检测成本仅仅是 100 美元，只有目前市面上最便宜的商用全基因测序技术成本的二十分之一！你们说，这样的一家高科技公司，是不是值得投资呢？"

"可是这么好的一家公司，有这么好的技术和设备，还是没能跟体检公司谈成合作。"不杰明阴阳怪气地接了一句。

"不是没谈成，而是根本就没谈。"郝依依耸耸肩说，"BesLife 根本就没接触过任何体检公司，甚至都算不上知情，这整件事全都'归功'于一个叫 Steve 的大滑头——前商业调查师，现在是融资顾问，我想诸位都听说过他，有人也许跟他还很熟。"

郝依依意味深长地斜了 Max 王一眼，转而继续对费肯高层们说："BesLife 的几位创始人告诉我，那位 Steve 先生的确曾经向他们做过口头承诺，表示要促成 BesLife 和中国大型体检公司的合作。可是直到昨天，当我们在 BesLife 总部和几位创始人会面时，他们仍没得到 Steve 的任何消息。而且更有意思的是，现在我们谁都找不到 Steve 先生了。我想，也许是因为这位 FA——或者应该说是'Fake Adviser（假顾问）'——在发现自己的谎言无法实现之后，就干脆选择消失了。在金融投资领域，从不缺少这种到处瞎忽悠的骗子。但是……"郝依依再次把诚恳而坚定的目光投向几位费肯高层："BesLife 的 COO（首席运营官）告诉我们，已经有不少公司向 BesLife 表示了合作意向，BesLife 正打算做一轮新的媒体宣传，让全世界了解他们独一无二的先进技术和产品，BesLife 马上就要举世闻名了。尊敬的巴菲特先生，容许我冒昧地向您和费肯董事会建议，请不要从 BesLife 撤资，错过如此成功的一个投资案例。"

我可真佩服郝依依，能够情真意切地把子虚乌有的事说得如此天花乱坠，可毕竟听上去有点儿虚，几位费肯高层似乎并不买账。巴老头勉为其难地说："祁女士，董事会通常不会直接干预公司业务。这次我和几位董事到北京来，是因为你涉嫌公司内部欺诈，而你又是董事会成员，所以才需董事会出面，不过，既然你提出建议，那么我就谈谈我的看法。我并不想讨论 BesLife 的技术和产品到底如何，因为我不是技术专家，正因如此，我需要市场和销售数据来帮我作出判断，但 BesLife 完全没有这种数据，所以在我看来，是否达成和中国体检公司的合作是至关重要的。如果没有这一条，我看不出有什么必要继续这项投资。"

巴老头果然不是吃素的，再高明的花言巧语也没用，另外几位高层也都纷纷点头，Max 王则在一边冷笑。郝依依摆出一副满不在乎的样子，可是并没立刻开口，我猜她有点儿黔驴技穷了。

"所以我们还是言归正传，"副总本杰明接过话头，板起脸对郝依依说，"正如巴菲特先生说的，我们是来调查欺诈案的，不是来讨论投资项目的。虽然你向我们做出了一些解释，比如衡先生的真实身份……"他抬手指指我，"但我不得不提醒你，无论他是谁，事实是他并不是 James Chu，因此你还是欺骗了费肯公司。另外，你也承认了 BesLife 和体检公司合作这件事其实是个谎言，虽然你说编造谎言的是一个叫 Steve 的融资顾问，但是如何证明呢？你大概没办法请这位 Steve 先生来为你作证吧？"

"当然，我一共也没见过他几次，"郝依依无奈地耸耸肩，"而且，你听说过有哪个骗子会愿意主动证明自己是个骗子吗？"

郝依依脸上没了任何表情，看来也意识到她的计策即将失败，费肯高层不但要从 BesLife 撤资，还打算追究她欺诈的罪责。会议室里立刻又山雨欲来。

手机又开始振动，振了好多次了。我忍不住把它从裤兜里掏了出来。手机上显示的是一个美国号码，看上去似曾相识，我立刻意识到，这是 Eva 打来的，已经连着打了五次，可是众目睽睽之下，我实在不知该不该接。

"你挡着我干吗啊？我有急事儿！十万火急！快起开！"走廊里突然传来辉姐的大嗓门儿。她大概是想要进来，被看门的总监 Eric 拦着，但是勇猛的胡同大妈岂能被一个系红领带的男人拦住？只听她继续高喊："你别碰我哈！我可是女的！你一大老爷们儿，想调戏我？"

话音未落，会议室的门"嘭"地被推开了，辉姐昂首挺胸冲进屋子，把系红领带的男总监挤在门框上，看不出到底谁被谁调戏了。总监气急败坏地呻吟："这女人是神经病！是……"

"闭嘴！"辉姐冲总监劈头吼了一句，转过脸对郝依依说："依依！那个男的来了！在前台呢！他说要见你！就那个骗子！和他……"辉姐冲我努努嘴，把后半句话硬生生憋回肚子里。我吃了一惊，心中猛然生出一种预感，可我并不相信，因为最近我的直觉就没应验过。

郝依依也大吃一惊，愕然瞪着辉姐问："你说谁来了？"

"就那个……"辉姐使劲儿想了想，灵机一动说，"那个姓 X 的！就他名片上没姓儿，只有一个 X ！"

我几乎不敢相信自己的耳朵：难道骗子要来证明自己是个骗子了？

郝依依瞬间惊呆了。老外们听不懂辉姐的话，不知发生了什么，也都一脸错愕。辉姐试探着问："让他进来吗？"

"对不起，我已经进来了。"一张苍白而英俊的脸已经出现在辉姐身后，带着我再熟悉不过的傲慢表情。他优雅地朝大家点点头说："抱歉打扰了，我是 Steve。"

<h1 style="text-align:center">3</h1>

Steve 从容走进会议室，把黑色公文包放在会议桌上，就像他并不是不速之客，而是这场会议的主角。屋里每个人都满脸诧异，就连郝依依再也难以掩饰表情，惊得目瞪口呆。

郝依依毕竟并非等闲之辈，迅速恢复了平静，嘴角甚至又出现一丝讥讽的笑意。

"Steve，很高兴见到你。"郝依依把目光转向费肯高层，满不在乎地耸耸肩说，"看来我猜错了，这位就是我刚刚提到的 FA，Steve。不过我并不清楚，他是不是来证明自己是骗子的。"

"哈哈！"Steve 大笑了两声，像是听到了天大的笑话，"抱歉，我还真没有那个打算。要说骗子……"Steve 扫视会议室里的众人，最终把目光停在我脸上："James，你说谁是骗子？"

这简直太气人了！我立刻火冒三丈，差点儿脱口而出：是你让我冒充 James Chu 的，又要贼喊捉贼？

"Steve，"郝依依抢先开口了，"我已经跟费肯集团的各位领导解释过了，他不是 James Chu，不过，我们现在不需要讨论他，我们更关心的，是你。"

郝依依含着笑，眼神却在发狠，死死盯住 Steve，拳头也攥紧了，像是要跟谁决斗。

"哦！原来如此。"Steve 也在微笑，笑得让人心慌，冲郝依依挤挤眼说，"谢谢郝总关心！不知我有什么可以效劳的？"

看样子 Steve 并不想立刻撕破脸。他这么精明的人，这时候突然冒出来，肯定不是来撕破脸的。可他到底是来干什么的？ James Chu 被揭发，BesLife 也没能跟任何体检公司达成合作，他的谎言都已经被揭穿，面临着欺诈指控，怎么会自投罗网？至少有一点我能确定：

他绝对不是来拯救我的。

"你就是曾经帮助 BesLife 公司寻找投资、寻求商务合作的 Steve 先生？"副总本杰明小心翼翼地问。

"是的，自今年 9 月开始，我接受 BesLife 的委托，一直在帮他们寻求投资和合作，其中包括和贵公司的接触。"Steve 不卑不亢，落落大方，俨然 BesLife 的官方代言人，莫非还在打佣金的主意？

"那么，"本杰明继续提问，"是你声称 BesLife 已经和中国某体检公司达成合作了？"

"是的。"

"但你为什么要编造这样一个谎言呢？"

"谁说是谎言？"

"难道不是吗？"本杰明疑惑地看了看郝依依，又看了看 Max 王，那两人看上去也一脸迷惑。

"当然！ BesLife 已经跟中国大型体检公司达成合作了。"Steve 说得非常坚决，仿佛是在捍卫一个显而易见的真理。

"撒谎！"郝依依的语气也很坚决，"BesLife 的 CEO 和 COO 亲口告诉我，他们从来没有接触过万康体检，怎么可能达成合作？"

Steve 若无其事地耸耸肩说："我又没说 BesLife 要跟万康体检合作。"

郝依依皱紧眉头，满怀警惕地问："Steve，你又要耍什么花招？"

Steve 微微一笑说："郝总，你一定没带手机，或者把手机静音了？我想 BesLife 的人正在急着给你打电话呢，他们有好消息要告诉你。"

突然间，有什么东西在我掌心里猛地一跳，吓得我赶紧撒手，这才想起应该是我的手机——刚才一直被我攥在手里，不过它这会儿已经肚皮朝上掉在会议桌上，显示着那个来自美国加州的号码，木质桌面把手机的振动放大了 100 倍，全屋子的人都骇然盯着它，当然也包括郝依依。我手忙脚乱地把手机从桌面上抓起来，听见郝依依冰冷的声音："是黎博士？"

我心中一惊，仿佛是被"捉奸在场"——郝依依怎么猜到是 Eva 打来的？她怎知我跟 Eva 在暗中保持着联系？来不及多想，我已经听到郝依依的命令："接吧！"

Eva 就像我们第一次通话时那样激动地欢呼："谢天谢地！终于联系上你了！给郝总打电话，一直打不通！这是个突发事件，我想最好还是尽快通知你和郝总……"

这是一通非常简短的电话，一共用了不到两分钟，不过却让我非常意外，全然摸不着头脑。我如实向郝依依——也顺便向会议室里的其他人——汇报了来自 BesLife 创始人的电话：

中国大型连锁体检中心新新体检的总裁 Peck Bai（派克白）带领公司副总和法务突然光临 BesLife 在加州红杉城的总部，快速参观了公司，重点参观了 LS1.0 量子光学全基因检测仪，当场和 BesLife 的负责人签订了合作意向协议，随即开会拟订合约，就在一个小时前——加州时间晚上 8 点——谈妥了一切细节，明天正式签约。

我的发言结束后，会议室里起码安静了几秒，每个人的表情都很惊愕，除了 Steve。我当然也完全不明白这是怎么回事，在罗马和派克白一起喝酒的那一晚，我的"神棍"表演明明是失败了——倒不是表演本身失败，而是因为手机偏偏在关键时刻信号不好，让远程遥控着我的 Steve 会错了意，发错了数字，给了派克白一个完全相反的占卜答案——"如果跟 BesLife 合作，未来一定会后悔。"派克白当时也明确表态："缘分未到"。短短几天时间，是什么让派克白突然回心转意，连西西里岛的灵修课程（记得需要一周的）都顾不上完成，风风火火飞到美国去找 BesLife 签合同？

"这不可能！"Max 王第一个开口，声音非常洪亮，这也令人意外，自从 Steve 进屋，他一直沉默不语，仿佛换了一个人，恨不得让自己销声匿迹，我猜他是担心被费肯高层们发现，他跟"大骗子"Steve 其实早就认识。不过听我汇报了 Eva 的电话，他显然无法再保持沉默，激动地瞪着 Steve 说："BesLife 根本就没跟任何体检公司合作！你知道……"

"可它的确发生了。"Steve 打断了 Max 王，轻描淡写地说，"很遗憾，这不是我能控制的。"

"可是 Steve……"Max 王仍不死心。

"Max！"Steve 再次打断了 Max 王，表情变得郑重其事，"作为 FA，我一定会对我的客户尽职，就算买卖谈不成，也绝不会让客户赔本。"Steve 把视线在 Max 王脸上一顿，像是在提醒他什么。我有点儿糊涂，Steve 的客户难道不是 BesLife 吗？可他这话又似乎指的并不是 BesLife。

Steve 随即转向郝依依，略带得意地说："可我毕竟还是把买卖谈成了，而且非常成功。"

这样听来，"客户"又的确指的是 BesLife。郝依依狐疑地皱了皱眉，不过什么也没说，毕竟这令人意外的突发状况似乎对她没什么坏处。

Steve 打开公文箱，取出一沓文件，对费肯的几位高层说："这就是 BesLife 和新新体检将要在明天签署的合作协议，按说是不应该在签约前泄露的，不过，费肯现在是 BesLife 的大股东，所以我的客户——也就是由我独家代理的 BesLife 公司——愿意提前和费肯分享这个好消息，所以把合约发给了我。"

Steve 在说到"独家代理"这四个字时，故意斜了一眼郝依依，分明是在向郝依依宣布，他才是 BesLife 唯一的代理人，不言而喻，当然还是为了佣金。郝依依顿时满面怒容，可又不能当着费肯的人掰扯这个，只好哑巴吃黄连。

"这份合同很长，各位大概没时间细看，不如让我把最重要的几句读一下。"Steve 把合同摆在桌面上，翻开几页，朗声读起来，"在未来的一年内，新新体检将采用租赁的方式，在全国的两千家体检中心门店里安装 1000 台由 BesLife 公司生产的 LS1.0 型全基因检测机，作为租赁报酬，新新体检将为每次全基因检测向 BesLife 支付 60 美元费用。"

朗读结束，Steve 扫视众人，用动人的低沉嗓音说："请容许我来分析一下，1000 台 LS1.0 意味着什么。每台 LS1.0 每天可以检测 40份样本，1000 台，就是 4 万份样本，完全可以满足新新体检每天约3 万人次的体检量。"

Steve 稍稍停顿，好让听众们消化数据，也为了强调他将要说的："按照近几年的统计，新新体检平均每年在全国进行大约 1000 万人次的体检，如果每次体检都包括全基因检测，对于 BesLife 来说，那就意味着 6 亿美元的年营业额！"

"但是 BesLife 公布过，每次测试的最低成本是 100 美元，如果新新体检每次只支付给 BesLife 60 美元，那岂不是每测一次就要赔 40？"

Max 王又迫不及待地发言，这回 Steve 没打断他，耐心等他说完，坦然回答道："BesLife 之前的确说过 LS1.0 的检测成本是每次 100 美元，但那是在检测量很低的情况下。按照当前的预估，如果年检测量超过100 万次，检测成本就能降低到 55 美元每次。而新新体检的合约将会让 BesLife 的年检测量远超百万！因此每次检测都会使 BesLife 至少盈利 5 美元，也就相当于 5000 万美元的年利润！"

Steve 再次巡视会议室里的每个人，用铿锵有力的声音做总结：

"总之，新新体检的合约将会给 BesLife 带来 6 亿美元的年营业额，和 5000 万美元的年利润！这还不算在未来必将不断增加的新客户！"Steve 最终把目光定在巴菲特老头脸上："按照 40 倍市盈率计算——对于生物科技公司来说已经很保守了，BesLife 的估值应该是 20 亿美元！"

Steve 大声说出了这个惊人的数字，会议室里鸦雀无声。

"所以，费肯投资之前向 BesLife 投了 1000 万美元，获得了 10% 的股份，按照 BesLife 最新的估值，10% 的股份相当于 2 亿美元，一周之内升值 19 倍，这种事情大概在座的各位不会天天都能遇到吧？不过，据说 BesLife 在两天前收到了贵公司发去的律师函，要求退回 1000 万美元投资款，并且支付 1000 万美元违约金，也就是说，BesLife 仅用 2000 万美元就可以换回价值 2 亿美元的股份，他们实在不敢相信有这么好的事情，所以委托我向贵公司求证，是不是真的要撤资。"

Steve 再次把视线停在巴菲特老头脸上。巴老头并没立刻回答，扭头跟副总本杰明耳语了几句，气冲冲站起身说："我有急事，不奉陪了！"

另外几名费肯董事也跟着巴老头起身往外走，只留下本杰明和他的法务顾问。Max 王看上去既惊愕又恼火，而且不甘心，不过没敢阻拦。Steve 和郝依依也都没动，默然看着巴老头带队离场，Steve 的表情轻松愉快，郝依依的表情最微妙，说不清是喜是忧，但看得出疑虑重重，其实局势的转变对她也不算太坏，就算拿不到佣金，至少在费肯的职位暂时保住了。

副总本杰明目送几位大佬走出会议室，自己也站起身，对 Steve 打着官腔说："费肯的确曾经向 BesLife 公司发出过律师函，不过那时我们只是怀疑遭到了欺诈，并不了解详情。刚才郝女士向我们汇报了有关 BesLife 项目的进展，我们现在需要时间来确定一些事情，然后才能做出最终决定。不过，我想提醒各位，那份律师函虽然要求 BesLife 退还投资款，但并没提及费肯是否会放弃在 BesLife 的股份，所以我们仍是 BesLife 的合法股东，还请把这一点转告 BesLife。"

Steve 无奈地耸耸肩："我猜你的意思是，贵公司还想维持对 BesLife 的股东身份。我也提醒贵公司，要求退回投资款但不放弃股权，大概没有哪个法庭会支持这种事情。"

本杰明晃了晃自己的冬瓜头，一副无可奈何的样子，带着法务匆匆退场，在经过郝依依时停了停，也跟她耳语了几句，还轻轻拍了拍她的肩，好像突然又变成一个战壕里的战友了。费肯高层显然改了主意，不打算从 BesLife 撤资，至少要等弄清楚 BesLife 是不是真的和新新体检签约以后再说。

我也拿不准签约这件事到底是真是假，尽管这是 Eva 亲口在电话里告诉我的，我也相信她没撒谎，可这太不可思议了！几天前我跟派克白在罗马酒店露台上喝酒的一幕还历历在目，我实在想不明白，到底是什么让他突然改了主意。

会议室里很快就只剩下五个人——我、郝依依、辉姐、Steve 和 Max 王。Max 王看上去怒火中烧，Steve 不得不把他拉到会议室一角，耳语着安抚他，也顾不上郝依依和辉姐正满怀敌意地盯着他们。Steve 说了不过两三句，Max 王拔腿就走，辉姐立刻用身体挡住郝依依，严阵以待。还好 Max 王并没在郝依依附近停留，气哼哼走出会议室去。Steve 没有要追赶 Max 王的意思，不紧不慢踱到我身边，扭头对郝依依说："郝总，放松一点儿，你该感谢我。"

"是吗？"郝依依嘴角再次浮现出浅笑，敌意一点儿也没少，"这个世界上，恐怕没有免费的午餐吧？"

"呵呵！"Steve 冷笑了两声，突然扭头对我说，"James，走吧！我请你吃午餐！我猜你一定饿了。"

我确实饿了，感觉似乎很久没有正经吃饭了。不过我并不想跟 Steve 走，不知他又要耍什么花招，心里实在不踏实。我把目光投向郝依依，郝依依倒是很义气，立刻开口道："不好意思，他有安排了。"

"哦？是你安排的？"Steve 扬起一侧的眉毛，"我怎么不记得，你是他的老板？"

郝依依反唇相讥："我不是他老板，不过好像他老板把他出卖了，自己逃之夭夭，留下他顶罪。"

"哈哈！"Steve 朗声笑道，"他不但没有罪，而且还立了功，他的老板也没逃跑，现在回来给他发奖金了！"

这句话就像一句咒语，让我怦然心动！他是认真的？

Steve 转而对我说："这个月工资还差你 1 万，另外再发你 1 万奖金，等会儿转给你。"

这可真让我难以置信！2 万？这就给我 2 万？为什么要给我发奖金？难道是因为派克白突然决定和 BesLife 签约？我半信半疑地问："真的？不是开玩笑吧？所以在罗马……"

Steve 没等我说完，突然贴近我的耳朵，神神秘秘地说："白总让我转告你，天上的那几颗星星，不是巨蟹座，是猎户座。"

4

派克白说得没错，那不是巨蟹座，是猎户座。

在罗马的那天晚上，我曾经指着夜空中的几颗星星说："巨蟹座！Cancer！……燕麦细胞癌！"我是想让派克白认为，我用古老而神秘的吉卜赛占卜术，算出了发生在派科系医院里的倒卖抗癌靶向药的丑闻，其实那只不过是我从耗子那儿听来的小道消息。派克白当场就识破了我的把戏，又或者从一开始就没信过，只不过始终没揭穿我。按照 Steve 的说法，我在罗马的"表演"简直是一场灾难，只不过那正是他需要的。

我可真后悔，当初对星座、塔罗牌，还有其他一切跟占卜有关的"学问"都嗤之以鼻，没跟红霞和耗子好好学学，以至于出了这么大的洋相，不过反倒歪打正着——就在派克白刚刚抵达西西里岛，打开手机的一刻，他看见秘书转发给他的 James Chu 发表的声明——他的秘书一直在跟踪万康体检和 BesLife 的合作进展，自然也关注了最早对其进行报道的"10 万 +"大号，这声明附带的照片里出现了新新体检死对头万康公司的"皇太后"，助理立刻转发给他。令他倍感惊讶的是，那声明中提到的骗子，正是在罗马跟他住同一家酒店、在西班牙大台阶上装神弄鬼、主动帮他找钱包、帮他占卜算命，最终说服他不要跟 BesLife 合作的人，照片里的此人正在跟万康"皇太后"挤眉弄眼儿，铁证如山，此人是万康派来的特务。

派克白心情激动，再也无法在西西里岛静修。他早看出那家伙是个骗子，不过一直没弄明白骗子为什么要刻意接近他，现在他终于明白了，是万康派"特务"到罗马，在他眼前灵修、占卜、偷钱夹——"特务"顺利帮他找回钱夹和护照的事实让他坚信，小偷也是"特务"安排的。这只能说明两件事：第一，万康和 BesLife 的合作确实没板上钉钉，因为 BesLife 在犹豫不决；第二，万康非常担心会被新新派科截了和。派克白虽然生性多疑，但下手非常果断，是业内有名的急性子。他立刻给 BesLife 的代理人 Steve 打了电话，问他看没看见传遍全网的揭发骗子宋桔的声明，Steve 起先吞吞吐吐，最终承认也曾在万康见过此人，一直以为是外籍投资人，没想到竟是万康的人。派克白立刻表示，他很理解 BesLife 的顾虑，万康的领导人就是

"传统中国企业家"，但是他派克白不是，他和他的企业一直按照西方管理理念成长，所以他的企业更适合跟 BesLife 合作，他要立刻飞到美国去跟 BesLife 的高层会晤，带上他的业务副总和法务。

Steve 是在高级西餐厅里请我吃牛排大餐时告诉我这些的，其实只不过是午餐，不需要这么破费，一顿就要上千，也不知他怎么突然变慷慨了，果真给我转了 2 万块，虽说也是我应得的，可感觉还是像天上掉馅饼，瞬间转了运，拿了钱也免了罪，不必再担心被警察当诈骗犯抓起来，只有一事还是让我不踏实——Steve 还是没有告诉我，以朱公子名义投资的那 1000 万美金到底是从哪儿来的。

所以我特意告诉 Steve，郝依依让我扮演她的未婚夫，并且把那1000 万美金投资说成是她未婚夫的。我指望着 Steve 能顺着话茬儿透露一点儿内情，可他守口如瓶，就只默默听我说完，然后漫不经心地问了一句："你们一起坐了那么久的飞机，就聊了这些？"

我说这些不是在飞机上聊的，是我刚刚在费肯投资的会议室里才知道的，飞机上什么都没聊，因为我一直在睡觉，睡得跟死人差不多，你看我这落枕的脖子。

他眯起眼看着我，可又并不提出质疑，让我心里更加惴惴的，不知他又起了什么坏心眼儿。说实话我实在不想再给他打工，宁可继续扮演郝依依的未婚夫，不过毕竟郝依依从来没提过工资的事，倒是Steve 在给我发钱，其实不管是为 Steve 还是郝依依服务，我任人宰割的命运并没有发生变化，这可真令人沮丧。

"以后我大概不能再扮演朱公子了？"我试探着问，生怕他又让我扮演什么马公子牛公子，回头哪天再冒出一个"10 万 +"的揭发声明，让我大难临头——尽管眼前没有被警察通缉的危险，但这不等于没有别的灾难：三天之内，耗子起码给我发了 20 条微信追问我到底发生了什么事，还发过好几次语音通话邀请，我都假装没看见，我没法儿解释，好好的为什么会突然有人揭发我是骗子，根本不敢想象凤妈已经愤怒成什么样子，不知是准备严刑拷打，还是干脆扫地出门。

"那就不扮演了呗。"Steve 撇了撇嘴，风轻云淡地说，"现在这样挺好。"

这回答让我一时摸不着头脑："现在？现在哪样？"

"你不是正在扮演郝依依的未婚夫吗？继续演，挺好。"Steve 嘴角挂着轻蔑的笑意，我以为他在故意说反话讽刺我，可他却突然认真起来，收起笑容说："你继续扮演她的男朋友，费肯的大股东，我会继续给你发工资的。"

　　这更加令我费解，却来不及细想，Steve 抬手看看表，有点儿不耐烦地说："吃好了就回费肯吧，回郝依依那儿。"他顿了顿，又老谋深算地补了一句："你可以告诉她，我只是想从你这里打听消息，并没给你钱，我已经把你解雇了。"

　　其实我很快就领悟了 Steve 的用意：他是让我到郝依依身边当卧底，身在曹营心在汉。这我可完全没把握：郝依依人精似的，谁能骗得了她？

　　"从下个月起，每月给你 3 万。"Steve 说得很随便，却惹得我心痒难搔，3 万绝对算得上高薪！

　　"不过有一个条件。"Steve 狡黠一笑，我立刻心中打战，就知没那么好的事！他却若无其事地说："能不能让我跟踪定位你的手机？我只是希望随时知道你的位置。"

　　我一时有点儿犹豫，这要求听上去挺吓人。他于是又说："我不在你手机里装东西。你用我的苹果 ID 登录 iCloud，这样我就能随时知道你的位置。不过，这全凭你自愿，如果你不想让我发现你，可以随时关闭'寻找我的 iPhone'，或者直接从 iCloud 退出登录。"

　　"3 万？你认真的？"鉴于 Steve 漫不经心的样子，我得跟他确定一下。他朝我点点头，看上去不像开玩笑。我一狠心，把手机解了锁，递给他，让他直接用他的 ID 登录 iCloud。既然要做他的"间谍"，被他随时定位也很正常。再说这毕竟只是一部手机，关不关机由我，是不是随身带着也由我。再说我似乎也别无选择——郝依依又不给我发工资，凤妈很有可能清理门户，我就指着 Steve 的工资了。

　　下午 3 点，我乖乖返回国贸 38 层的费肯投资，也不知郝依依还在不在公司，但辉姐肯定还在，她是郝依依的亲信，郝依依暂时化险为夷，她自然继续当前台，我猜这前台的位置多半是郝依依给她弄的，不然哪有她这种外企女前台？辉姐说过郝依依是她妹，显然不是亲的，俩人连口音都不一样，真不知道胡同大妈怎么就跟外企女强人成了好姐妹。

　　我在 38 层走出电梯，顺着长长的走廊往最深处走，琢磨着该如何让郝依依相信我已经彻底跟 Steve 决裂，没走几步就遥遥听见辉姐火药味十足的大嗓门儿："我不是跟您说过了嘛！他刚才是在这儿，可这会儿已经走了！现在不在这儿了！"

　　"那他什么时候回来？"隐约传来一个男中音，听上去也挺横，而且非常耳熟，是耗子！我心里一惊，没想到耗子竟然找到费肯投资来了。

我赶紧停步，抬眼往走廊里张望，四五米开外就是费肯投资的玻璃门，似乎半开着，但是看不见门里的情形，我猜耗子正跟辉姐剑拔弩张。肯定是凤妈派耗子来捉拿我的！我想立刻掉头逃跑，好歹忍住了，躲得过初一躲不过十五，再说还不知辉姐嘴里能吐出什么。也许我该趁早跟耗子坦白，让他帮我想想怎么应付凤妈，毕竟全家就耗子最疼我。

"哟！那我可不知道！"辉姐中气十足，"人家可没跟我报备，我也管不着啊！"

"请你领导来！"一个更加强悍的女高音立刻压过了辉姐，"请你们总经理来！那个女经理，姓郝的！她总管得着吧？"

我顿时两腿发软，心怦怦乱跳，因为我很清楚那是谁的声音——凤妈居然跟着耗子一起来了！我立刻转身逃跑，这动作是完全不经大脑的条件反射，不过大脑也完全不会反对——凤妈都亲自出马了，难道束手待毙？

可没承想，我背后竟然站着一个人，险些迎头撞上。

"哎哟！弟啊！可撞死我了！"那人风摆杨柳地摇了两摇，用甜得发腻的声音呻吟，可我根本没碰到她，还差着几厘米呢。我赶紧后退两步，想看清楚到底是谁，其实我早听出是红霞的声音，只是视觉又让我产生了严重怀疑——我眼前分明站着个又高又瘦细如竹竿的女人，五官倒是眼熟，可下巴更尖，两腮也塌了，两只颧骨高耸出来，两个深深的眼窝子抹得黢黑，显得更妖媚刻薄，上次见她还是凤妈家的"重阳节聚会"，那会儿就显瘦，可没像现在这么夸张，"美必来"的减肥效果也太明显了。

红霞不由分说，扑过来强行挽住我，仿佛把我逮捕归案。凤妈听见红霞的叫声，一马当先冲出来，一袭黑衣，云鬓高悬，俨然是个黑白通吃的成功女企业家，耗子紧随其后，仍是黑西服黑领带，好像女企业家的保镖。

我心中暗暗叫苦，知道一时逃不掉，只能随机应变，故意大惊小怪地对红霞说："天啊！姐！这是你吗？林妹妹下凡了呀！"

"哎哟，嘴可真甜！吃蜂蜜啦？"红霞眉开眼笑，挽着我的胳膊可是丝毫没减力道，又细又硬跟警棍似的。我假装没注意横眉立目的凤妈，继续跟红霞耍贫嘴："'美必来'也太管用啦！姐不但越来越美，也越来越发财吧？"

"放你娘的狗臭屁！"凤妈怒喝了一句，吓得我浑身一哆嗦，还好这是在走廊深处，附近除了费肯投资也没别的公司。红霞倒好像没听见似的，若无其事地对我说："弟，不叫'美必来'了！改名儿啦！"红霞神神秘秘地朝我忽闪假睫毛，满怀期待地等着我追问，可我不敢再吱声儿，凤妈看上去怒不可遏，仿佛要把我一口生吞了。

"量子素！"耗子瓮声瓮气插了一句，表情嗤之以鼻。红霞狠狠白了他一眼，转而又得意洋洋地对我说："量子，就是现在最火的量子计算机的量子，素就是素质的素！怎么样？这可是我想出来的，总公司立刻就采用了！不能给博士弟弟丢脸啊！"

我还真有点儿意外：红霞把营养药的名字从"美必来"改成了"量子素"？我原以为她只是传销公司的小卒子，难道晋升高层了？

"跟美国硅谷的高科技公司合作，哪能用那么俗气的药名儿！弟你说对吧？"红霞扭捏着又补了一句，细瘦的身体拧成麻绳，彻底把我捆结实了。我终于明白过来，她这是仍没死心，还想通过 BesLife 给"美必来"——不对，是给"量子素"——背书，为服用"量子素"的客户进行全基因检测，以证明那玩意儿真能改造基因，简直是天方夜谭！除非买通 BesLife 出假结果，但是 Eva 和她的合伙人——那个叫 Shirley 的男人婆——绝不可能做这种事情，Eva 的老公 Bob 虽然不介意夸大其词，但他多半儿不会跟一家卖假药的小传销公司狼狈为奸，实在不值当的。

我没敢回答红霞，偷看了一眼凤妈，果不其然！凤妈正对我怒目而视，根本不像是陪着红霞来求我帮忙的。不过红霞和凤妈向来一个唱白脸，一个唱红脸，让我难以弄清形势。

"各位！这里可是办公地点，请别大声喧哗！"辉姐也跟了出来，大概是想察看走廊里发生了什么，却一眼看见被红霞盘绕着的我，不禁吃了一惊，一脸不待见，"哎哟，这儿又不是公园小河边儿，又没黑灯瞎火儿的！"

红霞翻了翻白眼儿，忍住了没回嘴，好歹把我放开了。耗子替她辩解道："瞎鸡巴扯，这是我姐，这是我弟！"

"喊，你们哥哥妹妹的关我什么事儿？"辉姐鄙夷地翻了翻白眼儿，不耐烦地大手一挥，"既然全家团圆了，那就请回家聊吧？人这儿还得上班儿呢！"

辉姐匆匆做了个送客的手势，转身就要往回走，大概是发现了我，意识到局面更加纠缠不清，还是脱身为妙，却被凤妈一声断喝："您别走！趁您在这儿，正好说清楚！"

辉姐脚下一个刹车，冷笑道："哈哈！这可真稀了奇了，你们家的事儿，跟我说得着吗？"

凤妈深吸一口气，突然和颜悦色起来："这位大姐，今天实在麻烦您了，我就只问您一句，这小子到底是不是你们公司的？"

凤妈抬手指着我的鼻子尖，就像指着刚刚落网的嫌疑犯，她到底还是来调查"骗子宋桔"的。

"我不是刚跟您说了嘛，这个我可不好说。"辉姐也缓和了语气，面露难色，她大概也看出凤妈来势汹汹，要替我打圆场。我满怀感激地看看辉姐，可她根本就不看我，理直气壮地跟凤妈说："您看，费肯公司这么大，全世界好几万人呢，我哪儿能都知道？"

"我没说整个儿废品公司，我就说这儿，他是不是每天都到这儿上班儿，您总该知道吧？"凤妈用食指使劲儿点点地面，表情倒是还算客气，可我知道她的忍耐快到极限了。

"那肯定不是，"辉姐摆摆手，我的心也跟着一抖，以为她终于要出卖我了，却见她把头一扬，振振有词说，"哪儿能每天来？谁也不能每天来啊，还有周末呢，还有个头疼脑热的时候呢！您说是不是？"

我稍稍松了一口气，不过这回答也太对付了，凤妈眼睛里可从来不揉沙子。果不其然，凤妈立刻把眼珠子往外鼓，眼看就要大爆发，好歹忍住了，阴阳怪气地说："您这不是跟我装蒜吗？"

"哟，我又不是蒜臼子，我装什么蒜啊！"辉姐抱起双肩，挑起眉毛，斜睨着屋顶，摆好了泼妇吵架的架势。还别说，辉姐对凤妈，可真有点儿棋逢对手的意思。

凤妈忍无可忍，终于爆发了，不过并没冲辉姐爆发，而是突然冲着我劈头盖脸地骂道："贼屎根！去把你老板请出来！把郝总请出来！让她当着我的面说明白，你到底是不是她的手下！是不是她让你去骗人的！"

我虽然早知凤妈为何而来，但这突如其来的质问还是让我手足无措，还好辉姐又主动插话，替我吸引了炮火："您这不是造谣诬陷，血口喷人吗？"

"说谁呢？你说谁造谣？"凤妈终于彻底放弃了女企业家的形象，一手叉腰，一手指点着辉姐，摆开泼妇迎战泼妇的架势。红霞赶忙飞奔着拉住凤妈，在她耳边低声细语，凤妈听也不听，不依不饶道："你让郝经理自己来跟我说，我是不是在造谣！让她自己说，是不是她叫我儿子冒充那个什么姓朱的？"

"您还别蹬鼻子上脸，"辉姐挺胸昂首，摆出一副保家卫国的英姿，"您要是继续寻衅滋事，我要叫大厦保安……"

"辉姐！"

一声甜美清脆的叫声，打断了辉姐义正词严的警告。郝依依从费肯投资的玻璃门里快步走出来，一阵风似的飘到凤妈眼前，笑盈盈点头说："伯母，您没造谣，您说得没错！"

凤妈吃了一惊，后退了半步，狐疑地问："你是哪位？"

"郝总！真是不好意思！"我抢着开口，故意做出满怀歉意的尴尬表情，心里倒是立刻轻松了，看样子郝依依一直藏在公司里偷听，所以对走廊里的形势了如指掌，这时主动跑出来，多半儿会替我化解危机的。

凤妈听见我如此称呼这位衣着入时的年轻女子，瞬间变回了女企业家，微微仰起脸，不卑不亢地说："您就是郝总？幸会！不好意思打扰您了！您刚刚说什么？我好像没听清楚，能再说一遍吗？"

"我说'您说得没错'，的确是我让小宋……怎么说呢，隐姓埋名！"郝依依又往前凑了凑，热情地拉起凤妈的手，"我刚才有点儿忙，让您久等，真是失礼了！咱们到公司里详谈？"

郝依依说罢，一手挽着凤妈，另一只手朝红霞和耗子招了招，甜甜蜜蜜地说："哥和姐也请一起啊！"边说边把目光在众人脸上扫了一圈，又在我脸上有意无意地一点，让我心中一荡，并不是美好的那种，而是有点儿心惊肉跳。

5

在费肯投资的会议室里——也就是几小时前郝依依"舌战"费肯高层的地方，郝依依热情接待了凤妈一家，热情得过了头，一口一个"伯母""哥""姐"，就好像他们并不是某个临时工——想来想去，大概这样形容我的身份最贴切——的家属，而是她自己的什么亲眷——没有血缘关系但又极其亲密的那种，比如闺蜜或者男友的家人。

我并不是喜欢自作多情的人，不过郝依依的确让我觉得，她在有意暗示一种亲密关系——她和"小宋"之间的亲密关系，比如紧贴着我站着，偶尔用肩膀碰碰我，时不时递来一个甜蜜而默契的眼神。她倒没敢跟凤妈说是我未婚妻，也没说是女朋友，就只证实了我是她的"助理"，工作非常出色，她还向凤妈解释了有关冒充朱公子的问题：

"是隐姓埋名，不是冒名顶替！我觉得没必要让那些客户都知道我身边这位青年才俊是谁，"她朝我颇为赞许地看了一眼，让我这么厚颜无耻的人都不禁两颊发烧，"那些公司高层和企业家最势利眼的，有时留一点神秘感反而更好，您一看就是商界前辈，肯定明白我的意思。"这一句马屁拍得到位，凤妈微微点头，看上去非常受用，郝依依话锋一转："可是神秘感也是一把双刃剑——没法儿不让别人瞎猜，一传十十传百，谣言就出来了，我觉得，反正小宋又没真的冒充过谁，也就用不着专门去辟谣，省得越抹越黑，您说是吧？"

我不得不承认，郝依依真是伶牙俐齿，这一屋子人——凤妈、红霞、耗子（耗子就算了）加起来也不是她的对手，再说也根本没人想对付她——凤妈虽然表面仍保持着矜持，暗中早已心花怒放：她正坐在国贸38层某外企公司的会议室里，听公司总经理称赞她的桔子，她可以放一万个心，桔子的确是在超级跨国公司里担任总经理助理，而且颇得总经理赏识——不只是赏识，而且有些暧昧——桔子真的有可能跟郝总搞对象？凤妈其实非常谨慎务实，原本不会看好这种狗血情节，不过自从她得知我偷偷跑到美国去跟男人结婚，现在不管我跟谁谈恋爱，只要对方是女的，她都会心满意足。

红霞也很务实，绝不会错失良机，她比郝依依还亲热，硬生生抢过发言权，让凤妈在一边儿干瞪眼，不过忍着没骂，说也奇怪，今天没见凤妈挖苦红霞一句，平时可不是这样的。

红霞对郝依依的"表白"又假又腻，而且别有用心，倒真像是大姑子对付弟媳妇。她倒是没把"弟妹"叫出口，不过毫不客气地把要跟 BesLife 合作的事说出来，理直气壮得就像管人要嫁妆，边说边递上名片，自我介绍说是美必来健康股份有限公司销售总监。原来产品虽然改名叫"量子素"，公司却还是"美必来"，我恨不得上去捂住她的嘴，让她趁早别给我丢人——BesLife 怎么可能跟卖假药的传销公司合作？

郝依依却眉头都没皱一下，立刻向红霞、凤妈和耗子发出盛情邀请："过几天 BesLife 公司和费肯投资要开联合发布会，请大家都来参加吧！到时我把 BesLife 的负责人介绍给姐认识，一起聊聊姐的产品！"

红霞立刻拍手欢呼，几乎要跟郝依依拥抱，郝依依连忙转身，兴冲冲地朝着我说："小宋，我刚刚就是在跟 BesLife 的 Bob 通电话，我们决定在北京举办 BesLife 和新新派科的签约仪式和发布会，Bob 和黎总会一起飞过来，看很多商界名流和媒体都会参加，到时我把姐介绍给大家，说不定还能有更多的商机！"

郝依依说罢，朝我嫣然一笑，仿佛是在向我表白，我姐就是她姐。我当然知道这是在演戏，演给屋子里其他人看的，郝依依只用了不到 10 分钟，就让凤娌、红霞和耗子服服帖帖、满心欢喜地告辞，凤妈还特意嘱咐我："好好工作，别让领导失望！"

看来郝依依还是希望我继续为她"工作"，不然也不会对我的家人大献殷勤，这倒让我更有信心完成 Steve 交给我的任务——到郝依依身边当"卧底"，当然只是表面上应付差事，实质上根本不可能完成，因为郝依依根本就不会信任我，说不定早把我当成是 Steve 的眼线，对我加倍提防。

果不其然，刚把凤妈送出门，郝依依转脸就没了笑容，瞬间变回高高在上的女总裁，用命令的口吻对我说："走吧！有些重要的事情要跟你探讨。"

当然不会是"探讨"，我心里很清楚，这是又要对我进行"审讯"，而且肯定跟 Steve 有关。这种"审讯"大概不能在费肯公司里进行，上次就是在这附近的富亿大酒店的套房里，费肯公司与其说是郝依依的地盘，不如说是她的战场，隐藏着像投资总监 Eric 那样的眼线。

我们果然又回到了富亿大酒店的同一间套房里，只不过这回只有我和郝依依，没有其他人。上回是要"绑架"我，当然需要人手，现在不同了，她知道我会服从她，至少表面上服服帖帖、百依百顺，因此构成了一幅浪漫的情景——一对儿帅男美女，都穿着商务装，在下午 4 点到酒店开房间，可惜凤妈没看见，不然就更放心了。

套房里的气氛当然一点儿也不浪漫，帅男美女根本没进卧室，就老老实实坐在客厅的圆桌两侧，像是要进行分手谈判。郝依依把胳膊架在桌面上，一手撑着下巴，目不转睛地盯着我，仿佛我脸上印着灯谜。她说："我总觉得这件事有点儿蹊跷，你不觉得吗？"

"哪件事？"这问题问得没头没脑，我不得不反问她。这几个月发生的每件事都让我觉得蹊跷，就好比现在，我正跟一位年轻貌美、机灵透顶的外企女高管坐在豪华酒店的套房里，执行着我的特务任务，还有比这个更蹊跷的吗？

"我是说，你被 James Chu 曝光的这件事，"郝依依皱紧眉头，百思不解地说，"偏偏就在投资款刚刚从银行托管账户打进 BesLife 账户，突然有人向真正的 James Chu 揭发了你，James Chu 立刻发表声明曝光了这件事，这是不是太巧了？如果要是早一点发生，哪怕只早一天，我就能及时阻止汇款。"

"确实有点儿巧。"我点点头。以前我并没往这方面想过，郝依依一提，我倒真觉得有些道理，真正的朱公子发声明揭发骗子宋桔，就等于是揭发郝依依和骗子合作，难道有人要故意利用这件事整治郝依依？

"你觉不觉得，今天上午在会议室里，Max 的表现也很奇怪？"郝依依突然换了个问题。我仔细回忆着说："是啊！他好像跟费肯的人都很熟，就跟他也是费肯高层似的。"

郝依依似乎有些失望："他以前的确是费肯的高层，只不过被我取代了，我说的不是那个。你有没有觉得，他好像知道那 1000 万美元是哪儿来的？"

这倒提醒了我，当郝依依提到是她未婚夫衡宥生往 BesLife 里投资了 1000 万美元时，Max 王似乎很愤怒，很坚定地指控郝依依在撒谎，就像他很清楚那笔钱并不是衡宥生的。我说："难道是 Steve 告诉他的？他们早就认识，两个月前，Steve 和 Eva 请我到旧金山去参观 BesLife，我在鸡尾酒会上就见过这位 Max，一直跟 Steve 套近乎。"

"难怪！"郝依依嘴角浮现出一丝冷笑，"不过，刚才在会议室里，Max 似乎并没料到 Steve 会突然出现，而且更没料到 Steve 会突然带来 BesLife 和新新派科签约的消息。"

"是啊，他看上去很意外，好像还很生气。"我努力回忆着说，"他大概不希望 BesLife 真的和体检公司达成协议吧？"

"问题就在这里！"郝依依有点儿激动，"记得吗？刚才是他主动提醒那帮老家伙，费肯对 BesLife 的投资有个先决条件，就是 BesLife 需要跟体检公司达成合作，当时他看上去很得意，似乎他早知道 BesLife 和万康体检根本就没签协议，Steve 给我的协议是假的！你说他是怎么知道的？"

"是 Steve 告诉他的？"我回答。

"用不着告诉，"郝依依咬牙切齿道，"他们肯定是一伙的，Steve 大概在为他效力呢！"

我突然想起 Steve 把怒火中烧的 Max 王拉到屋角耳语的一幕，顿时觉得郝依依说得很有道理。我问："是 Max 王雇佣 Steve 陷害你？"

"我看是的。Max 对我恨之入骨，一直想把我从费肯赶走。"郝依依眯起双眼，眼缝里渗出寒光，让我也不禁后背发凉，难道 Steve 让我到处假冒 James Chu，就是为了在关键时刻把我揭穿，以便陷害郝依依？

"James Chu 发表声明揭发我，难道也是 Steve 和 Max 王预谋的？"我小心翼翼地提出质疑。远在英国的超级富二代总不会也跟 Max 王或者 Steve 勾结，为了扳倒郝依依而效劳吧？

郝依依没回答我，突然起身走向卧室紧闭的门，这让我吃了一惊，不知她要去卧室做什么，只见她在门上敲了敲，随即推门冲屋里说："Tina，英国那边有消息了吗？"

我这才意识到，这套房里不止我和郝依依两人，卧室里还有一位——前几天到机场假冒警察"绑架"我的小调查师 Tina，看样子这套房就是她的办公室。

"有了！刚刚收到的！"Tina 立刻在门缝里出现，这回没穿酷似警服的男装，而是正常的女装，看上去似乎不如上次那么瘦小，甚至还漂亮了几分，只是头发乱蓬蓬的，好像刚起床，不过两眼闪闪放光，精神抖擞地向郝依依汇报，"英国那边的渠道回复说，已经问过 James Chu，他说那份声明不是他发的，他要是发声明，怎么也该在《泰晤士报》或者《华尔街日报》上发，不会通过某个中国自媒体发的。"

"所以，是别人冒充 James Chu 发的声明？"郝依依问。Tina 坚定地点头，郝依依又问："James Chu 不准备做些什么？"

Tina 耸耸肩说："渠道说反正经常有人冒充他，他都懒得理，现在有人替他揭发骗子，他就更不用理了。"

郝依依转身看着我，像是在问：感想如何？

说实话我对 Tina 的调查结果有些怀疑，在我眼里她就是个喜欢虚张声势的半吊子调查师，通常越是技不如人就越要争强好胜。我说："不是说 James Chu 非常低调，很少有人能见得到吗？"

Tina 果然面露不悦之色，说道："我们是有专业渠道的，想要找谁聊聊并不困难，伦敦又不是亚马孙雨林，没有那么偏僻。再说就算是亚马孙雨林，只要肯花钱，也照样没问题！"

郝依依开口阻断了我和 Tina 的战火："发声明的人肯定知道你在

冒充 James Chu，而且他选择了一个中国的自媒体大号来揭穿你。这是为什么呢？"

我耸耸肩表示不知道，尽管心里有点儿发虚——"中国的自媒体大号"让我突然联想到了什么。

"也许只是个巧合，不过前些日子，正是同一个大号发布了BesLife 和万康体检合作的假新闻，"郝依依边说边朝 Tina 做了个手势，"那新闻还配了几张照片，照片看着挺眼熟。"

郝依依话音未落，Tina 已经拿出几张纸递给郝依依，郝依依把其中一张递给我，正是那篇公众号文章的复印件，其中有一张照片，是Eva、Bob 和两位"万康女眷"站在甲板上的合影。

"你知道这张照片是在哪儿拍的吧？"郝依依问我。

"是在夏威夷的观鲸船上拍的，"我如实回答，"Steve 租的观鲸船，邀请万康公司总裁的老妈和老婆跟 Bob、Eva 一起出海观鲸，我告诉过你的。"

"这是同一个大号发布的揭发声明，上面有你的照片，你再看看，是不是在同一艘观鲸船上？"

郝依依递给我另一张复印件，果然就是那篇揭发骗子宋桔的声明，声明附的照片是我早已看过许多遍的——我正向万康"佘太君"挤眉弄眼。我说："是的。"

"这两张照片，是不是同一个人拍的？"

郝依依虽然用的问句，可并不像是提问，而是在陈述事实——同一个写手写了两篇文章，一篇是有关 BesLife 和万康体检合作的谣言，另一篇是揭发骗子宋桔冒充 James Chu 的声明。

我脑子里立刻闪现出那个火红头发、身穿透明雨衣的网红女作家："不是同一个人拍的。给万康和 BesLife 拍合影的是个女作家，她当时就站在我身边，在收她的相机，可这张照片像是从远处偷拍的。"

"哦？"郝依依颇为意外地皱了皱眉，"那是谁拍的？"

"谁都有可能。那船上除了万康的两位女眷和 BesLife 的两位高管，其他人都是 Steve 找来的。"

"但是这张照片抓拍得很巧妙，起到的作用也非常关键，不像是随手拍到的。"郝依依好像突然想到了什么，"拍这张照片的时候，Steve 跟你在一起吗？"

我努力回忆当时的情景，两位"万康女眷"、Eva 和 Bob，还有网红女作家……我摇摇头："他不在，他是后来才出现的。"

郝依依冷笑了一声，没再说别的。我当然明白她的意思：那照片也许就是 Steve 拍的。其实自从听说那份揭发骗子宋桔的声明并不是 James Chu 所发，我就已经基本确定，这一切都是 Steve 一手策划的——让我冒充朱公子，制造 BesLife 和万康体检合作的假新闻，引诱郝依依对 BesLife 进行投资，等钱一入账，立刻曝光冒充朱公子的骗子，坐实郝依依的渎职罪名，将她赶出费肯集团。完全有理由相信，Steve 就是在为 Max 王服务。

不过有一点我还是想不通。我问："可 Steve 为什么又要努力促成 BesLife 和新新体检的合作？如果只是为了把你赶出费肯，他根本用不着费这个事啊！"

郝依依沉思了片刻，说道："我觉得 Steve 应该是这样一种人：他不会一门心思地执行某个计划，在任何时候都会寻找新的机会。如果真的有一家体检公司愿意跟 BesLife 合作，那就意味着更多的可能，为 Steve 提供了很多新的契机。"

"是什么样的契机呢？"

"如果 BesLife 真的变成了独角兽，那可是一块大肥肉。毕竟是 Steve 帮助 BesLife 获得的这个商机，他完全可以从中大捞一笔。"

"可那并不是 Max 王想要的，他怎么说服 Max 王？"我继续提问。郝依依倒是很耐心，大概自己也想借机理清头绪："恐怕 Max 想要的也不只是把我赶出费肯，那样顶多让他出一口恶气，不能弥补他的损失——我帮着衡子从他手里夺走了那么多费肯股份，他一定不会善罢甘休。我猜 Steve 大概会用这个理由说服他，他们肯定还有更多的花招要耍。"

我点头表示同意，这个解释很合理，Steve 是个野心家，绝不会对任何人绝对服从，Max 王也绝不会只满足于出一口气。

"所以，宋桔，"郝依依突然轻唤我的名字，表情也变柔和了，仿佛春风拂面，略带羞涩地说，"我知道你一定很为难，夹在我和 Steve 之间……"

我心中一动，没料到这突如其来的变化。我早知郝依依为人狡猾，可这句话说得温柔诚恳，确实令我感动，甚至有些愧疚，竟然在为万恶的 Steve 充当狗特务。

"我猜，Steve 一定会让你为他做一些事情，因为他们是不会轻易放过我的……"郝依依的表情很平静，像是正在描述一个显而易见的事实，果然是个人精，什么也瞒不了她，不如跟她坦白。我正要开口，她却突然向我摆动食指："不，你不用告诉我。我不想让你更为难，所以，我把决定权留给你。你自己决定要不要完成他让你做的事情，无论你怎么做，我都不会怪你。我就只求你……帮我一个忙。"她讪讪地微笑，好像有些难以启齿："我想求你继续扮演衡子，至少能坚持到下周的发布会。你知道，那对我非常关键。"

说实话这让我有点儿为难。我本以为只是临时救场，没想到还有未完待续，可她男朋友到底在干什么？

她仿佛看穿了我的心思，郁郁地说："衡子那家伙，实在很讨厌！他总是我行我素，背着背包穿越撒哈拉大沙漠，失联几个月了……"

她低垂了目光，眼中又爱又恨，显得楚楚可怜。可我并不关心她和她男友之间到底发生了什么，只想弄清楚我自己的处境，难道要一边扮演她的未婚夫，一边为 Steve 服务？我突然有点儿后悔，既不该答应 Steve 做特务，也不该答应郝依依冒充她的未婚夫，之前冒充朱公子已经非常惊心动魄，再继续下去还不知要惹多大的麻烦。

"放心，我不会让你白帮的。"郝依依瞬间恢复了常态，冲我做了个鬼脸，"无论 Steve 给你多少，我给你 double（双倍）。"

我心中一阵狂喜，立刻就不后悔了。我本来也不是正人君子，有钱为啥不赚？我飞速算了一笔账：Steve 每月给我 3 万，郝依依就得给我 6 万，加一块儿就是 9 万，说不定还会有奖金。每月至少 9 万，一年至少 108 万！年薪百万，我可是连做梦也梦不到的！怪不得有那么多人愿意当特务！我故作矜持地点点头，就好像我并不在乎报酬，帮她纯粹是出于友谊，其实我心里在呐喊：就让我永远扮演下去吧！

郝依依满意地微笑着说："现在，我仔细跟你讲讲衡子，尽管要来参加发布会的人都不认识他，你最好还是对他多了解一点。"

第九章

一仆两主

国宾馆里的
一出新戏

1

费肯投资（北京）有限公司、碧徕（BesLife）生物技术有限公司、新新派科集团的联合发布会定在 2019 年 11 月 18 日下午 2 点举行。

耗子在电话里说：日子真吉利，这是要发了！也不知他是查过皇历，还是只因为日子的谐音"要要要发"，我懒得细问，就只匆匆把发布会的时间和地点通知他，不想在电话上多聊，还好他也不想聊，因为红霞就坐在他旁边，他正开车带红霞去接受某养生自媒体的采访。自从郝依依承诺要在发布会上撮合红霞和 BesLife 的合作，红霞就开始四处大肆宣传这场"举世瞩目的东西方医学奇迹的完美结合"，对此耗子嗤之以鼻，但是不敢多说，就只能乖乖给红霞当司机，因为她已经虚弱得连开车都有点儿困难。

红霞暴瘦的原因并不是"美必来"（或者"量子素"），而是因为肝癌晚期，已经发生脑转移。其实红霞半年前就得知自己生了癌，不过没做手术也没放化疗，她坚信"美必来"能帮她恢复健康，而且不用掉头发。她不但加大服用剂量，也更努力地推广"救命神药"，由于业绩颇佳而得到"组织"认可，已经晋升成为美必来公司的销售总监了。

我是在享受推油按摩时得知此事的，就在郝依依舌战费肯高层、凤妈勇闯费肯公司的那天晚上，在补习完郝依依未婚夫衡子的有关知识之后，我落枕的脖子有恶化的迹象，所以到富亿大酒店五层的 SPA 做按摩——郝依依"建议"我暂时住在富亿大酒店的套房里（也就是 Tina 的办公室和我曾经的"审讯室"），活动范围仅限于酒店，以便为发布会做准备。其实没什么好准备的，她只不过是想在发布会之前尽量减少我跟别人（主要是 Steve）接触的机会。

我通常在做按摩时不接电话，可偏偏给我推油的是个熟人——小俊，也是当年在酒店打工时认识的，小俊其实一点儿也不小，只不过长相显小，身材也瘦小。据说有相当一部分客户很喜欢他这种类型，所以生意很好，他最近换到这家更昂贵的酒店，想着能多赚点儿小费，偏偏碰上我这个穷客人，而且对他这种类型无感，不过毕竟是熟人重逢，难免有些兴奋，一边按摩一边聊个不停，直到被手机铃声打断。小俊很殷勤地把手机捧到我眼前，上面显示的是耗子，我没接，可耗子非常执着，又连着打了两遍，小俊每次都捧，让我实在不好意思。

耗子在电话里说，凤妈让他跟我解释解释，下午硬闯费肯公司是不得已，并不是故意恶心我，红霞剩的日子不多，她就只有这点儿念想了。

我本以为我很讨厌红霞，一直当她是敌人，所以没料到会感到难过，而且越来越难过，就像胸口落了块大石。后半段的按摩我一直沉默不语，小俊大概有点儿无聊，又或者是因为好奇，偷偷开始犯贱，手不大规矩，我一脚把他踹开，又觉过意不去，只好借口说刚刚打瞌睡做了个噩梦，主动给了 500 块小费，让我的心情雪上加霜。

我在富亿大酒店里闲逛了两周，或者说被软禁了两周（其实没人限制我的自由，可我觉得只要我离开酒店，郝依依就一定能察觉），直到发布会的前一天下午，郝依依终于下令让我出门——去机场迎接 BesLife 的两位领导人：Eva 和 Bob。郝依依本打算跟我一起去，可临时有个主流财经大号的专访，让她脱不了身。最近她的确忙得不可开交，又要筹备发布会，又要跟 Steve 斗智斗勇——Steve 是 BesLife 的代理人，郝依依则是费肯投资的代表，两人各代表一个主办方，又在暗中竞争着巨额佣金。当然少不了明争暗斗，郝依依提议举办发布会，就是为了让外界见证她在 BesLife 项目中的重要地位，绝不能让 Steve 把她挤到一边去。郝依依动用浑身解数，创造一场公关奇迹——短短两周的准备时间，发布会的规模升级了三次，地点也改了三次，嘉宾人数从 50 变成 300，邀约媒体也从 30 家变成 100 家，耗子的预言似乎真要应验：BesLife 和它的股东们就要"发"了。

发布会还没开，预热的新闻报道已经铺天盖地，每条新闻都包含最关键的信息：作为一家估值 20 亿美元的尖端生物科技公司，

BesLife 每年将为中国用户提供 1000 万次全基因检测，获取至少 6 亿美元的年营业额，和 5000 万美元的年利润，这些惊人的数字火速把"碧徕生物"（BesLife）送上财经热搜榜，更有某公众号把"碧徕"的创始人黎雅雯博士称为"归来的燕子"——抛弃美国的巨额利润，把全球最先进的医疗技术带回祖国，让祖国人民最早享受到全球最先进的全基因测序技术，获得更健康的人生。文章写得大义凛然，荡气回肠，宣传效果奇佳，瞬间把一个原本只有业内人士才会关注的初创公司弄得家喻户晓，也让"爱国女企业家"黎雅雯博士一夜成名。

我猜 Eva 本人大概还不知道自己已在祖国成了名人，郝依依显然也不想让她立刻知道——郝依依给我下了死命令：接机要尽量隐蔽，绝不能走漏风声，在把 Eva 和 Bob 带回酒店之前，不要让他们接触任何人。

为了确保万无一失，郝依依为我配了帮手：辉姐和 Tina，几乎就是前几天从机场"绑架"我的原班人马，也不知是为了对我进行监督管理，还是为了对 Eva 和 Bob 也实施同样的"绑架"，或者两者兼具。BesLife 是郝依依不计代价捧红的"新星"，也是她在费肯稳固地位的重要筹码，为此不知花了多少心血，当然要严防死守。

郝依依再次预订了接机服务，并且让 Tina 找那位机场地勤朋友帮忙，务必在机舱门口就把 Eva 和 Bob "截获"，走 VIP 通关通道，再由专车送往贵宾休息厅，绝不能让任何记者有机可乘。其实 Eva 和 Bob 的抵达时间是严格保密的，我想大概不会有记者知道，不过 Steve——BesLife 在北京的代理人——也许会知道，所以我猜郝依依严防的不是记者，而是 Steve。

不过说也奇怪，自从跟 Steve 吃过了牛排大餐，他就再没联系过我，没布置任何具体任务，也没打探有关郝依依的消息，就像是把我这个卧底给忘了。虽然他以前也经常把我"忘了"，可这几天非比寻常，发布会在即，看郝依依忙得上蹿下跳，总感觉 Steve 也不该闲着。

辉姐照旧当司机，Tina 坐副驾驶座，我坐后座，还是前几天用来"绑架"我的那辆又老又破的黑色桑塔纳，用它来迎接"独角兽"的两位老总，实在有点儿跌份儿，我倒是不在乎这个，只是忍不住琢磨，一会儿要跟 Bob 和 Eva 一起挤后座，到时谁会挨着我？按说应该是 Bob，不过也难说 Eva 会不会主动大方，这想法让我心猿意马，又兴奋又紧张。

桑塔纳通过机场收费站，Tina 手舞足蹈地给辉姐指路，让她把车开往贵宾厅的专用停车场，我记得那个地方，就是上次跟着 Steve 享受接机服务的地方。再次见到那停车场，我不禁有点儿唏嘘，谁能料到这两个多月发生了什么？我原本只是个无所事事的小骗子，可现在我又是什么？是个更高级的骗子？我隐隐觉得不妙，像是走上了一条不归路。

辉姐把桑塔纳开进专用停车场，冷不防一脚急刹，让我几乎栽到前排椅背上，更糟糕的是，她立刻又挂上倒挡，猛踩油门，仿佛有一头怪兽哥斯拉正朝我们猛扑，可前方的路是空的，没车也没人。Tina 不由得惊叫："哎呀，怎么啦？"

辉姐并不回答，表情严峻地把车倒出停车场，靠路边停稳了，这才鬼鬼祟祟地指着停车场对面的贵宾厅说："那个姓 X 的，我看见他了！刚进去！"

辉姐说的是 Steve，她看见 Steve 走进贵宾厅了。我并没看到，不过我刚刚在走神儿，根本不知自己在往哪儿看。辉姐两眼烁烁放光，就像孙悟空发现了妖精，大概不会看错。看来 Steve 果然早知 Bob 和 Eva 的行程，而且猜到郝依依会安排接机服务。Tina 不忘显摆调查师的专业知识，忙着注解说冒充 BesLife 的秘书打电话到首都机场查一下是否安排贵宾接机服务，对任何调查师都轻而易举。

辉姐紧握双拳愤愤地说："果然来机场'截和'了！"Tina 唠唠叨叨地加以纠正："Steve 是 BesLife 在中国的代理人，BesLife 的人到北京参加发布会，本该由他接待，咱们偷偷预约了接机服务，其实是咱们在'截和'。"辉姐咬牙切齿道："你到底哪头儿的？告诉你，今天我截定了！"

辉姐立刻打电话向郝依依请示，郝依依的命令简单明确：第一，请 Tina 立刻通知负责接机的地勤朋友，将两位贵宾直接送到普通出口，千万不要去贵宾厅；第二，辉姐和我立刻把车开去机场停车楼，然后去国际出口处迎接 Bob 和 Eva，Tina 则留在贵宾厅附近观察 Steve 的动向。

Tina 立刻下车，潜藏在贵宾休息厅附近，但是不敢走进休息厅去，因为 Steve 是她的前老板，肯定能认出她。辉姐和我则立刻把桑塔纳开往机场停车楼，航班还有五分钟就要降落了。

我们在飞机降落 10 分钟后到达国际出口，照旧被等待接机的人挤得水泄不通，不过有辉姐冲锋陷阵，我们瞬间挤到最前排，能看清楚每一位走出海关的乘客，辉姐还不放心，在我耳边低声嘱咐："你可盯准了！认得出来吧？"

我点点头，故意做出沉着冷静的样子，其实颇有点儿紧张。Tina给辉姐发信息说地勤已经接到人了，没有托运行李。虽然没行李，可还要过海关、坐捷运小火车，一时半会儿出不来，可我越发紧张，屏息凝神等着，好像等了很久，终于看见 Eva，跟在那地勤身后，穿着牛仔裤和浅色风衣，脸色苍白而憔悴。我没看见她老公 Bob，前后左右找了半天也没见人影儿，难道她老公没一起来？我心中莫名一阵兴奋，可又有点儿担心，因为 Eva 看上去疲惫而忧郁。

"她来了！"辉姐在我耳边急切地说。我点点头，忽然又觉奇怪：辉姐是怎么认出 Eva 的？我不禁看辉姐，她却并没往前看，而是扭头往背后看。我顺着她的目光，顿时就明白了：她说的是"他来了"——Steve 来了，正大步流星走进机场大厅，我猛然想起我的手机是被 Steve 定位的，难怪他这么快就找了来，可 Tina 不是一直守在贵宾厅门外？怎么也不给个信儿？

"她也来了，BesLife 的黎总。"我边说边用下巴指向 Eva。这是一个典型的小学数学应用题：按照 Eva 和 Steve 的前进速度，他俩将会在我们身边相遇。

我是真的开始敬佩辉姐了——她瞬间做出了决定，把什么东西往我手里一塞，果断地说："我去对付那'X'，你送客人去酒店！"

当我弄明白辉姐塞给我的是汽车钥匙时，她已经朝着 Steve 大义凛然地走过去，仿佛是要英勇就义。我心里顿时踏实了，甚至感到一丝愉悦：接下来将由我开车送 Eva 去酒店，只有我和她，没有郝依依的人，没有 Steve，也没有 Bob。我转身看着正在向我走来的 Eva，她终于发现了我，朝着我微笑。

我听见背后不远处响起辉姐中气十足的声音："哎哟！这不是那谁，'叉'先生吗？这么巧啊！您是来接人，还是来遛弯儿的？先别急着走啊！我正找您有事儿呢！欠的钱什么时候还啊？您还真别急着走……"

我也笑了，朝着 Eva。

2

我终于得逞了，只不过那场景有点儿诡异，并不完全符合我的理想。

我开着破旧的黑色桑塔纳，Eva 坐在我身边，只有我们俩，驰骋在机场高速上——其实并没有驰骋，每公里时速不足五公里，机场高速就像停车场，大概是我的心在驰骋，兴奋得想要歌唱，可我不敢表现出来，只能默默地开车，因为 Eva 看上去千愁万绪，头靠在椅背上，凝视着车窗外发呆。

自从机场见面，我们就只寒暄了一两句，我说郝总派我来迎接你，她说谢谢，看上去言不由衷，又或者实在打不起精神。她没告诉我为什么 Bob 没跟她一起来，我也没敢问，我猜是吵架了，虽说两口子吵架是常事，不过因此取消这么重要的行程，看来有些严重。

"知道吗，现在 BesLife 可火了。"我试探着开口，想用这个话题让 Eva 开心，没想到效果不佳。她强打精神，讪讪地应了一句："哦，是吗？"然后就又沉默了。

我颇为不解：她怎么可能对 BesLife 也完全提不起兴趣？我又问："是不是不舒服？"她终于转过脸来，无精打采地点点头："嗯，有点儿头疼。"

"发烧了？"我心里一紧，想摸摸她的额头可又不敢，她的脸色很苍白，我问，"要不要去医院？"

"不用。"

"真的不用？"

"不用！"她坚定地摇头，勉强冲我一笑，像是为了安慰我似的，"如果经过药店的话，我想买点儿止痛药。"

我只好继续沉默着干车，心中惴惴的，也不知 Eva 病情如何，又或者还有什么别的更糟糕的原因。我只想快点儿把车开进城，可高速又偏偏越来越堵，好不容易挨到了望京，我把车开下高速。我知道哪里有药店，当然不去凤妈的药店，我可不敢让红霞这就见到 BesLife 的总裁。

我把车停在路边，停车管理员飞奔过来，是个骨瘦如柴的半大孩子，顶多十五六岁，这么冷的天还穿着单衣——来寒流了，呼呼刮着北风，11 月的北京，竟然冷成了三九严冬，Eva 的风衣看上去也很单薄，也许是因为那身板儿原本单薄，而且蜷缩着，我很想把自己的外套脱下来给她披上，可又怕她婉拒。

我们进药店买了药，又买了一瓶饮料，她说矿泉水就可以，我坚持买了维 C 饮料，让她马上把药吃了，她很顺从地照办，越发让人心生怜惜。

我们再回到车里，却看不见那收费的男孩，其实只停了不到 10

分钟，就算不给钱也说得过去，不过我的直觉突然不容许我就这么离开。我没跟 Eva 解释，自顾自把车子缓缓往前开，Eva 默不作声地盯着车窗外，似乎也在搜索什么。我从后视镜里看见那男孩，正奔向另一辆刚启动的车。有人在后面按喇叭，我狠踩油门，让车子猛冲到十字路口，Eva 似乎越发局促不安，我在十字路口把车子掉头，朝那男孩儿开过去。

我把车停在那男孩身边，落下 Eva 那一侧的车窗，Eva 要去后座拿她的背包，我连忙从兜里抽出一张票子，竟然是 100 元，我心里一沉，手指使劲儿一捻，100 块里竟然还夹着一张 20 块，我顿时松了一口气，忙把 20 块抽出来，越过 Eva 的身体，把钞票递给男孩，他接了钞票，错愕而茫然地看着我们，大概是从没想到会有人这么积极地找他付停车费，我大声说了句"不用找了"，慌张地退回自己的座椅里，刚才距离 Eva 好近，几乎脸贴着脸，可她似乎并不在意，而且面带微笑，这回并不勉强，而是由衷的。我两颊发烧，就像是受到老师表扬的小学生，可又有点儿百口莫辩——我并不是故意演戏给她看的，也不是一时发善心，我又不是什么好人，只不过，那个衣衫单薄的男孩突然让我想起了自己。

晚上 8 点我们到达富亿大酒店。Eva 的房间是事先订好的，跟我住的套间并不在同一层，我猜郝依依不打算让 Eva 知道，这酒店是她的秘密据点。借着 Eva 办理入住的工夫，我跟郝依依通了电话，告诉她一切顺利，她问知不知道 Bob 为何没来。我说不知道，她又问今晚要不要接风宴，餐厅已经订好了，我告诉她 Eva 好像不太舒服。郝依依让我把手机给 Eva，亲自问候她的病情，Eva 说不严重，这会儿已经好多了。郝依依又寒暄了几句，声音大得让我也能听见，她让 Eva 早点休息，明天一定会很辛苦，她明天一早就到酒店来接她。

Eva 办完入住手续，我打算就此告辞，可又有点儿担心，我问："真的好些了吗？"

"真的。"她很坚决地点点头，好像怕我不肯走似的。我赶忙做出急着要走的样子，可还是又问了一句："还需要些什么？"

我原以为她会立刻摇头，可她并没有，沉吟了片刻，微微一笑说："需要吃点儿东西……"她顿了顿，脸色果然好些了，也许是因为那笑容，"你也没吃晚饭呢，我请你？"

我倍感意外，同时受宠若惊，整个人轻飘飘的，只是有点儿心虚：刚刚推掉了郝依依准备的接风晚宴，却又背地里跟 Eva 单独约会，不过也没什么大不了，反正也不是第一次了。

我等 Eva 回房间放好了行李，带她到马路对面的粤菜馆，我猜她想吃清淡些，其实富亿大酒店里就有极好的粤菜餐厅，可我担心万一被郝依依或者 Tina 撞上。

我请 Eva 点菜，她果然点得很清淡，皮蛋粥和几样小菜，可令我意外的是，她竟然还点了一瓶红酒，按说头疼刚刚缓解是不应该喝酒的，可我没有阻拦，我不忍心破坏她好不容易改善的心情，她大概也觉得有点儿唐突，给自己解嘲说："还从没试过红酒配皮蛋粥，是不是很土？"

"说不定很不错呢，"我故意嬉皮笑脸地说，"我喜欢二锅头配雪碧。"

"真的？要不要叫一瓶？"她竟然当了真，抬手要招呼服务员，我赶忙拦住："先把红酒解决了再说吧！"

她像是突然明白过来，讪讪一笑道："You are very kind.（你人真好。）"

于是轮到我不好意思，而且倍感愧疚，我并不是个好人，我是个骗子，一直在冒充别人糊弄她，之前冒充朱公子，现在又要冒充郝依依的男朋友——这想法突如其来，让我心里一惊，不禁责怪自己，刚才怎么把自己的新"身份"忘得一干二净？Eva 明天就会发现，今晚陪着她喝酒宵夜的"阔少"竟然是别人的男朋友，也不知她会不会多心，从此当我是个渣男。

一杯红酒下肚，Eva 两颊泛起红云，并不十分健康，仿佛是微恙的特征，反而更显楚楚动人。

"虽说 20 块不算什么……"她只把话说了一半，沉吟片刻，又说，"可大多数人是做不到的。"

"算啊！我可不富裕。"我故意插科打诨，其实此话对我不假，我到现在还在暗自庆幸，那 100 块里夹着一张 20 的。

"看出来了，桑塔纳！哈哈！"她忍不住笑起来，笑得有点儿夸张，也许是酒劲儿上来了，她没吃几口菜，也没碰皮蛋瘦肉粥，倒好像今晚是专门为了喝酒的，就凭她那副小身板，空腹喝一杯红酒，差不多也要腾云驾雾，她笑着反问我，"是因为把钱都投给BesLife 了？"

"是啊，穷得来找你蹭饭。"我顺着她的话茬儿，这也是事实，就连桑塔纳也不是我的，刚才她说她请，我丝毫也没反对，今晚这顿不能让郝依依知道，因此也没人能给我报销。

"那我的罪孽就更深了！"她又笑，但这次似乎是苦笑，也不知联想起什么不开心的事情。我不想看她又变得忧郁，连忙欢天喜地地说："哪能呢！BesLife 今非昔比，我的投资让我发大财啦！"

令我意外的是，Eva 既不作声，也没流露出任何兴奋表情。我想也许是我表现得太浮夸，仿佛是在信口雌黄，所以更认真地解释说："我可不是开玩笑的，现在全国人民都知道，BesLife 每年要做 1000 万次全基因检测，赚取 5000 万美元的利润，BesLife 的估值相当于 20 亿美元，我已经赚了 19 倍了！"

"不，你没有。"Eva 黯然道，笑容彻底从脸上消失了，仿佛正不可救药地跌入深深的忧愁里，她从餐桌上拿起刚刚斟满的红酒，一口喝掉半杯，抬眼注视着我，"我这次到北京来，并不是来参加发布会的，我是有一件很重要的事情，需要向你坦白！"

我突然醒悟，原来今晚这顿饭是她蓄谋已久的，她有事要对我说，而且不是什么好事。我立刻深感不安，不敢再继续贫嘴，静静地等她说下去。

"不只向你，是向你们坦白。"她又沉吟了片刻，表情越发严峻，"我们什么都没研发出来，LS1.0 只是个冒牌货！"

3

Eva 是在三天前发现那可怕真相的，当时倍感震惊，可过后细想，又似乎合情合理，之前她只是心存侥幸罢了。

那天她原本要搭飞机去洛杉矶接受一个专访，到傍晚再返回旧金山，没承想飞机延误，洛杉矶的记者又不能多等，只好临时取消了采访。她回到公司，发现工程师们正在拆卸那台 LS1.0 测序仪，这也没什么奇怪的，他们打算把那台设备空运北京，好在发布会上展示，因此需要化整为零。让她感觉奇怪的，是合伙人 Shirley 见到她突然走进公司时惊慌的表情，她不顾阻拦冲向那堆准备装箱的零部件，一眼看见两台她再熟悉不过的机箱，上面印着"illumina"——目前市场上最先进的商用基因测序仪生产厂家的 logo，只不过机箱上的触摸屏不见了，只剩一堆电缆接头。

Eva 立刻恍然大悟，BesLife 成功"研发"的 LS1.0 全基因测序仪，其实并没有采用她发明的量子光学测序技术，而是采用了两台从别的公司购买的商用二代基因检测仪，Bob 带领 Shirley 和整个研发团队用三周时间没日没夜搞的"研发"，只不过是替换掉商业测序仪上的触摸屏和其他人机交流部件，再把机身藏进一个巨大的金属柜子里，把它们变成了 LS1.0。怪不得 Bob 一心靠着 Steve 到中国找投资，从来没在美国正式发布过 LS1.0 研发成功的消息。

Eva 怒不可遏，但是并没找到 Bob，他已经急着回家去了。Eva 想要立刻回家去，被 Shirley 死活拦住，Shirley 担心她如此激动，开车会有危险。Eva 指着那两台被拆掉显示器的 illumina 质问 Shirley："当初是你亲口告诉我，Bob 创造了奇迹！难道这就是你说的奇迹？"

Shirley 惴惴不安地说："这只是一时的对策，帮我们渡过难关，我们从来都没有停止量子测序仪的研发。"Shirley 激动地恳求 Eva："真的！我们一直在继续量子测序仪的研发，一直在努力，就差一点点了！只要再给我半年时间，不，三个月！我保证能把……"

"可你知不知道，使用 illumina 检测，每次检测的成本至少是 1000 美元？而我们承诺给人家的是每次只收 60 美元！也就是说，我们每做一个检测，就要赔 940 美元！"

"我们刚刚融了 2000 万，能够撑一阵子，也许……"

"可这是欺诈！"Eva 愤怒地咆哮，"你为什么要跟他一起欺骗我？"

"可我别无选择，"Shirley 慌张地辩解，"我们就快要破产了，我们别无选择，必须得先拿到投资啊！不然就彻底完蛋了！"

"不不！这不对！"Eva 挥舞拳头，"可你们不该骗人！你不该是骗子！你有两个 Ph.D. 呢！"

Eva 的这句话倒让 Shirley 镇定了，她用粗犷的女中音冷冷道："你知道我为什么有两个 Ph.D. 吗？因为拿到第一个 Ph.D. 之后，根本就没找到工作！为了继续留在美国，我只能再去读第二个，第二个 Ph.D. 也读完之后，好不容易找了一家公司，不到两年就被 lay off（裁员）了！跟你创业是我最后的机会！如果失败了，我就只能离开美国，我这么多年的努力就都白费了！"

Eva 如梦初醒，怪不得 Bob 解雇了两名资深的研发总监，反而提拔了能力平平的来自韩国和印度的年轻技术员，Bob 不需要能力，就只需要有人为了得到绿卡而跟他一起撒谎！Eva 只觉大错特错，可又一时词穷，只能喃喃着说："可你……我……我们都热爱科学，我们都是科学家啊……"

"你是，我不是！"Shirley 突然歇斯底里起来，"当科学家是一件奢侈的事，实现任何理想都是奢侈的！只有你才当得起科学家！你不只是科学家，还是阔太太，最重要的是，你是美国人！你不需要担心我需要担心的事情！"

Shirley 转身冲出 CEO 办公室，命令愣在门外的技术员继续把拆散的零件装箱，就像什么都没发生过。Eva 就在那一瞬间突然意识到，这公司的技术和产品其实早已和她无关，因此公司也不再是她的，而是 Shirley 和 Bob 的，她就只是一块金字招牌，可以堂皇地高高挂着，也可以拆下来扔掉，并不会给公司带来多少损失。

Eva 没再多说一句，怒气冲冲开车回家，打算索性和 Bob 吵个天昏地暗，大不了离婚算了，进门却看见一桌丰盛的晚餐——Bob 知道她当天往返洛杉矶很辛苦，特意提早赶回家为她准备大餐，这其实并没什么稀奇，这些年都是由 Bob 为她做晚餐，这才是 Bob 的兴趣所在。

Eva 怔怔地看着那中西混合的佳肴：泰式椰汁色拉，清汤炖牛肉，香煎三文鱼，龙虾奶油烩面，还有从 Napa 酒庄买回来的高级白葡萄酒，她猛然醒悟，Bob 根本不稀罕 BesLife，从来也没稀罕过。是她稀罕，当成生命中最重要的事，Bob 只不过是想成全她，但方法不当，他是天生的商人，或者说是奸商也不过分，可他并不想继续做奸商，是她逼他的，所以错不在 Bob，错的其实是她。

就连 Eva 自己都没想到，她和 Bob 竟然平静地吃完了晚饭，甚至没怎么影响胃口，她在 Bob 起身准备收拾碗碟时心平气和地开口，她说她发现了 LS1.0 的秘密，所以准备停止有关 BesLife 的一切。令她更加意外的是，Bob 竟然没有发作，脸上甚至都没出现怒意，就只耸耸肩说："好吧，我终于解放了。"

但是当 Bob 像以往那样洗了碗碟，收拾好厨房之后，他就消失了。Eva 原以为他出去丢垃圾，可是许久也不见他回来，她发现了 Bob 留在餐桌上的字条：

> 我去陪妈住几天，有关公司，你想怎样都可以，我的
> 大衣在公司，你替我拿回来。

以上是 Eva 在粤菜馆里边喝红酒边告诉我的，有些细节并非出自她的口述，而是我根据上下文和她的表情脑补的，大概由于酒精的缘故，她的叙述不是很连贯，有些还没头没尾的，可我一次也没打断她，我既不想显得太八卦，也真的不在乎 LS1.0 是不是骗人的，我

又没真往 BesLife 里投过一分钱，我甚至隐隐有点儿幸灾乐祸：郝依依和 Steve 的心机看来是白费了，可我非常心疼 Eva，我也曾遭遇过梦想破灭，当我被大学劝退的一刻，仿佛突然走到了世界的尽头，当然，我的那点儿小屁事是不能跟 Eva 所遭受的打击相提并论的，一个小混混的大学梦，说起来简直是自取其辱。我想不出如何劝慰 Eva，更不知有没有资格安慰她，只好坦白地说："谢谢你这么信任我，也谢谢你这么看得起我。"

"不，该我谢谢你，没想到你能这么宽宏大量，1000 万美金对谁都不会是个小数字。"Eva 充满感激，让我如坐针毡，她似乎并没注意到我的难堪，自顾自往下说，"你是 BesLife 的股东，一直都很信任我们，所以，我有责任告诉你实情。"

这句让我感到失望，还以为她能告诉我这些，是因为对我有某些特殊的信任。

"我还准备告诉所有人，郝总、Steve，还有其他股东，你要是我，会怎么告诉他们？最好还是当面吧？"Eva 两颊通红，给人神采奕奕的错觉，我知道那是因为酒精，一瓶红酒已经下去了大半，大部分是被她喝掉的。但酒并不能解决她的问题，我也解决不了。如果是我，恐怕根本就不会把这件事告诉任何人，我本来就是个骗子。

"你……真的下定决心要说出来？你的合伙人不是说，也许再过三个月就能搞出来……"

"如果三个月没搞出来呢？"Eva 急躁地打断了我，"如果半年、一年，一直搞不出来呢？能一直骗下去吗？"她大概意识到自己过于激动，讪讪地说："对不起，我没有指责你的意思，你比我诚实多了。"这话让我有点儿糊涂，她大概也看出来了，所以补充说："尽管到现在我都还不清楚你到底是谁，但你显然非常成功，拥有很多财富，可你还是为了付一点点停车费，不惜费事开车绕来绕去，这就是诚实。"

我通常很喜欢让别人以为我很有钱，此刻却似乎遭到了羞辱，忍不住辩解说："我其实一点儿都不诚实，而且也很缺钱，经常为了少交几块钱停车费，多走好远的路。"

"哈哈！"她笑起来，像喝醉了似的，忍俊不禁地说，"你现在哭穷，是不是怕我告诉他们实情，你的投资就真的拿不回来了？"

她明明是在开玩笑，可我丝毫不觉得好笑，两颊在发烧："不，我没开玩笑。我付给那孩子停车费并不是因为我诚实，而是因为，他让我想起自己。"

"哦？那个收停车费的男孩子让你想到了自己？"她还是止不住地笑，像是听到了更荒谬的笑话，"这怎么可能？"

"当然可能！"我忍不住大声说，"因为我也曾经像他那样，穿着破衣烂衫满街跑，就为了管人家要钱，只不过，我还不如他！我是靠着撒泼耍赖硬要！"

Eva 吃了一惊，笑容僵在脸上，可怜巴巴地看着我。我瞬间做出一个决定，义无反顾地说："你刚给我讲了一个故事，我也想给你讲一个。"

我于是把桔子在立交桥下卖花的故事讲给 Eva，然后告诉她，桔子就是我，我本来就是个没有爹妈的野孩子，打小儿满街乞讨骗钱，大学也没能读完，我从来不是有钱人，不可能拿出 1000 万美元投资，就为了赚几万块，我先冒充朱公子，现在又冒充郝依依的男朋友。我把一切都向 Eva 坦白了，也不知说了多久，直到最后一句："所以我其实是个骗子，从小就是个骗子。"

Eva 没打断我，没安慰我也没斥责我，一直保持安静，就像是在冲我发呆，眼神迷离涣散，也不知是真的在听，还是睁着眼睡着了，毕竟她喝多了，剩下的红酒也被她喝光了，然而在某个瞬间，她那双黑溜溜的眸子突然湿润了，泪水汩汩而下，我不知是因为同情我的遭遇，还是因为联想到自己的挫折，反正她哭了，不过并没抽泣，就只无声地落泪，然后喃喃着说："我想回酒店了。"

我坚持送她到她的房间，她说不用，可她连路都走不稳，我只好斗胆搀扶她，还好她并没拒绝，容许我把胳膊插在她腋下，后来还容许我用另一只手扶着她的腰，进了电梯，她索性把柔软炙热的身体瘫进我怀里，让我瞬间火烧火燎，只能反复告诫自己，她只是喝醉了，但是扶她进房间的瞬间，我还是动了坏心眼儿，还好她努力站直了，挣脱了我的怀抱，一只手扼住额头，勉强说了声"谢谢"，其实是我该感谢她，使我免遭天打雷劈。

我强迫自己站在门外，看着她跟跟跄跄地把房门关了，心中莫名地一阵惆怅。我告诉她我是骗子，可她并没回应我，没斥责我，也没说无所谓，也许她根本就没听见我说什么。我站在原地发了会儿呆，转身正准备离开，眼前却赫然立着一个人——Steve！

我吓得几乎大叫，嘴却被他捂住了。这家伙走路比猫还轻，竟然没一丝动静，不过也许是我刚才"坐怀大乱"，根本没心思注意别的，反正弄不清他是一路跟踪我们，还是一直躲在这楼道里，我猜是前者，他能定位我的手机，跟踪我并不困难。

Steve 拉我到走廊拐角，凑到我耳边低语："把你手机给我。"

我立刻掏出手机交给他，他不知从哪儿掏出一只鼓鼓囊囊的袋子，把手机塞进去，把封口封死了。

"这袋子能隔音。"Steve 边说边把装着手机的袋子递给我，"你要是不想让郝依依'收听'，就把手机放进这袋子里。"

我这才明白过来，我的手机不只被 Steve 定了位，还被郝依依监听了。其实不只监听，按照 Steve 的解释，我手机里被人安装了木马，不仅能随时窃听和偷拍，还能监控手机里的通信软件，几天前 Steve 请我吃牛排时给我手机设置定位，那时他就发现了，不过当时并没吭声，也没采取任何行动，担心惊动了郝依依——他认准是郝依依干的，可我根本不记得郝依依何时碰过我的手机，Steve 解释说："你不是说在飞机上睡得跟死人差不多？"

我琢磨了片刻才恍然：Steve 的意思是，在从北京飞往旧金山的飞机上，郝依依给我下了药，不然我不会睡成个死人，脖子都落枕了。我仔细回忆，果然想起在睡前曾经吃了郝依依让给我的飞机餐。我莫名地感到愧疚，不知可怜的亚瑟有没有落枕，也许这就是报应，给人下药的人，迟早要被别人下药的。

我来不及感慨，Steve 又凑上前来，明明已经把手机塞进隔音套里，还是非要把脸贴到我腮帮子上，其实这家伙一直在吃我的豆腐。

"我只是想提醒你，那个女人是不能轻信的。"他把热气吹到我耳垂儿上，让我浑身起鸡皮疙瘩，"所以，你要想清楚，到底该为谁服务。"

看来 Steve 是来提醒我要为他效忠的。我当然不能轻信郝依依，可难道就能轻信 Steve？然而为了薪水，我顺从地点头说："我需要做些什么？"

"什么都不用。"他摇摇头，冲我狡黠一笑，"明天，只要郝依依在场，就请你保持沉默，一句话也不要说。"

这要求还真诡异，不过似乎并不难，是他所有任务里最简单的。

"明天见。"他不等我回答，用食指在我脸颊上轻轻一扫，微笑着转身，留给我一个非常优雅的背影。

4

Eva 没能在发布会前把 LS1.0 的秘密告诉郝依依，也没能告诉

Steve，没能告诉任何人，除了我。

她一早就挣扎着起身，忍着宿醉梳洗完毕，郝依依却并没如约而至，一直等到快中午仍不见人影，手机也不接，她于是决定打电话给 Steve，打算先把真相告诉他，让他赶紧取消下午的发布会，然而 Steve 也不接电话，她这才又打给我，询问郝依依和 Steve 都在哪里，我其实也不知他们在哪儿，不过郝依依刚刚打电话向我作出指示，让我提前一个半小时把 Eva 带到发布会现场，辉姐会接应我们。郝依依特意强调了两遍：绝对不能让任何人接近 Eva，聊天、搭讪都不可以，记者、股东、会场工作人员、任何陌生人，都不可以。

郝依依听上去没有任何反常之处，音色很甜美，语气也很平稳，也许她并没听见我昨晚跟 Eva 的谈话，让我感觉松了一口气，也许是 Steve 搞错了，郝依依并没利用我的手机进行监听，又或者她昨晚有事错过了。

我其实很后悔把一切都向 Eva 坦白，这不是自己给自己拆台吗？9 万月薪难道不想要了？也不知当时怎么那么冲动，我又没喝几口酒，明明是 Eva 喝多了，怎么倒好像上了我的头？

我按照郝依依的吩咐，先陪 Eva 在酒店吃午饭，再送她去发布会场。她原本不肯去，我说郝总在会场等你，她勉强同意了。

我们没再提起昨晚的对话。也不知因为什么，我和她的相处变得十分尴尬，她看上去心神不宁，对我十分客气，尽量避免与我四目相交，比陌生人还陌生，她主动坐到后座，根本没打算跟我说什么，我还事先把手机装进 Steve 给的隔音袋里，其实完全没必要，我猜她毕竟不想跟一个骗子亲近。

中午 12 点，我开着黑色桑塔纳送 Eva 去钓鱼台国宾馆——对了，费肯投资、碧徕（BesLife）、新新体检联合发布会的地点正是钓鱼台国宾馆，也就是两个多月前费肯创投峰会召开的地方，看来那是郝依依的钟爱之地，也许对她象征着某种好运，对我可不是，我正是在那里自投罗网，成为 Steve 手中的棋子，继而又成为郝依依的棋子，一仆两主，前途未卜。

黑色桑塔纳实在太破，我有点儿担心站岗的武警不让进，还好辉姐等在国宾馆门外的街边上。她说她来开车，让我坐副驾驶座，她有特殊通行证，所以门卫并未阻拦，只是门口围着不少记者，使得通行不畅，离发布会还有一个半小时呢，可见 BesLife 够火的。我猜记者们都在等"归来的燕子"——BesLife 的创始人黎博士，真让我捏一把汗，还好后车窗上贴着膜，而且是辆破桑塔纳，根本没人往车里多看一眼。

车子缓缓驶入国宾馆，眼看就开出人堆儿了，我正要松一口气，突然"啪！啪！"两声，有人猛拍车门，吓得我浑身一激灵，慌忙扭头往外看，竟然是耗子。

辉姐也被吓了一跳，一脚踩住刹车，认出是耗子，不耐烦地看着我，我本不想搭理耗子，可突然看见红霞那张瘦成三角的脸从耗子背后冒出来，心中一酸，把车窗摇了下来。

红霞迅速抢占了耗子的位置，冲着我手舞足蹈说："弟！我就觉着车里是你！还真是！"红霞边说边往后座踅摸，还好 Eva 戴着墨镜，我赶忙挺身挡着，大声跟红霞说："姐，你们怎么来这么早？离开始还一个钟头呢！"

耗子抢道："嗨，激动得整夜失眠！要不是我硬拽着，人家天不亮就来了！没看盛装出席呢嘛！"

我这才注意到，红霞果然浓妆艳抹，项链耳坠嘀里当啷，大冷天穿一件白色连衣裙，简直像个新娘子，只是衣服有点儿太肥，胸部虽然满满当当（我猜是塞了东西），腰间却松松垮垮。其实耗子也算盛装，穿着三件套的燕尾服，这回很像高级酒会上的服务员。

"别瞎逼逼，让人笑话！"红霞白了一眼耗子，忙又满脸堆笑说："弟啊，你说我能不兴奋吗？量子素和 BesLife 的合作都见报了！你老板——我是说郝总。"红霞发现了辉姐，连忙客客气气点头："郝总真够给面子的，向好多媒体都介绍了量子素！今儿说不定记者还会采访我呢！"

"大白天的，做白日梦！"耗子话虽刻薄，眼中却也含着笑，也在为红霞高兴。我突然觉得红霞很可怜，耗子也可怜，我往他俩身后眺望，果然看见凤妈，也着了盛装——庄重的黑色丝绒套装配粉红色大围巾，经典女企业家打扮——昂首挺胸站在一棵树下，我心里突然很不是滋味，眼睛发涩，我们这样一家人，也硬撑着想要得到尊严。我想起初三那年，我莫名其妙地评上三好学生，凤妈盛装出席我的家长会，在旗袍底下掖了一包进口药，是班主任点名要的。我初中三年得到班主任不少关照，多亏凤妈把半个中学的药品供应都包了。还有大学新生报到，凤妈盛装送我一直到宿舍，然后亲自去给系主任送红包，人家硬是没要，凤妈一直懊悔没能送成那个红包，以至于最终使我被勒令退学，那天凤妈专门租了一辆大奔去校门口接我，也是一身盛装，胸口别着白花，好像迎接出狱的囚徒，用高傲的目光扫视殷红色的大学校门。我知道她是在向那个永远也不会接受她的世界告别。可是今天，她又来到这高贵的国宾馆里，穿着她最体面的衣服，站在一棵树下，为她的桔子和红霞感到骄傲。

辉姐故意咳嗽了两声，我赶忙跟红霞和耗子道别，匆匆摇上车窗，这才又想起红霞的话，不禁感到诧异：本以为那天郝依依只是跟红霞逢场作戏，而且她承诺的也只是在发布会上把红霞介绍给众人，怎么还真的借着宣传 BesLife 的机会也宣传开量子素了？最近有关BesLife 的新闻铺天盖地，我也懒得细看，所以也不知红霞说的是不是真的，说不定又在夸夸其谈呢。

辉姐开车绕开人群密集的芳菲苑——也就是即将举办发布会的地点，把车开进宾馆区，停了车，把我们带进一间标间，看来又是事先租好的客房，不过这回不是软禁我，而是为了软禁 Eva。

Eva 一路都很安静，没有一句话，刚才经过那群记者时，显得有些心神不宁，使劲儿低着头看手机，两颊涨得通红，不像是企业家，倒像个在押犯，直到跟我们下车，身体似乎仍紧绷着，在标间门外停住脚，狐疑地问我："请问，郝总到底在哪？我真的希望立刻见到她！"

我没立刻回答，因为我实在是不知道，又不忍心继续糊弄她，辉姐替我回答："郝总正忙呢！开会呢！"

Eva 显然对这个回答不满意，用体姿表示拒绝进屋，双手插进裤兜里，严肃地向我们重申："对不起，我需要立刻见到郝总！"

辉姐立刻拉长了脸，偷偷给我使了个眼色，也不知到底想干什么，我假装没看见，对 Eva 点头说："好，我现在就给郝总打电话。"

电话接通了，郝依依让我把手机交给 Eva。Eva 立刻接过手机，迫切地说："郝总，我需要马上见到你，有件事要跟你们讲……"Eva话没说完就沉默了，大概是被郝依依打断了。我隐约听见郝依依说："我在开会，Steve、费肯的高层，都在这里，一会儿就请你过来。你可以亲自告诉大家……"

Eva 说了一声"好的"，把手机还给我，若有所悟地看了我一眼，仿佛是说：原来你已经告诉她了。我心中一阵忐忑，看来郝依依果然偷听了我和Eva昨晚的谈话，照这么说，我向Eva的坦白她也听到了。Eva 提醒我郝总还在等着跟我说话，我连忙把手机凑到耳畔，立刻听到郝依依的命令："你立刻到芳菲苑的会谈厅来。就你自己。"

5

芳菲苑会谈厅虽然只是主会厅旁边的一间私密会议室，看上去却也相当富丽堂皇，会议室是长方形的，中间摆着狭长的会议桌，两侧各有 10 把座椅，两头的"主宾位"另有三把座椅，好像中世纪欧洲皇室的长餐桌，会议室里一共坐着九个人（除我之外），但分布相当不均匀——会议桌的一侧坐着八个人，另一侧只坐着一个，八个大男人对一个小女子——郝依依。

和郝依依"对阵"的八个男人正是几天前在费肯投资会议室里的阵容——费肯集团代理董事长巴菲特老头居中，左手是另外三名费肯董事，右手是费肯全球 VP 本杰明和法务顾问，一个空位，然后是 Steve 和王冠集团的少东家、郝依依的死对头 Max 王。

看这剑拔弩张的架势，又是一场恶战，弱女子以一敌八，很有些悲壮，不过我猜郝依依未必会输的。我明白我现在扮演的是郝依依的未婚夫衡宥生，所以很自觉地坐到郝依依身边，好歹变成二比八。其实衡宥生也是费肯集团的股东，不过显然不是费肯一头儿的。

"他们想让你把 BesLife 所持的股份都转让给他们。"郝依依故意用中文跟我小声嘀咕，然后朝桌子对面的众人改用英语说："钱是他投进 BesLife 的，那 20% 的股份是他的，所以我把他请来了，你们自己跟他说吧！"

我大概弄明白了：这果然是一场鸿门宴，是 Steve 和 Max 王联手费肯高层摆给郝依依的，为了"朱公子"投资 1000 万美元换来的 20%BesLife 股份，BesLife 今非昔比，20% 的股份能值 4 亿美元，确实得在发布会前说明白。

"对不起，不是转让，是放弃。"Steve 纠正郝依依。郝依依立刻圆睁双目，好像听到了天方夜谭："你的意思是，让我们白给？"

"那本来就不是你们的。"Max 王鄙夷地横插一句，此话其实有理，尽管我不清楚当初那 1000 万美元投资款到底是谁出的，可那钱是 Steve 弄来的，所以不可能是郝依依未婚夫衡宥生的，因此 20% 的 BesLife 股份自然也不该是衡宥生的。然而按照当初 Steve 构建的剧情，那笔投资是"朱公子"投给 BesLife 的，而"朱公子"就是我，虽然有人发"声明"揭发我不是朱公子，但是没人声明那 1000 万美元不是我投的。郝依依正是利用了这一点，硬把我变成她的"未婚夫"，然后顺理成章地把那笔投资换来的 BesLife 股份据为己有，现在回想起来，她大概早有打算，带着我去美国参观 BesLife 时就想好了。

"哈！这可真是笑话！"郝依依冷笑道，"不是我们的，难道是你的？"

"你说对了！就是我的！"Max 王霸气十足，郑重地宣布，"今天正好借这个机会，我向各位做个声明，之前以'James Chu'名义投入 BesLife 的 1000 万美元是我出的。"

各位在座的费肯高管愕然看向 Max 王。我倒不觉意外：既然 Steve 从一开始就在为 Max 王效劳，那 1000 万美元自然也该是出自 Max 王。

"证据呢？"郝依依把手在桌面上一摊，狠狠瞪着 Max 王。

"在这里。"Steve 开口了，边说边拿出公文箱，从中取出几份文件摆在桌面上，"这是银行汇款证明，汇款人是一家 BVI 公司，这里是股权证明，Maximilian Wang 是 100% 股东，因此 20% 的 BesLife 股份应该是 Max 的。"

"可真是有备而来啊！早计划好了吧？"郝依依嘲讽道，"要赶在发布会之前动手，知道开完发布会，BesLife 的股价要翻几十倍了。"

"抱歉，"Steve 泰然自若地说，"我怎么记得，这场会议是你发起的？是你今早突然急不可耐地召集大家开会，不是吗？"

"确实是我发起的，但我并没邀请你们！"郝依依厌恶地白了 Steve 一眼，用下巴指指几位费肯高层，"这是费肯集团的内部会议，我只邀请了费肯的几位高层参加，不知你们为什么来凑热闹！"

"我们当然要来了！不然，你就把我的股份给卖掉了！"Max 冲着郝依依吹胡子瞪眼，Steve 用手势安抚 Max 王，转向几位费肯高层说："郝女士说这是费肯集团的会议，那么请问几位，召集这个紧急会议的目的是？"

费肯副总本杰明立刻回答："郝女士召集这次会议，是想把她未婚夫所持的 20%BesLife 股份出售给费肯集团，作价 1 亿美金。"

原来如此！我恍然大悟：郝依依急着要把 BesLife 的股份卖给费肯集团，一定是因为窃听到了昨晚 Eva 和我的谈话，得知 BesLife 的 LS1.0 测序仪造假，而且 Eva 下决心向股东们坦白，所以郝依依打算抢在 Eva 之前把 BesLife 的股份卖了。这小女子动作可真快！只可惜半路又杀出 Max 王和 Steve，如意算盘眼看打不成了。郝依依斜了一眼本杰明，满脸鄙夷地说："不是早就通风报信了，何必再说一遍呢？"

"就卖一个亿？还挺便宜啊！按照 BesLife 最新的估值，20% 的股份能值 4 亿吧？"Steve 冷嘲热讽道，"郝女士，你急着用钱吗？"

郝依依翻了翻白眼，没理会 Steve。Steve 又含笑问郝依依："郝总，最近这几天，你一直在大力宣传量子素？"

我吃了一惊，没想到刚才红霞说的竟然是真的，郝依依果然在大力宣传量子素。她为什么要宣传量子素？那跟她急着套现又有什么关系？

"量子素？"Max 王疑惑不解，显然不清楚 Steve 在说什么，几位费肯高层就更是一脸迷茫。

Steve 回答"是一款营养药，美必来健康股份有限公司的产品。美必来规模不算小，主要靠直销模式，在业内算是二流，不过最近这几天突飞猛进，要感谢郝女士的大力推广！"

"这关你什么事？"郝依依愤愤地说。Steve 冷笑道："的确不关我的事，不过，我想在座的费肯董事们也许会很关心，费肯投资的总经理私自创业吧？好像是违反公司规定的？"

"美必来可不是我创立的。"

"的确不是你创立的，不过被你收购了，就在一周之前。"Steve 边说边从密码箱里又取出一份文件丢在桌面上，"我托工商局的朋友帮我搞到这份股权转让协议复印件，签署日期是 2019 年 11 月 9 日，郝依依收购美必来 100% 股份，美必来公司完全是你的了，不对，目前还不是。"Steve 又把那份文件拿起来，像是在仔细阅读："按照合同约定，股权转让费一共是 5 亿人民币——还真不便宜——需在 10 天内付清，郝总正急着要付款吧？"

我终于明白了，原来郝依依火速收购了美必来公司，看来红霞仍是个小卒子，不知道公司已经换了东家。郝依依借着 BesLife 公司和新新体检签约后的火爆势头，把美必来公司和 BesLife 捆绑宣传，使美必来的销量和知名度都大幅提升，让自己的投资快速升值，进一步融资甚至上市，可真是野心勃勃！只不过，这野心要靠空手套白狼来实现——她没钱支付美必来的收购款，所以急着要把 BesLife 的股份卖掉，只可惜那些股份并不是她未婚夫的。

几位费肯高管终于听明白来龙去脉，纷纷皱紧眉头，副总本杰明摇着冬瓜头说："郝女士，你太令我们失望了！这是典型的利益冲突，是营私舞弊，我们不能容许在费肯集团里发生这种事。"

"是啊！我也很失望！"Max 王阴阳怪气地接过话茬，"既然急着用钱，可以直接借嘛！干吗非要把别人的说成是自己的？那多没面子？"

郝依依从鼻孔里哼了一声说："你会借给我？"

"看在我们以前的交情上，说不定我不会拒绝呢？"Max 王趾高气扬地回答，随即又向巴菲特老头点头致意说："只不过，作为费肯公司忠诚的老朋友，我也很关心费肯的名誉。既然郝女士违反了费肯公司的规定，是不是就该主动辞职呢？"

"可以！"郝依依狠狠咬牙说，"只要你借给我 1 亿美金，我就马上辞职。"

"没问题！是不是没问题？"Max 王跟 Steve 默契地对视了一眼，Steve 开口道："借钱，听上去太老套了，一点儿都不刺激。要不玩儿个新鲜的，借股票，如何？"

郝依依皱眉道："怎么说？"

"你不是要把 20% 的 BesLife 股份作价 1 亿美元卖给费肯吗？Max 可以先把这 20% 的股份借给你，让你现在就把这些股份转让给费肯，我相信，这么划算的买卖，费肯也不会不同意，对吧？"

Steve 用目光询问几位费肯高管。本杰明和巴老头对视了一眼，向 Steve 点着冬瓜头说："当然，我们本来就认为，1 亿美金购买20% 的 BesLife 股份是个好买卖，不然今天也不会跟郝女士在这里开会了。"

Steve 朝本杰明点头致谢，再把脸转向郝依依，伸出两根手指："借期两个月。两个月以后，你把这 20% 的股份归还 Max。当然，到时也许费肯或者 BesLife 的股东不肯把股份卖给你。Max 非常通情达理，他不需要你真的归还股份，你可以按照 BesLife 当时的估值还现金。"

"这也太夸张了！"郝依依怒目圆睁，高声说道，"BesLife 现在的估值就已经是 20 亿了，你自己刚才也说了，20% 的股份现在值4 亿！我管你借这 20% 的股份卖给费肯，只能拿到一个亿，可两个月后，我要还你至少四个亿，两个月翻两番？"

"没所谓啊，你不同意就算了。"Steve 耸了耸肩，看一眼 Max 王。Max 王也耸耸肩，摊开双臂，两人配合得非常完美。

我早说过，在钱的方面，我的脑子向来快如闪电。郝依依说得没错，按照 BesLife 今天的估值，20% 的股份就已价值 4 亿美元，但是郝依依只能以一个亿的价格卖给费肯，这是要让郝依依借一还四，或者更多——按照 BesLife 现在的势头，两个月之后说不定还会升值。

只不过天知地知、我知郝依依知，Eva 这会儿正在百米之外的宾馆客房里，迫不及待地等着向这会谈厅里的所有人坦白：LS1.0 全基因测序仪作假了，她准备退还投资。所以用不着再过两个月，说不定再过几个小时，BesLife 就会一钱不值，郝依依就等于白拿走一亿美元。按说我应该立刻提醒 Steve 的，不过是他命令我一句话也别说，那就怪不得我了。

郝依依皱着眉苦思，大概又在飙演技。Max 王不耐烦道："不愿意就算啦！发布会是不是快开始了？"

"可以！"郝依依狠狠地说。

"很好，"Steve 微微一笑，笑容颇为微妙，好像谈判才刚开始似的，"不过，既然是借，就要有抵押。我们怎知两个月后，你有没有钱还呢？"

郝依依看出 Steve 又要耍花招，眯眼斜睨着他问："用什么抵押？"

Steve 并没急着回答，幽幽地看一眼 Max 王。Max 王立刻接过话茬："用你未婚夫衡宥生所持的费肯股份。"他轻蔑地瞥了我一眼，嘲讽地对郝依依说："反正你能做主，对吧？"

我恍然大悟：Max 王是想借此机会拿回被郝依依夺走的费肯股份——郝依依当初曾把价值 10 亿美元的费肯股份暗度陈仓地转到衡宥生名下，让 Max 王哑巴吃黄连，他大概做梦都想着拿回那些股份。郝依依果然没有猜错，Steve 虽然促成了 BesLife 和新新体检的合作，一时挽救了郝依依在费肯的地位，但他和 Max 王果然还有更多的"花招"。

Max 王又补充了一句："我要你用他所持的全部费肯股份作抵押！"

"你的意思是，两个月后如果我还不出，你就要把价值 10 亿美元的费肯股份都拿走？"郝依依一脸难以置信的表情。

"是的。"Max 王点头。

"那也太过分了。应该是这样的：我向你借股份，由衡宥生做担保，如果届时我无法偿还，就按照我所欠金额，由衡宥生代为赔偿相应价值的费肯股份。"郝依依飞速看了我一眼，点点头，仿佛得到了我的同意，又对 Max 王断然道，"就这样，不同意就算了！"

Max 王立刻又要吹胡子瞪眼，Steve 及时开口："Max，郝女士说得也算合理。谁知道两个月后 20% 的 BesLife 股份值多少？这样玩才更刺激。"

Steve 像是胸有成竹，似乎料定了 BesLife 在未来两个月里还将继续升值，说不定还能再翻几倍，这回他可真猜错了。BesLife 的王牌设备 LS1.0 里藏着别家生产的商用测序仪，每做一次测试就要亏损 940 美元，两个月后就要赔得底儿掉，绝无可能再继续大规模扩大产量，即便到时果真成功研发出廉价的全基因检测仪，顶多也只能勉强挽回损失，公司估值在两个月内绝不可能再上涨的。

Max 王欣然接受了 Steve 的建议。郝依依问："那么我们谁来准备合同？"

"我已经准备好了。"Steve 从密码箱里拿出两份文件和两支笔，翻开文件，边写边说，"有关抵押的部分需要一些小改动，只需加一句就好，几位需要签姓名首字母。"

Steve 飞速改好了两份合同，一份递给身边的 Max 王，另一份递给郝依依。郝依依霍地站起身，表情严峻地接过文件，很有些九死一生的架势，我实在佩服她的演技，演得太逼真了！我敢打赌她的确窃听了我跟 Eva 昨晚的谈话，不然她根本就不可能同意这笔交易的。

郝依依逐字逐句认真读合同，趁着这工夫，Steve 对几位费肯高层解释说："这是郝女士向 Max 租借 BesLife 股份的合约，只要他们签署了这份合约，郝女士就确实拥有 BesLife 公司 20% 的股份了，按照合约要求，郝女士必须立刻把这些股份卖给费肯，所以我需要向各位确认一下，费肯的确同意以 1 亿美金收购郝女士所持的 BesLife 股份，对吧？"

"价格是没问题！只不过，"本杰明面露难色道，"我们的法务需要审阅这些合同，然后还需要向'纽交所'披露，再出具一份股权交割合约……"

"请容许我确认一下！"巴菲特老头开口打断了本杰明，"是不是正如你们刚刚提到的，只要完成了这次交割，郝女士就主动从费肯辞职？"

"当然，"Steve 点头说，"这也是在合约里约定好的。"

巴老头又把目光转向郝依依，郝依依极不情愿地点点头。巴菲特老头满意道："OK！我代表董事会向各位承诺，只要郝女士合法拥有 20% BesLife 股份，费肯一定会在 15 个工作日内以 1 亿美金向郝女士购买这些股份。"

"15 个工作日？那绝对不行！"郝依依丢下手中合约，决绝地说，"我必须现在就收到 1 亿美元，不然我就不签了。"她转向 Steve：

"你不是读过美必来的收购协议？上面写得很清楚，我必须在 10 天内付款，今天就是最后一天。"

"现在？肯定做不到的！"巴老头也摇头了，"这不符合公司流程，不可能的。"

"唉，那就算了！"郝依依叹了口气，一屁股坐回椅子里。Steve 也无能为力地耸耸肩。Max 王急道："费肯一时付不了，我可以先垫付！"

"你确定？"郝依依狐疑地看着 Max 王。Max 王又有点儿含糊，扭头问 Steve："有风险吗？"

"这个嘛，"Steve 似乎也有些不确定，转脸去看巴老头，"要看费肯这边。不过我想，既然巴菲特先生都已经承诺过了……"

"这个我可以保证，"巴老头十拿九稳地说，"如果 Max 提前替我们垫付，我保证在 15 个工作日内把款付给 Max。"

"那就没问题喽！"Max 王转向郝依依，恢复了得意的神情，"签完合同，我立刻把 1 亿美元转给你。怎么样？签吗？"

郝依依又纠结了片刻，终于拿起笔，愁云密布地签了名，把合同推给我——我当然也得签名，同意以我——衡宥生——所持有的费肯股份为郝依依做担保，为了配合郝依依，我也装出愁眉苦脸的样子，这表情似乎让 Max 王非常受用，唰唰地签了名，一副志得意满的样子。双方互换合同，再签一遍，合约生效，郝依依眼看就要得逞了。

"现在可以打款了？"郝依依放下笔，一脸无奈地问 Max 王。

"可……"

"咚咚咚！"突然响起一阵急促的敲门声，把 Max 王的话拦腰截断。

会谈厅里众人一脸迷茫，不知是谁突然跑来敲门，而且敲得跟强盗似的，让谁都不敢贸然开门。不过也用不着谁开门，门已经被推开了，辉姐圆鼓鼓的身体正堵在门口，着急忙慌却又中气十足地说："Sorry sorry！打扰各位了！实在是有急事儿要通知大家，必须立刻通知！"

辉姐不由分说，一步跨进会谈厅，身后又露出一个人——Eva！

Eva 脚步有些迟疑，被辉姐一把拽进屋："进来啊！那么重要的事儿，赶紧跟大伙儿说吧！唉！真急人！这一屋子老外，我要是英语利索，我就替你说了！"

我大吃一惊，不过立刻就猜到要出什么事儿，不禁扭头去看郝依依。

郝依依一脸惊愕，面色铁青。

6

我原以为辉姐就是郝依依的走狗，其实并不是，至少不完全是。辉姐确实把郝依依当成亲姐妹，所以对她非常忠诚，不过辉姐拥有一套和郝依依不太相同的处事原则，而且为人又很固执，因此郝依依常常只向辉姐下达具体命令，并不透露自己的真实目的，因此辉姐难免有时自作主张，自以为是为了郝依依好，反而适得其反。

就像今天中午——请容许我脑补一下发生在标间里的事情——辉姐得到郝依依的命令：务必把 Eva 看好了，没有郝依依的命令，不要让她离开房间一步。辉姐严格执行命令，陪 Eva 坐着，一步不离，连厕所都不敢上。她看出这位美国女博士心烦意乱，根本坐不踏实，生怕她起身走人，自己硬拦拦不住，灵机一动，使出胡同大妈的绝活：跟 Eva 唠家常，这一唠不要紧，Eva 见眼前这位大姐亲亲热热实实在在，索性恳求辉姐帮忙，帮她立刻见到 BesLife 的股东们，告诉他们 BesLife 的主打产品 LS1.0 是骗人的，必须立刻取消发布会，不然就更被动了。

辉姐只当郝依依也被蒙在鼓里，给她打电话不接，发微信又不回（郝依依正"舌战群雄"电话当然要静音），于是义无反顾，带着 Eva 直杀到会场来，就在 Max 王马上要付款的瞬间冲进屋子，对郝依依简直是釜底抽薪。

Eva 看见一屋子人，知道自己打断了重要会议，几个老外又都不认识，所以没有贸然行事，用英语向众人道了歉，小心翼翼地对郝依依和 Steve 说："郝总，Steve，我有件很重要的事，需要立刻告诉你们。"

郝依依强作镇定地回答："抱歉，我们正在开一个紧急会议，您能不能等……"

"各位！请让我介绍一下，"Steve 不等郝依依说完，已然起身走到 Eva 身边，"这位就是 BesLife 的创始人和 CEO，Eva Lee 博士！"

Steve 随即向 Eva 介绍费肯高管，带领 Eva 依次跟每一位握手寒暄。郝依依则悄然起身，绕过会议桌，站到 Eva 身边，含笑对几位费肯高管说："太抱歉了，请大家等我们五分钟！"说罢拉起 Eva 要往外走，同时给辉姐递了个眼色，辉姐这才觉出不妙，赶忙去开门。

Steve 健步上前，挡住两人去路。

郝依依强压怒火说："Excuse us！（请借光！）"

Steve 就当郝依依不存在，兴致高昂地对 Eva 说："Eva，你说有件重要的事要告诉我，其实，我也有一件非常重要的事要告诉你！"

Steve 的话似有奇效，不只费肯高管、Max 王、Eva 和我，就连郝依依都不由得一怔，不过又立刻警醒，低声用中文狠狠对 Steve 说："让我们出去，出去再说！"

Steve 仍把郝依依当成是空气，继续对 Eva 说："让我猜猜，你要说的事，一定是跟 BesLife 有关吧？"

Eva 被郝依依拉着，又被 Steve 拦着，正进退两难，听 Steve 这么问，连忙点点头。Steve 立刻说："我要说的事也跟 BesLife 有关，既然都跟 BesLife 有关，为什么还要出去说呢？这里都是自己人，在这里说不是正好？"

郝依依不等 Eva 回答，又拉着 Eva 往外走，想要硬冲 Steve 的防线，却听巴菲特老头朗声说："Lee 博士，我非常高兴能见到你！你给我们带来了什么消息？我也很想知道。"

巴菲特老头一锤定音，郝依依不能再硬来，只好引着 Eva 回到座位，让 Eva 坐在自己身边，还不死心，对众人说："让 Lee 博士先休息一下，好不好？我们先继续进行……"

"可是我现在就想知道，Lee 博士要告诉我们什么。"巴菲特老头毫不客气地打断郝依依，始终把目光对准 Eva。Eva 立刻又站起身，非常郑重地冲桌子对面鞠了一躬，说道："非常非常地对不起！LS1.0 是用 illumina 公司生产的商用基因测序机改装的，我也是才发现的，我们负责技术研发的人一直在隐瞒我。请取消发布会吧！"

Eva 的语速并不快，口齿清晰，可众人就好像一时没听懂，全都一脸茫然。还是 Steve 首先开口，重述了一遍 Eva 所言："你的意思是说，贵公司并没研发出利用量子技术测序的新型测序仪，而是用别人生产的测序仪假冒自己的产品？"

"是的。"Eva 点点头，讪讪地解释道，"我的合伙人说，再给她三个月就能研发成功，可我们没钱了，所以他们想出这个主意，但这是欺诈，我不能容许这种事情发生。"

Eva 的话戛然而止，会议室里一片死寂，人人面如死灰。

Max 王首先叫起来："你的意思是，BesLife 一钱不值了？我们的投资怎么办？"

"我们会全额退还投资款。退还费肯投资 1000 万，"Eva 顿了顿，扭头看着我说，"再退还 1000 万给你。"她明知我是个骗子，可并没当众揭穿我，让我心中感激，可是没敢说"谢谢"，因为 Steve 昨晚指示过，只要郝依依在场，我一句话也不能说。

"那 1000 万不是他投的，是我投的，应该退还给我！"Max 怒气冲冲地说，"可退还投资是不够的！我们的损失怎么办？"话一出口，他倒似乎突然想起什么，直瞪着郝依依说："你是不是早就知道了？怪不得要跟我借股份！一个亿？那些股份根本就不值一个亿！"

郝依依冷笑道："又不是我说要借的，是你们让我借的。反正合同已经签了，你要不付款，就是违约。"

"我凭什么付款？我给你付款了，费肯能付给我吗？"Max 王扫一眼几位费肯高管，本杰明连忙摇动冬瓜头："不！我们不会付款的！谁会花 1 亿美金去买一堆垃圾呢？那份租借股份的协议是你们双方签署的，和费肯没有关系。"

"可是巴菲特先生刚刚做过承诺的！"郝依依愤愤地说。

"我的确承诺过，但当时我并不知道 BesLife 的设备作假了。"巴老头阴沉着脸说，"郝女士，我想我有理由怀疑，你比我们更早得知此消息，因此，你是企图蓄意欺诈费肯。"

"还怀疑什么？肯定就是！"Max 王添油加醋道，"这个女人最擅长的就是欺诈！"

"你血口喷人！"郝依依绝望地吼出一句中文，又用英语厉声质问坐在桌子对面的人们，"你们是在诬陷我！你们拿出证据来！"

郝依依看上去义正词严，可我知道她并没有被诬陷，她这是在一本正经地撒泼。会议厅里顿时又剑拔弩张，只有 Eva 一脸茫然地站着，不知为何众人忽略了她，却把矛头同时对准郝依依。

"诸位，诸位，请冷静！"Steve 突然开口了，竟然满脸堆笑，而且是有点儿谄媚的笑，我都不记得曾经在他脸上见到过这么夸张的笑容。他笑着请 Eva 落座，但是并没解释什么，笑着扫视众人说："请让我说几句，也许等我说完了，大家就不需要再争执了。"

Steve 顿了顿，确保自己吸引了全部注意力："我刚才说过，我也有一件事要跟大家分享，其实是一件大喜事，我原以为各位会因为听到此事而欣喜若狂，可是……"Steve 这个戏精，笑容瞬间消失了，垂头丧气道："真的太可惜了！如果我们取消了发布会，让 BesLife 退还了投资款，那么这个好消息也就没有意义了，不说也罢。"

"你这不是废话吗?!"Max 王不耐烦道。巴老头似乎看出了玄机,兴致勃勃地说:"说吧,我很想听听!"

"好吧,不过,让我们先做一个假设:LS1.0 全基因测序仪没有任何问题,只是假设,OK?"Steve 做手势安抚又要发作的 Max 王,然后顿了顿,用目光请求各位不要再随便打断他,然后清了清嗓子,娓娓道来,"新新体检——也就是和 BesLife 签署合作协议的公司——是一家规模非常大的集团,新新集团的创始人白总是一位极有头脑的企业家,他做生意的原则是:1+1 不应该等于 2,而应该等于 3、等于 4,甚至等于 10!"

Steve 料定"1+1=10"会让在座的每一位都兴趣倍增,又故意顿了顿,终于言归正传:"所以,在白总跟 BesLife 签订合作协议之后,立刻开始寻找新的商机。他迅速和好几家大型制药企业达成了合作意向,准备向这些药企出售 BesLife 的检测结果——不是体检报告,而是体检者的全基因序列数据。各位大概都知道,科学家们尚未完全揭开人类基因之谜。"Steve 抬手指指 Eva:"按照 Lee 博士的说法,人类目前所知的就只是冰山一角,因此需要收集更多人的全基因序列,才能找到更多基因与健康之间的关系。那么谁最希望得到这些数据呢?肯定是制药公司了,他们最希望找出各种不治之症的基因学根源,因此开发出最有效的靶向药物,但他们的困境往往在于:第一,得不到大量的人类全基因序列数据;第二,即便能得到一些数据,却得不到相应的个体信息——换句话说,就是不知道那些基因序列的拥有者都得过什么病,身体状况如何,因此对于制药公司来说,这些数据还是用处不大。但是,如果数据是来自一家体检公司呢?"

Steve 再次停顿,好像老师在启发学生。本杰明第一个抢答,兴冲冲摇晃着冬瓜头说:"那就等于得到了一切!"

"完全正确!"Steve 转身和本杰明击掌,会谈厅里顿时情绪高涨,"作为一家遍布全国的体检机构,新新体检每年不仅可以向那些制药企业提供至少几百万组全基因序列数据,还能够提供那些数据拥有者完整的健康状况,包括历史病历,甚至能够对个体进行长期跟踪,建立基因突变和身体病变之间的联系,这将是多么珍贵的数据!"

Steve 再次停顿,仿佛是在运气,终于要使大招了:"当然,新新体检需要得到 BesLife 的授权之后,才能把全基因序列数据提供给制药公司。为了达成这项合作,新新体检准备向 BesLife 支付更多的费用——每次测试额外支付 20 美元,作为购买全基因序列数据的费用。

也就是说，今后 BesLife 为新新体检每提供一次测试，将会得到 80 美元的报酬！"

"但新新体检每次的成本是多少呢？如果使用别人家的测试仪的话？"本杰明迅速抓住了问题的关键，把目光转向 Eva。Eva 如实答道："使用 illumina 的测序机进行测序，每组需要 1000 美元。"

"所以每做一次测试就要亏损 920 美元？"本杰明立刻满面愁云。Steve 忙接过话茬："所以我刚才说，让我们假设 BesLife 的 LS1.0 没有任何问题，检测成本仍然是之前公布的——也是全世界都以为的——55 美元，那么每次检测的利润就是 25 美元，这意味着什么呢？这就意味着，BesLife 的利润将会比之前公布的 5 美元提高四倍！也就是说，BesLife 每年将至少获利 2.5 亿美元，那么 BesLife 的估值就不再是 20 亿美元，而是 100 亿美元！各位，你们对 BesLife 的投资又要再升值四倍！"

Steve 怕自己说得还不够明白，转向几位费肯高管说："贵公司在 BesLife 所持的 10% 股份，相应的价值就是 10 亿美元！"接着又转向 Max 王说："Max，你在 BesLife 所持的 20% 股份，就值 20 亿美元！"

Steve 说罢，没人立刻做出反应，会谈厅里一片寂静，众人似乎都被施展了定身术，气氛突然变得诡异，仿佛有某种阴谋正在酝酿。

还是 Eva 先开口，悻悻地说："可事实是，LS1.0 是用 illumina 的设备改装的。"

"Lee 博士，"巴老头紧接着开口了，用一种难以形容的暧昧眼神注视着 Eva，"你刚才是不是说，如果再有三个月，你们就能研发出货真价实的'生命之星'？"

"是我的合伙人说的，但并不一定能实现。"

"可是，我们为什么不给她一次机会，试试看？"巴菲特老头双眼熠熠生辉，仿佛深夜的行客看到黎明的曙光。

"您认为，我们应该隐瞒真相，欺骗大众？"Eva 似乎非常意外，没想到德高望重的巴菲特先生竟能口出此言。

"No! No! No! 我没有让你隐瞒什么。"巴菲特老头高举起双手来回摇摆，"你们现在推出的测试仪，的确可以提供真实的测序结果，对吧？"

"可是……"

"而且你们的确是在努力研发真正的廉价测试仪，并没有放弃，对吧？"巴菲特老头虽然使用问句，却全然不给 Eva 回答的机会，紧锣密鼓地说下去，"Lee博士，硅谷有一句名言，我猜你一定听说过，Fake it until you make it！（假装成功，直到你真正成功！）"

巴老头稍事停顿，突然叹了口气，语重心长地说："其实我完全能够理解你，我像你这个年纪——或者再稍微年轻一些——刚刚离开学校，我也同样坚持原则，不能接受许多东西。可后来慢慢就会发现，这其实是一项单项选择题：坚持一切原则，或者取得最终的成功，只能二选一。每个成功者都明白的，只是没人愿意明说。Fake it until you make it! 这句话不仅仅适用于硅谷，你知道这世界上有多少公司——非常成功而伟大的公司——都曾经做过或者正在做着类似的事情吗？"

"说得太对了！"Max王几乎要鼓掌，只可惜攥着手机腾不出手来——也不知他把手机掏出来忙什么。另外几名费肯高管也跟着纷纷点头，好像巴老头刚刚说出了至理名言。可我还是倍感惊诧，不敢相信自己所见所闻：超级跨国集团纽林太平洋的名誉董事长、费肯集团的大股东和代理董事长、德高望重的巴菲特先生，还有在座的所有这些外企董事、高管、精英投资人，竟然都在鼓励Eva把谎言进行到底？

"可我不认为那是正确的！"Eva又站了起来，情绪有些激动，"我认为应该停止这一切！"

"但是Lee博士，你有没有想过，你将付出怎样的代价？"本杰明摊开两只胖手，仿佛捧着一只隐形的大盆，"很多很多的代价！按照我们签署的投资协议，仅仅退款是不够的，BesLife还需要赔偿百分之百的违约金，也就是说，你除了要返还2000万美元的投资款，还要再支付2000万美元的违约金，你赔得出吗？"

"就是就是！"Max王虽然忙着摆弄手机，嘴里却不闲着。Eva低垂了目光，脸上愁云密布，Steve趁热打铁说："那只是投资的部分，还有跟新新体检签的合作协议呢？那份协议的金额可就更大了，总有好几亿吧！而且新新的白总又跟好几家药企都谈好了合作，BesLife现在违约，他肯定不会善罢甘休的。"

"先准备好几个亿打官司吧！"Max王又跟着敲边鼓。

Eva似乎有些动摇，愁眉苦脸地说："可是，每检测一个样本，就要赔920美元，按照新新体检的合约，每天都要测试几万个样本，能坚持几天呢？"

"目前倒是还不用担心这个，"Steve胸有成竹地说，"首先，

BesLife 现在只有一台 LS1.0 设备，每天最多只能检测 40 个样本，生产新设备既需要时间也需要成本；其次，BesLife 目前还没通过监管部门的资质审查，没有获得必要的许可，因此短期内无法进行大规模检测，只能在小范围内进行实验性质的测试，我们可以利用这些借口跟新新体检争取一两个月的时间。"

"可是一两个月之后呢？"Eva 的焦虑丝毫也没减少。

"大数据！"Steve 没头没脑地抛出一个词，神秘兮兮地说，"我知道一家大数据公司，是业内最先进的，也许他们有办法帮助我们。"

"怎么帮？"Eva 一副完全摸不着头脑的样子。

"数据技术是非常神奇的。见过最近很流行的一款修复老照片的 APP 吧？能够把很模糊的旧照片修复得非常清晰，利用同样的原理，也许能把不够完整的基因序列修复成完整的呢？"Steve 侃侃而谈，就像在发表学术演讲，"如果每次测试不必检测出全部的基因序列，只做部分的检测，说不定可以把六小时减少到两小时、一小时甚至 10 分钟呢？成本是不是也就能大幅度降低？"

"上帝啊，真是太天才了！"本杰明举双手欢呼。

"可我不觉得你说的这些是可行的。"Eva 忧心忡忡地说。

"总可以先试试嘛！试都没试，怎知不可行？"本杰明不耐烦地晃动冬瓜头，"Lee 博士，你是科学家，科学不就是把不可能变成可能嘛！"

"我看，完全值得试一试！"巴老头一锤定音。

Eva 沉默了。我越来越忐忑，感觉她似乎正落入陷阱。她毕竟是个科学家，玩儿不过这些商人，我很想提醒她：坚持你的决定！但 Steve 不许我开口。我似乎突然明白了昨晚 Steve 为什么要下这个命令。这让我后背一阵阵发凉——Steve 简直是我肚子里的蛔虫，只要他愿意，可以成为任何人肚子里的蛔虫！

"总要试试吧，要对投资人负责，对合作伙伴负责。"Steve 苦口婆心地劝说 Eva，"他们才是真正帮助你的人。你不对他们负责，难道要去满足外面那些盼着看你笑话的记者们？"

Steve 把目光划过几位费肯高管，最后落在 Max 脸上。Max 王连忙摆手说："用不着对我负责，我已经不是 BesLife 的股东了，我把股份都借给郝女士了，不过郝女士也不是股东，她把我借给她的股份卖给费肯了，作价 1 亿美元。"

"你没借给我！"郝依依触电似的高喊，"你刚刚反悔了！"

郝依依的吼声吓了我一跳。我顿时意识到，郝依依这下惨了：如果 Eva 迫于压力不公开"生命之星"造假一事，那么 BesLife 不但不会变得一钱不值，反而要再翻五倍！两个月后租期一满，郝依依要还的可不止 4 亿美元，而是 20 亿！可她原本打算一分也不用还的，这下子可赔大了。

"我可没反悔，这份合同令人非常满意。"Max 王拿起刚签完的合同挥了挥，"我想，费肯大概也不会反悔吧？"

副总本杰明立刻回答："当然！我们很高兴能够再购买 20% BesLife 的股份！我保证在 15 个工作日之内把 1 亿美金支付给您，还请配合我们交割股份。"

"我又没收到汇款，这份合约作废了！"郝依依拿起合约作势要撕，Max 王连忙高举起手机，在上面轻轻一点："立刻支付？ Yes ！Voilà ①！"

郝依依气急败坏道："我可以去揭发你们，外面有很多记者。"

"不，你不会的。"Steve 摇摇头，泰然自若地说，"首先，即便你马上要从费肯离职，依然需要遵守你的保密义务，不能泄露任何有关费肯公司的秘密，包括费肯正在进行的投资计划，以及费肯所投资的企业的秘密。而且你刚刚跟 Max 签署的借股协议里也有保密条款，禁止你向任何人透露有关 BesLife 的商业秘密。所以，你根本就不能向任何人透露这件事，否则不但要倾家荡产，还会面临刑法制裁。"

"可 BesLife 是在欺诈！不只欺诈股东，也在欺诈合作伙伴！"郝依依义愤填膺道，"作为负有责任心的公民，我有义务揭发骗子的罪行！"

"股东？好像都在这里了，有人被欺诈了吗？"Steve 环视四周，众人纷纷摇头，Steve 得意洋洋地对郝依依说，"好像没有。至于合作伙伴嘛，你是指新新体检吧？可实际上 BesLife 并没有欺诈新新体检。按照合约，BesLife 只不过要为新新体检提供全基因测序，每次 60 美元——哦不，马上要变成 80 美元了。合约又没规定 BesLife 必须使用谁家的测序仪，只要测序结果真实可靠就可以。至于 BesLife 赔不赔钱，也不关新新体检的事，何来欺诈？"

"小人！骗子！"郝依依无话可说，只能恶狠狠瞪着 Steve 和 Max王，眼里喷火，像是打算把他们碎尸万段。

---

① 法语：完成啦！

"彼此彼此！"Max 王阴阳怪气地朝郝依依拱了拱手，得意洋洋瞥了我一眼，"记住，两个月。"像是在说：两个月后，你名下的费肯股份就都是我的了。

"Sorry！"郝依依突然转向我，眼中噙着泪，悲痛欲绝地说，"我们什么都没有了！"

这让我有点儿不知所措，我该怎么演？悲伤？绝望？愤怒？我是不是该跳起来跟对面的人拼命？至少假装要拼命？还好 Steve 在一旁搭话了："你还有美必来啊！你不是把美必来的股份都买下来了？"

郝依依咬牙切齿地说："你们什么都得到了，至少让我把美必来的宣传做完！"

"没问题吧，你们说呢？"Steve 撇了撇嘴，看了看费肯的几位，又看了看 Eva，改用中文对郝依依说："看来发布会可以按计划进行了。你一定安排了不少有关美必来——哦不！叫什么来着？量子素——有关量子素的内容吧？我看量子素的'吉祥物'都来了，不能让人家白来啊！"

Steve 含笑瞄了我一眼，我知道他说的是红霞，顿时火冒三丈，红霞是我姐，不是吉祥物，而且她一点儿也不吉祥！

"能告诉我这是怎么回事吗？"还好 Eva 提问了，不然我大概忍不住要跟 Steve 翻脸了。

"没什么，只是郝女士和 Max 之间的一个小交易，对 BesLife 没有影响。"Steve 抬手看看表，再次环视会谈厅，"再过半个小时，发布会就要开始了。在这之前，我们是不是需要讨论一下更重要的事情，比如：鉴于 BesLife 未来主要的业务将会在中国，是不是需要在中国建立一个子公司？"

巴菲特老头点头道："这是非常必要的，否则很难在中国开展业务。"

"那么我们一会儿就可以宣布了。不过，还需要委派一位中国区的总裁。Eva，你恐怕忙不过来吧？"Steve 使用询问的口气，但看得出来，他根本不想让 Eva 坐镇中国。Eva 依然愁眉不展，没立刻回答。Steve 又问："Bob 为什么没来？他会对这个职位感兴趣吗？"

"不，他不会！"Eva 很果断地摇头。

"那么，我可不可以推荐一位既有能力又有经验还颇有人脉的总经理？"Steve 边说边把目光停在 Max 王脸上。Max 王面带微笑，像是早料定自己即将就任 BesLife（中国）有限公司的总经理似的。几位费肯董事也纷纷点头，这帮人想用 BesLife 中国公司发大财，肯定不能让 Eva 亲自管理。这让我更加担心了。

Eva 似乎也有同感，忧心忡忡却又坚定不移地说："无论如何，我会留在北京的。"

7

发布会按原定计划进行，而且相当顺利，唯一的不足是 Eva 的致辞，非常简短，草草了事。Steve 解释说 Lee 博士旅途疲惫，时差还没倒好，顺利敷衍了过去，反正费肯投资的总经理郝依依和德高望重的纽林太平洋集团名誉董事长巴菲特先生都发表了非常精彩而且振奋人心的致辞。派克白并没亲临，而是派了个副总出席，我怀疑这也是 Steve 安排的，毕竟不能让派克白发现我这个"万康特务"又变成郝总的未婚夫了。

新新体检的副总详细介绍了新新体检和 BesLife 之间的合作，并且宣布了未来将和多家制药公司合作的计划，有记者立刻提问：那是不是意味着 BesLife 的估值又要增加好几倍？全场一片哗然，把气氛推向高潮。

发布会还有一个小遗憾——LS1.0 并没及时运到会场。郝依依向嘉宾和记者们解释，"生命之星"是高端科技创新产品，之前从没进过中国，所以难免在海关有些耽搁，这会儿已经成功清关，只是来不及组装（其实是 Eva 并没让那几箱子零件从美国寄出来），原本计划的演示环节临时取消，不过作为补偿，BesLife 将向各位嘉宾提供一次免费的全基因测序。

郝依依说罢，工作人员搬出几箱子取样器，现场给每一位嘉宾唾液取样。红霞是最积极的，不但认真指导凤妈和耗子，还全场巡视，并且特意到前排来确保我也正确完成了取样，趁机和我身边的各位 VIP 握手寒暄，俨然是主办方的一员。

郝依依果然没让红霞失望，在介绍 BesLife 未来的另一个合作项目——检验量子素的神奇药效时，隆重介绍了美必来公司的销售总监 Rainbow 女士，红霞立刻白衣飘飘地飞上了台，脸上绽放着新娘子般的幸福笑容，这是整场发布会里唯一令我动容的瞬间，让我觉得这场虚伪的闹剧多少有那么一丁点儿价值。

并没等到发布会结束，Steve 就主动送我离场，也许是担心有凤妈、红霞和耗子在场，之后的酒会上可能会让我穿帮。Steve 只把我送到国宾馆大门口，除了"再见"之外，没跟我多说一个字。

我自己走出大门。国宾馆里热闹非凡，门外却显得格外冷清，深秋的斜阳被寒风吹得歪歪斜斜，一条街上没几个人影，只有两排瑟瑟发抖的银杏树，叶子差不多掉光，光秃秃的好像垂暮老者。这萧瑟的情景让我突然产生一种奇怪的感觉，仿佛我已经跳脱到红尘之外，一切都已与我无关。

最近这几个月，我的直觉几乎没灵过，不过这回竟然灵验了——我在半小时后接到 Steve 的微信，他是这样写的：

> 从现在开始，我们的雇佣关系终止了。我再付给你一个月的薪水，外加一万元奖金，请务必对你所知的一切保密，非常感谢你的帮助。

我在五分钟后收到了汇款提示，Steve 给我汇了 10 万块。这数字让我有点儿费解，不过并没深究，只当他突然变得慷慨，想要锦上添花。其实给多少都无所谓，一切都结束了，我感觉轻松极了。

第十章

无家的小贼

酒店惊魂和
桑拿房里的奇遇

1

红霞是三周后进医院的，不是她自愿去的，但凡还有一点儿自主能力，她也绝不会同意去医院，这些天她天天忙着发展业务，争分夺秒，废寝忘食，就好像突然痊愈，不但又能自己开车，还能健步如飞，就像发生了奇迹。

她在十字路口追了尾，就是上回因为偷看帅交警追尾的地方。这回她谁也没看，晕在自己车里了。

警方在红霞手机里首先发现了我的号码，名字写的是"我弟"。接到电话时，我正在国贸的星巴克里百无聊赖地坐着，看着手机发呆。我已经打了两个小时《王者荣耀》，又刷了一个小时抖音，电池就剩一个格。我每天照旧假装上班，凤妈完全不再怀疑，也不再派耗子接送我，可我还是到国贸来，因为不知还能去哪儿。不过我没再见过郝依依，也没见过 Eva——据说 BesLife（中国）有限公司的办公室就在国贸，跟费肯投资共用办公室。费肯投资本来没几个人上班，地方闲着也是闲着，现在好歹多派上些用场。我猜郝依依大概已经不在那儿上班了，那里现在是 Max 王的天下。

我赶到医院，红霞刚醒，脸白得像纸，嘴唇儿却红得吓人，口红还没擦掉。她气若游丝地跟我说，不能在医院待着，下午还有采访。我猜她并没有采访，要有也不是什么正经采访，发布会之后虽然有关 BesLife 的新闻铺天盖地，但只有一两篇顺带提到"量子素"，之后便销声匿迹，郝依依也无声无息，没再出现在任何新闻里，似乎也没去过美必来公司，至少红霞没见到。红霞跟我打听了好几回郝依依，我含糊其词，说郝总一直没来公司，也不知为什么，我本想着郝依依是美必来公司的大老板，红霞迟早要在美必来见到她，然而看红霞现在这副样子，恐怕也没机会了。

我办好住院手续、交了押金，凤妈和耗子来了，可红霞已经昏睡过去，医生说情况不好，时间不多了，追问还有多少时间，医生掉头走了，留我们三个在监护室门外傻站着，默默地流眼泪。

当天夜里我留在医院陪护，在红霞床边放了把椅子，坐在上面迷糊，也不知是几点，隐约听见有人叫我，原来是红霞醒了，身子一动不动，眼睛却大睁着，两只眸子在黑暗里烁烁放光，精神得让人心慌。她说："桔子，桔子，我告诉你一件事。"我说："姐，你好好歇着，等明儿再说。"她并不理会，兀自往下说："我这辈子撒了好多谎，只有一个让我一直不踏实：小时候我告诉过你，是二叔把你拐来的，那不是真的，你来以前二叔就给警察抓走了。"

其实我并不在乎到底是谁把我拐来的，反正过了这么多年，谁拐的都一样，可我又想，如果知道是谁拐的我，也许就能找到亲爹妈了，我其实早不稀罕亲爹亲妈，以后也不打算孝顺他们，只是非常好奇，想看看他们这些年是怎么过的，是不是也能像平常人一样。所以我问红霞："那到底是谁把我拐来的？"她却并不回答我，没头没尾地说了句："二叔要回来了，你得防着点儿！"

这可真让我摸不着头脑。我知道二叔是凤妈的前夫（不确定是不是离婚了），很久以前因为杀人坐了牢，可我从没见过他，他也从没见过我，他回不回来跟我又有何干？莫非是要争夺凤妈的财产？可我没法儿再问红霞，因为她又把眼睛闭上了，闭得死死的，让我怀疑她刚才到底是真醒了，还是在说梦话。

直到第二天下午，红霞才又醒过来，看上去非常虚弱，一口气说不了半句，竟然要吃量子素，耗子问护士，护士当然不准，红霞还要，凤妈忍不住骂了一句：鬼迷心窍了！红霞抽抽搭搭哭起来，哭得凤妈又骂了她几句，她反倒精神起来，连着说了好多话，她说其实也不知道量子素有没有用，不过手术、放疗、化疗就有用了？她宁可相信量子素，是量子素让她有了理想和目标，这辈子头一回，她竟然爱看书了，她看了好些书，企业家的书，思想家的书，不知怎么就大红大紫的人的书，是书告诉她人活着是为了实现梦想、超越别人，告诉她精神的力量比什么良药都更有效，量子素就是她的精神力量，改变了她的人生，她就是要大力推广量子素，让更多像她这样的普通人

（或者还不如普通人的人）也能改变人生，也算是行善积德了。

护士怪我们太吵，把我们轰出监护室，我们索性到楼外的长椅上坐着抽烟。凤妈长叹一声说："有个念想儿也好。"转而又对我说："你有个正经事做，红霞也跟着沾了光，走得有个人样。"

我突然怒火中烧，咬牙骂了句："正经个屁！都他妈骗人的！"凤妈和耗子都吃了一惊，凤妈骂道："你抽什么风？"我只觉血脉偾张，再也控制不住，跟凤妈坦白说："我的工作是假的！我从来都没在费肯工作过！那帮孙子让我帮着骗人的！"

我一口气把 Steve 和郝依依雇我骗人的事说了个大概，凤妈只听得脸色铁青，跺着脚骂道："你个王八羔子！特么良心让狗吃了？连你妈都敢骗？"

我也不知自己怎么那么邪乎，平时怕凤妈就像老鼠怕猫，这会儿竟然一点儿都不怕了，我也高喊着说："这家里谁不是骗子？谁特么不是从小就跟着你骗人？再说你特么是我妈吗？你要是有良心，现在就告诉我，我亲爹亲妈到底他妈的在哪儿呢？我活这么大，连自己生日是哪天都他妈的不知道！"

凤妈猛蹿起来，要不是耗子眼疾手快扯住她，她能扑上来把我咬死。我这才感觉到后悔，可是再也说不出求饶的话，凤妈被耗子死死抱着，浑身不住地乱颤，半天才从牙缝里吐出一个字："滚！"

2

我是一个小时后"滚"出凤妈家的，只带了一只拉杆箱，有好些东西都没装，凤妈和耗子还在医院，我想趁着他们回家之前赶快离开，所以没工夫仔细收拾。我是不想为难耗子，他肯定要死活留住我，又要向凤妈求情，弄得两边不是人，整不好凤妈再跟他也翻脸，红霞又躺在医院里等死，这本来也没有血缘关系的一家也就彻底完了。

多亏了远在澳大利亚的飞哥，让我暂时住在飞飞酒吧里，顺便开张营营业，当然是没工资的。还像以前一样，酒吧基本没生意，偶尔有飞哥的朋友光顾，谈一些不方便在别处谈的事情。

说来也巧，某天有个飞哥的哥们儿约人到酒吧谈生意，那哥们儿我也挺熟，整天怀疑自己老婆有外遇，想要找人"查查"。下午2点，那哥们儿约的人来了，我并没看见正脸儿，似乎是个身材瘦小的男人，也不知为什么，我突然有点儿好奇，正想借着点单的机会去看看，忽然听见女人说话的声音，我立刻就明白了：此人居然是 Tina。

Tina 见到我也很兴奋，随便应付走了飞哥的哥们儿，倒是留下来跟我坐了半天，不但如此，她还又叫进来一位——辉姐。原来辉姐一直在外面"放哨"，按照 Tina 的说法："干我们这一行的得留个心眼儿，出门'行动'至少两个人，一明一暗，见客户也不例外。"

辉姐已不在费肯当前台，这我倒是料到了，可辉姐竟然在给 Tina 打工，这就是我没料到的，辉姐实在不像是能吃调查这口饭的。不过话说回来，Tina 也不像，也不知她们的生意都从哪儿来。

Tina 大概也看出我很意外，连忙称赞辉姐："特能屈能伸！特别有亲和力！容易让别人产生信任感，特别适合实地调查！"辉姐则大手一挥："哪能！Tina 可怜我，给我口饭吃！还得养儿子不是！"

我突然好奇起来，心想辉姐对郝依依那么忠心耿耿，郝依依却没带上辉姐一起发财？于是问道："郝总去哪儿了？"辉姐撇撇嘴说："我哪儿知道！"我又问："不是去美必来公司当老板了？"

"根本没有！"Tina 抢着说，"我听辉姐说她收购了美必来，还特意调了美必来的工商档案查了查，根本就没有郝依依这么个人！人家公司从成立到现在从来就没换过股东！"

这让我倍感意外，不禁说道："可那天我亲眼看见 Steve——也就是你前老板——拿出一份文……"

"他根本就不是 Steve！"Tina 大惊小怪地打断了我。我一时没明白她什么意思："他不是 Steve 是谁？我就在现场的。"

"我的意思是，你们说的那个 Steve 根本就不是我前老板！"Tina 急着解释说，"那天在机场，我一直守在贵宾厅门口，的确看见一个穿黑西服的瘦男人出来开车走了，可那根本不是我认识的 Steve。后来辉姐怪我没及时通知她 Steve 出来了，我这才知道，原来你们说的 Steve 根本不是我前老板，虽说身材和气质有那么点儿像，不过太年轻了，不够沉稳，而且还有点儿妖！"

我好歹弄明白了 Tina 的意思："你是说，我们认识的 Steve，其实是在冒充你前老板？"

Tina 用力点头："就是就是！他一定是打着我前老板的招牌四处蒙事呢！我前老板非常有名，只要是投资圈里的人没人不知道的，可是真见过他的又没几个。"

"那你没跟郝总说？"我忙问，心想难道 Tina 和辉姐忘记告诉郝依依了？不然那天在国宾馆的会谈厅里，郝依依还不早就把 Steve 这个冒牌货当众揭穿了？

"说啦！我当天就跟依依说了！"辉姐忙不迭地回答，"可你猜怎么着？依依让我别声张！"

我大吃一惊！脑子里飞速闪过一连串念头：郝依依明知 Steve 是冒牌的，却又不让声张？那天在国宾馆会谈厅里，郝依依跟 Steve 恶斗了好几个回合，虽然借到了 1 亿美金，但不得不在两个月后把她未婚夫衡宥生所持的价值 10 亿美元的费肯股份都还给 Max 王，可谓一败涂地，只不过有一点：在借款合约上签名的并不是衡宥生，而是我——一个冒牌货！而且，Steve 明明知道我是个冒牌货，却根本没揭穿我，而且还事先特意嘱咐我一句话都不要说。

还有 Steve 为什么说要给我一个月工资加 1 万奖金，却又给我转了 10 万块？因为那一个月工资不只有他的 3 万，还有郝依依的 6 万！

我脑子里瞬间划过一个念头，不由得心惊胆战。我顾不上继续聊天，立刻掏出手机，尝试给 Steve 和郝依依打电话，果不其然，两个都已经是空号！Steve 把我的微信也删除了。

毫无疑问，郝依依和 Steve 是同伙儿，两人联手骗走了 1 亿美元，然而作为担保人签字的是我，鬼知道真正的衡宥生会不会认账！我瞬间出了一身冷汗——Steve 和郝依依肯定早已无影无踪，难道要我还那 20 亿美金？我顿时悔恨交加，就恨自己怎么又重蹈覆辙，成了别人的替罪羊！只怪那一对狗男女竟然演得那么真，这几个月把我要得团团转！我恨不得要跳楼，不由得暗暗找借口安慰自己："可 BesLife 的测序机有问题，每做一个测试就要赔 920 美元，那公司根本不值钱啊！"

我看见 Tina 和辉姐诧异的表情，才意识到并不是"暗暗"——我已经把话说出口了。

"真的假的？"辉姐狐疑着问。

"当然是真的！那天您不是也在会谈厅里？"我回答得有点儿冲，说完才想起来，那天的大部分对话都是英语，辉姐大概没听明白。

"不可能！"Tina 满脸不屑地否认，"我有个新新体检的哥们儿，他说从上周开始，他们已经在给体检客人做基因检测了，全国的店都在做！照你这么说，那得赔多少？"她得意地晃了晃脑袋："干我们这一行的，在好多公司都有人！最近对 BesLife 比较关注，嘿嘿！"

"BesLife 的测序机已经安装到体检中心里了？"

"那倒没有。我哥们儿说，设备都还在 BesLife 的北京公司里，没运到新新体检的门店，门店只负责收集唾液，再统一发给 BesLife。"

"全国都做，每天能做多少？"我还是觉得难以置信。开发布会那会儿 BesLife 还只有一台 LS1.0，每天最多只能测 40 个样本，这才过了不到一个月，又能增加几台？虽说 LS1.0 是用现成的商业测序机改装的，可那也需要成本，我上网查过，illumina 的新型测序机差不多要 100 万美元一台呢，BesLife 一共就只融到 2000 万美元，能改装出多少台 LS1.0？而且那天在会谈厅里 Steve 明明说要先拖几个月，维持很低的测试量，为研发争取时间的。

"一万次！"

我被 Tina 说出的数字吓了一跳，只当她随口胡说："不可能吧！"

"喊，就是每天一万次！我哥们儿说的，他就负责这一块儿，还能不知道？"Tina 怕我不信，忙着补充说，"他说 BesLife 的技术可牛了！一万个测试，24 小时内就出结果！"

我不由得心中一振！一天测一万个样本？莫非 BesLife 的男人婆 Shirley 果真把测序机研发成功了？我可真为 Eva 高兴！不过我就只高兴了一秒，随即又想起来，我冒充衡宥生在借股合同上签字做了担保，BesLife 越是成功，我的罪责就越大！我顿时心惊肉跳，只觉自己万劫不复。我该怎么办？我猛然想到，我是有 Eva 手机号码的，我得赶快打电话问问她！我忙不迭地说了声"抱歉"，再次拿起手机，心存侥幸地拨打 Eva 的电话。

电话居然立刻就通了，但并不是 Eva 接的，是一个陌生的女声，操着中式英语冷冷道："哪位？"

"我找 Eva……Lee 博士。"我的声音都有点儿打战。

"请问你是哪位？"对方又问了一遍。

"我……我是她一个朋友，我姓宋。"

"很抱歉，Lee 博士不方便接电话。"

"她什么时候方便？"

"什么时候都不方便。"

"那能不能请你让她打给我？"

"她不方便打给你。"

"你是哪位？"我心头火起，正要反问她是哪一位，她却把电话挂断了。这个凶巴巴的女人是谁？ Eva 的手机为什么会在她手里？看样子我是没法儿通过手机联系上 Eva 了，但这女人分明是个中国人，所以 Eva 也许还在北京，是不是还住在富亿大酒店里？这可说不准，都一个月了。我心中一阵绝望，忽听 Tina 问我："你要找 Lee 博士？"

我连忙点头，突然想起她是干调查的，就像抓住救命稻草似的恳求她："是的是的，你能不能帮我查查，她到底住在哪儿？"

"用不着查，就在富亿大酒店的那间套房里！"Tina 得意洋洋地摇头晃脑，看我一脸迷茫，迫不及待地解释说，"前几天我发现手套找不着了，我想也许是之前落在那套房里了，就去酒店前台问了问，有没有在套房里捡到手套，结果人家前台告诉我说那套房是费肯公司长租的，从来没退过房，所以酒店的人员也不可能在房间里捡到什么。我就直奔那房间，是个女的开的门，问我找谁，我说我是费肯的，以前住过这套房，把东西落里面了，她说现在这套房不归费肯使用，已经借给 BesLife 的总裁住了，然后就把门关了。那个女的不会就是 Lee 博士吧？"

"那个女的长什么样？"我忙问。

"又矮又丑，大概 40 多，特凶！"

"不，那不是 Lee 博士。"我摇摇头，不过我知道那是谁，那多半儿就是刚刚跟我通话的女人。照这么说，Eva 或许就住在那套房里！可我并没感觉轻松，反而更加惴惴不安。我的直觉告诉我，Eva 的处境也并不乐观。

我突然冒出一个念头：必须立刻找到 Eva！

3

要不说呢，多一个朋友就多一条路，我的通往 Eva 之"路"就是小俊——富亿大酒店的 SPA 按摩师。

虽说上回我端了人家一脚，不过立刻道了歉，还塞了 500 块小费，当时心疼得要吐血，没承想现在倒帮上了大忙。当然帮这么大的忙，500 块是不够的。我送了小俊一只 iPhone11，又约了大董烤鸭，全加起来差不多花了七八千。

小俊自然是心满意足，积极主动地跟酒店里熟的不熟的经理、服务员打听个遍，据说还不得不出卖了一点儿色相，很快就有了消息：那套房里目前登记入住了两位客人，一位是美国籍，正是 Eva Lee，另一位是中国籍的林姓妇女，据说是 Eva Lee 的私人助理，顺带收拾房间——林姓妇女不让服务员进房间，毛巾、被单、干洗、点餐，全部在门口交接，估计想见 Eva 也难。

小俊的情报让我越发忐忑,担心 Eva 是不是真遇上麻烦了。我不顾小俊刚往嘴里塞了一整张鸭肉卷饼,迫不及待地追问他:"最近 Eva Lee 有没有出房间?"小俊一边咀嚼一边摇头说:"没人见过。没见过有人出来,不过有人进去过,那层的保洁说,看见'嗷嗷男'进去好几回!"

"嗷嗷男?"

"傲娇男!"小俊好不容易把鸭肉咽进肚子里,"就一个香港人,不是住在富亿里的客人,不过天天来。特各色,动不动就教训人,眼睛长脑门儿上。"

我心中一动:这"傲娇男"莫非是 Max 王?按照在国宾馆会谈厅里谈妥的,他现在应该是 BesLife 中国公司的总经理,他去见 Eva 也在情理当中。我连忙问:"你也见过傲娇男?"

"当然!那家伙找我按摩好几回了,茎的!每次就只给 100,真他妈抠儿!"小俊像怨妇似的撇着嘴,这让我既吃惊又满足——所以 Max 王果然和耗子、亚瑟趣味相投,我最早的判断是正确的!可是 Steve 说过,京城凤冠晚会的主持人莉莉小姐是 Max 王的女朋友,还有郝依依!郝依依当初不是也跟他搞过暧昧?不过郝依依是为了帮男朋友夺财产,还是莉莉小姐更可怜。

不过我这会儿可顾不上同情莉莉小姐。我心怀侥幸地问小俊:"你没听他说起什么?打电话什么的?"

"有啊!老在按摩的时候接手机,前两天还接了个特长的,还让我出去等,等了快半个小时,完事儿还让我给他补钟,多不要脸!"

我非常失望:"所以你没听到?"

"我都没在屋里怎么听啊?再说他都用英语接电话,我哪儿听得懂?"

我彻底绝望了,小俊却突然又说:"你想听听?"

"怎么听?"我又生出一线希望。

"干我们这一行的,你也知道,"小俊突然忸怩起来,讪讪地说,"就怕客人找麻烦、瞎投诉,而且有时候干茎活儿,客人要真要赖就是不给小费,也没处说理去。所以……"小俊掏出手机,得意地小声说:"每次上钟,我都偷偷录音!而且那天他急着赶我出房间,我没来得及拿手机。"

接下来的 20 多分钟,小俊终于可以专心吃烤鸭了——我使劲儿把他的手机按在我耳朵上,生怕漏掉一个字——Max 王把声音压得很低，还好按摩房里非常安静，所以录音还算清楚。Max 王讲的是夹杂着英语的广东话，我不清楚对方是谁，反正是很私密也很亲近的人，也许是私人律师，因为他谈到不少法律问题，而且并不忌讳把违法的部分也告诉对方。这段录音很长，为了不浪费大家的时间，我就把关键的几句大概复述一下：

> 靠！ contract（合同）上签名做担保唔系（不是）衡宥生！我揾（找）人查了衡宥生嘅（的）记录，照片唔一样！郝依依用假身份证呃（骗）了我……我以前系（是）见过啊，但只一面，而且当时嗰仔披头散发，边个（谁）记得清……
>
> 我 call 了衡宥生嘅老母（的妈），佢（她）讲衡宥生喺（在）非洲，佢（他）早跟郝依依分手了……佢从嚟冇 authorize（他从来没授权）给郝依依代理股东嘅职责！所有 document（文件）都系假嘅！嗰 bitch 一直喺呃我哋（那个 bitch 一直在骗我们）……边个（谁）能想到？当初就系佢（她）煞费苦心地把我嘅 share（股份）偷偷转给衡宥生，我怎知佢哋（他们）分手了！
>
> Steve？发布会以后就失踪了，手机都停机了！你讲佢系唔系跟嗰 bitch 合伙呃（他是不是跟那个 bitch 合伙骗）我？靠！我丢佢××！拿了我嘅钱，唔给我办事，反去帮嗰 bitch……也系，我只给咗佢（给了他）10 万，佢呃（他骗走）一个亿！
>
> 我也想过报警，只不过依家系（现在是）关键时期，唔得（不能）引人注目。而且佢和嗰 bitch（他和那 bitch）估计早不在中国了，那个假冒衡宥生嘅小子也许还在，但系差佬（但是警察）抓住佢也冇用（抓住他也没用）！就系个小角色，冇油水嘅！还不如我哋自己揾到佢（我们自己找到他）……系啊，到了我哋（我们）手里，给佢（他）点颜色，睇佢能讲畀我知乜（看他能告诉我们什么）……（这几句听得我胆战心惊！）
>
> 费肯一亿美金？冇（没）付啊！我损失咁大，不可能把 BesLife 股份只卖一亿美金！按照 BesLife 依家嘅（现在的）估值，我至少要卖 20 亿！费肯唔肯付咁多（不肯付那么多），嗰就唔卖喽（那就不卖喽）……

　　唔使（不用）担心，有人肯出 20 亿！新新体检肯出！最近一周，BesLife 每天都给佢哋（他们）出一万多个测试结果，佢哋（他们）已经完全相信 BesLife 嘅实力啦！哈哈……点做到嘅（怎么做到的）？我有我嘅妙计！不仅能出一万个结果，而且每个结果睇上去都很 real（真实），就算拿到药厂去也唔会有 problem（问题）。Steve 呢个混蛋，佢介绍嘅边家（他介绍的那家）大数据公司倒系还唔错（倒是还不错）……

　　Dr. Lee？佢梗系唔知（她当然不知道）！不可能让佢知（让她知道）啊，不然肯定又要坦白啦，退股啦，那个书呆子……美国 BesLife 派来嘅两个总监比佢（她）省事多了！让做乜就做乜（让做什么就做什么），唔会问东问西……

　　自从开始大规模测试，我都冇（没）让 Lee 去过公司，我告诉佢（她）公司装修。其实去了也冇所谓，公司里睇唔出问题，只不过为了保险起见……佢都冇（她都没）出酒店啊！最近在腹泻、头晕、嗜睡……哈哈，我知呢唔合法（这不合法），我很 careful（小心），每次只下少少，唔得（不能）严重到要去医院……放心喽，时刻有人睇着佢（看着她），而且我每天都去向佢 report（向她汇报），佢（她）也天天跟 Beslife 嗰几个工程师 FaceTime（通话），所以冇（没）疑心喽，如果真嘅疑心了，我就只好来硬嘅……呢个（这个）礼拜比较关键啊！新新体检就要签约啦！等拿到 20 亿，我就放心啦……

　　我知啊！所以才要尽量让 Lee 与世隔绝啊！我喺（在）酒店里安排了很多人啦！唔会有问题！佢（她）很小就移民美国，喺北京冇乜（在北京没什么）熟人啦，而且佢依家（她现在）连手机都冇（没有），只能用 laptop（手提电脑）上网……佢（她）用 laptop 做所有事啊，和美国视频联络、收发 E-mail、睇新闻，畀佢用 laptop 佢会疑心嘅（不让她用 laptop 她会疑心的）……网上唔会发现乜（网上不会发现什么）啦！新新体检喺股权交割掂（在股权交割成功）之前，不会透露具体检测数量，I told them（我跟他们讲）BesLife 估值如果升高，我可要涨价喽，哈哈……

　　I know！（我知道！）我系唔会（我是不会）直接把那

些 share（股份）转给新新体检嘅！我会做成系 BesLife 从我呢度（这里）收回了股份，再由 BesLife 转给新新体检！收款路径也都设置好了，新新体检唔会知钱其实系付畀我嘅（不会知道钱其实是付给我的）！所有人都以为系 BesLife 在继续融资，和我冇（没）关系……我已经安排妥了！只要钱一到账，我立刻把舆论散出去，都推到 Lee 和佢（她）合伙人身上！本嚟也系佢哋喺（本来也是她们在）生命之星里作了假，Lee 又系 BesLife 创始人和 CEO，而且仲系 BesLife 中国公司嘅法人代表！边个（谁）都会相信系佢（是她）一手策划欺诈喔……

我听完录音，拿着手机怔了半天。我在犹豫要不要立刻逃跑，找个三线城市藏一阵子。Max 王说得很清楚，他们打算找到我，再给我点"颜色"。

可我要是就这么跑了，Eva 怎么办？

小俊伸手过来要手机，我没立刻还给他。我咬牙下定了决心，跟小俊说："我还得求你帮我两个忙！第一，你把这段录音转给我；第二，你一定要想个法子，让我见到 Eva Lee ！"

4

Eva 连着一个星期腹泻，不过并不严重，只是身子发软，有时头晕，整天都想睡觉。她本想去医院看看，可她已经有几十年没到中国的医院里看过病了，据说挂号很难，病人太多，医生也没时间仔细看，她的中文医学词汇很有限，症状又不严重，怕也看不出什么，再说也许本来就没什么，只是心情导致的——她最近太担心、太焦虑、太压抑了。她很后悔那天没有坚决地取消发布会，一时的妥协，让之后的每天越来越煎熬。

她其实很想逃回美国去，躲开风口浪尖上的 BesLife 中国公司，回红杉城陪 Shirley 一起做最后的努力。她和 Shirley 终于达成了共识——再尝试三个月，如果依然不能取得突破性进展，就必须停止这个谎言，哪怕罚款、倒闭都在所不惜。

可她实在对 BesLife 中国公司放心不下，虽然看上去一切正常，从红杉城母公司派来的两位工程师尽职尽责，认真调试和操作从美国运来的三台 LS1.0 设备，每天为新新体检检测大约 100 个样本——新新体检同意在三个月内只做测试，不做大规模检测。这是 Max 王向 Eva 汇报的，她并没亲自约见新新体检的负责人，只简短地跟白总通了电话。发布会之后，她没再接受采访，没见任何投资人，以前她每天开会，四处推销她的技术和产品，现在她谁也不想见，因为见人就要开口，开口就不得不撒谎。她已经连续一周没去公司，连酒店房间都没出，其实不完全因为身体，也许她只是在借机逃避，她害怕看见公司里那三台 LS1.0，它们巨大的金属壳子里仿佛隐藏着妖孽。Max 王虽然外表有些骄横，人倒是细致体贴，为她安排了私人助理，其实说是保姆更准确，把饮食起居照顾得非常周到，稍微太周到了一些，白天一刻不离，晚上就睡在套房客厅的沙发上，似乎又像是在监视她。

Max 王几乎每天上午都来向她汇报工作，都是不需要汇报的琐事，公司的两位工程师也轮流通过 FaceTime 和她通话，同样没什么可汇报的，直到这天傍晚，她再次例行公事地和一位工程师通话，却听到一件令她非常意外的事情：

那工程师中午无意间接了个电话，不是打到他座机上的，而是打到财务的座机上，财务吃午饭还没回来。他本来没想接的，但电话铃一直响，像是有急事，所以还是接了，对方是新新体检的会计，通知 BesLife 11 月份的应付款是 80 万元人民币，要 BesLife 提前准备好发票。那工程师当时并没在意，后来越想越觉得不对劲儿，11 月的最后几天才开始为新新体检做测试，整个 11 月一共只做了 100 多个测试，新新体检为何要支付 80 万元，相当于 11 万多美金？那可是一万多个测试的价格。

工程师正说到此处，Eva 的私人助理突然冲过来合上 Eva 的手提电脑。Eva 猝不及防，大吃了一惊，只见那助理神色慌张地说："您太虚弱了，需要休息！"Eva 顿时确定，这私人助理果然是在监视她，公司肯定出了问题，有事在瞒着她。Eva 也不多言，回卧室去换衣服准备出门，她打算直接到公司去查个究竟。

然而五分钟之后，当她准备就绪，客厅里已多了两个年轻男人，一个背靠着大门站着，另一个站在屋子中央。私人助理强作笑容跟 Eva 说："王总说让您务必在房间里好好休息！"

Eva 这才意识到，自己不但被监视，而且还被软禁了。她心中一阵恐惧，一时不知如何是好，刺耳的警报声就在这时响了。

是我按下那层楼道里的手动火灾报警按钮的。小俊不敢按，他说万一被发现了，会被开除的。不过，他给我搞了一套电工师傅的工作服，还有口罩和帽子。我全副武装，让别人看不见我的脸。我按了火灾报警按钮，立刻快步走到那套房门外，一个平时和小俊相好的楼层领班已经等在那里。火警警报响了，检查房间本来也理所应当。

我猛按门铃，门很快开了，一个又丑又矮的中年妇女站在门里，耷拉着脸瞪着我们，我猜她就是接电话的女人。

领班说火警警报响了，需要进屋检查。那女的说我们这里肯定没失火。领班说那我们也得进去查一下电路，万一出事了谁负责？那女的拗不过，只好放我们进去。客厅里还有两个男人在沙发上坐着，警惕地看着我们，这时卧室门开了，Eva 走出来，面色苍白憔悴，眼神非常疲倦，可又惴惴不安，像是被噩梦突然惊醒似的，还好活动自如，不像病得很严重，不然我就只能实施 B 计划——打电话叫救护车。

沙发上的两个男人见 Eva 出来，立刻起身走到大门边，门神似的一左一右分立两边。我就知道我没猜错，Eva 被人囚禁在这套房里了。

屋子里除了 Eva 没人认识我，这样最好。为了消除怀疑，也为了让 Eva 认出我，我摘掉口罩，故意不看 Eva，假装一边检查屋子里的电器设备，一边不经意地靠近 Eva。还好她很配合，一动不动站着，没做出任何反常的举动。

突然间，所有的灯都灭了，房间里一片漆黑，时机正好，我离 Eva 不过一步之遥。

我听见有个女人轻声惊呼："门！"紧接着是散乱的脚步声。我像工人师傅那样扯开嗓门儿说："怎么回事儿，又跳闸了？老刘，你又动哪儿了？"

"没事儿！没事儿！就好！"那领班（并不姓刘）忙着答话，房间里瞬间恢复了光明，前后不过三四秒的工夫。那两男一女已调整了队形，女的紧贴 Eva 站着，两个男的并肩站着，把户门堵死了。他们的担心是多余的，Eva 还站在原地，完全没有想要趁乱逃跑的迹象。他们像是松了一口气，不过并没放松警惕，贼兮兮盯着我。

可我一点儿也不心虚——离 Eva 隔着大半个屋子呢。我不由得暗暗佩服自己的脚力，没想到两步能跨这么远。我朝着领班指手画脚说："老刘！我这边儿没问题！你查完了没有啊？没事儿走吧？"

并不姓刘的"老刘"笑嘻嘻走向户门："没事儿！怎么搞的，电闸设计有问题！"

两个"门神"不大情愿地让出一条缝。"老刘"转身朝众人点头："不好意思，打扰了！谢谢配合！"我也跟着老刘点头哈腰，满脸堆笑，偷偷用余光扫了一眼 Eva，她仍在原地站着，一副百无聊赖的样子，右手很随意地插在衣兜里。其实我本来并没有十足的把握，她会真的信任我，可就在熄灯的那一瞬间，当我的手碰到她的，我知道她信我，至少愿意接受我的帮助。我脸上的笑意不全是假装的。

Eva 手里正捏着一张字条，是我趁黑塞给她的。字条是这么写的：

> 今天晚餐一口都别碰，那会让别人睡得更踏实。你趁他们睡觉溜出来，不要走正门，电视柜旁边还有一扇门，通往隔壁套房，门锁已经开了，我在隔壁套房里等你。别拿行李，记得带护照！

我这是以其人之道还治其人之身，在他们点的餐里加了点"小料"，当然只是一点点，顶多使人入睡快一点儿，睡得死一点儿，我本来也不是正人君子，小俊当然也不是，不过人缘儿非常不错，送餐的阿姨竟然也肯帮忙，当然也不是白帮，我又花了 1 万。

正如我所料，那三位"看守"非常谨慎，就算困意难挡，还是用长沙发抵住户门，让"私人助理"睡在上面，另外两位坐在单人沙发里凑合。还好他们没挡另外一扇门，大概早检查确认过对面的门是锁着的，不过他们不知道，今晚那门锁将会被打开。

晚上 7 点，我躲进隔壁的套房。我早确认过那房间空着，做房间保洁的阿姨就有门卡。我早换掉电工工作服，以防酒店安保在寻找乱按火灾警报的人。我换上领班的西服，这也是小俊帮我弄的。这一身更适合护送 Eva。

晚上 10 点一刻，门终于开了。我没开灯，为了不让突然的亮光惊醒那屋里睡着的人，所以我并没立刻看清 Eva，不过我闻到了我熟悉的淡淡清香。我帮着她悄无声息地关上门，上了锁，压低声音问："带护照了？"

"带了。"她说。我还是没开灯，如果有人在楼外监视，不会发现套房隔壁的房间有什么异常。我牵着她的手，踮着脚离开那套房，在楼道里我终于看清了她，就像第一次见到她那样：牛仔裤、运动鞋、双肩背包，只是多了一件风衣，可是已经不像大学生了——不过一个月的工夫，她老了10岁，不过脸色比刚才好，因为兴奋而有了血色，两只眼睛也炯炯有神，她冲我笑了笑，非常郑重地对我说谢谢。

说实话那笑容有点儿别扭，可还是让我轻飘飘的，还好她又问了个问题，让我脚踏实地："我们去哪儿？"

"先离开酒店。"我回答得很果断，尽管我也不太清楚，离开酒店以后能去哪儿，我甚至不太清楚到底能不能顺利离开酒店，不知Max王有没有派人守在大堂或者酒店门外。可事已至此，也只能冒险试试。

我带着Eva走向电梯，还好楼道里空无一人，电梯里也空着。

电梯一直降到一楼，顺利得出奇，然而就在电梯门打开的瞬间，我看见一个男人正急匆匆走进酒店，更糟糕的是，他也看见了我们。

正是Max王。他大概还是放心不下，又或者是给那几位"看守"打电话没打通，所以大晚上亲自来查岗。他的反应还真快，立刻拔腿朝电梯飞奔。我和Eva的反应很一致，同时抢着去按关门键。还好距离足够远，Max王就差一步，电梯门关了。

为了让电梯立刻启动，我随手点了四层，大脑这才开始运转，猛然想起Max王说过"在酒店里安排了很多人"，才意识到打算从大堂逃跑有多幼稚，多亏他刚才正巧走进酒店，不然我们可能早就"落网"了。

"我们现在去哪儿？"Eva惊慌地问，这问题我也答不出了。这大晚上的，不去一层又能去哪层？二楼倒是有餐厅和酒吧，但那肯定是Max王要认真"搜查"之地，既然我能买通保洁阿姨，Max王也能买通酒店保安、经理，甚至是更高层的什么人，就算找小俊帮忙，找一间空着的客房躲一阵子，也未必就安全，这酒店根本就没有安全之处。

可事态紧急，总得先去哪儿躲一躲，看来只有五层的SPA了，SPA也不安全，不过有一线希望——SPA的男部。这会儿正是小俊的上班时间。

我们在四层出了电梯，又爬了一层楼梯。我边爬楼梯边给小俊打电话，还好他没在上钟。还是小俊想得周全，他让我们先等在楼道里，他拿了两套按摩师的工作服，两副口罩，还有一只大垃圾袋，让我和Eva在楼道里换了衣服，把我们换下的衣服和Eva的背包都装进垃圾袋里，这才带我们往SPA走，又让我们在门外等着，他先去跟前台小姐姐打闹了一阵，我们趁着小姐姐分神的工夫溜进 SPA 桑拿的男部，钻进男更衣室里。

更衣室里人很少，只有两个胖老外在脱衣服，我和 Eva 都打扮成按摩技师的样子，也没人注意我们。虽说按规定女按摩师不能进男更衣室，按情理我更不该拉着一位女士进男更衣室，不过正因如此，也许这里最安全。

我把垃圾袋锁进衣柜，带 Eva 穿过更衣室，走进 SPA 区。夜里10 点半，几乎没有人影，正中间是一个方形的按摩浴池，浴池后面有三间按摩室和两间桑拿房，一间汗蒸、一间湿蒸。桑拿房是玻璃门，里面一目了然，按摩室私密得多，我们钻进第三间按摩室，关好门，没敢开灯。我摸黑在按摩床上坐好了，并不确定 Eva 坐在哪里。

"能不能报警？"Eva 低声问，原来她就坐在我身边，离得很近。

我仔细想了想说："报警是最后一步，除非迫不得已。你想，Max本来就是你公司的人，他来看你、派人照顾你都是正常的。我们没有证据证明他威胁或者拘禁了你，警察不能把他怎么样，只要警察一走，他可以随时再对你下手。"

Eva 轻轻"嗯"了一声，又问："那我们要等到什么时候？"

"其实……我也不知道。"我本想安慰她，可实在想不出能怎么安慰，我完全没想出下一步，也不知酒店里到底有多少 Max 王的人，香港富豪子弟大概会熟谙黑道儿手段吧？也不知店方会有多配合他，如果全面调取酒店的视频监控，总能发现我们的行踪，躲得过初一躲不过十五，他们迟早要找到这 SPA 男部里来的。

她沉默了一阵，轻声说："不论结果怎样，我都感谢你。"

我心中一热，升起一股冲动——健康的那种。我很想握她的手，但黑灯瞎火的，我怕摸错了地方，更怕让她误会。可突然间，我感觉什么触碰到我的小臂，然后轻轻下滑，直到掌心，是她的手，把我的手握住了。

我的心脏立刻开始狂跳，这回不太健康，有股暗流蠢蠢欲动。我强迫自己冷静，嘟囔着说："我也谢谢你，能够信任我！"

"我知道你想说什么。"她悠悠地说，"你又要说你是骗子，可你其实比他们都诚实。"

我心中一震，脸上开始发烧，也分不清是荣是辱，对一个从小靠撒谎骗人吃饭的人来说，这评价当然意味着羞辱，可我又莫名地感觉到自豪，可真是既矛盾又尴尬，而且我本来也并不是这个意思，我是说，她竟然愿意跟我钻男浴室，眉头都没皱一皱。

"我其实是想说，你能跟我进这种地方……"话一出口，我脸上烧得更厉害，这话听上去就像是在试探，显得我没安好心。

她却噗嗤一笑说："我相信我很安全，早把你当闺蜜了。"我的脸一定红得发了紫，还好她看不见。我已经明白了她的意思，可她偏偏还要再补一句："我本来还以为，你跟 Steve 是一对儿。"

这句话真是天下最灵的"灭火剂"——我身体里那股蠢蠢欲动的暗流瞬间了无踪影。更悲惨的是，我根本就不知道该怎么辩解——我把一位美女硬拉进男浴室，然后跟人家强调我的性取向很正常？这难道不是乘人之危耍流氓吗？我有口难辩，再一想，其实不辩也无妨，我正在做的事本来也跟性取向没半毛钱关系，她要误会就误会，能让她更安心，岂不更好？我莫名地感觉有些悲壮。

"先生，您来啦？今天怎么这么晚？"这是小俊的声音，字正腔圆，就像是在播报新闻，"您还带了朋友？"

我瞬间明白了，小俊是在提醒我们，Max 王终于来了！我轻"嘘"了一声，Eva 立刻把我的手抓紧了。我隐约听见散乱的脚步声，果然不止 Max 王一个。过了片刻，又听见小俊问："您丢东西了吗？丢什么了？我问问前台有没有捡到？"

没人回答小俊，脚步声却似乎更近了。小俊有点儿着急："要是掉了东西，也该在更衣室里，不会是在 jacuzzi 和桑拿里吧？都光着进出，能掉什么？"

"找人！"果然是 Max 王，不厌其烦地回了小俊一句。脚步声迅速靠近，转眼已近在咫尺，还夹杂着开门声。小俊问："今儿没客人，按摩室里都空着呢。"

我心里一惊：这是在一间一间检查按摩室，眼看就轮到我们这一间了！我赶忙起身摆好架势，只要门一开，我就先往外狠飞一脚，踢残一个少一个，可我非常怀疑自己的能力，因为实在心慌，Eva 在黑暗中紧紧抓着我的胳膊，让我也弄不明白，到底是她还是我在浑身战栗。

"对了，您是不是找一男一女？"小俊突然来了这么一句，吓得我魂飞魄散，以为他知道要露馅儿，准备卖友求荣呢，又听他说，"我刚才好像在那边儿看见两个人……"

"哪边？"Max 王忙问。

"就那边儿，健身房那边儿！"小俊的声音渐远，一群脚步声也渐远。我悄悄把门打开一个缝儿，看他们又走回更衣室里去了。我突然有了个想法：就算一层大堂里还有 Max 王的人，他们未必认识我们，我们又穿着按摩师的工作服，说不定就能混出去，虽然护照什么的都还锁在柜子里，一会儿可以让小俊给我们送。我拉着 Eva 蹑手蹑脚走出按摩室，边走边耳语说："走，趁他在这一层，咱们去一楼试试，先出去再说！"

我却突然听见 Max 在更衣室里呵斥："怎么都出来了？你们两个，回去继续找！"

我和 Eva 大惊失色．再回按摩室肯定行不通，迟早要被找到，跳进按摩浴池也行不通，那池子里虽然水泡四溢，可毕竟清澈见底，再说我们又不是海豚，能在水底下憋多久？汗蒸房也不行，玻璃门里一览无余，只有湿蒸房正白雾弥漫。我灵机一动，立刻把 Eva 拉进湿蒸房，仿佛一头钻进蒸锅里。我在这酒店里"被软禁"期间常到 SPA 来，知道这湿蒸房面积虽然不大，但底部有个拐角是"L"形的，没有蒸汽的时候当然一目了然．但蒸汽弥漫时那拐角里兴许真能藏人。

我和 Eva 在拐角里并肩站着，又浓又烫的白雾"嗞嗞"直冒，潮湿的热浪令人窒息，我们完全看不见一米以外的任何东西，只能用耳朵听，没过多久，果然有人推门，甩了一句国骂："靠，真他妈热！"

热浪却没能阻止他。我听得出，那人还是进来了，更糟糕的是，"嗞嗞"声戛然而止，这意味着白雾很快就要消散。脚步声越发清晰，在湿蒸室里四处乱转。我已经依稀看见拐角外的地面了，他迟早也要发现这拐角的存在。

"What is your problem？（你到底怎么回事？）"我突然听见大声斥责，原来这桑拿里本来就有人，而且是个老外，有可能就是刚才在更衣室里脱衣服的胖老外。我不禁脑补那画面：一个穿着西装皮鞋的人，突然在裸体老外眼前冒出来，鬼鬼祟祟，说不定还动手动脚……可这嗓音怎么好像有点儿耳熟？我却死活想不起在哪儿听到过。管他呢！老外这一声咆哮果然起了作用，我又听见国骂夹杂着脚步声，朝着桑拿室外面去了。

我们继续站在拐角里，不敢立刻就出去，白雾还在继续消散，我已经能隐约看见那个胖老外，肥大的白色躯体正坐在塑料椅子里，还好他腰间围着一条浴巾，不然的话一会儿见到 Eva 就尴尬了。

白雾又淡了一些，他的大胖脸也隐约露了出来，他也发现了我们，不禁用英语骂骂咧咧道："上帝啊！怎么又两个？今天怎么回事？

你们穿着衣服进来做……"

他话没说完，突然哑住了。我已经能辨别他脸上的表情，说不清是惊愕还是愤怒还是悲伤，反正是一张扭曲变形到准备要立刻劈死谁的脸。这湿蒸房里起码50摄氏度，我却只觉浑身发冷，手脚冰凉，因为我也认出了他——联合航空的飞行员亚瑟！

我差点儿晕倒，可我知道这会儿装死是没有用的，我又差点儿藏到 Eva 身后去，可我也知道用苗条的女博士抵挡一个肥胖的裸体男人，不但不现实而且也不道德，我想奋力一搏却又浑身无力，而且实在做贼心虚，本来就是我又骗婚又下药，还偷偷刷了人家的信用卡，哪还有脸负隅顽抗。迎面一阵疾风，亚瑟一个饿虎扑食，那毛茸茸的肥大身躯瞬间把我熊抱住了。

我眼一闭心一横，准备束手待毙，却听他在我耳边欢呼："亲爱的，见到你太！太！太！太开心啦！"

亚瑟起码拥抱了我一分钟，差点儿没把我憋死。他终于松开了我，这才又想起旁边还有一位，正一脸愕然地看着我们。他连忙磕磕巴巴地对 Eva 用中英混合语说："Sorry！我太 excited（激动）！我叫亚瑟，是吉（亚瑟发不出'jie'这个音，只能发出'ji'）的 ex-boyfriend（前男友）！"

Eva 恍然大悟，跟亚瑟热情握手，还笑盈盈地看了我一眼。这下可好，我跳进黄河也洗不清了。亚瑟却还不尽兴，立刻又用胳膊挽住我的脖子，在我腮帮子上狠狠亲了一口说："他是 my angel（我的天使）！我太爱他了！比以前更爱了！"

我还真有点儿摸不透亚瑟，看样子他没想立刻把我大卸八块，难道是要直接"抢亲"？亚瑟却又噘起嘴，用英语撒娇地说："吉，你怎么就失联了？让我都没办法向你表达谢意！"

"你要谢我？"我实在摸不着头脑，不知亚瑟是不是因为突然见到我而受了刺激，精神失常了。

"是啊！感谢你给了我自由！"亚瑟松开我的脖子，把两只大手交叉在一起，有点儿不好意思地说，"你在纽约那几天，我其实非常纠结，我想我们是不是太草率了，其实就只在一起相处过几天，彼此也不够了解，可是你在美国举目无亲，如果我拒绝跟你结婚，你该怎么办呢？"

我恍然大悟，原来后悔的不止我一个！早知如此何必那么麻烦！亚瑟继续说："你不告而别，虽然让我有点儿失落，不过还是一下子解放了！本来连续失眠好几天，可你走的那天，我睡得可香了，一直睡了 18 个小时！"

我脸上又发烫，心里倒是更安稳了一些，看来他并不知道我在他的威士忌酒里下了药。我试探着问："可你睡觉前也不知道我要走啊？"

亚瑟耸耸肩说："也许是直觉吧！"

他这副大大咧咧的样子让我突然觉得很过意不去，可我当然不会坦白下药的事，只能找了个别的理由道歉说："对不起，我偷划了你的信用卡，我把钱还给你！"

"No no no！完全不需要！"亚瑟举起两只大手使劲儿摇摆，"多亏你用我的信用卡买了机票，这样我就很清楚你是回中国了。不然我还要担心，你哪天突然又出现在我公寓门外呢！哈哈！"

亚瑟笑着转向 Eva，仿佛是想转移话题似的，又改成蹩脚的中文："真是 sorry 了，我太激动了！"

"Arthur, nice to meet you（亚瑟，很高兴见到你）！"Eva 微笑着向亚瑟伸出手。亚瑟赶忙跟 Eva 握手，颇为意外地用英语说："你的英语很好啊！你……是一位 lady？"

亚瑟这才感觉哪儿有点儿不对劲儿：酒店 SPA 男部的桑拿房里，竟然坐着一个女按摩师？他连忙拽了拽腰上围的浴巾，还好刚才这么大的动作也没走光，他满脸疑惑地转向我，上下打量了一番，更加疑惑地问："你在这里做按摩师？"

"不不！我们都不是按摩师。"我连忙跟他解释，"这是 Eva，硅谷一家高科技公司的创始人，她被坏人困在这酒店里，我想带她逃出去，可是没成功！刚才进来的那家伙就是在找我们！"

"是这样！你们惹上麻烦了！"亚瑟恍然大悟，脸上的笑容立刻消失了，皱着眉问，"想要抓住你们的是什么人？不能报警吗？"

我告诉亚瑟，想抓我们的是奸商，在利用 Eva 的公司欺诈，因为担心被 Eva 揭穿，非法扣押了她，我又解释了现在报警未必有效，最好是先离开这家酒店。

"离开酒店以后怎么办？你们去哪里？"亚瑟问。

"其实我们也不是很清楚……"我迷茫地看看 Eva。她倒是比我更有主意："我想我应该把这件事说出来，不能再继续隐瞒了！可我不是很清楚，应该去警察局报案，还是去找媒体。"

"可我担心没办法保证你的安全。"我忧心忡忡地说。亚瑟问道：

"先回美国，然后再公开这件事，是不是更稳妥？"

"那肯定是最好的！"我看一眼 Eva，她也点点头，我又转向亚瑟，"可现在连酒店都出不去，怎么去美国？"

"这个简单！"亚瑟得意地微笑，颇有些暧昧地问我，"你也一起去美国？"

"我？"这问题问得有点儿突然，我一时拿不定主意。

"当然！你留在这里也很危险，跟我去躲一阵子吧！"Eva 立刻替我做了决定。

"太好了，也许我们可以彼此再多了解一下？"亚瑟朝我挤眉弄眼，眼神里仿佛含有无限可能。我顿时汗毛倒竖，硬着头皮说："你不怕我又赖上你？"亚瑟狡猾地瞥了一眼 Eva 说："这次我不怕请你出门，Eva 会收留你的，是不是？"

"那当然，我肯定会好好招待他，我欠了他多大的人情啊！"Eva 调皮地冲亚瑟做个鬼脸，"不过我更希望能招待你们两个！"

我看着他们眉来眼去，浑身起满鸡皮疙瘩，可真是有苦难言。

5

第二天一早，我们成功离开酒店。

亚瑟的法子算不上很高明，不过简单易行——他的机组全都住在这家酒店，这本来就是航空公司的定点酒店，他们每次飞到北京都住在这里。作为机长，请机师和某位空姐把制服借我们穿穿，完全不是问题。

Max 王就坐在酒店大堂里，我和 Eva 从他面前不到五米的地方走过，可他并没认出我们，他就只看到一群联合航空公司的机组成员，都穿着统一的制服，戴着帽子和墨镜，拉着一模一样的黑色拉杆箱，有说有笑地走出酒店大门，登上航空公司的大巴，看上去再寻常不过。他根本就没注意那群洋人里还有几个亚裔，那几个亚裔里还有我和 Eva，他更没注意在几分钟前就提前走出酒店的两个穿便装的老外，其实也上了同一辆大巴。

Max 王红着双眼，垂头丧气，他四周还坐着几个无精打采的男人，看上去好像一夜没睡。跟他相比，我可精神多了，也许是穿着制服的原因，让我神清气爽，其实我昨晚也没怎么睡，不过并不是因为担心，我一点儿都不担心，昨晚我们非常安全——我们在亚瑟房间里过的夜，三人挤一张大床，当然是我睡中间，Eva 并不介意，她认为床上的两个男人都不会对她有任何企图，亚瑟当然也不介意，而且趁机动手动脚，还好尺度不大，而且很快就鼾声如雷。Eva也迅速入睡，鼻息非常均匀，也许是折腾了一夜很疲惫，也许是体内还残留着Max王下的安眠药。反正我身边两位都睡得很踏实，只有我一点儿都不踏实，一动不敢动，两边都不敢碰，一边是烈火，一边是荆棘。

　　但是Eva醒得很早，天还没亮就坐起来，看着窗外发呆，所以我邀请她到阳台上聊天。亚瑟的房间有个不超过三平方米的阳台，而且是全封闭的，不过正好既保暖又隔音。

　　我把小俊的录音放给Eva听，还好她嫁的是广东人，虽然不会煲汤，但广东话是能听懂的。我说发到她手机上，她忙说手机丢了。我这才想起来，她的手机不在她手里。我说："你的手机没丢，在你助理那里，她一直替你接电话。"Eva愤愤道："这都是Max的诡计，就为了瞒着我！BesLife在北京的实验室只有三台测序机，每天最多只能测120个样本，他却每天卖给新新体检一万个测试结果，我一定要弄明白他到底是怎么做的！"

　　我说："那我把录音发到你邮箱，我不懂法律，也不知能不能当作证据。"她说："多亏了你！这个一定会有用的。"然后又叹气说："其实我也不懂法律，不然就不会到今天这个地步。"

　　正是在那黎明前的阳台上，我们又聊了很多，Eva讲了整件事的来龙去脉，还提到一些有趣的细节，比如第一次在飞机上遇见我，看我从空姐的托盘里拿起水杯，微微跷着兰花指，看上去确实很优雅。我苦笑着岔开话题，问她是不是故意要和Steve偶遇的，她摇头说不是，她根本不知道Steve要搭乘这趟航班，然后告诉我她怎么认识的Steve，怎么为了Steve安排的投资人会面而改变行程，结果会面又取消了，她不可避免地提起Bob，话匣子一下子打开了，也许是黎明前的寂静给了她勇气，又或者天边的鱼肚白让她想要一吐为快，有些话在她心中憋了太久，大概从来都没跟谁说过，我安静地做听众，尽管我也有许多话想说，可是顶着"亚瑟前男友"的头衔，我似乎已没必要说什么。

　　等她告一段落，我问她："你打算跟Bob和好吗？"她摇摇头，眉间露出一丝哀愁，我不知摇头的意思是不打算还是不知道，可我没敢继续追问，担心显得太八卦，所以狡猾地换了一个问题："以后还要继续创业吗？"她又摇了摇头，苦笑着说："可要是从没试过，大概一辈子也不会甘心。"

朝阳突然跳出地平线，我一点儿也不夸张，凡是看过日出的人都知道我什么意思。朝阳就是那么一下子跳出来，照得满世界金晃晃的。

航空公司的大巴顺利抵达机场，我和 Eva 分别和联合航空的两位空服员到卫生间里换了衣服，亚瑟已经把机票搞定了。Eva 问多少钱，亚瑟拒不透露，打着哈哈说，作为这趟航班的机长，弄两个座位很容易。亚瑟怕 Eva 再追问，说了句"一会儿飞机上见"，就急匆匆跟着机组去通关，临走又冲我隔空一吻。

我和 Eva 往值机柜台走，Eva 弦外有音地说："亚瑟可真是个好人！"我苦笑着叹气说："我们的故事可复杂了。"她说："那正好，我们要飞十几个小时，我有足够的时间听一个复杂的故事。"边说边冲我做了个鬼脸。她看上去比昨晚精神多了，甚至也年轻多了，就像一只飞出笼子的鸟儿。这让我很快乐，可又莫名地担心，不知未来会有什么样的麻烦等着她，说不定要官司缠身，也不知未来她会不会真的放弃创业，又或者那摇头也仅仅意味着不知道，她逃出了 Max 王的牢笼，却未必逃出创业的牢笼，人这一生大概会遇到许多牢笼，钻进去轻而易举，想再出来却难上加难。

我们到了值机柜台，办理值机的小姐问我们去哪儿、几个人，Eva 递上护照说："两个人，他到纽约，我还要转机去旧金山。"说着回头管我要护照，我没给，凑上一步说："只有她走，我不走，能不能帮我把我那张票退了？多谢您了！"

Eva 惊愕地看着我，我讪讪地笑道："我根本没带护照，只是不想让亚瑟扫兴。我不喜欢他，不能跟他去纽约。"

我只说不喜欢亚瑟，并没说不喜欢男人，其实我犹豫过，不过最终还是决定永远向 Eva 隐瞒这件事，反正她对我也没什么感觉。

"可这个故事太短了，应该还有个更长的版本。"她假装生气地说，"我必须听到那个版本，不然我就不走了。"

于是我和 Eva 又在机场的咖啡厅里坐了半个小时，并没聊有关亚瑟的故事，因为我早下定决心，要向她隐瞒一个秘密。我主动向她道了歉，告诉她要不是我当初冒充朱公子，也许她不会有此一劫，她却摇头说，即便不是这个 Steve，也许还会有另一个 Steve，她和 BesLife 迟早会成为目标，这是她必上的一课。这个话题有点儿太沉重，她又不能再耽搁时间，所以我开玩笑说："你只是安慰我，说不定心里在说：希望我再也别遇上这个骗子。"

她却严肃起来，郑重地说："真的不是！为了证明我对你的感激，请告诉我一个你的愿望。"

"哈！你是神灯里的精灵吗？"我嬉皮笑脸地打岔。她却把眼睛瞪圆了，一丝不苟地说："我是认真的。你要不赶快说，我会误机的。"

我知道她是认真的，可我不想让她太费周折，所以索性挑了一个她完全帮不上忙的："我想知道我的父母是谁。"

没料到她竟然信誓旦旦地说："我试试，不过不敢保证。"

"你怎么帮？"

"还记得发布会吗？我们收集了你的唾液。这世界上有很多基因数据库，中国人的数据库不多，不过也有一些，我试试看能不能找到什么线索。"她故意做出公事公办的样子，"能再给我一次你的手机号吗？万一找到了线索，可以联系你。"

我知道这简直是大海捞针，而且二十几年前能把孩子弄丢或者干脆把孩子卖给人贩子的农村夫妇，也不太可能在任何 DNA 数据库里留有记录。也许她只是找借口要我的手机号码，我心中升起一丝侥幸，脑子里突然冒出一个荒诞的念头：她如果真的仔细研究我全部的基因，能不能发现，我会爱上她？

然而我完全没有想到，只过了不到 20 分钟，我就接到 Eva 的电话。当时我正坐在轻轨上发呆，本想打会儿游戏，可又提不起兴趣，实在不知该干些什么，手机却非常善解人意地响了。

"宋桔！我借别人的手机给你打的！"她听上去兴奋异常，就像刚刚中了六合彩，"你的愿望，我帮你实现了！"

"什么愿望？"我有点儿发蒙，一时没联想到 20 分钟前的对话，毕竟那也太渺茫了。她用埋怨的口吻说："怎么这么快就忘了？我说过我是认真的啊！"

我这才反应过来，半信半疑道："我的父母？这怎么可能？"

"哈哈！Anything is possible（任何事皆有可能）！我刚刚用 laptop 跟 BesLife 北京的工程师 FaceTime，让他们尝试查询国内所有能查询的 DNA 数据库，跟你的 DNA 做比对，就只过了 10 分钟，他们就给我回话了。"

Eva 故意停顿，吊足了我的胃口，我忍不住问她："还真在数据库里？"

"不，很遗憾，他们告诉我中国只有公安部的 DNA 数据库，做亲属查询，要本人亲自申请的。"

"哦。"尽管我早知这不可能，可还是有点儿失望。可是既然她没查到，为什么急着给我打电话呢？莫非只是为了和我说话？这想法又让我暗潮汹涌。

"可他们还是查到了，根本没通过数据库！"她突然笑起来，非常开心地说，"就在发布会当天收集的样本里！凤妈——你的养母——她就是你的亲生母亲！"

6

我在一个小时后赶到医院，并不是去认妈的，我下决心一辈子都不认那个妈，因为她从来没认过我。是耗子给我发了微信，说红霞情况不好，已经连续昏迷三天了。

在去医院的路上，我努力让自己保持平静，不只是平静，而是冷漠。我至少设想了一百遍，要如何面无表情地走进重症监护室，用最平静的声音跟耗子说话。只跟耗子说话，不理那个老女人，连看都不看她一眼，我要让她也感受到被抛弃的痛苦。尽管我非常想要弄明白，她为什么这么多年不认我这个亲儿子，不让我知道她是我的亲妈，可我下定决心永远不问，我要让她的秘密烂在她心里，永远没机会告诉我，那样也许会让她更难受些。

可是当我走进病房的一刻，事先的设想全都失效了。

宽大的重症监护室仿佛被施了魔法——一种障眼法，让我看不见任何别的病人、家属、医生和护士，尽管我记得这里一共有八张病床，每张病床上都会有一个奄奄一息的病人，每个病人身边都会围着一群家属，有不止一个医生护士在这些病床间穿梭，可我什么都没看见，就只看见墙角的那张病床，有个病人躺在病床上，脸上插着管子，使我认不出她是谁，可我认出坐在床边椅子上打瞌睡的穿黑西服的男人——是耗子。

然后我看见另一张椅子上坐着一个苍老的女人，大张着双眼发怔，眼睛里没有一丝生机。她额角垂着一缕发，半截是黑的，半截是白的，像是被地心引力硬拽下来，她的眼角和两腮也都往下垂，整个身体绝望地瘫下去，像是地板上正伸出许多无形的手，在使劲儿把她往下拽。她再不是当年那个叱咤风云的凤妈了。

我立刻被一股不可抗拒的神秘力量控制了，双腿不由我支配，不由自主地向她走过去，不由自主地屈膝，好像那些无形的手也抓住了我，把我拼命往下拽，使我跪倒在地。我突然想起小时候在立交桥下，我把自己狠狠摔向地面，然后号啕大哭，我不但不讨厌这一套动作，反而非常憧憬，因为这时凤妈就会从不知哪里冲出来，一屁股坐在地上，俯身拼命抱住我，边哭边在我脸上亲吻，然后像个发疯的母老虎，对着别人咆哮，这时我就紧缩在她怀里，用鼻子抵住她温暖的胸口，吮吸她身上特有的气息，幻想着她就是妈妈。

原来有些幻想，其实是真的。

我抬头仰视凤妈，她也低头看我，目光里充满了疲惫和迷茫。我努力张开嘴，却发不出声音，过了许久，我才听见自己喉咙里滚动的微弱音节。

妈。

我看不清凤妈的表情，实在太模糊了。我也不记得是什么时候变模糊的，好像浓雾弥漫的山谷，又像倾盆暴雨下的车窗，可我突然感觉到一双手，抚摸着我的头发，然后是一个温暖的身体，就像小时候那样，把我抱在怀里。

病床上突然传来两声轻咳，大概是红霞醒了，也许没醒，仍在沉沉的梦里，气若游丝地用家乡话呻吟："娘啊！俺想你了。"

红霞是一周后走的，走得还算平静。其实这基本是一句废话，大部分人临了都很平静，因为实在没力气折腾，但凡还有一点儿气力，谁不愿意继续活下去？

红霞走后的第二天，凤妈又一次把我撵出门，这回可不是因为生我的气，而是因为担心我的安全。她硬塞给我一张银行卡，卡里有30万，密码是940404，凤妈说："那是你的生日。"每年清明凤妈都会无缘无故做一顿大餐，然后再塞给我数目可观的零花钱，我现在终于知道是为了什么。

凤妈让我去外地旅游半年，走得越远越好，云南、贵州、海南岛，因为过几天二叔就要出来了。二叔是凤妈的丈夫，可他并不是我的父亲，也从丢不知道我的存在。我是在他入狱半年后出生的，按照凤妈的估计，二叔要是知道我和凤妈的真实关系，一定会立刻宰了我，大概也会宰了凤妈。凤妈拒绝透露我的生父是谁，只说一个从来没养过你一天的人，你就当他是个屁。我猜也许凤妈是担心，二叔会把那个"屁"也宰了。凤妈口中的二叔绝对心狠手辣，这就是为什么她从来没让任何人知道我是谁，可万没想到即便她不说，还是有人会发现，所以无论如何我也必须到外地去躲几个月，让她先摸清二叔的心性儿，坐了20多年的牢，难说会不会越变越糟。

说实话我不太相信一个60多岁的老头子能把我怎么样，可是为了不让凤妈担心，我答应离开一阵子。耗子开车把我送到机场，照旧穿着三件套，特意打了领结，皮鞋也擦得锃亮，我猜他这是打算把我送进机场，只好撒了个小谎，我说想上厕所实在憋不住，他这才答应不去停车场，就把我放在出发层门口，可我没立刻下车，在车里拥抱了他，闻到浓烈的阿玛尼香水味，那是我送给他的。他显然吃了一惊，浑身的肌肉都绷紧了，梗着脖子说："桔子你放心走，有我在，妈不会有事。"我说："哥，除了妈，我只有你一个亲人。"他说："那是，亲哥！"说完很自豪地打开手机，让我看几张照片，是一本户口簿，一户四口人，里面没有凤妈，有他的亲爹、亲妈、他，还有我。我瞬间明白过来，这是他为了应付二叔伪造的。我再次抱住耗子，在他肩膀上没出息地哭起来，他在我后脖子上狠命亲了一口，把我推开，含着泪骂道："快滚！别把鼻涕整车里！"

我拉着箱子进了机场，直接乘电梯去搭轻轨。我才不会离开北京，因为我不放心凤妈，也不放心耗子，我不能自己逃跑，让他们两个应付杀人犯。凤妈没告诉我她到底怎么打算，是跟杀人犯一刀两断，还是继续过下去，无论怎样我都会留在她附近，只要她需要，我立刻就能出现。

还有另外一个原因，让我没法儿离开北京——公安分局经侦大队的高警官也不让我离开北京。他们是在 Eva 在美国的代理律师向中国警方报警的第二天找上我的，尽管 Eva 的律师并没提到我，他们还是很快就找到了我，让我不得不佩服他们的效率。只可惜 Max 王早一步逃离了中国，因此至今逍遥法外，让我不得不有点儿担心，也许他哪天还是会找黑社会来对付我。其实也没什么好担心的，因为有关 BesLife 的一切阴谋都已经被揭穿，BesLife 也已经变得一文不值，不久就要被迫进入破产程序，就算找到了我，Max 王也不可能拿回任何好处。而且警方正在调查这起商业欺诈案件，现在派人来找我，只能使他罪加一等。

我老老实实把一切向警方坦白，丝毫没有隐瞒。大概因为我的认罪态度很好，或者我虽然冒充了别人，但并没参与两项核心欺诈——生命之星测序机造假，和体检测序结果造假。而且我的两位"老板"——Steve 和郝依依——也同样没有参与这两项核心欺诈，至少没有任何证据证明他们事先知情，尽管我坚信他们自打一开始就知道 BesLife 做不出生命之星，要做出来也是假的。至于我冒充郝依依的前男友衡宥生签署借股担保一事，虽然欺诈事实成立，但并没造成严重后果——BesLife 已经一钱不值，BesLife 的 20% 股份自然也一钱不值，担不担保也根本无所谓，而且即便真的有所谓，大概也没人会同情 Max 王。

那么谁才是两项核心欺诈的主要责任人呢？这就有点儿意思了。第一个造假——生命之星测序仪的造假，主要责任人当然是 BesLife 的几位创始人和高管，当然也包括 Eva，不过这部分案情有点儿微妙，因为造假的受害者其实只是在生命之星研发成功后对其进行投资的两个股东——费肯集团和 Max 王，但这两个股东都在发布会之前得知了生命之星造假的事实，却决定缄口不言，继续维持他们在 BesLife 里的投资，因此从某种意义上来说，他们并不是受害者，BesLife 对此所负有的责任也并没有那么大，倒是试图把股份卖给新新体检的 Max 王，和借助 BesLife 的新闻让自己股价大涨的费肯集团，似乎负有更多的欺诈责任。BesLife 的内幕被曝光之后，费肯在纳斯达克的股价已经狂跌了三成，大批股民正准备集体起诉费肯。

第二个造假——体检测序结果的造假，受害者自然就是新新体检和那几家购买数据的药厂，这是实打实的商业欺诈，而且金额巨大。但这部分造假的主要责任人是 Max 王，那段录音能够证明，BesLife 的几位高层对此均不知情，因此这部分欺诈的主要责任人就是 Max 王。

顺便解释一下，Max 王是如何把 120 组 DNA 序列数据变成一万组的。其中的奥秘还是被新新体检发现的。新新体检在得到警方通报后，对最近从 BesLife 中国获取的几万组基因数据进行了分析，发现这几万组数据的主人之间存在着不可思议的亲缘关系，仿佛这几万人是由几百人经过几百年繁衍出来的。这就是 Max 王利用那家“大数据公司”所实现的“妙计”——新新体检每天收集一万个体检者的唾液，Max 王却只把其中的 120 份样本交给 BesLife 的工程师，然后再把这 120 份基因序列数据，通过随机排列组合，得出一万个结果。这就好比让这 120 个人随机组合，生育一万个孩子，在现实中当然是不可能的，即便法律、伦理和生理能力都容许，完成这项杂交计划也需要几百年，但是利用一个简单的电脑程序，几秒钟就能实现。

警方没有扣留我，大概还有一个原因：就算在冒充朱公子为 BesLife 骗取融资的部分，我也并不是主谋，主谋是 Steve——他不但指使我冒充朱公子，自己也冒充了当年叱咤风云的调查师 Steve。然而他正逍遥法外，所以警方大概也有放长线钓大鱼的意思，高警官不止一次嘱咐我，让我一旦得知任何有关 Steve 的线索，务必要立刻通知他，可我想我大概不会得知任何有关 Steve 的线索，郝依依的也一样。要是我得了 1 亿美金，肯定要找地方好好享受人生，一辈子不再出现。

可我又错了。就在圣诞前夜，Steve 突然出现在飞飞酒吧门外，把我惊得下巴差点儿掉下来。

那是今年冬天的第二场雪，纷纷扬扬下了一下午。就像往常一样，飞飞酒吧里一个客人也没有。我正赖在沙发里打游戏，门铃突然响了。

Steve 站在门外，拎着电脑包，穿着修身的呢子大衣，肩膀上撒着细雪，俨然是个翩翩美书生，谁能想到竟是个国际大骗子。我迟疑了片刻，还是决定请他进屋，他虽然是骗子，但并不是暴徒，不至于把我怎么样，而且我非常好奇，想知道他为什么冒险在这时候出现。

我问他想喝什么，他竟然要了红酒，然后跷起二郎腿，展示他被雪水浸得耀眼的高级皮靴，他说："见到我，你一定很意外吧？"

我坦率地点头说："是的，我没想到你还在中国。"

"不是还在，"他向我展示出那惯常的令人讨厌的笑容，"是刚刚回来，为了你。"

这句话让我瞬间起了一身鸡皮疙瘩，这种时候还有心思跑来调戏我？我尽量做出波澜不惊的样子："真荣幸啊！我有什么能为您效劳的？"

"哈哈！不不，不是为我效劳。"他仰头笑了两声，又紧盯着我说，"是为了你自己。想不想像我一样，成为一名资深的 FA ？"

我只觉一阵恶心，还从来没见过像他这么厚颜无耻的人。我冷笑着说："我其实很想问你一个问题。"

"请便。"他无所谓地耸耸肩。

"那位被你假冒的 FA，神通广大的调查师，他会不会很不爽？你不担心他以后找你的麻烦？"

"哈哈！可真是被你说中了，他给我找的麻烦还真不小呢！"他那副得意洋洋的嘴脸真是让人怒火中烧，"他让我在这个节骨眼儿上来找你，够麻烦的吧？"

"他让你来找我？"这下子我可糊涂了，不知他又要耍什么花招。

"是啊，就是他让我来找你。"他终于把笑容收了起来，假模假式地说，"他想让我问问你，有没有兴趣像我一样，做一些令人振奋的事情。"

"是吗？能不能请他自己来对我说？"我猜他又要耍我，所以毫不客气道，"因为我不大信任你。"

"好啊！没问题。"他立刻打开电脑包，从里面拿出一部手提电脑放在茶几上，拨通了视频通话。他把电脑屏幕冲着我，视频上出现了另一个精致的男人，脸似乎更加瘦削，年龄也更大，起码三四十，看上去并不衰老，脸上没有一丝皱褶儿，使他显老的是深邃而犀利的眼神，让人肃然起敬。

电脑扬声器里响起清澈的男中音："我是 Steve，也有人叫我夏冬，我建议你现在就用你的手机拍个照，以后可以让 Tina 看看，她会告诉你我是谁。"

我虽然从没见过 Tina 的前老板——真正的 Steve，可我的直觉告诉我，电脑屏幕里的这位就是本尊。我说："不必了，很荣幸见到您。"

"我也很高兴见到你，"他面无表情地说，完全看不出高兴来，"我想冒昧地向你提出一个邀请。其实在此之前，我一直有些犹豫，你适不适合接受这个邀请，因为有人告诉我，你有一个比较严重的问题。"他顿住不说，像是故意吊我的胃口，我偏不就范，满不在乎地说："那您大可不必发出这个邀请。"

"哈哈！很好。"他终于笑了，老实说，他的笑容比坐在我对面的那个冒牌儿 Steve 的笑容看着要诚恳一些，尽管我很确定他骨子里更加老奸巨猾。他收起笑容，郑重地说："我想邀请你参加我的团队——Steve 的团队。这个团队里的每个人都叫 Steve，因为每个人都拥有我所赋予的最有价值的资源——我的身份。"

我似乎突然明白了些什么："请恕我直言，您的意思是说，您有一个由骗子组成的团队？"

"完全正确。"他竟然大言不惭地表示同意，一本正经地说，"只不过，我对目标是很挑剔的。这世界上有一些骗子，他们迟早被绳之以法，可是还有一些骗子，他们永远逍遥法外。我只选择后者作为我的目标，我要让那些逍遥法外的骗子付出代价。"

他说得没错，有些骗子迟早被绳之以法，或者至少会原形毕露，比如公交车上的小偷，比如电信诈骗或者搞传销的，比如拆字儿算命跳大神的，还有在立交桥下靠卖花儿诓人的，比如我，之前只是漏网之鱼，迟早要到警察局去报到。可还有一些骗子却总能逍遥法外，比如打着创业旗号四处忽悠的，比如为了名利假装圣贤的，比如红霞曾经坚信而且崇拜的那些写书的，比如信奉并推崇着 "Fake it until you make it" 的那些高高在上的 "成功者"。可我并不十分相信他为自己美化的 "目标"，老实说，我觉得那只是他的花言巧语。每个骗子都需要一套花言巧语，这是骗子的基础入门课程。

"我猜你不太信任我，我完全能够理解。"他好像对我一目了然，十拿九稳地说，"以你不久前的经历，也许你会觉得，你面前这位年轻的 Steve 的所作所为，或许并不值得称赞。"

"是的。"我果断地点头，不想给"年轻的 Steve"留什么面子。

"也许你不会相信，但是我对他所采取的手段也有保留意见。"电脑屏幕里的 Steve 顿了顿，像是要观察我的反应。说实话我一点儿也不信，难道他不是策划一切的幕后大 boss？他似乎看出我的心思，扬了扬眉，有点儿无奈地说："不过通常来说，我只关注结果，对于过程并不多加干涉。"

"很遗憾，我对结果也不敢恭维。"我耸耸肩，心想真是花言巧语！结果又好到哪里去了？

"恕我直言，让处心积虑想要算计别人的家伙付出代价，让为了利益不惜隐瞒骗局的超级公司遭遇一点儿损失，我不认为那是很糟糕的结果。"

我猜他说的"处心积虑的家伙"就是 Max 王，Max 王雇人在暗中算计郝依依，结果被人坑走了一亿美元；"隐瞒骗局的超级公司"当然就是费肯，费肯高层在得知 BesLife 技术造假后仍坚持隐瞒实情，现在东窗事发，股价大跌，市值瞬间蒸发几十亿。这么说，这结果似乎的确不算太不公平，不过我还是觉得不舒服——Eva 呢？她只是个心怀创业梦想的科学家，被一群狡猾的骗子拖入深渊。可我没再吭声，因为我猜只要我提 Eva 或者 BesLife，银幕上的这位大 boss 就一定会说：苍蝇不叮无缝的蛋，是 BesLife 作假在先的。

大 boss 见我默不作声，又微微一笑说："当然，收益也的确不错。"

我立刻明白了他说的是从 Max 王手里骗走的钱，不禁冷笑着说："那是！1 亿美金呢！"

"不止一个亿，其实是五个亿。"坐在我对面的年轻的 Steve 忍不住开口，洋洋得意地说，"我们用那一个亿做空了费肯集团——早知股价会大跌，所以不担心杠杆高一些。"

我不太明白这里涉及的金融术语，不过懒得深究，可我注意到他使用了"我们"这个词，所以心念一闪。不过这又与我何干？我耸耸肩，什么也没说。

"我想要跟你讨论的，并不是他们做了什么，而是未来你能够做到什么。"大 boss 把话题引回正题，"正如我刚才说过的，你有一个严重问题，会让你很难入行——你太诚实了。"

这可真是天大的笑话！我？诚实？我这辈子撒过的谎简直比星星还多，不过也许比不过"Steve 团队"里的专业骗子。可是 Eva 也曾这么说，Eva 是个根本不会撒谎的人。这是怎么回事？难道我从来都没弄清楚，我到底是个什么样的人？

"你不必现在就答复我，我希望你能考虑充分。"他好像很体贴似的说，"一旦你决定加入我们，就必须做出重大改变，而且要经历严峻的考验。"

"我现在就可以告诉您，我肯定达不到您的要求。"

"这我早料到了，不过有人大力推荐你。"他又说，"不只是你面前这位 Steve，还有另外一位新加入的 Steve——也是迄今为止第一位女性 Steve——力荐你。她还为此录制了一段很短的视频，如果可以的话，我倒是想让你看看。"

我没表示拒绝，纯粹因为好奇。

这次我居然猜对了。

郝依依录制的视频不但很短，而且让人耳目一新。她穿着 T 恤，头发在脑后扎成马尾，我还从没见她穿得如此随便。她说："宋桔，谢谢你的帮助，让我有机会加入这么酷的 team。很遗憾我曾经向你隐瞒了很多事，在此我向你正式道歉，希望你能原谅我。"郝依依很郑重地朝着摄像头鞠了一躬，让我很不好意思，差点儿对着事先录好的视频说"没关系"，还好她及时仰起脸，摆出一副毫不在乎的样子说："不过说实话，对于那些人，我是毫无歉意的，天知道我付出了多少努力，可他们根本不打算给我机会。既然成不了他们，不如给他们捣捣乱。"

郝依依撒娇地做了个鬼脸，这是她脸上最常出现的表情，我知道每当她做出这调皮的表情，反而是要表达某种重要而严肃的观点，我也知道她说的"他们"指的是 Max 王和费肯高层，她努力想成为"他们"当中的一员，可"他们"根本不打算让她——一个没钱没背景也没"资源"的年轻女子加入。

"我猜你现在肯定不信任这 team 里的任何人，当然也包括我，我完全能理解，"郝依依耸耸肩，若无其事地说，"其实三个月前，当我第一次见到 Steve——你知道我说的是哪个 Steve——当他提出要让我加入时，我的感觉跟你一模一样。我说，让我们先合作一次再说。可是你看，三个月之后，我已经死心塌地了。我觉得这个 team 也很适合你，他们说你太诚实，我完全同意，但是，谁说骗子的 team 里不需要诚实的人呢？"

她又做了一个鬼脸，从屏幕上消失了，让我莫名松了一口气。她的话并没使我增加对"Steve 团队"的好感，可我很好奇她说的"三个月前"具体指的什么时候，如果精确推算，那该是我从夏威夷回到北京之后，在京城凤冠晚会之前，这个时间点很合理，那正是 Steve 在郝依依那里"碰壁"之后，Steve 索性向郝依依坦白，是 Max 王聘请他给郝依依下套，进而说服郝依依跟他合作，所以后来两人的各种钩心斗角其实都是在演戏。

当然也可能是在更早以前，甚至在 Steve 第一次带我去国贸 38 层的费肯投资公司之前，谁知道呢？

坐在我对面的"年轻的 Steve"合上电脑，似笑非笑看着我。我想象着他带着同样的表情对郝依依说："有人雇用我找你的麻烦，不过我有个更好的主意。"这让我联想起曾经一度很流行的电话诈骗：有人出 10 万要你一条腿，不过我们无冤无仇，如果你愿意付这笔钱，那么……

"给你三天时间考虑。现在，我送你一个人情，"Steve 起身拎起电脑包，"你可以给警察打电话，告诉他们你见到我了。"

他说完了，转身走出酒吧去，步履相当从容，在雪地上留下一串非常均匀的脚印。

我掏出手机，决定立刻给高警官打电话。其实我并不觉得警方就一定能抓住他，又或者即便抓住了，也未必能拿他怎么样。又能怎么样呢？生命之星的造假与他无关，体检基因数据造假也与他无关，他和郝依依拿走的那 1 亿美元甚至不能说是对 Max 王的欺诈，至少不是单方面的欺诈，那只是彼此心怀鬼胎，钩心斗角，到最后更贪心的一方落败。

其实对于 Max 王和费肯集团的那些老家伙而言，也未必真的就败了，反正世界上总有千千万万的普通人，要为这些明星企业家和投资人的胜利或者失败而买单的，也许正因如此，他们才总是以成功者的姿态站在台上，让千千万万的牺牲品们在台下鼓掌欢呼，热血沸腾。

我走出酒吧，天地间白茫茫一片。

我突然想起 Eva，她的世界一定不会下雪。今天上午，我收到一张明信片，我都不记得上次见到邮戳和邮票是哪年了。

那明信片来自一个叫"拿骚"的地方，我查了查，在百慕大群岛。明信片上是用圆珠笔手写的两行字：

> 我讨厌高科技，所以采用最原始的方法。
> 也许我们会破产，可我很快乐。

明信片没有署名，不过我知道是谁寄来的，我也知道"我们"指的是谁，我确实为他们高兴，不过又有点儿担心，如果真的破产了，还能不能一直快乐下去？

我可真是自作多情。人家就算要破产，照样还在周游世界。可我呢？

我抬头仰望漫天纷飞的雪花，突然又冒出一个荒谬的想法：如果加入"Steve 团队"，也许又可以坐着头等舱周游世界了。也不知整天坐着头等舱周游世界的那些人，到底有多少是"Steve 团队"的成员呢？！

第一稿，2020 年盛夏，于北京
第二稿，2020 年中秋夜，于北京

图书在版编目（CIP）数据

头等舱的贼 / 永城著． -- 北京：作家出版社，2021.3
（悬疑世界文库）
ISBN 978-7-5212-1363-8

Ⅰ．①头… Ⅱ．①永… Ⅲ．①长篇小说 – 中国 – 当代
Ⅳ．①I247.5

中国版本图书馆CIP数据核字（2021）第035955号

头等舱的贼

作　　者：永　城
出版统筹策划：汉　霄
装帧设计：天行云翼·宋晓亮
版式设计：周思陶
责任编辑：翟婧婧
编辑助理：周思源
出版发行：作家出版社有限公司
社　　址：北京农展馆南里10号　　邮　　编：100125
电话传真：86-10-65067186（发行中心及邮购部）
　　　　　86-10-65004079（总编室）
E-mail:zuojia@zuojia.net.cn
http://www.zuojiachubanshe.com
永城作品版权由北京嘉印文化传播有限责任公司全权代理
业务合作：info@joy-ink.com
www.joy-ink.com
印　　刷：三河市北燕印装有限公司
成品尺寸：152×230
字　　数：300千
印　　张：20.75
版　　次：2021年3月第1版
印　　次：2021年3月第1次印刷
ISBN 978-7-5212-1363-8
定　　价：58.00元